Valentina Cebeni

Die Blütenmädchen

Roman

Aus dem Italienischen von Ingrid Ickler

PENGUIN VERLAG

Die Italienische Originalausgabe erscheint 2018
bei Garzanti, Mailand.

2. Auflage 2018

Umschlag: Favoritbüro
Umschlagmotiv: P2007/Getty Images
Satz: Greiner & Reichel, Köln
Druck und Bindung: GGP Media GmbH, Pößneck
Printed in Germany
ISBN 978-3-328-10173-4
www.penguin-verlag.de

Dieses Buch ist auch als E-Book erhältlich.

Prolog

An diesem Morgen wimmelte es auf dem Meraner Bahnhof von Menschen. Bald würden die Züge in Richtung Front abfahren, das Stimmengewirr der Wartenden wurde von dichten Rauchwolken gedämpft, die aus den Schornsteinen der bereits unter Dampf stehenden Lokomotiven quollen.

Ein wenig verloren inmitten der hechtgrauen Uniformen des österreichischen Kaiserreichs stand Maria Elena in ihrem leichten Mantel da, wurde fast zerquetscht von den Massen junger Soldaten, die ihren Kriegsdienst höchst widerwillig antraten. Sichtlich bedrückt wechselten sie letzte Abschiedsworte mit ihren Müttern, Ehefrauen, Verlobten und Schwestern. Diese bemühten sich, ihre Angst zu verbergen, ihren Liebsten Mut zu machen und sich ihr Bild noch einmal einzuprägen – der Schmerz und die Trauer würden für viele von ihnen noch früh genug kommen.

Aus dem Augenwinkel beobachtete Maria Elena die Abschiedsszene, verfolgte, wie der eine oder andere der Soldaten bei der Rosenverkäuferin auf dem Bahnsteig noch eine der prächtigen Blüten erstand, das Symbol der Liebe als Ausdruck der Hoffnung auf ein Wiedersehen und als Versprechen, das sie eigentlich nicht geben konnten.

Maria Elena schluckte schwer, zog ihren Schal fester und ging weiter.

Sie war seinetwegen hier. Wegen ihres Liebsten, der sie mit einem der Züge in Richtung Norden verlassen würde. Anders als die meisten wurde er nicht von Angehörigen begleitet, die ihn nicht ohne einen letzten Gruß ziehen lassen wollten. Nach einem Streit mit dem Vater hatte er das Elternhaus verlassen, sogar das Studium abgebrochen und schlug sich seitdem alleine durch.

Sie hingegen musste ihm noch einmal in die Augen schauen, um darin die Maria Elena zu sehen, die er in ihr zum Leben erweckt hatte. Und um ihm jetzt, in der Stunde des Abschieds, zu sagen, was sie noch nie zu sagen gewagt hatte.

Suchend stellte sie sich auf die Zehenspitzen, reckte den Kopf und ließ den Blick über den Bahnsteig schweifen, zuckte bei jedem schrillen Pfiff zusammen, der die Abfahrt eines anderen Zuges ankündigte, und fürchtete zu spät zu kommen.

Wie sollte sie ihn in dieser gesichtslosen Menge der Abschiednehmenden nur finden, wie sich einen Weg zu ihm bahnen?

Maria Elena kämpfte sich mit vorgestreckten Armen weiter durch die Menschenmenge, ballte entschlossen die Fäuste. Ihr Herz pochte wild.

»Du bist hier, das spüre ich. Bloß wo, mein Geliebter?«, flüsterte sie mit geschlossenen Augen und konnte ihre Tränen kaum zurückhalten. Sie betete, irgendwo den Klang seiner Stimme zu hören, sie musste ihn finden, durfte ihn nicht so einfach ziehen lassen.

Erleichtert atmete sie auf, als sie ein unverwechselbares Lachen hörte. »Augustus!«

Ohne zu zögern, raffte sie ihren Rock so hoch, dass er sie nicht beim Laufen behinderte, und hastete seiner Stimme durch die Menge entgegen. Schon sah sie ihn, er stand am Waggonfenster und unterhielt sich mit einem Freund.

Sie rief und winkte, doch sie war so außer Atem, dass sie lediglich ein heiseres Krächzen herausbrachte. Als er sie entdeckte, lächelte er.

»Augustus«, hauchte sie, während ihr die Tränen über die Wangen liefen. Sie musste ihn berühren, seine Nähe spüren – sie musste in den Waggon. Aber die Tür war durch einsteigende Soldaten blockiert, und so blieb ihr als einzige Möglichkeit, auf die schmale metallene Leiste zu steigen, die sich oberhalb der Räder wie ein Trittbrett an allen Wagen entlangzog, und sich an seinem Fenster festzuklammern.

Und so konnten sie sich doch noch prüfend in die Augen sehen wie an jenem Tag, als sie in seinen Armen zur Frau geworden war, atemlos, keuchend unverständliche Worte flüsternd, die ihnen ihre Herzen eingaben.

An diesem Morgen mussten jedoch Blicke ausreichen und das ersetzen, was sie sich gern gesagt hätten.

»Maria«, murmelte er und beugte sich zu ihr hinunter, um sie zu küssen, einmal und noch einmal, vielleicht das letzte Mal, während der Schaffner die Pfeife an die Lippen führte. »Ich will, dass du das hier nimmst«, fügte er hinzu und drückte ihr etwas silbrig Glänzendes in die Hand.

Sie zuckte zurück und schüttelte den Kopf. Es war eine Uhr, in deren Gehäuse eine Rose eingraviert war.

»Augustus, was soll das bedeuten?«

»Ein Versprechen, mein Liebling. Unsere Zeit wird kommen, und diese Uhr soll dich daran erinnern. Jedes Mal, wenn du dich einsam fühlst, öffnest du den Deckel und denkst an unsere Liebe und an unser Wiedersehen.« Seine Stimme klang jetzt fast beschwörend. »Vergiss mich bitte nicht«, fügte er mit erstickter Stimme hinzu.

Verwirrt starrte Maria Elena auf das Zifferblatt, während der Zug ruckelnd anfuhr und sich auf den langen Weg an die Front machte. Zeit, von der schmalen Leiste auf den Bahnsteig zu springen. Sie taumelte und wäre um ein Haar gestürzt, fing sich jedoch gerade noch ab, die Uhr sicher in ihrer Hand verwahrt, und lief neben dem Waggon her.

»Augustus«, rief sie mit dem Mut der Verzweiflung, »ich will nicht in der Hoffnung auf die Zukunft leben, ich will dich jetzt. Bitte steig aus dem Zug, ich bitte dich von ganzem Herzen.«

»Maria«, presste er hervor, die Finger so fest um den Rand des geöffneten Fensters gekrallt, dass die Knöchel weiß hervortraten, das Gesicht plötzlich angespannt und voller Schmerz und Trauer.

Er war einer unter vielen anderen Gefangenen im

Strudel der Weltgeschichte, die sich um Gefühle nicht kümmerte und keine Rücksicht nahm auf die Wünsche und Hoffnungen der blutjungen Soldaten, die gerade in eine ungewisse Zukunft geschickt wurden. Viele, viel zu viele davon in den sicheren Tod.

Draußen auf dem Bahnsteig atmete Maria Elena im Laufen tief durch. »Ich liebe dich«, sagte sie auf Deutsch, zum ersten Mal in der für sie fremden Sprache.

Es zerriss ihr fast das Herz. Kaum hatte sie die Liebe gefunden, schon hatte sie sie wieder verloren. Und ihre verzweifelten Versuche, Augustus aufzuhalten, blieben vergeblich.

Auch seine Augen füllten sich mit Tränen. Abrupt wandte er sich vom Fenster ab und verschwand im Inneren des Waggons, um kurz darauf mit einem Strauß roter Rosen in der Hand wiederaufzutauchen.

Er streckte ihr die Blumen durchs Fenster entgegen. »Heirate mich!«, rief er in seiner und dann noch einmal in ihrer Sprache: »Sposami!«

Ihre Blicke trafen sich. Seine Worte wurden vom Fauchen der Dampflok auf dem Nachbargleis übertönt, rußiger Rauch hüllte sic cin, aber noch immer schwenkte Augustus den Strauß so heftig, dass es Blütenblätter regnete.

»Sposami«, wiederholte cr und warf ihr die Rosen zu, bevor der Zug den Bahnhof verließ.

Maria Elena stand am Ende des Bahnsteigs, der sich langsam leerte, und sah zu, wie ihr Glück davongetragen wurde. Dennoch war ihr Herz voller Hoffnung auf eine Liebe, die unsterblich sein würde.

1

1. September 2002

Ein Windstoß brachte die Blätter des Kalenders neben der Tür zum Flattern und erinnerte daran, wie schnell die Zeit verging.

»Schon wieder September«, murmelte die Großmutter und betrachtete die Weintrauben, die als Symbol für diesen Monat auf dem Kalender abgebildet waren. September, der Monat des Wandels. Die Zeit zwischen den bittersüßen Sommertagen, die jetzt nur noch Erinnerung waren, und dem Beginn der kälteren Jahreszeit, in der das Leben in der Natur nach einem letzten üppigen Farbenrausch immer langsamer wurde, bis es schließlich in Winterstarre verfiel.

Der Wind trug herbstliche Düfte in Clelias Küche, in der Altes und Neues, Vergangenes und Gegenwärtiges lebendig waren. Die Regale an den Wänden quollen über vor Pfannen, Töpfen und sonstigen Küchenutensilien, die sich im Laufe eines langen Lebens angesammelt hatten.

In diesem Raum hatte Dafne vor fast dreißig Jahren ihre ersten Worte gesprochen.

Jetzt saß sie am Küchentisch, die Hände auf der makellos sauberen Tischdecke verschränkt, und starrte zu dem antiken Schränkchen hinüber, auf das ein Lichtstrahl fiel. Genauer auf ein Schreiben mit einem Hermesstab als Logo, das dort lag. Darin war in dürren Worten von Krebs die Rede, ein paar wenige Zeilen, darunter die Unterschrift des Onkologen sowie eine Tabelle mit Zahlen und unverständlichen Zeichen.

Dass sie Angst hatte, würde niemand erfahren. Bisher zumindest hatte sie keinerlei Gefühlsregung gezeigt, nicht einmal als der Arzt ihr die Diagnose mitgeteilt hatte.

Seufzend sah sie nach draußen, wo das goldene Sonnenlicht langsam hinter den Hügeln verschwand, die Torralta begrenzten.

Hier war sie zu Hause.

»Nimm doch einen Keks, ich habe sie gestern extra für dich bei Lavandai gekauft, es ist deine Lieblingssorte.«

»Danke, Großmutter, ich hab keinen Appetit.«

»Ich weiß, mein Schatz, ich weiß. Du hast Angst, aber du wirst sehen, wir schaffen das. Alles wird gut.«

Die schmale, vom Alter gezeichnete Hand der Großmutter fuhr zärtlich über die Wange ihrer Enkelin. »Dafne, bitte«, beharrte sie.

Ein resignierter Seufzer, der aus den Tiefen des Ozeans zu kommen schien, dann berührten sich die ausgestreckten Hände der alten und der jungen Frau. Beide sahen einander in die Augen, sie brauchten keine Worte.

Dafne senkte den Blick, schlang fröstelnd die Arme um den Oberkörper. Der Wind schien ihr mit einem

Mal durch Mark und Bein zu fahren, und wieder einmal überfiel sie das beklemmende Gefühl, die Erde würde sich unter ihr auftun. Sie hatte Angst, schreckliche Angst – fürchtete sich davor, der unheilvollen Realität ins Auge zu sehen. Schon die unmittelbaren Konsequenzen waren belastend genug – wie etwa die Tatsache, dass sie ihre Haare verlieren würde.

Verzweifelt krallten sich ihre Finger in die weiche Wolle ihres Pullovers, beschwörend richtete sich ihr Blick auf die traumhaft schöne Landschaft mit ihren Hügeln und Weinbergen, als könnte sie ihr wenn schon nicht Heilung, so wenigstens Hoffnung, Frieden und Vergessen schenken.

Deshalb war sie hergekommen, aber irgendwie versagte diesmal der Zauber.

»Warum kommst du nicht ganz zurück?«, hörte sie die Großmutter sagen. »Hier in Torralta kennst du jeden, du wärst nicht so allein.«

Eine Falle, dachte Dafne. Sie musste aufpassen, nicht schon wieder einen Fehler zu machen. Um die Antwort hinauszuzögern, nahm sie nun doch einen Keks aus der kleinen Dose, die Großvater Levante vor vielen Jahren aus einem Vogelhaus gebastelt hatte.

»Du weißt genau, dass das nicht geht. Ich habe meinen Job in Rom, mein Leben.«

»Dein Leben, sicher«, antwortete Clelia und strich mit den Fingern über die Stickerei der Serviette. »Ettore meinst du damit.«

Ein letzter Strahl der untergehenden Sonne traf Dafnes

Wange, überzog sie mit seinem goldroten Schein. Die Liebe zu ihrem Chef war ein heikles Thema: schwer zu erklären, kompliziert und gedanklich Lichtjahre von dem stillen, einfachen Leben in Torralta entfernt.

»Großmutter, bitte.«

»Nein, jetzt hörst du mir mal zu. Dieser Mann ist für dich unerreichbar, und das weißt du genau. Vor allem in dieser Situation. Glaubst du etwa, dass er an deiner Seite bleibt, wenn er von deiner Krankheit erfährt?«

Als sie sah, dass Dafne erstarrte und ihr Tränen in die Augen schossen, bedauerte Clelia ihre Worte sofort und wandte den Blick ab. Vielleicht war es besser, zu schweigen und darauf zu hoffen, dass früher oder später die Einsicht über den Stolz siegen würde. Sie wusste genau, dass sie, was Ettore betraf, bei ihrer Enkelin auf taube Ohren stieß. Wenn es um diesen Mann ging, setzte bei ihr der gesunde Menschenverstand aus – da gab es keine Regeln, bloß noch Gefühle. Nicht einmal die Schwangerschaft seiner Ehefrau hatte daran etwas zu ändern vermocht.

»So einfach ist das nicht«, murmelte Dafne, brach den Keks in der Mitte durch, ließ die Krümel auf die cremefarbene Leinenserviette regnen und fuhr mit den Fingerspitzen über die rauen Zuckerkristalle. Rau und hart, wie alles an diesem Tag. »So einfach ist das eben nicht«, wiederholte sie, während sie mit dem Teelöffel versuchte, die Kekskrümel zu retten, die im Milchkännchen schwammen.

Und wer rettete sie?

2

Oktober 2005

Dafne war gerade aus dem Bus gestiegen, ihren Koffer in der einen, die Plastiktüte vom Supermarkt in der anderen Hand. Hinter ihr lagen hundertzwanzig Stunden nahezu ununterbrochener Arbeit. Sie schwankte ein wenig auf ihren hochhackigen Manolo-Blahnik-Schuhen, und ihr Körper steckte in einem hautengen Kleid, in dem sie kaum Luft bekam. Aber nur noch eine Ecke, dann hatte sie es geschafft.

Seit ein paar Jahren wohnte sie bereits in dieser Straße. Vor der Haustür stellte sie den Koffer ab und nestelte die Schlüssel aus der Tasche. Wie jeden Tag streckte die Romni, die an der Hauswand ihren Stammplatz hatte, die Hand in der Hoffnung auf die Barmherzigkeit vorübergehender Passanten aus, die ihr ein paar Münzen gaben.

»Hast du Hunger?«, erkundigte Dafne sich, warf dabei einen Blick in ihre Tüte, aus der eine Flasche Chianti herausschaute, außerdem eine Schachtel mit Briekäse, deren blaues Etikett zwei Engelsköpfe zierten. »Viel habe ich nicht, aber ein Stück Brot und etwas Käse gebe ich dir gerne ab.«

Die Frau wandte den Kopf ab wie jedes Mal, wenn sie ihr etwas anbot.

»Wie du willst.« Dafne schüttelte den Kopf, steckte den Schlüssel ins Türschloss und betrat den hellen Marmorfußboden des Hausflurs, als sie die Frau hinter sich rufen hörte.

»Was ist?«

»Gib mir deine Hand.«

Zweifelnd schaute Dafne sie an. »Du willst mir aus der Hand lesen? Ist das dein Ernst?«

»Seitdem ich hier vor diesem Haus sitze, bist du die einzige Bewohnerin, die mich überhaupt bemerkt. Gib mir deine Hand«, beharrte die Frau mit slawischem Akzent.

Gehorsam stellte Dafne Koffer und Einkaufstüte ab und streckte der Frau die Hand entgegen. Sie hatte schon Dutzende Geschichten über Roma mit angeblich übersinnlichen Kräften gelesen und glaubte keine einzige. In ihren Augen war das Schicksal eine Mischung aus bewusst getroffenen Entscheidungen und Unvorhersehbarem. Und selbst wenn eine Voraussage eintreten sollte, blieb das Zufall, sonst nichts.

»Du bist unglücklich.«

Dafne lächelte. »Auf die Idee hätte ich genauso gut allein kommen können.«

»Schweig«, wies die Romni sie an und studierte konzentriert die kaum sichtbaren Linien ihrer Handinnenfläche, die ineinander übergingen und sich wieder trennten, als würde es sich bei ihnen um eine Schatzkarte in

Geheimschrift handeln. »Du lebst ein Leben, das nicht dein eigenes ist. Ein trauriges Leben. Du bist allein, sehr allein«, urteilte sie und sah Dafne mit einem wissenden Blick an. Dann hielt sie plötzlich inne. »Was ist das?«

Dafne folgte ihrem Blick, der sich auf eine Narbe neben ihrer Pulsader heftete. »Keine Ahnung, die war immer schon da.«

»Hm«, nickte die Frau, fuhr mit der Fingerspitze über die feine Linie und drückte dann fest zu.

Eine intensive Wärme stieg in Dafne auf, strahlte bis ins Herz aus. Als die Romni schließlich aufhörte, ihre Handinnenfläche zu pressen, tupfte auch sie sich den Schweiß von der Stirn.

»Du hast eine Gabe, ich konnte sie spüren«, sagte sie. »Sie war lange Zeit vergraben, jetzt kehrt sie zurück.«

»Von welcher Gabe sprichst du?«, fragte Dafne misstrauisch und wollte die Hand zurückziehen, doch die Romni hielt sie fest, presste sie erneut und zeichnete dann mit dem Zeigefinger die unregelmäßige Linie nach.

Plötzlich stieg in Dafne eine Erinnerung auf, die sie schon lange verloren geglaubt hatte.

Damals war sie neun gewesen und hatte in der Werkstatt ihres Großvaters herumgestöbert, der mit alten Sachen handelte, mit Antiquitäten ebenso wie mit allerlei Trödel. Dabei war ihr Blick an einer Kiste hängen geblieben, in der vergilbte Fotos, elegante Lederhandschuhe und eine Haarbürste mit silbernem Griff lagen.

Neugierig hatte sie die Hand danach ausgestreckt und mit einem Mal die Frau auf den Fotos vor sich gesehen. Wie sie mit gelockten kurzen Haaren im Stil der Zwanzigerjahre, eine Fuchsstola um die Schultern gelegt, vor einem matt erleuchteten Spiegel allein in ihrer Garderobe saß, nachdem der donnernde Applaus verebbt war. Sie machte einen irgendwie melancholischen Eindruck, trotz der roten Rosen auf dem kleinen Tisch. Plötzlich aber leuchtete ihr Gesicht auf, als hätte jemand an die Tür geklopft. Nicht irgendjemand, sondern er, der Geliebte. Sie hatte die Handschuhe übergestreift und war nach draußen gegangen, in die kalte Abendluft einer Stadt irgendwo in Europa, die Dafne nicht kannte. Bereit für eine Nacht voller Jazzmusik und Tanz, die ein tragisches Ende finden sollte. Dafne hatte sich vorgestellt, wie ein Polizist im karamellfarbenen Trenchcoat und mit einer vom Alkohol rauen Stimme auf das blutverschmierte Engelsgesicht mit den erloschenen Augen blickte. Sie war die Liebe seines Lebens gewesen, ohne dass sie es jemals erfahren hatte.

Mit einem Mal fiel Dafne wieder ein, wie oft sie den Erinnerungen nachgespürt hatte, die sich in der Werkstatt des Großvaters verbargen. Sie liebte es, die Gegenstände in die Hand zu nehmen, an ihnen zu riechen und die Schicksale dahinter zu entdecken.

Schätze für die Ewigkeit, Requisiten aus fernen Zeiten, Überbleibsel aus fremden Leben.

Sie hatte die Leidenschaft des Großvaters für solche Dinge geteilt, und der alte Levante hatte sie bereits als ideale Nachfolgerin für sein Geschäft gesehen. Clelia hingegen hatte sich sehr über die Fragen ihrer Enkelin aufgeregt. Was sollte dieses Interesse an der Vergangenheit, an den Geschichten anderer Menschen? Warum beschäftigte sich ein Mädchen von neun Jahren mit so etwas?

»Um meine Geschichte zu finden«, hatte Dafne ihr damals altklug erklärt.

Dieser Satz hatte das Blut in Clelias Adern gefrieren lassen. Lange überlegte sie, der Enkelin den Besuch der großväterlichen Werkstatt einfach zu verbieten. Doch obwohl Dafne weiterhin dort herumkramte, fand sie nie eine Antwort auf ihre Fragen. Bis heute nicht.

»Okay, das genügt.« Dafne zog die Hand weg und gab der Romni zwanzig Euro, den einzigen Schein, den sie bei sich hatte. Zu ihrem Erstaunen lehnte die Frau ab.

»Geschenkt ist geschenkt«, sagte sie, hob abwehrend die Hände.

»Wie du meinst. Einen schönen Abend noch«, erwiderte Dafne, nahm Koffer und Tüte, ging zum Aufzug und fuhr zu ihrer Wohnung hinauf.

Dort zog sie sich um, aß etwas und setzte sich anschließend im Wohnzimmer auf den Boden, den Rücken gegen das Sofa gelehnt, ein Glas Wein neben und die ganze Nacht vor sich.

Da die Luft des römischen Oktoberabends noch recht lau war, stand das Fenster offen, um den vielleicht letzten sanften Herbstgruß hereinzulassen. Bald würde der Winter Einzug halten mit schneidend kaltem Wind und ätzendem Rauch aus den Schornsteinen, der die Luft verpestete.

Von draußen drangen die Stimmen der Studenten an ihr Ohr, die laut auf der Piazza unten plauderten. Grinsend dachte sie daran, dass der eine oder andere Nachbar sich wahrscheinlich wieder beschweren würde. Sie selbst hatte nichts gegen diesen unbeschwerten Ausdruck von Lebenslust – noch vor wenigen Jahren wäre sie selbst eine von ihnen gewesen. Dafne hatte das Studentenleben geliebt, dieses Gefühl, tun und lassen zu können, was man wollte. Diese scheinbar grenzenlose Freiheit. Ohne Verpflichtungen zu haben, ohne Kompromisse eingehen zu müssen. Die ganze Welt schien ihr offenzustehen.

Es waren verrückte Jahre gewesen.

Sie hatte schließlich ihr Journalismus-Studium abgebrochen und sich der Innenarchitektur zugewandt, ihrer wahren Leidenschaft. Es war eine gute Entscheidung gewesen, denn mit einem Mal war es ihr vorgekommen, als würde sie nach einer langen Zeit der Orientierungslosigkeit endlich wieder durchblicken. Sie bekam einen Job in einem angesehenen Architekturbüro, trug eng anliegende Prada-Kleider und hatte plötzlich eine Affäre mit einem verheirateten Mann, der sie mit auf Kongresse nahm, um seiner Ehe zu entfliehen.

Jene Dafne, die Emily Dickinson gelesen und literweise Orangenblüten- und Vanilletee getrunken hatte, war Vergangenheit. Die Flügel hatte sie abgestreift, die Narben, die das Leben hinterließ, verdeckte sie.

Das Klirren von Glas riss sie aus ihren Gedanken. Bestimmt hatte einer der Studenten eine Bierflasche fallen lassen. Versonnen fuhr sie mit dem Zeigefinger über die sinnliche Form der Chianti-Flasche. Wein, kein Bier mehr. Sie war eindeutig erwachsen geworden – was allerdings zugleich bedeutete, dass die Zeit unerbittlich und stetig dahinfloss, Tag für Tag, Monat für Monat, Jahr für Jahr.

Auch dieses Jahr neigte sich schon wieder dem Ende zu. Die majestätischen Platanen, die die Piazza umrahmten, kündigten mit ihrem Rauschen die stille Jahreszeit an, und erst im Frühjahr würde alles wieder zu neuem Leben erwachen. Und welche Zukunft gab es für sie? Durfte sie ebenfalls auf einen tröstlichen Neubeginn hoffen?

Seufzend drehte sie sich zur Seite, ihre Hand tastete nach dem Smartphone, um erneut die letzte Nachricht abzuhören, die Ettore ihr hinterlassen hatte.

Meine Liebste, ich kann nicht. Ich kann Giada nicht verlassen. Nicht jetzt, wo wir ein Kind erwarten und alles gut aussieht nach der Tragödie vor zwei Jahren. Du weißt, wie sehr sie damals gelitten hat. Es wäre ungerecht, sie so zu verletzen, gerade jetzt, wo sie so glücklich ist. Verzeih mir, verzeih mir, meine Liebste.

Noch ein letzter Schluck, und die Flasche war leer. Ihr Mund verzog sich zu einem gequälten Lächeln. In diesen vier Wänden hatten sich Szenen eines erbittert geführten Krieges abgespielt, der nicht selten die Spielregeln eines fairen Miteinanders verletzt hatte, das wusste sie nur zu gut.

Sie zog die Knie an die Brust, bedeckte sie mit dem nachtblauen Seidenmorgenmantel, den ihr Ettore einige

Tage nach ihrem letzten Ultimatum geschenkt hatte. Bis zu diesem Moment hatte sie immer wieder nachgegeben und geduldig seine Entschuldigungen akzeptiert.

Aber was zu viel war, war zu viel.

Mit seiner letzten Nachricht war ihre Grenze erreicht. In ihrem Stolz verletzt, hatte sie ihre ganze Verachtung und, ja, auch ihre Empörung, ihre Wut herausgeschrien, hatte sich weder zurückhalten können noch wollen.

Er würde seine Frau nie verlassen, ein Kind war etwas Endgültiges – etwas, das immer zwischen ihr und ihrem Glück stehen würde. Geburtstage, Weihnachten und andere Feiertage, sonntägliche Mittagessen bei den Großeltern, die Sommerferien am Meer, da blieb kein Platz für eine heimliche Geliebte. Viele Wochen würden sie sich nicht sehen, vielleicht nicht mal miteinander telefonieren können. Und die Wochenenden gehörten sowieso der Familie.

Wahrscheinlich würde sie warten müssen, bis der kleine Prinz oder die kleine Prinzessin größer und aus den Kinderschuhen rausgewachsen war – erst dann würden Ettore und sie mit etwas Glück ihre Liebe leben können. Dafne spürte, dass zumindest sie nach so langer Zeit keine Kraft mehr für einen neuen Start haben würde. Schließlich hatte sie es schon jetzt satt, ständig auf ihn zu warten und sich in Dauerbereitschaft zu halten. Sie brauchte ihn hier und jetzt, doch dazu war er nicht bereit.

Sie kippte den letzten Schluck Chianti hinunter und stellte das leere Glas auf das helle Parkett neben ihr Kündigungsschreiben. Für sie kam es nicht infrage, unter diesen Umständen weiterhin dort zu arbeiten. Ohnehin war Dafne lediglich wegen Ettore geblieben, denn ihre Vorstellungen kollidierten immer öfter mit der modernen Ausrichtung des Architekturbüros. Während sie bei Konzepten eher den Landhausstil und den Charme vergangener Epochen bevorzugte, hielten sich ihre Kollegen lieber an abgefahrene Designs.

»Dort ist sowieso kein Platz mehr für mich«, murmelte sie und beschloss, ins Bett zu gehen.

Der Radiowecker riss sie gegen halb fünf aus einem kurzen Schlaf. Überrascht stellte Dafne fest, dass sie keine der am Vortag gefällten Entscheidungen bereute. Stolz ging sie ins Bad, um in die gusseiserne Wanne aus den Dreißigerjahren zu steigen. Und zwar mit Schuhen. Ihre hochhackigen, glänzend schwarzen Pumps – Ettores Lieblingsschuhe – mussten dran glauben, wurden als Symbol für ihren Neuanfang geopfert.

Nachdenklich musterte Dafne die Schuhspitzen, die aus dem Schaum hervorblitzten, und erinnerte sich daran, wie lange sie gemeinsam unterwegs gewesen waren, um einem Mann hinterherzulaufen, der nie wirklich ihr gehört hatte. Sie waren über rote Teppiche und Marmorböden von Grandhotels stolziert, aber am Ende des Tages, zu Hause, hatte sie sie immer als Erstes erleichtert abgestreift. Diese Schuhe, elegant und schmerzhaft zugleich, waren ein letzter Zwang, dessen sie sich entledigte.

»Endlich frei«, seufzte sie und starrte an die Decke.

Nach ihrem Bad räumte sie den Kühlschrank leer, stellte der Nachbarin ein paar Blumentöpfe vor die Tür und packte ihre Sachen. Alles andere würde sie später erledigen, wenn sie sicher war, dass sie bei ihrer Entscheidung, Rom zu verlassen, blieb.

Dann belud sie den alten roten Alfa Romeo ihres Großvaters, einen Giulietta Spider, und legte sich noch ein paar Stunden schlafen, bevor sie gegen Mitternacht in Jeans, T-Shirt und Turnschuhen Richtung Norden losbrauste. Sie brauchte eine neue Perspektive, ihr Leben sollte endlich einen neuen Rhythmus bekommen. Ihren eigenen.

3

Vier Steinstufen, flankiert von Geranien und Hortensien, dahinter der Rosenbogen. Zu Hause. Innerlich aufgewühlt presste sie eine Hand aufs Herz und musste lächeln, als sie Babettes fröhliches Meckern hörte, die wie immer auf der Suche nach frischem Grün im Garten umherstreunte. Selbst die Ziege schien sich über ihre Heimkehr zu freuen.

Das Haus, in dem sie aufgewachsen war, lag still im Morgennebel. Tausende von Wassertröpfchen, Reste des nächtlichen Taus, hingen an den Rebstöcken ringsum. Die Landschaft schlief an diesem Sonntagmorgen noch, genau wie die Menschen, die diese Felder bestellten. In den Ställen drängte sich das Vieh aneinander und erwartete ungeduldig einen neuen Tag draußen auf den Weiden. Selbst die Kirchenglocken schwiegen, als wollten sie die morgendliche Stille nicht stören.

Dafne gab sich einen Ruck und ging auf das Haus zu, dessen Fenster jeden Gast freundlich einzuladen schienen, und läutete. Mit einem Mal fühlte sie sich sehr beklommen. Ihre Füße schienen auf der Türschwelle festzukleben.

Von drinnen waren Schritte zu hören, und nach kurzer

Zeit tauchte das verschlafene Gesicht ihrer weißhaarigen Großmutter auf. Clelia war außer Atem und sah aus, als hätte man sie mitten aus einem Traum gerissen. Sie setzte die Brille auf und stieß einen Überraschungsschrei aus.

»Mein Schatz, was machst du denn hier? Um diese Uhrzeit?«, fragte sie schließlich und deutete auf die Uhr an Dafnes Handgelenk, die deren Großvater gehört hatte.

Doch warum sie ohne jede Vorwarnung hier auftauchte, war eigentlich nebensächlich. Sie konnte die Freude über ihr Kommen in den grünblauen Augen ihrer Großmutter sehen, die jetzt wie zwei Edelsteine funkelten.

Mit einem tiefen Seufzer der Erleichterung sank Dafne in ihre ausgebreiteten Arme.

»Ich konnte nicht mehr bleiben«, flüsterte sie, das Gesicht gegen den Flanellmorgenmantel gepresst.

Clelia schluckte sämtliche Vorwürfe hinunter und küsste ihrer Enkelin bloß stumm die Tränen von den Wangen. Sie wartete, bis Dafne etwas sagen konnte.

»Ich komme nach Torralta zurück, für immer«, eröffnete Dafne ihr, als sie sich etwas beruhigt hatte. »Vorausgesetzt natürlich, du willst mich hier haben.«

Clelia zog verwundert die Augenbrauen hoch.

»Das ist dein Zuhause, du brauchst keine Erlaubnis, um zurückzukommen«, erwiderte sie leise und blickte durch die nach wie vor geöffnete Tür in den milchig weißen Himmel, zog den Morgenmantel fester um sich und streckte die vom Schlaf steifen Glieder. »Komm rein, ich mach uns Frühstück. Komm schon«, drängte sie, und zugleich erhellte ein strahlendes Lächeln ihr Gesicht.

Drei Jahre lang hatte Clelia auf diesen Augenblick gewartet und nie verstanden, dass Dafne weder Rat noch Hilfe anzunehmen bereit war, sondern ihr Leben in Rom alleine auf die Reihe kriegen wollte. So lange schon hatte sie ihre Enkelin nicht mehr gesehen.

»Du hast Glück, gestern war Margherita da und hat mir Eier vorbeigebracht.« Sie wandte sich in Richtung Küche und winkte Dafne zu, ihr zu folgen. »Als ob ich's geahnt hätte, habe ich Joghurtkuchen gebacken, so wie du ihn magst. Sogar mit diesen süßen, saftigen Rosinen ... Wie heißen sie gleich?«

»Zibibbo«, antwortete Dafne, die in das vertraute, heimelige Chaos des Hauses einzutauchen begann.

»Genau, Zibibbo«, nickte Clelia. »Ich setze Kaffee auf und mach uns ein bisschen Milch warm. Du siehst gar nicht gut aus, bestimmt isst du nicht genug. Du bist ja nur noch Haut und Knochen!«

Sie hielt inne, um ihrer Enkelin prüfend ins Gesicht zu sehen. Dafne lächelte. Typisch Großmutter, wie sie mit kleinen, schnellen Schritten, die Brille an der Perlenschnur um den Hals, durch die Küche lief und tausend Dinge auf einmal tat. Seit dem Tod ihres Mannes war Clelia auf sich allein gestellt, kümmerte sich um das Haus und versorgte zusätzlich zwanzig Ziegen. Dennoch war sie bereit, für ihre Enkelin alles stehen und liegen zu lassen.

»Ich kann gar nicht glauben, dass ich wirklich hier

bin«, murmelte Dafne und blieb im Wohnzimmer stehen, während ihre Großmutter sich in der Küche zu schaffen machte. Nach den drei Jahren wieder über den altvertrauten Terrakottaboden zu gehen, war wie eine Reise in die Vergangenheit. Nichts hatte sich verändert, alles war so, wie sie es in Erinnerung hatte: der Duft nach Lavendelwachs, mit dem Clelia die Möbel polierte, die Häkelarbeit auf dem Sessel neben dem Fenster, die Wolldecke zusammengefaltet auf der Armlehne, die Volieren, die vielen Bücher und frischen Blumen im ganzen Haus – ihrem Zuhause.

Und dennoch war irgendetwas anders geworden, doch was? Lag es an den herbstlich braun gefärbten Blättern, die der Wind gegen das Fenster wehte? An der kühlen Luft, die sie frösteln ließ?

»Der Kaffee ist fertig«, rief ihr die Großmutter zu, und ihre Stimme hallte von den dicken Wänden wider.

Wie sie da in der Küche stand, den Morgenmantel fest um sich geschlungen, wie sie Kaffee eingoss und dicke Scheiben Kuchen abschnitt, kam sie ihr einmal mehr wie die gute Seele des Hauses vor. Ohne sie wäre La Limonaia, wie das Anwesen der Familie hieß, nichts.

»Worauf wartest du? Komm endlich, der Kaffee wird kalt«, fügte sie hinzu.

Folgsam setzte sich Dafne auf ihren angestammten Platz, eine dampfende Tasse Milchkaffee und ein großes Stück Kuchen vor sich.

»Ist das nicht ein bisschen übertrieben?«, fragte sie und deutete auf den Teller.

Clelia schüttelte energisch den Kopf. »Red nicht, iss!«

Dafne gehorchte, als wäre sie wieder das kleine Mädchen von früher, ließ zu, dass ihre Großmutter das tat, was Großmütter offensichtlich tun müssen: sich um das Wohl der anderen kümmern. Ohne Murren aß sie ihren Teller leer, saß später warm eingemummelt auf dem Sofa, schaute mit Clelia alte Schwarz-Weiß-Filme und löffelte dabei genüsslich Eis.

Die Tage vergingen und legten sich wie eine warme Decke um ihre Schultern und um ihre Seele, bis Dafne eines Abends nach dem Abspann von *Casablanca* von der Romni und den Erinnerungen erzählte, die diese Frau bei ihr wieder hatte aufleben lassen.

»Es war alles so realistisch, du hättest dabei sein sollen. Mir kam es vor, als wäre ich wieder neun Jahre alt, so klar und deutlich standen mir die Bilder vor Augen«, sprudelte es aus ihr heraus.

Und plötzlich bemerkte sie, dass der Löffel in Clelias Fingern zitterte und ihre Augen ganz starr wurden. Dafne griff nach ihren Händen.

»Alles in Ordnung?«

Ihre Großmutter antwortete nicht, zuckte lediglich seltsam abwesend mit den Schultern. Erst nach einigen Minuten überwand sie ihre Starre, nahm die Serviette und tupfte sich damit die Lippen ab, als ob nichts passiert wäre.

»Sicher, mein Schatz, alles in Ordnung.«

Dafne schob die Decke beiseite und musterte sie eindringlich. »Wirklich?«, hakte sie nach. »Du bist leichenblass, und niedriger Blutdruck kann das bei unserem Zuckerkonsum kaum sein.«

»Es geht mir gut, glaub mir«, beschwichtigte Clelia sie, strich ihr sanft über die Wange und sah ihr fest in die Augen. »Versprich mir, dass du dem Geschwätz solcher Leute nicht glaubst. Du weißt nie, ob sie es ernst meinen oder es bloß auf dein Geld abgesehen haben.«

»Da kann ich dich beruhigen«, erwiderte Dafne und dachte an den Zwanzigeuroschein. »Diese Frau wollte keinen Cent von mir. Nicht mal was zu essen. Rein gar nichts.«

»Aha.« Mehr sagte Clelia nicht, bevor sie wieder in tiefes Schweigen versank.

Dafne hatte das sonderbare Gefühl, dass ihre Großmutter an einen fernen Ort gereist wäre, der ihr ganz allein gehörte, oder als hätte sie sich in Erinnerungen an ein Leben verloren, das Dafne nicht kannte. So geistesabwesend hatte sie Clelia nie zuvor erlebt.

»Was ist denn los?«, bohrte Dafne nach.

Mit einem Mal straffte sich die Großmutter und sah sie an: »Warum schauen wir nicht noch einen Film? Die Nacht ist schließlich noch jung, und ich habe Pistazieneis und Eis mit Waldfrüchten in der Gefriertruhe.«

»Es ist zwei Uhr morgens.«

»Na und? Du willst mich hoffentlich nach *Casablanca* nicht einfach ins Bett schicken!«

Dafne warf ihr einen prüfenden Blick zu, denn Clelias gerötete Wangen passten so gar nicht zu ihren blutleeren Lippen, und das merkwürdige Leuchten in ihren

Augen schien einer verborgenen Erinnerung zu gelten. Doch Dafne hatte nicht den geringsten Anhaltspunkt, was die Großmutter vor ihr verbarg.

Stattdessen stampfte diese – auch das war völlig ungewohnt – mit dem Fuß auf den Boden und deutete ungeduldig auf den Fernseher. Seufzend gab Dafne nach und startete den nächsten Film.

4

Bei ihrer Ankunft in La Limonaia hatte Dafne ihr Smartphone ausgeschaltet und in die Schublade verbannt, um eine Auseinandersetzung mit Ettore zu vermeiden, aber die sich häufenden Eiscremepackungen im Mülleimer waren sichtbare Zeichen dafür, dass Ettore nicht ihr einziges Problem war.

Er fehlte ihr zweifellos, vor allem nachts. Sie vermisste seine Liebesschwüre, die er ihr die vergangenen Jahre zu später Stunde auf das Handy geschickt hatte. Doch das allein war nicht der Grund, dass sie Nacht für Nacht an die Decke starrte und sich selbst tagsüber, wenn sie die Ziegen molk und Käse machte, antriebslos und leer fühlte. Sie hatte Rom verlassen, um neu anzufangen, bloß war sie seit ihrer Ankunft noch keinen Schritt weitergekommen.

Das Leben, *ihr* Leben, war nach wie vor ein nebulöses Nichts.

Ein einziges Fragezeichen, dachte sie, als sie vor einem Teller Kohlsuppe saß, den Blick grüblerisch auf die Schale mit den letzten Feigen der Saison gerichtet. Ihre Großmutter hatte sich, seit sie hier war, mit unendlicher Geduld bemüht, sie von den trüben Gedanken abzulenken, die sich um ihre unglückselige Liaison mit Ettore drehten. Doch wenn Dafne sie fragte, warum sie so seltsam auf die Geschichte mit der Romni reagiert habe, wich sie aus. Und auch zu Dafnes vermeintlicher Kindheitserinnerung schwieg sie beharrlich. Dabei war Dafne sicher, dass die Großmutter ihr etwas verheimlichte, das wichtig für ihre Selbstfindung wäre. Nie hätte sie gedacht, dass sie ihre sonst so gelassene Großmutter mit diesen Fragen so aufwühlen konnte.

Clelia ihrerseits drängte Dafne ununterbrochen dazu, über die gescheiterte Beziehung zu Ettore zu reden.

»Wenn es auch nichts an deinem Schmerz ändert, ist es doch wichtig, dass du dich jemandem anvertraust«, hatte die Großmutter eines Abends gesagt, nachdem Dafne zuvor wieder einmal ihren Fragen ausgewichen war. Daraufhin war Dafne aufgestanden, hatte die alte Jacke ihres Großvaters übergestreift und war zur Tür gegangen.

So ähnlich verlief es auch jetzt. Die Großmutter drängte, die Enkelin wich aus.

»Ich muss raus, ich brauch frische Luft«, erklärte sie entschieden.

»Dafne, warte«, bat die Großmutter.

»Alles in Ordnung, ich muss einfach nur raus, sonst ist nichts«, beteuerte die Enkelin, doch das stimmte nicht.

Sie log, und sie wusste es, denn im Grunde war sie wütend auf die ganze Welt, und besonders auf sich selbst. Heftig warf sie die Tür hinter sich zu und setzte sich auf die Treppenstufen, die Arme um die knochigen Knie geschlungen. Der Abend roch nach Regen und ertrunkenen

Träumen. Der Wind ließ die Zweige tanzen, trieb tiefliegende Wolken über den Himmel und wirbelte ihre Gedanken durcheinander.

Der Garten hingegen lag still da. Die Sommerblumen waren weitgehend verblüht, die letzten Blüten des Rosenbogens weinten Tauwassertränen. Die Zitronenbäume waren bereits mit Sackleinen umwickelt, um sie vor dem Frost zu schützen, der schon bald von den Hügeln herunterkriechen würde. Fröstelnd schlang sie die Arme um die Schultern und stellte sich Ettores Frau vor, die mit einem Lächeln auf den Lippen in ihrem gemütlichen Bett lag und friedlich schlief – eine Frau, die sich ihres wunderbaren Lebens sicher war. Plötzlich verspürte sie Neid. Ein giftiges und bösartiges Gefühl, das ihr wie ein Dolch in die Brust stach.

Es war alles ihre Schuld, dachte sie, stützte das Kinn auf die Knie und starrte dabei auf den Kleinen Bären, der zwischen den Wolken hervorblitzte.

Wehmütig vergrub sie das Gesicht im warmen Stoff der Jacke, die noch immer nach dem Tabak ihres Großvaters Levante roch. Er allein hatte ihre Fantasie zum Leuchten bringen können, indem er sie in seiner Werkstatt herumkramen, in alten Zeitschriften blättern und in all dem angesammelten Krimskrams stöbern ließ. Manchmal kam es Dafne vor, als hätte er magische Kräfte besessen.

Während er sie auf seinen Knien schaukelte, pflegte er Geschichten über Piratenschätze zu erfinden, nur weil er bemerkt hatte, wie sie fasziniert auf eine Streichholzschachtel aus dem Jahr 1870 gestarrt hatte. Oder er träumte mit ihr von einer Zukunft als Astronautin, wenn sie etwa am helllichten Tag durch ein altes, kaputtes Teleskop in den Himmel geschaut hatte.

»Das ist ein ganzes Leben her«, murmelte sie verzagt und hatte das Gefühl, ihn und seine Träume verraten zu haben.

In Ettores Studio in Rom waren alle auf die Moderne ausgerichtet gewesen, auf revolutionäre Perspektiven – für Althergebrachtes, antike Möbel oder die Geschichten, die dahintersteckten, interessierte sich dort niemand.

»Wir zwei haben uns verstanden, was, Großvater?«, flüsterte sie und rieb sich mit dem Stoff seiner Joppe über die Wange.

Ein Miauen von der Straße her ließ sie aus ihren Gedanken hochschrecken und erregte ihre Aufmerksamkeit. Als sie die Katze sah, dachte sie sofort an Macchia, die gescheckte Katze mit dem verstümmelten Schwanz und den leuchtenden Augen, die als Kind ihr Ein und Alles gewesen war.

»Miez, komm her«, lockte sie, aber die Katze, die ein Halsband mit Glöckchen trug, spazierte weiter die Straße hinunter in Richtung der Ortsmitte.

Als Dafne zum Tor ging, sah sie, wie die Katze sich nach ihr umdrehte, als ob sie auf Dafne wartete. Sie folgte ihr lächelnd. Sie hatte ohnehin keine Lust, zurück ins Haus zu gehen und Clelia womöglich noch einmal Rede und Antwort stehen zu müssen.

Also ließ sie La Limonaia hinter sich und folgte der

Katze, sog den würzig-süßen Duft der Weinberge ein, die das Dorf umgaben, das aus einer mittelalterlichen Festung entstanden war.

Bald würden hier Touristen von nah und fern einfallen, um den neuen Wein in den Kellern der Winzer zu kosten. An den Sonntagen wären die Straßen von Maroniverkäufern gesäumt, die geröstete Esskastanien anboten. Hier bin ich zu Hause, dachte sie, während der Himmel über ihr mit dem Horizont zu verschwimmen begann – ihr kam es so vor, als wäre der Landschaft eine schwarze Glocke übergestülpt worden, aus der bereits die ersten schweren Tropfen fielen.

Dann brach das Unwetter los.

Die Hände in den Jackentaschen vergraben und den Kopf zwischen die Schultern gezogen, ging sie schneller, hastete durch die menschenleeren Gassen, dicht an den Hauswänden entlang, um dem immer stärker werdenden Regen wenigstens ein bisschen auszuweichen. Es hatte etwas Surreales, mitten in der Nacht durch das wie ausgestorben daliegende Dorf zu laufen, noch dazu bei einem Unwetter, das nicht mehr nur Wassermassen über dem Ort ausschüttete, sondern auch Hagelkörner, die prasselnd auf die Dächer und die kopfsteingepflasterten Straßen fielen und alles mit einer dünnen Eisschicht überzogen.

Hin und wieder suchte sie unter Dachvorsprüngen oder Balkonen Schutz. Dabei beobachtete sie Benedetto, den liebenswerten »Dorftrottel«, der wie jeden Tag vor dem Schlafengehen eine Zigarette auf der Terrasse rauchte. Wie immer trug er seinen Schlafanzug – egal ob es drei oder dreißig Grad waren –, während seine neunzigjährige Mutter im Fernsehen eine südamerikanische Soap in ohrenbetäubender Lautstärke verfolgte.

»Es hat sich nichts verändert«, murmelte Dafne und strich die regennassen Haare zurück, die ihr im Gesicht klebten.

Als der Regen etwas nachließ, tauchte die Katze wieder auf, sah sie aufmunternd an und setzte sich wieder in Bewegung, sobald sie sicher war, dass Dafne ihr folgte. Vor Levantes alter Werkstatt blieb sie stehen.

»Hierher wolltest du mich also führen?«, flüsterte Dafne und wusste nicht so recht, was sie davon halten sollte.

Ihr kam aufs Neue die Kiste mit den Fotos, den Lederhandschuhen und der Haarbürste mit dem silbernen Griff in den Sinn, dazu ein seltsamer Traum, der seit ihrer Rückkehr nach La Limonaia Nacht für Nacht wiederkehrte: von einem Mädchen mit blonden Zöpfen und einer roten Baskenmütze, das sie lächelnd ansah. Und jetzt diese Katze.

Lächelnd schüttelte sie den Kopf und betrachtete das Werkstattschild mit dem Namen ihres Großvaters an der durchnässten Mauer, das fast völlig von Efeu überwuchert und kaum noch lesbar war. Der Briefkasten hingegen, den der alte Levante aus einer Milchkanne gefertigt hatte, war nach wie vor problemlos zu erkennen. Zeichen einer Vergangenheit, der die Zeit nichts anhaben konnte.

Clelia hatte es nach dem Tod ihres Mannes, der inzwischen eine ganze Reihe von Jahren zurücklag, bisher nicht geschafft, die Werkstatt samt Inventar zu verkaufen – in diesen Mauern steckte schließlich ein ganzes Leben. Auch Dafne hing an diesem erinnerungsträchtigen Ort und war froh, dass er noch da war.

Viele Sonntage hatte sie hier gemeinsam mit ihrem Großvater verbracht. Unvergessene Momente, die nur ihnen beiden gehörten und die sich für immer in ihr Herz eingebrannt hatten. In der Adventszeit etwa beluden sie oft den kleinen Laster mit ihren Raritäten und verkauften sie auf den Weihnachtsmärkten der Region. Dabei gab es für sie so viel Bratäpfel und Zuckerwatte, dass sie abends oft mit Bauchschmerzen nach Hause kam. Doch um nichts auf der Welt hätte sie diese Tage missen wollen. Dank Levante und seiner Geschichten hatte sie die Magie, den Zauber des Lichts und die geheimnisvolle Energie, die durch seine Werkstatt schwebte, zu spüren gelernt, und längst vergessene Dinge waren dort zu neuem Leben erwacht.

Jetzt stand sie vor der Tür zu ihrer Kindheit, während über ihr der Himmel wütete.

Sie streckte die Hand aus, um über das raue Holz des Schildes zu streichen, als ein Blitz den Himmel erhellte. Dafne verstand es als Zeichen. Das hier war ihr Leben, das war der Weg, dem sie folgen wollte. Sie war dazu geboren, sich um alte Gegenstände und Dinge zu kümmern, sie liebevoll zu gestalten, wie vor Jahren etwa das alte geblümte Kissen vom Flohmarkt, das sie für sich in eine flippige Umhängetasche verwandelt hatte. Vielleicht war das die Gabe, von der die Romni gesprochen hatte: die Geschichten von in Vergessenheit geratenen Dingen zu erspüren und diese mit neuem Leben zu erfüllen.

War das nicht der Fingerzeig, auf den sie gewartet hatte? Es war immer ihr Traum gewesen, eine Art Werkstatt für vergessene, ausrangierte Dinge zu betreiben, sie wiederzubeleben und daraus Neues zu erschaffen. Unwillkürlich musste sie an die vielen Spielsachen verwöhnter Kinder denken, die in Kellern verstaubten und schließlich achtlos weggeworfen wurden. Alles, was man nicht mehr brauchte, wurde heutzutage entsorgt. Weg damit! Ettore und ihre Beziehung waren das beste Beispiel dafür. Doch diese Geschichte gehörte nun unwiderruflich der Vergangenheit an. Sie wollte ihrem Leben eine neue Richtung geben und ihre Kraft darauf verwenden, in Vergessenheit geratenen Dingen eine zweite Chance zu geben.

Und damit sich selbst.

Und trotz aufkeimender Bedenken, der Herausforderung vielleicht nicht gewachsen zu sein, vertraute sie einer inneren Stimme, die ihr sagte, dass ihr in dieser Werkstatt alles gelingen, dass sie hier ihre Bestimmung finden werde. Ein Leben, das endlich zu ihr passte.

»Du wirst mir helfen, nicht wahr, Großvater?«, sagte sie und rieb ihr Kinn an dem abgewetzten Jackenärmel. Dann öffnete sie die Tür, die – wie in Torralta üblich – nicht zugesperrt war. Das Refugium des Großvaters urplötzlich vor Augen zu haben, traf sie wie ein Fausthieb. Erinnerungen stiegen in ihr auf, ohne dass sie sich dagegen wehren konnte. Um sich nicht darin zu verlieren, schaltete sie das Licht ein und betrachtete das vertraute Chaos, das inzwischen mit einer dicken Staubschicht überzogen war.

Es gab hier kaum ein Durchkommen, überall lagen und standen Dinge, die Großvater irgendwo entdeckt hatte, teilweise in Regalen aufgereiht, teilweise in Kisten verstaut, die entweder noch nicht ausgeräumt oder nicht mehr an einen Käufer ausgeliefert worden waren. Auf Haftzetteln war ihr Inhalt vermerkt. In einer Ecke des Raumes entdeckte sie einen Schmiedeofen, die letzte Anschaffung vor Levantes Tod. Auf dem massiven Arbeitstisch warteten seine Pfeife und sein Brillenetui auf einen Besitzer, der nie mehr zurückkehren würde.

Als sie sich weiter vorarbeitete, fiel ihr Blick mit einem Mal auf eine Schale Milch am Boden. Dafne erschrak. War hier etwa ein ungebetener Gast? Instinktiv ballte sie die Fäuste in der Jackentasche und hielt atemlos nach etwas Ausschau, womit sie sich verteidigen konnte. Eine Holzfeile fiel ihr ins Auge. Besser als nichts, dachte sie und griff danach.

»Ist da jemand?«, rief sie, gab sich Mühe, nicht zu zittern, und umklammerte mit schweißnassen Händen die Feile. »Wer immer du bist, zeig dich. Ich will keinen Ärger, aber du hast hier nichts verloren.«

Ihre Stimme klang schrill, all ihre Sinne waren geschärft.

Als zwischen den Kisten polternde Geräusche zu hören waren, lugte sie vorsichtig um die Ecke und entdeckte die Katze, die offenbar mit ihr hereingeschlüpft war. Voller Erleichterung ließ sie die Feile fallen und brach in ein leicht hysterisches Gelächter aus.

»Du hast das ganze Chaos hier angerichtet?«, fragte sie gespielt vorwurfsvoll und beugte sich nach unten, um die Katze heranzulocken.

Den Schwanz steil nach oben gerichtet, stolzierte sie zu ihr. Und sie sah fast genauso aus wie ihr Liebling aus Kinderzeiten: eine Streunerin mit bunt geflecktem Fell, das Gesicht akkurat zweigeteilt, auf der einen Seite schwarz, auf der anderen rot, und mit jadegrünen Augen, die sie fixierten.

»Du siehst wirklich genauso aus wie meine Katze von früher, weißt du?«, murmelte sie und streichelte zärtlich das wohlig schnurrende Tier. »Sie hieß Macchia – und du, wer bist du?«

»Sie heißt Guache.«

Dafne schrie auf, schnellte hoch und starrte entsetzt auf den Mann, der wie aus dem Nichts aufgetaucht war: einen hünenhaften Kerl mit Dreitagebart in Jeans und Pulli. Er mochte etwa in ihrem Alter sein, doch im Blick seiner stahlblauen Augen lag irgendetwas, das ihn älter erscheinen ließ. Gefährlich sah er zum Glück nicht aus.

»Wer bist du?«, stammelte Dafne, während Guache sich an ihren Hosenbeinen rieb und um Aufmerksamkeit bettelte.

Der Eindringling hob die Hände, sodass die Decke, in die er sich gewickelt hatte, zu Boden rutschte. »Ich heiße Milan Kerla«, erklärte er laut und deutlich.

Dafne musterte ihn genauer. Sie schien ihn aus dem Schlaf gerissen zu haben, denn er wirkte ebenso überrascht wie sie. Außerdem sah er unsicher aus und ein wenig ängstlich. Von ihm hatte sie mit Sicherheit nichts zu befürchten. Wie er so vor ihr stand, hatte Dafne das Gefühl, dass er sogar ein bisschen traurig wirkte, und verspürte sogleich einen Anflug von Mitleid.

Bloß was zum Teufel suchte er mit seiner Katze in der Werkstatt ihres Großvaters?

Eine ganze Weile standen sie sich gegenüber, taxierten einander stumm im schummrigen Schein der alten Schiffslaterne, die einmal einem Cousin gehört hatte, der Fischer gewesen war. Jeder wartete offenbar darauf, dass sich der andere erklärte. Und nachdem sich Dafnes anfängliche Angst gelegt hatte, wagte sie sich vor und stemmte die Hände in die Hüften.

»Bist du hier eingebrochen? Das ist Privatbesitz, und du legst dich hier einfach schlafen. Mal ganz zu schweigen davon, dass die Räume nicht gerade gemütlich sind mit dem Gerümpel, das überall herumsteht.«

Milan zuckte mit den Schultern und verschwand dabei fast in seinem zu großen Pullover. Er starrte verlegen auf seine verschmutzten Schuhe, zwischen denen Guache sich zufrieden schnurrend zusammengerollt hatte.

»Ich brauchte einen Unterschlupf, und da die Tür offen war … Weißt du, ich war völlig erschöpft und musste mich irgendwo ausruhen, aber das ist vermutlich keine Entschuldigung.«

Er hob den Kopf, und ein angedeutetes Lächeln umspielte seine Lippen, während seine Augen unverwandt auf Dafne ruhten, die ihrerseits den Blick nicht abzuwenden vermochte. Ihr Gewissen regte sich. Hatte sie ihm unrecht getan? Bestimmt hatte er mit seinem Eindringen keinerlei böse Absichten verfolgt. Nein, in seinen Augen meinte sie vielmehr einen wehmütigen Ausdruck zu erkennen, als hätte er schon einmal in einen tiefen Abgrund geblickt. Jetzt wandte er sich ab, griff nach seinem Seesack und wollte die Werkstatt verlassen.

Dafne legte ihm die Hand auf den Arm, um ihn zurückzuhalten.

Unbeabsichtigt berührte sie dabei ein Band, das er ums Handgelenk trug. Es kam ihr bekannt vor, und dann fiel es ihr wieder ein. Eine Freundin von der Uni hatte ihre Abschlussarbeit über den Balkankrieg geschrieben und war bei ihren Recherchen auch auf kunstvolle Armbänder gestoßen, die junge Frauen selbst hergestellt hatten, um mit ihrem Verkauf die Flucht in den Westen zu finanzieren. Sie sahen genauso aus wie das, das Milan trug. Damals hatte die Gewalt ein klar erkennbares Gesicht, und diese Armbänder erzählten die Geschichten vieler trauriger Schicksale.

»Alles in Ordnung?«, fragte Milan.

Dafnes Arm zuckte zurück, als stünde das Armband unter Strom. Sie schüttelte sich, um die schrecklichen Bilder, die sich ihr aufdrängten, wieder loszuwerden.

»Komm, setz dich.« Milan schob eine Bücherkiste zu ihr hin und bot ihr aus seiner Trinkflasche einen Schluck Wasser an. »Du siehst ganz schön fertig aus«, sagte er und beugte sich über sie, aber sie hörte gar nicht, was er sagte. Sie starrte wie gebannt auf das Armband, und unwillkürlich fragte sie sich, was dieser Mann, der damals noch ein Junge gewesen sein musste, in diesem Krieg erlebt haben musste.

»Ich weiß nicht, was mit mir los ist«, murmelte sie abwesend.

Milan kratzte sich am Kinn und setzte sich im Schneidersitz ihr gegenüber. »Ist dir schwindlig? Vielleicht hast du einen zu niedrigen Blutdruck. Du bist nämlich plötzlich leichenblass geworden und warst völlig weggetreten. War richtig beängstigend.«

Dafne entspannte sich ein wenig und musste plötzlich laut auflachen.

»Findest du das witzig?«, erkundigte Milan sich verwundert.

»Ja, finde ich«, erwiderte sie und legte sich die Hand auf die Brust. »Noch vor wenigen Minuten hast du mich zu Tode erschreckt, und jetzt kümmerst du dich um mich. Irgendwie verrückt.«

»Okay, das leuchtet mir ein«, gab er zu.

Eine Weile schwiegen beide. Draußen trommelte der Regen heftig aufs Dach. Dafne zwang sich aufzustehen, aufmerksam beobachtet von Milan, dem weder ihre fahle Gesichtsfarbe noch ihr abwesender Blick gefielen.

»Bist du sicher, dass es dir gut geht?«, erkundigte er sich noch einmal besorgt.

»Ja doch. Alles in Ordnung«, gab sie zurück, aber in Wirklichkeit fühlte sie sich bleischwer, als hätte man sie plötzlich aus einem tiefen Schlaf aufgeschreckt, den sie kaum abzuschütteln vermochte.

»Wie du meinst.« Milan nahm den Seesack und ging zur Tür. »Pass auf dich auf.«

Vier Worte zum Abschied, den Dafne mit einem Mal gar nicht mehr wollte.

»Warte«, sagte sie und ging auf ihn zu.

Fünf Buchstaben, um eine Revolution in ihrem Innern zu entfesseln. Plötzlich kam sie sich zerrissen vor. Was zum Teufel ging gerade mit ihr vor? Sie verstand sich selbst nicht.

Milan blieb stehen, vor Anspannung traten die Adern an seinem Hals hervor. »Keine Sorge, ich habe nichts angefasst oder weggenommen, du kannst nachsehen.«

Als er den Seesack öffnen wollte, wehrte sie ab. »Nicht nötig, du kannst bleiben, wenn du willst.«

Nachdenklich spielte sie mit einer ihrer Locken. Warum hatte sie ihm diesen Vorschlag gemacht? Weil er ihr geholfen hatte? Oder weil er so verloren wirkte und ihr leidtat? Oder einfach weil es dem eigenen Ego schmeichelte, etwas Gutes zu tun?

»Zumindest heute Nacht«, setzte sie hinzu und deutete auf die Sturzbäche, die aus den Regenrinnen schossen, während Guache sich auf die Hinterpfoten stellte, um weiter gestreichelt zu werden.

Milans Blick wanderte durch die Werkstatt, dann zu Dafne. Seine Augen hatten die Farbe eines leuchtenden Sommerhimmels, auch wenn in ihnen ein Anflug von Melancholie lag.

Er schwieg einen Moment. »Gut, danke«, sagte er schließlich und lächelte sie zum ersten Mal an.

»Okay.« Dafne schüttelte den Pony aus der Stirn.

»Dann gehe ich wohl besser«, sagte sie unbestimmt.

So langsam dämmerte ihr, wie unmöglich die Situation war. Mitten in der Nacht stand sie in einer verlassenen Werkstatt allein mit einem wildfremden Mann, den sie hier beim Schlafen überrascht und den sie trotzdem zum Bleiben aufgefordert hatte. Entschlossen straffte sie die Schultern und klatschte so laut in die Hände, dass es von den Wänden widerhallte.

»Gut, ich mach mich auf den Weg, es ist ja spät genug. Morgen früh komm ich aber noch mal vorbei, okay?«

Milan nickte. Wieder schlich sich ein Lächeln auf sein Gesicht, während Dafne versuchte, nicht über Guache zu stolpern, die ihr ständig zwischen den Füßen herumstrich. »Sie ist genau wie meine Macchia«, sagte sie gedankenverloren.

Sie beugte sich nach unten und strich ihr zärtlich über den Kopf. »Und jetzt lässt du mich gehen, ja?«

»Natürlich«, schaltete Milan sich ein und nahm die Katze hoch, die sich sofort in seine Arme kuschelte. »Es reicht, Guache, stör die junge Dame nicht.«

»Dafne.«

»Wie?«

Sie sah ihm in die Augen, in denen sie die gleiche Trauer erkannte wie in ihren eigenen. »Ich heiße Dafne Merisi. Einfach Dafne«, korrigierte sie sich rasch.

Er nickte wieder und streichelte Guache über das weiche Fell. »Gut, Dafne.« Er flüsterte ihren Namen fast, seine Stimme klang wie Samt. »Wir sehen uns dann morgen. Gute Nacht.«

»Gute Nacht, Milan«, wisperte Dafne und beugte sich ein letztes Mal zu der Katze hin, die in seinen Armen schnurrte. Dabei bemerkte sie eine Tätowierung auf seinem Hals: *Odi et amo.* Ich hasse und ich liebe. Die Schrift verdeckte eine hässliche Narbe, von der sie den Blick gleich wieder abwandte. »Gute Nacht, Süße«, murmelte sie.

Rasch verließ sie die Werkstatt und ging durch die leeren Gassen des schlafenden Ortes nach Hause, gefangen in einem Labyrinth aus Gedanken und Gefühlen, die in ihr tobten. Was hatte das alles zu bedeuten? Plötzlich tauchte dieser Typ in ihrem Leben auf! Und was faszinierte sie so an seinem Armband? Welche Geschichte verbarg sich dahinter?

All das fragte sie sich noch immer, während sie in einem viel zu großen türkisfarbenen T-Shirt zu Hause im Bad stand und sich die nassen Haare kämmte. Auch im Traum verfolgten sie diese Fragen, und das Lächeln des Mädchens mit der roten Baskenmütze vermischte sich mit Milans Lächeln, bei dem sie nicht so recht wusste, ob sie es liebenswert oder unheimlich fand.

Das Knacken und Ächzen der Balken, Treppen und Holzdielen riss sie aus dem Schlaf, draußen heulte der Wind und peitschte die Zweige des Nussbaums gegen ihr Fenster. Dafnes Herz raste, sie spürte, wie sich Hitze in ihrem ganzen Körper ausbreitete, aber es war nicht

Angst, die das Blut durch ihren Körper rauschen ließ, sondern das Gefühl, endlich wieder lebendig zu sein.

Irgendwie hatte der Unbekannte aus der Werkstatt sie berührt. Und sie fragte sich, ob Milan seinem Schicksal auf der Spur war. Genau wie sie selbst.

5

»Einen starken Cappuccino mit wenig Schaum, bitte«, sagte Dafne und fügte hinzu: »Ich stehe heute Morgen irgendwie neben mir, ich hatte gestern ein verrücktes Erlebnis, das mir nicht aus dem Kopf geht.«

Ihre Freundin Ginevra, deren Eltern die Bar und Trattoria in Torralta gehörte, hatte sich in den drei Jahren, die sie sie nicht gesehen hatte, kein bisschen verändert. Ginevra trug noch immer tief ausgeschnittene T-Shirts und hatte noch immer das gleiche laszive Lächeln auf den Lippen, das ihr Gäste, jedoch manchmal auch Ärger einbrachte.

Seit ihrer Rückkehr war Dafne heute das erste Mal im Dorf unterwegs, von der vergangenen Nacht einmal abgesehen. Kaum hatte sie das Haus verlassen, waren ihr jede Menge Bekannte und Freunde von früher über den Weg gelaufen, die sich freuten, sie zu sehen, und wissen wollten, ob sie länger blieb oder nur für ein paar Tage zu Besuch war.

Während sie geduldig Rede und Antwort gestanden hatte, waren ihre Gedanken immer wieder zu der Begegnung mit Milan zurückgekehrt. Bis zum Morgengrauen hatte sie mehr oder weniger wach gelegen und an seine tiefgründigen Augen gedacht, die direkt in ihre Seele geblickt zu haben schienen.

Er war ihr ähnlich, dachte sie und warf einen Blick auf ihr Smartphone, das sie seit ihrer überstürzten Abreise aus Rom nicht mehr eingeschaltet hatte. Wenn sie es täte, würde sie E-Mails und SMS von Ettore vorfinden, müsste sich mit Gefühlen auseinandersetzen, die sie vergessen wollte. Andererseits war es allmählich an der Zeit, sich den Tatsachen zu stellen, so unangenehm sie auch sein mochten. Seufzend versuchte sie das Handy einzuschalten, doch der Akku war leer. Es sollte wohl nicht sein.

Erleichtert ließ sie das kleine Gerät zurück in die Tasche gleiten, widmete sich dem Cappuccino, den Ginevra vor ihr auf den Tresen gestellt hatte, und merkte, wie ihre Laune sich besserte.

»Wenn es dich nicht schon gäbe, müsste man dich erfinden«, scherzte sie und warf der Freundin eine Kusshand zu.

Woraufhin Ginevra ein Croissant, Dafnes Lieblingssorte mit weißer Schokolade, neben die Tasse legte. »Geht aufs Haus«, flüsterte sie augenzwinkernd, damit ihr Vater an der Kasse es nicht hörte. »Selbst wenn du ein paar Katastrophen hinter dir haben solltest, nach dieser Kalorienbombe siehst du alles in einem anderen Licht, glaub mir.«

Dafne lächelte und biss in das köstlich lockere Gebäck.

In einem anderen Licht. Was bedeutete das?, überlegte sie, als sie kurze Zeit später die Bar verließ, um Milan

Frühstück zu bringen. Hieß es womöglich, dass sich ihr wieder eine Zukunft eröffnete, an die sie fast schon nicht mehr geglaubt hatte? Erst heute Morgen hatte sie ihre Großmutter vorsichtig auf die Idee angesprochen, Levantes Werkstatt zu übernehmen, um ein Geschäft nach ihren Vorstellungen aufzuziehen. Mit alten Dingen und neuen Formen. Clelia hatte gelächelt, aber auch besorgt ausgesehen. Hatte es etwas mit den alten Geschichten zu tun, die sie so vehement zu ignorieren versuchte und über die sie sich so schrecklich aufregte?

Dafne jedenfalls beschloss, sich ganz auf das Heute und Morgen zu konzentrieren und nicht mehr an die Vergangenheit, nicht mehr an Ettore zu denken. Das war natürlich leichter gesagt als getan. Sie musste sich zusammennehmen und sich daran erinnern, dass nur sie und ihre Pläne zählten.

In Gedanken versunken bog sie in die Gasse ein, die zur Werkstatt führte. Sie atmete tief durch und öffnete die Tür.

»Hallo«, hörte sie Milans sanfte Stimme.

»Hallo«, antwortete sie und blieb wie angewurzelt auf der Türschwelle stehen. Der Raum war nicht wiederzuerkennen. Keine dicken Staubschichten mehr, kein unübersichtliches Durcheinander, kein Modergeruch. Stattdessen duftete es nach Zitrusreiniger, die Kisten waren ordentlich aufgestapelt, herumliegende Dinge weggeräumt. Als Dafne sich umsah, bemerkte sie, dass er sogar die Toilette geputzt und den tropfenden Wasserhahn repariert hatte.

Er selbst sah ebenfalls anders aus: Er hatte sich rasiert, seine Haare waren gewaschen, und er sah toll aus. Ein faszinierender Mann mit vielen Sommersprossen, etwas zu tief liegenden Augen und den nicht gerade schicken, aber lässigen Klamotten. Von ihm ging eine besondere Anziehungskraft aus, das spürte sie deutlich.

»Gut geschlafen?«, erkundigte er sich und fügte, als sie nicht antwortete, hinzu: »Ich meine, konntest du schlafen, nach der Aufregung gestern Abend? Das war bestimmt ein ganz schöner Schock für dich, einen verschlafenen Fremden in deiner Werkstatt zu finden. Ich glaube, ich hab mich noch nicht wirklich entschuldigt.«

»Das hast du, lass gut sein«, entgegnete Dafne. »Mich wirft so schnell nichts um.« Sie stellte ihre Tasche und die Tüte auf dem Tisch ab. »Ich hab dir was zum Frühstück mitgebracht. Und nachdem ich sehe, was du hier für eine Aktion gestartet hast, kannst du sicher einen Kaffee und was zu essen vertragen. Hast du überhaupt geschlafen?«

Milan lächelte und stellte den Besen, den er noch in der Hand hielt, in die Ecke. »Ich brauche bloß wenig Schlaf, und das hier war das Mindeste, was ich tun konnte. Du hast mir ein Dach über dem Kopf gegeben, und dafür wollte ich mich revanchieren.« Er wischte sich die Hände an der Hose ab und schaute neugierig in die Tüte. »Mm, Schokotörtchen und gefülltes Croissant, lecker. Vielen Dank.«

»Eins davon war eigentlich für mich gedacht«, wandte sie ein und bereute es sofort. »Ach, vergiss es.«

Es war eine alte Gewohnheit, denn in Rom hatte sie morgens immer für sich und Ettore etwas für ein schnelles zweites Frühstück gekauft.

Milan schien zu ahnen, dass es sich um eine schmerzhafte Erinnerung handelte. »Nein, ist okay«, sagte er betont munter. »Und ich wette, das Schokotörtchen sollte für dich sein, oder?«

Sie nickte. »Genau, woher weißt du das?«

Er griff nach der Tüte und zog das Croissant heraus. »Du wirkst auf mich einfach wie der Schokotyp.«

Belustigt sah er zu Dafne hinüber, die gerade in ihr Törtchen biss, während er Krümel des Croissants von seinem Pullover wischte und einen Schluck Kaffee trank.

»Schokolade ist wie eine Droge für mich«, gab sie zu. »Übrigens bin ich fest davon überzeugt, dass sie nur dann dick macht, wenn dir andere beim Essen zusehen. Der Rest zählt nicht«, fügte sie hinzu, zerknüllte die Tüte und warf sie in den Mülleimer. »Du hast natürlich nichts gesehen.«

»Natürlich nicht«, stimmte er lächelnd zu. »Darf ich trotzdem darauf aufmerksam machen, dass du dich bekleckert hast?«

Sofort blickte sie an sich hinunter und entdeckte einen Schokoladenfleck auf der sündhaft teuren Jacke, die sie sich irgendwann mal geleistet hatte, und begann ebenso hektisch wie vergeblich daran herumzuwischen.

Dann breitete sich Schweigen im Raum aus. Dafne lehnte kauend am Tisch, Milan an der Wand, während Guache zu ihren Füßen die mitgebrachte Milch schlabberte. Keiner wusste, was er sagen sollte. Dafne fühlte sich in seiner Gegenwart unsicher: einerseits befangen, andererseits sehr lebendig.

Nach einer Weile setzte sie sich auf den Tisch und ließ die Beine baumeln. »Hör mal …«, begann sie stockend – sie hatte sich die Worte auf dem Weg hierher sorgfältig zurechtgelegt. »Ich hab lange nachgedacht.« Sie brach ab und starrte auf den Anhänger, der an einer Kette um seinen Hals hing und aus dem Hemdausschnitt hervorblitzte: eine Acht, die mit schwarzen und kupferfarbenen Metallfäden umwickelt war. »Was ist das?«

Milan nahm die Kette ab und zeigte sie ihr. »Es ist ein Symbol für Unendlichkeit«, erklärte er und legte den Anhänger auf ihre Handfläche. »Aus Eisen und Kupfer, nichts Besonderes.«

»Kaum zu glauben, er glänzt wie ein Edelstein«, meinte sie und gab ihm den Anhänger zurück, dabei fiel ihr auf, dass er fast zärtlich darüberstrich. »Hast du ihn selbst gemacht?«

»Ja, aus Metallschrott – aus Abfall, den niemand mehr brauchte. Ich musste mich beschäftigen, um auf andere Gedanken zu kommen«, antwortete er und schloss die Hand um den Anhänger zur Faust.

Während sie ihn beobachtete, spürte Dafne eindeutig, dass etwas zwischen ihnen war, eine Energie, eine unheimliche Kraft, die sie weder zu greifen noch zu begreifen vermochte.

»Bist du Kunstschmied?«, fragte sie.

»In gewissem Sinne ja«, antwortete Milan, wandte sich

ab und horchte auf die Geräusche der Straße. Milan lächelte zerstreut.

»Was heißt, in gewissem Sinne?«, hakte Dafne neugierig nach.

»Eine Zeit lang hab ich mal in einer Schmiede gearbeitet. Aus rohem Eisen etwas zu formen, ist schon faszinierend, aber die Arbeit mit Altmetall ist mir noch lieber. Etwas ein zweites Mal zu bearbeiten, ihm eine ganz neue Form zu geben, das ist für mich eine Herausforderung. Vor allem weil ich zunächst die Geschichten erkennen und begreifen muss, die jedes Teil mit sich herumträgt. Rohmaterial tut das nicht, ist in seiner Ursprünglichkeit fast langweilig. Allein die Tatsache, dass bearbeitetes Eisen die Kraft des Feuers bereits kennt, macht einen riesigen Unterschied.«

Gebannt hörte Dafne zu und meinte etwas von der leidenschaftlichen Energie zu erahnen, die in den Bewegungen seiner Hände ihren Ausdruck fand, während er von der Umgestaltung von verschiedenen Gegenständen schwärmte.

»Wenn du von deiner Arbeit sprichst, scheinst du ein ganz anderer zu sein.«

»Manchmal verstehe nicht einmal ich selbst, was ich so von mir gebe, also vergiss es«, wich er aus, griff nach dem gepackten Seesack und bedachte Guache, die sich ausgiebig mit ihrer Milch beschäftigte, mit einem langen Blick.

»Danke für alles«, wandte er sich wieder an Dafne. »Gib mir noch fünf Minuten, dann werde ich deine Gastfreundschaft nicht länger strapazieren.«

»Wo willst du denn hin? Hast du irgendwo einen Job in Aussicht?«

»Deshalb bin ich hergekommen. Doch auf meinen Kontaktmann hätte ich mich besser nicht verlassen, er hat bloß leere Versprechungen gemacht.«

»Verstehe.« Dafne sah zu der Katze hin und hatte das Gefühl, als würde das Tier sie beschwörend anschauen. »Was hältst du davon, mir in der Werkstatt zu helfen?«, fragte sie und bemühte sich, gelassen zu klingen. »Hier ist noch eine Menge zu tun, bis alles für meine Zwecke hergerichtet ist. Ich will sie komplett umgestalten, was mit Sicherheit einige Zeit in Anspruch nehmen wird. Du könntest währenddessen bei freier Kost und Logis oben in der Mansarde wohnen. Und je nachdem, wie sich alles anlässt, kann ich mir, wenn wir dann startklar sind, auch eine Zusammenarbeit vorstellen.«

»Ist das dein Ernst?«

»Natürlich. Dein Anhänger hat mich davon überzeugt, dass du ein guter kreativer Partner wärst.«

Milan musterte sie. Dafne war eine zierliche, schlanke Frau, wirkte fast ein wenig zerbrechlich, als könnte ein heftiger Windstoß sie umblasen – in ihren großen aquamarinblauen Augen hingegen erkannte er eiserne Entschlossenheit.

Er verschränkte die Arme vor der Brust und musterte sie. »Und was genau hast du in dieser Werkstatt vor?«

»Es geht um vergessene Dinge«, begann Dafne und deutete auf die Kisten. »Lauter angeblich wertlose Gegenstände, die mein Großvater irgendwo ausgegraben hat. Er hat mit altem Hausrat gehandelt, Antiquitäten wäre wohl zu viel gesagt, aber er hatte ein Gespür für Außergewöhnliches, Originelles, für Raritäten. Für ihn war das, was meine Großmutter als Gerümpel bezeichnete, eine Quelle der Inspiration. Er war ein begnadeter Geschichtenerzähler mit grenzenloser Fantasie.«

»Und du, was hast du selbst vor?«

»Ich will aus Altem Neues machen, wertlos gewordene Gegenstände umgestalten, ihnen neues Leben einhauchen, eine zweite Chance geben.« Sie hielt inne, weil sie merkte, wie abstrakt das klang. »Wenn ich zum Beispiel an die vielen Fernsehgeräte denke, die einfach deshalb auf der Müllhalde landen, weil sie keinen USB-Anschluss oder anderen modernen Schnickschnack haben, dann finde ich das irgendwie lieblos, obwohl es sich nur um Gegenstände handelt. Wie viele Abende haben sie ihren Besitzern Gesellschaft geleistet und Freude bereitet, ihnen die Langeweile vertrieben oder die Kinder beschäftigt?« Sie schlug mit der Faust in die Innenfläche der anderen Hand. »Die Frage ist also, ob man sie nicht anderweitig verwenden kann. Ich glaube, dass man aus vielen Dingen noch etwas Nützliches erschaffen kann. Daher ist meine Idee, eine Werkstatt für vorschnell entsorgte Dinge aufzuziehen, in der sie umgestaltet und einem neuen Verwendungszweck zugeführt werden«, schloss sie und atmete tief durch.

»Erinnerungen …«, murmelte Milan und strich sich übers Kinn, während in seinem Kopf die Gedanken durcheinanderwirbelten.

»Und? Was meinst du dazu?«, hakte Dafne nach, als eine Antwort ausblieb.

»Nun, ich finde das sehr überzeugend.«

»Zum Glück! Du warst die erste Testperson für meine Idee. Heute habe ich eine Reihe von Terminen bei den Behörden und bei der Bank, ich brauche natürlich einen Kredit.« Guaches aufforderndes Maunzen lenkte sie kurzzeitig ab, und sie kniete sich hin, um das Fellknäuel zu streicheln. »Und du, Guache? Gefällt dir die Idee?« Sie drehte sich zu Milan um, der die beiden beobachtete. »So, wie es aussieht, findet sie es gut, oder?«

Milan schmunzelte, die Daumen in den Gürtel seiner Hose gehakt. »So, wie es aussieht, hat Guache längst für uns beide entschieden. Da gibt es kein Zurück mehr.«

6

Milan und Dafne schufteten Tag und Nacht, seit die Bank den Kredit bewilligt hatte. Manchmal arbeiteten sie bis zu sechzehn Stunden, unterbrochen nur von einer kurzen Pause, um rasch etwas zu essen.

Dafne hatte es eilig. Der Gedanke, endlich das tun zu können, was sie wirklich wollte, elektrisierte sie und ließ sie nachts kaum Ruhe finden. Oft starrte sie stundenlang an die Schlafzimmerdecke und malte sich aus, welche Projekte sie zuerst angehen würde. Doch immer öfter war sie so erschöpft, dass sie vor dem Fernseher einschlief.

Clelia war besorgt und mahnte sie immer wieder, sich mehr Ruhe zu gönnen, aber Dafne wollte davon nichts wissen.

»Wenn ich tot bin, habe ich noch genug Zeit zum Ausruhen – solange ich auf dieser Erde bin, wird nicht getrödelt«, pflegte sie jedes Mal zu antworten.

Dafne hatte ihrer Großmutter wenig über die eigentlichen Beweggründe ihrer Geschäftsidee verraten, denn Dafne war sich sicher, dass die rationale Clelia nichts von schicksalhafter Bestimmung und übersinnlichen Fähigkeiten wissen wollte. Wie sollte sie ihr also erklären, dass sie aus alten, überflüssig gewordenen Gegenständen und deren Geheimnissen etwas Neues erschaffen wollte? Aus diesem Grund hatte Dafne ihr auch nichts vom Besuch der Gemeindeschwester erzählt. Die sechsundsiebzigjährige Giuseppina, die »eiserne Jungfrau« von Torralta, hatte eines Tages in der Mittagspause auf ihrer Schwelle gestanden, als sie gerade mit Broten und ein paar Dosen Bier zur Werkstatt zurückkam.

»Ich habe gehört, dass du Levantes Erbe antreten willst«, hatte sie mit einem freundlichen Lächeln gesagt, das ihr Alter und ihre Falten vergessen ließ. »Und weil du handwerklich begabt zu sein scheinst, wollte ich dich bitten, dir mal die alte Kommode meiner Mutter anzusehen. Sie wackelt, ist wurmstichig, die Schubladen klemmen, aber sie hat ihr gehört, Gott hab sie selig.« Sie kramte nach einem Taschentuch und wischte sich damit über die Augen. »Ich möchte sie nicht wegwerfen, obwohl sie nicht wertvoll ist. Sie ist einfach das Letzte, was mir von ihr geblieben ist. Bloß weiß ich nicht wirklich, was ich mit ihr anfangen soll«, fügte sie hinzu, die Wangen vor Erregung gerötet.

Dafne streichelte sanft ihre Hand. »Das kann ich gut verstehen – die Kommode ist kostbar für dich, weil sie voller Erinnerungen steckt«, flüsterte sie und drückte fest die Hände der alten Frau. »Allein der Gedanke, sich von Signora Dorellas Kommode zu trennen, muss schrecklich für dich sein.«

Giuseppina schluchzte ein bisschen, fühlte sich jedoch verstanden und getröstet. »Ich kann es einfach nicht«, erklärte sie schließlich.

Eine Weile schwiegen beide Frauen. Dann stieg Milan, der gerade neue Regale angebracht hatte, von der Leiter und legte sein Werkzeug auf den Tisch. »Wenn die Signora es wünscht, kann ich die Kommode sofort abholen und mir ansehen, was zu reparieren ist«, schlug er Dafne vor und wandte sich dann an Giuseppina. »Es dauert nicht lange«, versicherte er.

Bereits kurze Zeit später kam er mit der Kommode zurück. Es musste sich um ein Stück aus dem frühen 20. Jahrhundert handeln, schätzte Dafne, die Kommode mit den vier verschließbaren Schubladen war ziemlich verschrammt und zudem vom Holzwurm zerfressen. Die Kanten waren abgestoßen, die nachträglich aufgetragene Farbe blätterte ab, die Schubladen klemmten, und die Metallbeschläge waren oxidiert. Giuseppinas Kommode sah furchtbar aus.

Dafne begutachtete sie kritisch. »Sie ist ja in einem eher schlechten Zustand«, urteilte sie schließlich.

»Das weiß ich«, erwiderte Giuseppina unglücklich und knetete nervös ihr Taschentuch.

Unschlüssig biss Dafne sich auf die Lippen, streckte die Hand aus, strich vorsichtig über die Kanten und spürte, wie lebendig sich das Holz anfühlte.

»Erzähl mir von der Kommode«, bat sie Giuseppina, während sie sich die Konturen, die schadhaften Stellen und die Gänge der Holzwürmer einzuprägen versuchte.

Die alte Frau fuhr sich mit der Zunge über die Lippen, die Frage überraschte sie sichtlich. »Was soll ich dir da erzählen?«

»Na, zum Beispiel wie sie in euer Haus kam und ob deine Mutter eine besondere Beziehung zu diesem Möbelstück hatte.«

Giuseppina zuckte mit den Schultern und überlegte angestrengt. »Sie war ein Hochzeitsgeschenk ihres Bruders, er war Schreiner und hat alle Möbel selbst angefertigt. Seit ihrer Heirat stand die Kommode in ihrer Wohnung.«

»Hm, und weiter?«, bohrte Dafne nach, öffnete die Schubladen und betrachtete das Durcheinander darin. In der untersten fiel ihr ein kleines Säckchen auf, das mit einer dünnen Kordel zugebunden war. Intuitiv griff Dafne danach, sie hatte im Gefühl, dass es damit eine besondere Bewandtnis hatte. Sie löste die Kordel und schüttete einige Samenkörner in ihre Hand. »Und das hier?«, fragte sie die Gemeindeschwester, die plötzlich ganz wehmütig aussah.

»O mein Gott, die Orangensamen, die meine Mutter so vermisst hat«, flüsterte sie. »Sie stammte aus Sizilien, musst du wissen, und vermisste die Blutorangen ihrer Heimat, besonders in den letzten Jahren. Komisch, sie hatte vergessen, wo sie die Samen hingeräumt hatte, und sie immer vergeblich gesucht. Und ich ... Nun ja, mir war das damals wohl nicht wichtig.« Traurig betrachtete sie die kleinen Kostbarkeiten in Dafnes Hand. »Sie hatte einen grünen Daumen, wie man so sagt, vor allem für Obstbäume, bei ihr ist jedes einzelne Samenkorn gekeimt, und sie hätte diese Samen so gerne in ihrer neuen Heimat angepflanzt. Jetzt ist es zu spät. Zu spät für alles.« Sie schüttelte den Kopf und wischte sich erneut über die Augen.

Dafne legte ihr sanft die Hand auf die Schultern. »Vielleicht stimmt das ja gar nicht.«

»Wie meinst du das?«

»Und wenn wir nun aus der Kommode, die sich für die Wohnung ohnehin nicht mehr recht eignet, eine Art kleines Gewächshaus machen? Stell dir vor, deine Mutter schaut aus dem Himmel herab und sieht dort ihre Orangenbäume keimen. Ein Zeichen dafür, dass du sie nicht vergessen hast. Später musst du sie natürlich umsetzen. Außerdem kannst du in den Schubladen kleinere Pflanzen heranziehen, Sorten, die deine Mutter gemocht hat – das sieht bestimmt sehr schön aus.«

»Du bist ein guter Mensch, genau wie dein Großvater«, sagte Giuseppina unvermittelt, nachdem sie Dafne lange angeschaut hatte. »Du besitzt seine Gabe, weißt du?«, fügte sie hinzu und streichelte der jungen Frau über die Wange. »Du schenkst Hoffnung, Dafne, genau wie Levante es früher getan hat. Ich freue mich, dass er das an dich weitergegeben hat.«

Verlegen nickte Dafne. »Ich wäre so gern wie er«, gestand sie, »manchmal fehlt er mir so sehr, dass ich alles tun würde, um ihn wieder an meiner Seite zu haben. Ich möchte gerne noch einmal die magischen Stunden mit ihm erleben, als er mich in eine ganz andere Welt entführt hat.«

»In dem, was du tust, ist er bei dir«, versicherte ihr Giuseppina.

War es wirklich eine Gabe, die sie besaß, fragte sie sich einige Stunden später, als sie im Bett lag und die Decke anstarrte, in der Hoffnung, Antworten auf ihre Fragen zu bekommen. Giuseppina jedenfalls schien felsenfest davon überzeugt zu sein.

Auch Milan hatte gemerkt, dass sie in manchen Dingen über eine besondere Sensibilität verfügte – doch ob und inwieweit er das nachzuvollziehen vermochte, verriet er mit keinem Wort.

Sie schob die Decke beiseite, setzte sich auf und blickte aus dem Fenster. Die Nacht über Torralta war klar, im Garten lag der erste Raureif, der auch die Bäume schmückte, und das Mondlicht zauberte geheimnisvolle Bilder in die dunkle Landschaft. Je länger sie in Torralta war, umso klarer wurde ihr, dass ein einfaches, mit der Natur verbundenes Leben sie erfüllte. Milan schien es genauso zu gehen.

Milan. Warum endeten all ihre Gedanken immer bei ihm?

Selbst Ginevra war das nicht entgangen, sonst würde sie sie nicht ständig mit Fragen über ihn löchern. Dabei wusste sie selbst nach wie vor herzlich wenig über ihn.

Sie wusste inzwischen, dass er vom Balkan kam. Aber wieso sprach er so gut Italienisch? Und warum hatte er einen leicht französischen Akzent? Er schien gebildet zu sein, aber seine Hände waren rau und vernarbt, gezeichnet von schwerer Arbeit, und sahen nicht aus wie die eines Mannes, der seine Zeit überwiegend am Schreibtisch verbracht hatte. Dafne wurde einfach nicht schlau aus ihm. Seine wachsamen Augen, sein Misstrauen gegenüber vielen Dingen, sie hätte zu gern gewusst, was er in seiner Vergangenheit erlebt hatte.

Und was genau hatte es mit dem Armband und dem Anhänger auf sich? Irgendetwas hatten sie mit dem Krieg zu tun, so viel hatte sie schon herausgefunden – ihn aber nach Einzelheiten zu fragen, das traute sie sich nicht. Denn trotz aller Sympathie, die sie füreinander hatten, gab es nach wie vor eine unsichtbare Grenze zwischen ihnen, die sie nicht zu übertreten wagte.

»Wer bist du, Milan Kerla?«, fragte sie lächelnd und schaute hoffnungsvoll in den Sternenhimmel, als würde sie dort eine Antwort finden.

7

Die Neueröffnung der »Werkstatt für längst vergessene Dinge« wurde ein voller Erfolg. Dafne und Milan hatten hart gearbeitet, auch wenn sie bisweilen zwischen überschäumender Euphorie und großen Zweifeln geschwankt hatten.

Ganz Torralta gab sich die Ehre zur Eröffnung des Ladens. Die Bewohner des Dorfes freuten sich, dass Dafne, die hier geboren war, aus Rom zurückgekehrt war und dazu beitrug, wieder mehr Leben in den beschaulichen Ort zu bringen. Den Menschen hier war daran gelegen, Traditionen zu bewahren, die ihrem Leben Wärme und Halt gaben.

Um das zu würdigen, erschienen viele Gäste in der regionalen Tracht, viele machten Dafne Komplimente oder wünschten ihr viel Glück und Erfolg.

Bürgermeister Gianfilippo Manfredi – der Vater einer ehemaligen Schulkameradin Dafnes und Anwalt in Torralta – hatte einen befreundeten Journalisten angerufen, damit dieser über die Eröffnung berichtete, und Don Gino, der Priester, der Dafne getauft hatte, hatte sogar die sonntägliche Predigt genutzt, um auf das Ereignis aufmerksam zu machen.

»Wir müssen zurück zu unseren Wurzeln, zu unserer Vergangenheit«, erklärte Dafne bei ihrer kurzen Ansprache und blickte gerührt in die feuchten, aber strahlenden Augen ihrer Großmutter. Nicht zuletzt war es ja auch ihre Vergangenheit, die Dafne wiederbelebte, ihre vielen gemeinsamen Jahre mit Levante. An diesem Tag schien Clelia ihre Vorbehalte gegenüber Dafnes ausufernder Beschäftigung mit der Vergangenheit vergessen zu haben und einfach nur stolz auf ihre Enkelin zu sein.

In der Zwischenzeit hatte Dafne eine Sammelwut entwickelt, die der großväterlichen in nichts nachstand. In der Werkstatt stapelten sich Möbel, Schmuck und aussortierte Haushaltsgegenstände, und es wurden immer mehr. Jeden Tag kam ein neues Stück hinzu, dessen Geschichte es zu entdecken galt, und Dafne war sich sicher, dass sie jedem Stück eine neue Bestimmung geben konnte.

Sobald ein Kunde vorbeikam, begann Dafnes Gesicht zu strahlen, sie stellte Fragen, strich über die Mitbringsel der Kunden, ertastete Furchen und Ritzen und für das Auge unsichtbare Schichten. Wenn sie dann allein mit dem Gegenstand war, richtete sie ihre ganze Konzentration darauf und öffnete all ihre Sinne. Dass Milan sie dabei manchmal etwas schräg ansah, nahm sie gelassen hin. Hauptsache, sie wusste, was sie tat. Sie musste eine Beziehung aufbauen, den Gegenstand berühren, an ihm riechen, über seine Oberfläche streichen und ihn betasten. Denn im Detail steckte oft die verborgene Wahrheit.

Wie zum Beispiel bei einer Badewanne aus den Vierzigerjahren, die Laura, der Sekretärin des Bürgermeisters, gehörte. Mit geschlossenen Augen legte Dafne die Hand auf die bauchige Außenwand unter der abgeplatzten Beschichtung. Sie konnte Laura ansehen, wie wichtig diese Badewanne für sie war. Und sie konnte die Liebe und Wärme, die von Laura ausging, wenn sie über diese alte Wanne sprach, beinahe fühlen.

Sie überlegte, warum bloß bei Ettore ihre Intuition so gründlich versagt hatte. Trotz des starken Gefühls zwischen ihnen. Eigentlich jammerschade, dass so etwas einfach verloren ging. *Die Liebe breitet sich aus, sie sucht und sie findet ihren Weg*, hatte ihr Großvater oft gesagt, doch mittlerweile zweifelte Dafne daran, dass seine weisen Worte auch bei ihr funktionierten.

Doch dann wanderten ihre Gedanken von Ettore zu Milan.

Dafne lächelte, als sie ihn leise vor sich hin murmeln hörte, wie er es beim Herumwerkeln immer tat. Wieder einmal wurde ihr bewusst, wie wenig sie über ihn wusste, obwohl sie so viel Zeit miteinander verbrachten. Kein Wort über seine Familie, sein Leben und schon gar nicht über den Grund, warum er in der Werkstatt Schutz gesucht hatte. Manchmal war sie drauf und dran, ihn einfach zu fragen, schreckte aber immer wieder davor zurück. Vermutlich würde sie ohnehin bloß eine ausweichende Antwort erhalten.

Aber sie glaubte nicht, dass ihre Begegnung reiner Zufall gewesen war. Wenn ein Mensch in das Leben eines anderen trat, so viel hatte die Erfahrung sie gelehrt, steckte meist eine verborgene Absicht dahinter. Aber warum Milan? Was bezweckte er? Der Mann mit den unergründlichen Augen war ihr ein echtes Rätsel. Den Grund für seine Anwesenheit in ihrem Leben konnte sie sich einfach nicht erklären.

»Alles in Ordnung?«

Dafne schüttelte die Gedanken ab. »Ja, warum?«

Milan hielt in der einen Hand einen Hammer, in der anderen einen schmiedeeisernen Beschlag mit einem Blumenmuster, den er für Giuseppinas Gewächshaus entworfen hatte. »Du sitzt in einer alten Badewanne ohne Wasser«, erklärte er.

»Ja und?«

»Du sitzt dort seit einer halben Stunde, ohne etwas zu sagen. Das ist ein bisschen beunruhigend.«

Seine Worte wirkten wie ein Weckruf. Er hatte recht, völlig recht. Sie war in ihren Gedanken mal wieder Gott weiß wo gewesen und hatte sich darin verloren wie in einem schwarzen Loch.

»Du hast recht. Würdest du mir bitte helfen, hier wieder rauszukommen, meine Muskeln sind so verkrampft, dass ich mich kaum mehr bewegen kann«, sagte sie und streckte ihm die Hände entgegen.

Er hingegen packte sie kurz entschlossen um die Taille und hob sie heraus. »So ist es einfacher«, sagte er, als ihre Ballerinas wieder festen Boden unter den Füßen hatten.

Das Ganze hatte nur wenige Sekunden gedauert, aber sein Atem auf ihrer Wange und seine Arme um ihren Körper hatten genügt, um sie durcheinanderzubringen.

Sie hatte sich kurz geborgen und sicher gefühlt und damit genau das gespürt, was Ettore ihr nicht hatte bieten können oder wollen. Lächelnd betrachtete sie Milans Gesicht und war sich mit einem Mal ganz sicher, dass sie in seinen Augen nichts Düsteres sah, sondern etwas Helles, ein Licht.

»Ein Hoffnungsschimmer«, murmelte sie, schaute ihn noch einen Moment an, ehe sie den Blick senkte, und Milan an die Arbeit zurückkehrte.

»Was hast du mit der Wanne vor?«, fragte Milan, der zu seiner Arbeit zurückkehrte und sie über die Schulter hinweg ansah.

Dafne warf einen Blick auf den rissigen Emaille-Überzug mit den zahlreichen Rostflecken. »Ich dachte an ein Sofa, Laura liest gerne. Im Bad hat ihr Mann bereits für Ersatz gesorgt und eine Dusche mit Massagedüse angeschafft.«

»Auch nicht die schlechteste Lösung. Und außerdem gerade modern.«

Dafne verdrehte die Augen. »Also bitte, so was Profanes. Wo bleibt denn da die Romantik?«

»Ach komm! Was ist denn an der Dusche verkehrt?«

Sie verschränkte die Arme vor der Brust. »Willst du wirklich eine Duschkabine mit Lauras Badewanne vergleichen, in der man zu zweit Haut an Haut liegen kann, umhüllt von Vanillebadeschaum, bei Kerzenschein und Hintergrundmusik von Nat King Cole?«

Milan lächelte. »Okay«, sagte er und hob die Hände, »ich habe verstanden.«

»Leute wie Lauras Mann haben einfach keinen Sinn für Nostalgie.«

»Nicht alle lieben die Vergangenheit so sehr wie du. Aber egal, erklär mir lieber dein Projekt mit dem Wannensofa.«

»Wir machen einfach ein Sofa draus«, antwortete sie. Sie warf einen raschen Blick in den Spiegel und versuchte ihre braunen Locken zu bändigen. »Ich dachte, wir könnten ein Stück aus dem Seitenteil entfernen und ein Polster einpassen, dazu ein paar Kissen. Die Füße müssten entfernt, die Wanne abgeschliffen und neu gestrichen werden, aber alles in allem dürfte das keine große Sache sein.« Sie umrundete die Wanne, ihre Hände strichen prüfend über den Rand. »Am liebsten würde ich Laura das Sofa zum Geburtstag schenken. Ich hab gestern zufällig ihren Personalausweis gesehen, sie wird nächste Woche zweiundvierzig. Das wäre doch was Besonderes.«

Milan lachte schallend und wischte sich mit dem Ärmel über die Stirn. »Das ist nicht gerade sehr geschäftstüchtig.«

»Ich weiß«, antwortete sie, bevor sie den Blick abwandte. »Ich muss bloß noch die richtige Farbe finden, irgendwo habe ich notiert, wie Lauras Wohnung eingerichtet ist und welches ihre Lieblingsfarben sind. Länger als drei, höchstens fünf Tage dürfte das nicht dauern. Was meinst du?«

Milan schlug mit dem Hammer auf das glühende Metallstück in seinem Schraubstock und schaute prüfend zur Wanne. »Die Idee ist gut, allerdings ist Gusseisen nicht so einfach zu schneiden. Außerdem würde ich die Füße dranlassen, denn gerade die spiegeln den nostalgischen Charme am besten wider.«

»Du hast recht, die Füße bleiben dran. Und wegen des Gusseisens müssen wir noch mal nachdenken. Ich kann es kaum erwarten, das wird großartig«, rief Dafne und klatschte in die Hände.

Milan lächelte sie an. Ihre Energie war ansteckend, dennoch war und blieb sie für ihn ein Buch mit sieben Siegeln. »Ich mach noch schnell die Griffe für die Kommode fertig, dann können wir mit der Wanne anfangen. Und wie hast du das mit der Farbe gemeint?«

Dafne stützte sich auf den Wannenrand, in ihren Augen leuchtete ein sanftes Licht. »Ganz einfach: Jeder Mensch strahlt Farben aus. Manche nennen das Aura. Es handelt sich dabei um chromatische Farbverläufe, die je nach Charakter, Sprechweise und dem Innenleben einer Person verschieden sind. Im Grunde geht es darum, dass die Farben eine Art visuelle Erzählung sind. Wer sie zu lesen versteht, erfährt mehr über einen Menschen – mehr als Kontoauszüge, Alter, Körpergröße und Haarfarbe aussagen können.«

»Und was genau?«

Als sie die Skepsis in seiner Stimme hörte, drehte sie sich zum Fenster, durch das ein schwaches Licht hereinfiel. »Das, was du fühlst – das, was du wirklich bist.«

Ihre Gedanken wanderten zu Levante, der ihr genau das einmal erklärt hatte, vor vielen Jahren, als sie auf seinen Knien gesessen hatte. Seine Hände waren voller

Farbe gewesen, und sie hatte ihm gesagt, dass er für sie orange sei. Danach hatte er sie fest an die Brust gedrückt und sie von diesem Tag an »mein kleiner Regenbogen« genannt. Seitdem durfte sie jederzeit in die Werkstatt kommen und dort herumkramen, obwohl Clelia dagegen war.

»Und du kannst diese Farben lesen?, fragte Milan und deutete auf Giuseppinas Kommode. »Ist das diese Gabe, über die ihr gesprochen habt?«

Dafne lächelte erneut, »Wahrscheinlich denkst du, das sei nur so ein esoterischer New-Age-Blödsinn.«

»Das hast *du* jetzt gesagt. Oder hast du das etwa in *meinen* Farben gelesen?«, erwiderte er mit spöttischem Unterton.

»Du bist ein misstrauischer Mensch. Um das zu erkennen, muss ich keine Aura entschlüsseln.« Sie krempelte die Ärmel hoch und suchte nach dem Notizblock, den sie auf dem Tisch hatte liegen lassen. »Vielleicht ist Angriff ja deine Methode, um alles und jeden auf Distanz zu halten. Eine Art Schutzmechanismus, den man oft auf Traumata in der Kindheit zurückführen kann.«

Sie nahm einen roten Stift und schrieb Zahlen auf den Block, betrachtete ihn aber verstohlen aus dem Augenwinkel bei seiner Schmiedearbeit.

»Ich bin eben einfach ein pragmatischer Mensch«, erwiderte er wenig überzeugend, und sie begriff, dass ihn ihre Worte getroffen hatten.

Das alte Radio, das noch aus den Fünfzigerjahren stammte, begann zu rauschen, der Nordwind hatte aufgefrischt, pfiff durch die Straßen und Gassen und ließ die Ziegel auf den Dächern klappern. Es sah nach Regen aus. Spannung lag in der Luft – auch zwischen ihnen.

»Wenn du so pragmatisch bist, warum verschwendest du dann deine Zeit damit, so was zu machen?« Dafne deutete auf seinen Anhänger. »Kunst ist nicht pragmatisch und rational, sondern intuitiv und instinktiv.«

»Ich habe nie behauptet, dass ich ein Künstler bin, ich bearbeite Eisen, mehr nicht.«

»Nein, du erschaffst etwas, das kann ich sehen.« Sie betrachtete die Aderung der Efeublätter, die er gerade ziseliert hatte, um sie nun zu polieren. »Das Eisen wird unter deinen Händen lebendig. Das ist ebenfalls eine Gabe, die nicht jeder hat. Deine Gabe.«

»Du bist einfach zu poetisch.« Milan verzog den Mund, und sein Blick wanderte zu den Beschlägen, an denen er seit Stunden arbeitete. »Du siehst jemanden in mir, der ich gar nicht bin. Ich bin nichts als ein Schmied, Dafne, vielleicht ein besonders guter, aber trotzdem nur ein Schmied. Alles andere ist mir viel zu kompliziert. Wo besteht da der Zusammenhang mit deiner Sofawanne?«

Sie verschränkte die Arme vor der Brust und ließ sich Zeit mit ihrer Antwort, sie wollte ihn auf keinen Fall bloßstellen. »Der Zusammenhang besteht darin, dass wir beide mit Dingen arbeiten, die für ihre Besitzer eine persönliche Bedeutung haben. Laura hat sich diese Wanne vor Jahren vom Mund abgespart. Sie möchte, dass die Wanne einen neuen Platz in ihrer Wohnung erhält, weil ihr Mann eine neue Dusche hat installieren lassen.

Deshalb kann ich sie nicht einfach weiß anstreichen – sie muss zu ihrem Zuhause passen, mit ihren persönlichen Farben harmonieren. Menschen sind mit Dingen über Gefühle und Erinnerungen verbunden.« Sie schaute zu der Uhr ihres Großvaters, die sie jeden Morgen vor der Arbeit auf dem Schreibtisch ablegte. »Ich habe zum Beispiel eine starke Bindung zu der alten Omega dort und du zu dem Anhänger und dem Armband, das du nie ablegst, auch wenn du mir nicht erzählen willst, warum. Wir sind und werden durch Erinnerungen und Gefühle geprägt, Milan. Wir wollen uns an das erinnern, was wir geliebt haben, damit der Tod nicht die Oberhand über das Leben gewinnt.«

Draußen schob sich eine Wolke vor die Sonne und warf graue Schatten an die Häuserwände – die ersten Vorboten drohenden Regens. Ein altes Ehepaar kam an der Werkstatt vorbei und grüßte still, ein Junge raste mit seinem Fahrrad an den beiden vorbei. Dafne und Milan betrachteten schweigend das Leben, das sich vor ihren Augen abspielte. Eine Windböe wehte durch das einen Spaltbreit geöffnete Fenster, ließ die Blätter auf dem Tisch tanzen und die rostigen Schlüssel klirren, die an der Wand hingen, während Guache den letzten Sonnenstrahlen hinterherjagte, die in den Raum fielen.

»Wir schaffen uns Erinnerungen, siehst du? Selbst jetzt, genau in diesem Moment. Wie bei unserer ersten Begegnung.« Sie flüsterte, um das empfindliche Gleichgewicht, das gerade herrschte, nicht zu stören.

»Erinnerungen sind nicht immer wertvoll. Manchmal

ist es ein Segen, wenn man vergessen kann, was man vergessen muss«, gab Milan mit harter Stimme zurück und drosch so heftig auf das glühende Eisen ein, als hätte es Schuld an seiner inneren Zerrissenheit.

Dafne war sich sicher, dass er die Erinnerungen an das Leben meinte, über das er so beharrlich schwieg. Das, was er erlebt haben musste, schien einfach zu furchtbar gewesen zu sein. Seine verkrampften Schultern und der Schmerz in seinen Augen sprachen Bände. Dafne wusste nicht, was sie tun sollte, und war froh, als Guaches Miauen sie nachdrücklich darauf hinwies, dass die Katze Hunger hatte.

»Auf geht's, meine Kleine«, murmelte sie und füllte den Napf, während Milan weiter das Eisen bearbeitete und ganz in eine Welt abgetaucht zu sein schien, zu der er ihr keinen Zutritt gewährte.

Kurz vor Feierabend tauchte trotz strömenden Regens ein Mädchen in der Werkstatt auf. Sie trug eine Schuluniform: knielanger blauer Rock, Strickjacke mit V-Ausschnitt und rote Wollstrümpfe. Ein langer blonder Zopf fiel ihr auf den Rücken. Sie hielt ein Tagebuch an die Brust gepresst, das mit einem kleinen goldenen Schloss versehen war.

»Darf ich reinkommen?«, fragte sie schüchtern.

Dafne wischte sich mit einem Lappen die Farbe von den Händen und lächelte. »Aber ja, natürlich. Wenn du noch länger draußen stehen bleibst, liegst du morgen mit Fieber im Bett.«

Das Mädchen ging mit kleinen Schritten vorsichtig durch die Werkstatt und betrachtete jeden Winkel, während Dafne eine Ecke des großen Tisches freiräumte.

»Alles in Ordnung?«, erkundigte sie sich, weil ihre junge Besucherin völlig verängstigt wirkte – so als könnte im nächsten Moment ein Monster aus dem Schrank springen.

»Ja, alles okay«, erklärte das Mädchen, trat jedoch nervös von einem Fuß auf den anderen. Und als über ihnen schwere Schritte zu vernehmen waren, wurde sie blass.

»Keine Sorge, das ist kein Gespenst, sondern mein Kollege, der oben wohnt«, beruhigte Dafne sie. »Und jetzt erzähl mir mal, warum du dich bei diesem Wetter auf den Weg hierher gemacht hast.«

Das Mädchen schluckte, sah auf das Tagebuch und legte es dann auf den Tisch. »Ich habe von deiner Gabe gehört«, stammelte sie.

Dafnes Lippen wurden trocken, sie schauderte, fuhr sich durch die Haare, um den intensiven Blick des Mädchens abzuschütteln. »Ich bin kein Medium, tut mir leid.«

»Ich weiß, aber ich habe gehört, dass du Erinnerungen spüren kannst. Deshalb hab ich das Tagebuch mitgebracht. Es gehörte meiner besten Freundin, sie ist an Krebs gestorben.«

Dafne spürte, wie sich alles in ihr zusammenzog. Sie hasste dieses Wort, seine Wucht überrollte sie jedes Mal und riss alte Wunden wieder auf. Am liebsten hätte sie das Mädchen weggeschickt, andererseits spürte sie, dass ihre kleine Besucherin Trost brauchte und eine Perspektive.

Seufzend faltete sie die Hände. »Wie heißt du?«

»Iris.«

»Okay, Iris, ich hab keine Ahnung, was du über mich zu wissen glaubst, allerdings fürchte ich, dass es nicht so ist, wie du denkst.« Dafne hielt inne, es war nicht leicht zu erklären. »Ich würde dir gerne helfen, aber wie?«

»Es reicht, wenn du mir sagst, was ich mit dem Tagebuch machen soll. Bea hat es wie einen Schatz gehütet, sie hat es immer bei sich getragen. Und jetzt sind noch so viele Seiten frei, die ich einfach nicht füllen kann.«

»Warum hast du es überhaupt?«

»Bea hat es mir gegeben, als sie ins Krankenhaus kam, ich sollte es aufheben, bis es ihr besser geht und sie wieder schreiben kann. Sie ist dann ganz schnell gestorben. Nach nur zehn Tagen.«

Dafne schluckte den Kloß herunter, der sich in ihrem Hals gebildet hatte. Das Wort »Krebs« löste in ihr immer eine fast ohnmächtige Wut aus. Sie selbst hatte Glück im Unglück gehabt, doch in dieser Zeit hatte sie viele Menschen erlebt, die den Kampf gegen die Krankheit verloren hatten. Verloren hatten dabei auch Angehörige und Freunde, denn deren Leben war ebenfalls zerstört.

Sie atmete tief durch und streckte die Hand nach dem Gesicht des fremden Mädchens aus, in dem sich Einsamkeit und Verlust spiegelten, und strich ihr mitfühlend über die Wange. »Ich weiß, es ist schrecklich.«

Fünf Worte, die die Mauer, die Iris um sich errichtet hatte, zum Einsturz brachten. Ihre Schultern sackten nach vorn, ihr Körper wurde von Weinkrämpfen geschüttelt. Dafne nahm sie in den Arm und versuchte, den Schmerz zu lindern, der ihr Herz zu zerreißen drohte, und damit ihre Seele zu trösten, die den Schmerz so lange unterdrückt hatte. Sie goss Wasser in ein Glas, löste etwas Traubenzucker darin auf, stellte es vor das Mädchen hin und wartete, bis sie sich ein wenig beruhigt hatte.

»Trink erst mal einen Schluck«, forderte sie sie auf, »und dann erzähl mir, was genau passiert ist und warum du wirklich zu mir gekommen bist.«

Iris starrte mit leerem Blick auf das Glas, umklammerte es mit ihren eiskalten Händen, als wäre es ein Rettungsanker. Sie schluckte ein paarmal. »Ich glaube, dass Bea wütend auf mich ist, weil ich jetzt mit ihrem Freund zusammen bin«, presste sie kaum hörbar hervor. »Es ist ein paar Monate nach der Beerdigung passiert, wir haben es nicht geplant – die Trauer hat uns zusammengebracht, es hat sich einfach so ergeben. Wir haben alles versucht, um es zu verhindern, nichts hat geholfen. Deshalb hab ich so ein schlechtes Gewissen, und das geht einfach nicht weg, es ist immer da«, stammelte sie und deutete auf ihr Herz. »Und nachdem ich in ihrem Tagebuch gelesen habe, wie sehr sie ihn geliebt hat, wie wichtig er für sie war, ist es noch schlimmer geworden … Ich hab einfach das Gefühl, dass ich sie verraten habe und eine schlechte Freundin bin.«

Das Geständnis des Mädchens rührte Dafne zutiefst. Sie warf einen Blick auf das Tagebuch und spürte, wie Trauer in ihr aufstieg. Es war ungerecht, dass dieses Mädchen so früh an Krebs hatte sterben müssen.

»Erzähl mir von ihr«, beendete Dafne das Schweigen.

Bei Iris brachen alle Dämme, die Worte strömten nur so aus ihr heraus. Sie hatte ihre Freundin über alles geliebt, hätte alles für sie getan, sogar Knochenmark gespendet, leider passte es nicht. Sie zeigte Dafne ein Foto aus dem Krankenhaus, auf dem sie gemeinsam zu sehen waren, erzählte von dem Schmerz, den sie bei Beas Tod empfunden hatte, und von der Liebe, die zwischen ihr und dem Freund ihrer besten Freundin gewachsen war.

»Das reicht.« Dafne hob die Hand, inzwischen kamen auch ihr die Tränen. Sie nahm Iris' Hand und legte sie auf das Tagebuch. »Konkret kann ich nichts für dich tun. Was in diesem Tagebuch steht, lässt sich weder ausradieren noch umdeuten. Die Worte und Gefühle bleiben, wie sie sind. Eines kannst du aber tun: die leeren Seiten füllen, ihr einen Brief schreiben, oder Hunderte. Erklär es ihr, schildere deine Gefühle, dann wird sie dir vergeben, da bin ich sicher. Die Liebe verbindet euch, das erkennt man an euren Gesichtern auf dem Foto und ebenso an den Geschichten in diesem Tagebuch, das spüre ich, ohne sie zu kennen.«

Im selben Moment polterte Clelia herein und klopfte mit ihrem tropfnassen Schirm auf den Boden. Iris sprang auf, raffte das Tagebuch vom Tisch, steckte es in ihren Rucksack und rannte ohne ein weiteres Wort davon.

»Was geht hier vor?«, erkundigte sich die Großmutter misstrauisch und begrüßte nicht einmal Milan, der soeben die Treppe herunterkam.

»Ist alles in Ordnung?«

»Oh ja, danke«, sagte Clelia, ohne dabei ihre Enkelin aus den Augen zu lassen. Diese zuckte traurig lächelnd mit den Schultern.

»Ich habe versucht, einem verzweifelten Mädchen zu helfen.«

»Ich dachte, du restaurierst hier Möbel, stattdessen steckst du deine Nase in die Angelegenheiten anderer Leute und erteilst ihnen Ratschläge.«

»Das stimmt so nicht«, verteidigte sich Dafne. »Die Menschen kommen zu mir, weil ich ihnen zuhöre und versuche, geliebten Gegenständen einen neuen Sinn zu geben und sie somit für sie zu bewahren. Ich will einfach helfen – und das tue ich gerne«, fügte sie hinzu, während Clelia die Lippen zusammenpresste.

»Nein, mein Schatz. Hör auf, in der Vergangenheit herumzuwühlen. Leb jetzt und lass die alten Geschichten ein für alle Mal ruhen«, bat sie mit feuchten Augen, doch sie ahnte, dass Dafne sich ihrem Rat widersetzen würde.

Dass Clelia sie nicht verstand, tat Dafne leid, aber das mangelnde Verständnis seiner Frau für alte Dinge hatte bereits Großvater Levante bedauert. Doch Dafne wollte ihre Gabe nicht mehr länger geheim halten. Sie brauchte den inneren Frieden, für sich ebenso wie für die Menschen, die zu ihr kamen und nach Antworten suchten.

Sie räusperte sich und wandte sich an ihre Großmutter. »Es gibt etwas, das ich dir bis jetzt nicht gesagt habe. Ich weiß nicht, warum. Seitdem ich hier bin, träume ich jede Nacht von einem Mädchen mit einer roten Baskenmütze. Ich hab keine Ahnung, wer das sein könnte. Und ich habe nichts gesagt, weil ich dich nicht beunruhigen wollte. Aber jetzt, wo mein Geheimnis endgültig ans Licht gekommen ist, kann und will ich es nicht mehr für mich behalten.«

Clelias blasses Gesicht war wie erstarrt, doch sie blieb mucksmäuschenstill. Dafne war nicht sicher, ob sie ihr etwas verheimlichte oder einfach nur entsetzt war, dass ihre Enkelin diesem Traum eine so große Bedeutung beimaß.

»Ich will wissen, wer dieses Mädchen ist und was es von mir will.«

»Dafne, ich bitte dich …«

»Du wirst mich nicht aufhalten, Großmutter. Weder du noch irgendjemand sonst«, fügte sie mit fester Stimme hinzu, dann ging sie zur Tür und verschwand im strömenden Regen, in der Hoffnung, dass er sie unsichtbar machte.

8

Milan zerknüllte einen Bogen Sandpapier und warf ihn in den Müll. Auf seinen Arbeitsschuhen lag eine Schicht feiner Staub. Er riss eine Bierdose auf, die er sich aus dem Kühlschrank geholt hatte, und nahm einen Schluck.

»Meinst du nicht, wir sollten über gestern Abend sprechen?«

Es war Sonntag. Da die Mansarde bislang nicht gerade gemütlich wirkte, hatte Dafne angeboten, Milan bei der Renovierung und Einrichtung zu helfen. Sie hatten Leitungen verlegt, Steckdosen gesetzt, Fußbodenleisten angebracht und die Wände gestrichen. Der Schweiß rann ihr den Rücken herunter, und der Staub trieb ihr Tränen in die Augen.

»Es gibt nichts, worüber wir sprechen müssten«, erwiderte sie knapp, stützte die Hände in die Hüften und atmete schwer.

Sie hatte gehofft, sie könnten die gestrige Auseinandersetzung zwischen ihr und Clelia einfach auf sich beruhen lassen und zur Tagesordnung übergehen. Zwar fragte sie sich selbst mit zunehmender Besorgnis, was um Himmels willen ihre Großmutter dermaßen beunruhigte, mochte aber nicht darüber sprechen.

Auch nicht mit Milan.

Doch ausgerechnet jetzt wollte der sonst so verschwiegene Milan reden. Über sie, nicht über sich. Wollte wissen, was hinter allem steckte. Es war zum Heulen!

Er trank noch einen Schluck: »Dafne …«

»Ich weiß, ein schöner Name, mein Großvater hat ihn ausgewählt, er liebte die griechische Mythologie.« Verbissen schmirgelte sie die letzte noch nicht renovierte Wand ab. »Zum Glück hat er mich nicht Kalliope oder Andromeda genannt, das wäre peinlich gewesen.«

Zu ihrem Bedauern ließ er nicht locker. »Kannst du mir bitte diese Sache mit der Gabe erklären? Für mich wirkst du ganz normal, du sprichst mit den Kunden, stellst Fragen und zauberst dann eine Lösung aus dem Hut. Für deine Großmutter hingegen scheint das ein Problem zu sein. Sie will nicht, dass du in der Vergangenheit wühlst, sondern dass du einfach deinem Handwerk nachgehst. Warum?«

»Du redest nicht lang drum herum, was?«, sagte sie spitz und streifte ihre Handschuhe ab.

»Du lässt mir ja keine Wahl, wenn du die ganze Zeit versuchst, mir auszuweichen.«

»Tue ich gar nicht.«

»Doch, tust du.«

Sie verzog den Mund zu einem müden Lächeln, ging auf Milan zu, nahm ihm die Bierdose aus der Hand, setzte sie an die Lippen und trank. »Und was ist mit dir?«

»Hat dir deine Großmutter nicht beigebracht, dass man eine Frage nicht mit einer Gegenfrage beantwortet?«

»Und deine Eltern? Haben sie bei deiner Erziehung das Kapitel übersprungen, in dem man sich seinen Gastgebern erst einmal vorstellt, bevor man bei ihnen einzieht?«

»Über mich gibt es nicht viel zu sagen, meine Familie bestand aus meinem Vater, einem Soldaten, meiner Mutter, einer ehemaligen Geigenlehrerin, meiner Schwester und mir.« Er wollte offensichtlich nicht weiterreden, drehte sich um, öffnete mit einer Feile den Deckel eines Farbeimers, rührte mit einem Stück Holzleiste wild darin herum.

»Tut mir leid.« Er starrte in die Farbe, auf deren Oberfläche sich schon Kreise gebildet hatten.

Es war jetzt ganz still, draußen spielten die Kinder Fußball, und die frisch restaurierten Glocken riefen die Gläubigen zur Mittagsmesse. Durchs offene Fenster drangen die typischen Sonntagsgerüche: Braten und ofenfrisches Gebäck. Milan schien mittlerweile wieder ganz weit weg zu sein.

»Es war ein Fehler, dich zu bedrängen, aber der Auftritt meiner Großmutter hat mich völlig aus der Bahn geworfen«, erklärte sie. »Im Gegensatz zu meinem Großvater hat sie meine besondere Vorliebe für Geheimnisvolles immer als Hirngespinst abgetan. Ihr liegt so etwas völlig fern.« Sie setzte sich auf einen umgedrehten Eimer, stützte ihre Ellbogen auf die Oberschenkel und ließ den Kopf sinken. »Trotzdem verstehe ich nicht, warum sie das so schrecklich oder sogar bedrohlich und gefährlich findet. Irgendwann hat sie mal gesagt, wenn man sich in das Leben anderer Menschen einmischt und in ihrer Vergangenheit herumwühlt, weiß man nie, was ans Licht kommt. Und dann diese Weigerung, etwas zu meinem Traum zu sagen, zu dem Mädchen mit der roten Baskenmütze. Warum? Da steckt mehr dahinter, verstehst du?«

Sie spannte ihre Finger an wie kleine Speere, die sie am liebsten gegen die ungelösten Fragen schleudern wollte. »Ich weiß, dass es eine Erklärung geben muss, bloß finde ich sie nicht.«

»Erzähl mir noch mal, warum du so gerne kaputte Gegenstände reparierst«, bat er sie und beugte sich ganz nah zu ihr hin.

»Warum?«

»Antworte einfach.«

Dafne war verwirrt. »Weil Erinnerungen alles sind, was wir haben.«

»Das ist alles?« Verwundert zog er die Augenbrauen hoch. »Mehr steckt nicht dahinter?«

Der Oktoberwind wehte feine Staubkörner gegen das Fenster. Dafne blickte nach draußen. Noch strahlte dort die Farbenpracht des Herbstes, wenngleich eine Reihe von Bäumen und Sträuchern bereits ihr buntes Kleid abgeworfen und sich zur Ruhe begeben hatten. In ein paar Wochen würde hier auf den Hügeln vermutlich der erste Schnee fallen, ein weißes Tuch über die Landschaft breiten und die letzten Blätter an den Zweigen erfrieren lassen. Die Bewohner von Torralta würden den Winter freudig begrüßen, mit Freunden vor dem Kamin sitzen,

Burraco spielen, sich mit Handarbeiten beschäftigen, Kastanien essen und Wein trinken.

Erinnerungen an die Winter ihrer Kindheit stiegen in ihr auf – sie waren so voller Wärme und Geborgenheit gewesen.

Dafnes Blick schweifte durch den Raum. Neben der Tür sah man immer noch die Reste eines Bildes, das sie als Kind auf die nackte Wand gemalt hatte. Die Vergangenheit war plötzlich so nahe, als wäre all das keinen Tag her.

Sie schüttelte den Kopf, blickte Milan tief in die Augen und flüsterte: »Ich repariere Dinge, um Erinnerungen zu erhalten, damit die Liebe nicht stirbt.«

9

Es war Sonntag, wieder einmal.

Der Oktober war schnell vergangen, die Kinder hatten zu Halloween kaum ihre Körbchen mit Totenköpfen und Süßigkeiten gefüllt, als der November schon seinen grauen Mantel ausgebreitet und die Sonne vertrieben hatte. Die letzten Kürbislaternen mit gruseligen Fratzen standen zwar noch in den Vorgärten oder in den Fenstern, und in den Schaufenstern der Konditoreien wurden letzte Hexenhüte und Gespenster aus Blätterteig angeboten, aber bald würden sie Weihnachtsmännern, Engeln und geschmückten Christbäumen weichen.

Vielleicht überfiel Dafne deswegen an diesem Morgen eine grenzenlose Melancholie. Vor allem aber hatte sie Clelia bis zum Tor des Friedhofs begleitet und es wie üblich nicht geschafft, ihn zu betreten. Zuletzt war sie bei Levantes Beerdigung dort gewesen, doch seither brachte sie es nicht fertig, sein Grab zu besuchen.

»Milan, bist du da?«, rief sie, legte die Schlüssel auf den Tisch und hängte den Mantel über den Stuhl, ebenso den dicken weißen Wollschal, den sie sich als Schutz gegen den kalten Wind fest um den Hals gewickelt hatte. In der Stille erschien ihr das Klappern ihrer Absätze unerträglich laut. »Hast du Lust, heute mit mir Mittag essen zu gehen?«, rief sie nach oben und stieg gleichzeitig die Treppe hoch.

Zufrieden musterte sie ihr Werk. Das Zimmer sah schon viel gemütlicher aus, obwohl noch nicht alles fertig war und immer noch viel Arbeitsmaterial und Werkzeug herumlag. Trotzdem sah es mit der frischen Farbe an den Wänden und den Möbeln nicht mehr ganz so karg und spartanisch aus. Unter dem Fenster stand jetzt ein Bettsofa aus den Beständen der Großmutter und an der gegenüberliegenden Wand ein alter Tiroler Kleiderschrank. Der Schreibtisch hingegen war eine Hinterlassenschaft des Großvaters, der hier oben sein Büro gehabt hatte. Und die kleine Kochnische mit Gasherd und Kühlschrank war ebenfalls schon eingerichtet gewesen.

Gar nicht schlecht, dachte sie. Als sie sich umsah, fiel ihr Blick auf den Bücherstapel neben dem Bett. Viele französischsprachige Titel waren darunter. Komisch. Zwar meinte sie einen leichten Akzent bei Milan wahrgenommen zu haben, hatte jedoch nie daran gedacht, dass er diese Sprache vielleicht besser beherrschte als Italienisch. Vielleicht hatte er ja einige Zeit dort gelebt, überlegte sie, während sie in einer vergilbten Ausgabe von *Phantom der Oper* blätterte. Es gab Dutzende von Anmerkungen am Seitenrand, viele Wörter waren umkringelt, unterstrichen, Anzeichen einer intensiven und wiederholten Lektüre. Dafne strich über die Seiten und glaubte beinahe die Musik des Musicals zu hören.

Sie drückte das Buch kurz an die Brust und streichelte

über den Ledereinband. »Wie es scheint, haben wir etwas gemeinsam«, murmelte sie.

Zugleich meldete sich ihr schlechtes Gewissen, weil sie in sein Reich eingedrungen war. Das war nicht richtig, unter keinen Umständen hätte sie in seinen Sachen herumwühlen dürfen. Aber sie genoss es, seinen Geruch einzuatmen, sein Aftershave, das ihr immer ein wenig in der Nase kitzelte.

Als sie die Kirchturmuhr schlagen hörte, beschloss sie, dass es an der Zeit war, sich an die Arbeit zu machen. Gerade wollte sie die Mansarde verlassen, da wurde ihr Blick plötzlich von einem silbernen Funkeln aus einem der Kartons angezogen, die Milan noch nicht ausgeräumt hatte. Neugierig trat sie näher und entdeckte eine silberne Taschenuhr, auf deren Deckel eine leicht verblasste stilisierte Rose eingraviert war. Als sie die Uhr in die Hand nahm, überkam sie ein überwältigendes Gefühl, und sie spürte sofort, dass diese Uhr Geschichten aus einer fremden Vergangenheit verbarg. Es war ein Phänomen, das sie jedes Mal erlebte, wenn sie ein altes Stück berührte – und es war beglückend und beängstigend zugleich.

Diese Uhr aber war etwas ganz Besonderes, schien ihr bedeutsamer als andere Gegenstände, auf die sie mehr oder weniger zufällig stieß. Und sie war zweifellos ziemlich alt und vielleicht von Generation zu Generation weitergegeben worden.

Sollte Clelia sie ruhig für verrückt erklären, das war ihr egal. Sie wusste, dass sie es nicht war. Ein solches Talent zu haben, war großartig. In den Gegenständen gab es so viele Details zu entdecken, schöne Geschichten und traurige.

Nachdenklich betrachtete sie die Uhr. Merkwürdig, irgendwie kam sie ihr vertraut vor, ihre Geschichte schien ihr weitaus näher zu sein, als sie vermutet hatte.

»Woher kommst du?«, flüsterte sie, während sie ihren Kopf nachdenklich auf ihr Knie stützte. Die Uhr in ihrer Hand wurde warm, doch das Klingeln des Windspiels aus Kupferblättern, das Milan für die Eingangstür geschmiedet hatte, riss sie aus ihrer Versunkenheit.

»Dafne, bist du da?«, hörte sie Milan rufen.

Rasch steckte sie die Uhr in die Tasche, stand auf und ging zur Treppe.

»Hey, nach dir habe ich gerade gesucht«, rief sie ihm zu, die Wangen gerötet und ein nervöses Lächeln auf den Lippen. Ihr schneller Atem verriet, dass sie aufgeregt war, ihre Hände hatte sie in den Hosentaschen vergraben.

»Alles in Ordnung?«, fragte er von unten.

»Ja, alles bestens«, versicherte sie und grinste breit, doch Milan schien zu spüren, dass etwas nicht stimmte.

»Du wirkst so anders als sonst«, meinte er und kam zu ihr herauf.

Verzweifelt suchte Dafne nach einer Ausrede, nach irgendeinem Strohhalm, um das Thema zu wechseln. Aus irgendeinem Grund, den sie selbst nicht durchschaute, mochte sie ihm nicht zeigen, dass sie die Taschenuhr gefunden hatte. Erst einmal wollte sie mehr über die Geschichte der Uhr herausfinden. Also tat sie betont locker. »Das ist nur, weil ich endlich die Wahrheit über dich herausgefunden habe«, sagte sie, boxte spielerisch gegen seine Schulter und bemühte sich, ihre innere Aufregung zu verbergen.

»Welche Wahrheit denn?«, erkundigte sich Milan argwöhnisch.

Gerettet. Dafne war sichtlich erleichtert, dass ihr Ablenkungsmanöver funktioniert hatte.

»*Phantom der Oper* in der Originalsprache. Das Buch ist mir aufgefallen, als ich nach oben gegangen bin. Ich wusste gar nicht, dass du eine romantische Ader hast.«

»Aha.«

»Keine Bange, dein kleines Geheimnis ist bei mir gut aufgehoben«, fügte sie hinzu und wechselte das Thema. »Mal was anderes: Was hältst du davon, essen zu gehen? Ich hab einen Riesenhunger.«

Milan ließ den Blick durch die Mansarde schweifen, sein kleines Reich, und blickte dann zu Dafne, die ihn mit diesen unergründlichen Augen ansah – ein Blick, der ihm durch und durch ging. Sie war ihm ein Rätsel, ihre ganze Person und insbesondere diese Augen, in denen sich das Licht einer Welt brach, vor der er geflohen war.

Er vergrub die Hände in den Taschen und lächelte. »Okay, wohin gehen wir?«

Die Trattoria von Ginevras Eltern war typisch für Torralta. Terrakottaboden, einfache, rustikale Möbel und cremefarbene Wände. Unter der Decke hingen Kupfertöpfe und Knoblauchzöpfe, die Wände waren mit alten Fotos und Weinregalen vollgestellt. Es gab ungefähr dreißig Tische mit rot-weiß karierten Tischdecken, dazu einfache Holzstühle mit Sitzflächen aus Stroh.

»Hübsch, oder?«, fragte Dafne, während sie die Speisekarte studierten.

»Ein bisschen pittoresk«, erwiderte er und deutete mit einem Kopfnicken auf die Fotos, auf denen irgendwelche regionalen Berühmtheiten gemeinsam mit dem stolzen Besitzer des Lokals abgelichtet waren. Er warf erneut einen Blick in die Speisekarte und schob sie dann beiseite.

»Klingt alles gut, ich weiß nicht, was ich nehmen soll. Bestell du für mich, ich habe volles Vertrauen.«

»Wir können uns von Ginevra etwas empfehlen lassen, ihre Mutter ist die Köchin«, sagte sie und winkte ihrer Freundin zu.

Milan drehte sich zu der jungen Frau um, die jetzt mit einem aufreizenden Hüftschwung auf sie zusteuerte. Der tiefe Ausschnitt ihres grellvioletten Kleides überließ nichts der Fantasie; ein Gürtel betonte die schmale Taille, und die langen, schlanken Beine steckten in knöchelhohen Stiefeletten. Kurz bevor sie ihren Tisch erreichte, schüttelte Ginevra ihre Locken und bedachte Milan mit einem besonders verführerischen Lächeln, das dieser allerdings ignorierte.

»Wir nehmen die Empfehlung des Tages«, sagte er, noch bevor sie den Block gezückt hatte, »dazu einen Liter Hauswein rot, bitte.«

Ginevra murmelte verwirrt ein paar unzusammenhängende Worte und kritzelte die Bestellung auf den Block. »Natürlich, einen Augenblick«, antwortete sie, nahm die Karten an sich und warf Dafne einen verstohlenen Blick zu.

Die zuckte mit den Schultern und wirkte ein wenig ratlos. Es war das erste Mal, dass Milan sich so kühl und abweisend benahm. Noch mehr irritierten sie allerdings die Kommentare ihrer Freundin, als Milan nach dem Essen allein zur Kasse ging, um beim Chef zu zahlen.

»Dein Freund gefällt mir, und zwar sehr«, flüsterte Ginevra ihr verschwörerisch zu. »Ein echt heißer Typ und ein Gentleman dazu, er hat dich eingeladen.«

»Er wollte es unbedingt, ich konnte gar nicht anders, als zuzustimmen.«

»Das ist doch nett, oder? Galant!«

»Genau das wollte ich vermeiden«, gab Dafne zurück und beugte sich zu ihrer Freundin, die inzwischen ihre Reize bei einem Stadtverordneten am Nachbartisch ausprobierte. »Das ist ein Arbeitsessen und kein romantisches Tête-à-Tête. Bitte schreib in der Zukunft alles auf meine Rechnung.«

»Wie du meinst«, erwiderte Ginevra mit einem theatralischen Augenaufschlag. »Nebenbei gesagt, ist dein Feminismus mega-out. Und langweilig dazu. Wenn dich ein Mann zum Mittagessen einlädt, ist doch nichts dabei. Du lächelst, klimperst mit den Wimpern und bedankst dich.«

»Er ist mein Mitarbeiter, verstehst du das denn nicht?«

»Okay, okay!« Sie ließ das Thema auf sich beruhen und brachte dafür sofort ein anderes aufs Tapet. »Ist er verheiratet?«

»Ist das dein Ernst?«

»Bitte lass ihn nicht verheiratet sein.«

»Pst, leise«, mahnte Dafne sie und schielte zur Kasse, wo Ginevras Vater sich angeregt und laut mit Milan unterhielt.

Ungeduldig trommelte die Freundin mit ihren langen Fingernägeln auf den Tisch. »Also?«

»Ich weiß es nicht. Ich glaube aber nicht. Zumindest trägt er keinen Ehering.«

»Trifft er sich mit jemandem?«

Dafne verdrehte die Augen. »Bitte, tu mir einen Gefallen und lass es. Milan ist nichts für dich, er ist viel zu still und reizbar.«

»Genau mein Typ«, meinte Ginevra. »Statt mich zu warnen, solltest du mir helfen. Was für eine Freundin bist du eigentlich?«

»Und wie stellst du dir meine Hilfe vor?«

»Du musst als Erstes rausfinden, ob er verheiratet oder liiert ist, Kinder hat, getrennt lebt, geschieden ist, ob es eine Geliebte gibt, die Basics eben«, erklärte sie, um nach einem Blick auf die empörte Miene ihrer Freundin resigniert hinzuzufügen: »Ach, vergiss es.«

Dafne wollte ihr sagen, dass sie ihr helfen werde, wenn ihr wirklich so viel daran lag, doch sie hatte keine Ahnung, wie sie das anstellen sollte. Im Grunde kannte sie Milan selbst nicht besonders gut, wusste außer seinem

Namen und den dürren Auskünften über seine Herkunft und seine Familie so gut wie nichts von ihm. Und selbst die hatte er nur widerwillig preisgegeben.

»Dafne Merisi?«

»Ja?«, antwortete sie gedankenverloren, als neben ihr eine Frau mit kupferfarbenen Locken und blasser Haut auftauchte. Mit der riesigen Sonnenbrille und dem rosafarbenen Wickelkleid im Stil von Grace Kelly erinnerte sie sehr an eine Hollywood-Diva.

»Ciao, Vera«, grüßte Ginevra die Frau beiläufig, bevor sie sich entfernte, und Dafne blieb bei diesem Namen fast das Herz stehen.

»Vera?«, murmelte sie verblüfft. »Bist du es wirklich?«

Die andere nahm die Brille ab und nickte, um Dafne dann zu umarmen. Vor vielen Jahren, als sie noch Schulmädchen waren, waren sie einmal unzertrennlich gewesen. Dafne erinnerte sich gern an diese Zeit. Torralta hatte nur halb so viele Einwohner gehabt wie heute, und Veras Vater war der erste richtige Bürgermeister gewesen, der diesen Posten nicht nur ehrenamtlich ausübte. Sie beide waren Hand in Hand mit ihren roten Ranzen durch die Gassen gestreift – beste Freundinnen eben.

»Kaum zu fassen«, flüsterte sie, »dass wir uns nach so vielen Jahren wiedersehen. Ist das nicht unglaublich?«

»Ist es«, stimmte Vera ihr zu, während Ginevra für alle einen Digestif auf Kosten des Hauses brachte. »Seitdem hat sich viel verändert, aber einiges ist erfreulicherweise auch gleich geblieben. Zum Beispiel haben wir nie aufgehört, nach unserem Traumprinzen zu suchen«, sagte sie und zeigte Dafne einen Saphir, der an ihrem schmalen Finger funkelte. »Ich bin froh, dass du deinen ebenfalls gefunden zu haben scheinst«, fügte sie hinzu und warf Milan, der inzwischen an den Tisch zurückgekehrt war, einen bedeutungsschweren Blick zu.

»Nein, Milan und ich sind kein Paar«, stellte Dafne richtig. »Wir sind Kollegen, Geschäftspartner. Er ist Kunstschmied, und ich restauriere Möbel und mache Neues aus alten Dingen, die keiner mehr braucht. Deshalb hab ich die Werkstatt meines Großvaters auf Vordermann gebracht und mich dort eingerichtet.«

Wie immer, wenn sie sich öffentlich zu ihrer Beziehung zu Milan äußerte, musste sie sich selbst eingestehen, dass sie log. Jemanden, dessen Bild und dessen Blick einen bis in die Träume verfolgten, nur als Kollegen zu bezeichnen, war eine faustdicke Lüge.

»Heute ist wirklich mein Glückstag«, murmelte Vera und zog die Visitenkarte eines Weinguts hervor. »Schaut euch das an, und sagt mir, was ihr davon haltet.«

Dafne betrachtete die elegante Schrift und das Wappen, das einen Doppeladler im Vordergrund und eine Ansicht der Region im Hintergrund zeigte. »Beeindruckend«, sagte sie und wandte sich an Milan, der zustimmend nickte.

»Man kann dort Räume für Festlichkeiten aller Art mieten. Sehr nobel. Es ist ganz in der Nähe unseres Nachbarorts. Erkennt ihr den Kirchturm auf der Abbildung?« Vera strahlte und schaute triumphierend in die Runde. »Genau dort werde ich am vierzehnten Februar heiraten. Mein Verlobter hat an diesem Tag Geburtstag, und ich möchte ihm eine unvergessliche Hochzeitsfeier schenken.«

»Wow, was für eine tolle Nachricht«, sagte Dafne und drückte der Freundin die Hände. »Ich freue mich für dich, du wirst eine wunderbare Braut sein.« Sie lächelte und schluckte ihre eigenen bitteren Erinnerungen herunter, die ihre Kehle zuzuschnüren drohten. »Dein Zukünftiger hat wirklich großes Glück.«

»Du kennst ihn, Dafne, es ist Andrea«, erklärte Vera und errötete. »Wir haben uns verlobt, als wir fast noch im Kindergartenalter waren, und einander nie wieder wirklich losgelassen – von ein paar Ausnahmen abgesehen. Er ist Herzchirurg geworden, ich bin Schauspielerin am Theater, und jetzt wollen wir endlich heiraten.«

Dafne spürte, wie es ihr kalt über den Rücken lief.

»Wie wunderbar«, bekräftigte sie dennoch, kippte den Rest ihres Digestifs herunter und ließ sich auf dem Stuhl zurücksinken. Natürlich freute sie sich für ihre Freundin, doch zugleich überfielen sie Enttäuschung, Trauer und zudem ein Anflug von Neid. Während Vera sich auf ein Leben zu zweit freute, hatte sie die letzten Jahre damit verschwendet, einem Mann hinterherzulaufen, der sie gar nicht wollte. Bitterkeit breitete sich in ihrem Körper aus, wie ein schleichendes Gift, das sie am Ende zerstören würde.

Milan schien ihren Kummer zu erahnen, denn er legte ihr tröstend eine große, warme Hand auf den Arm.

Sie hatte kaum noch zugehört, was Vera sonst erzählte, bis sie plötzlich ihre Urgroßmutter erwähnte. »Was ist mit ihr?«, erkundigte sie sich rasch.

Veras Miene wurde traurig. »Sie ist kurz nach unserer Verlobung gestorben.« Eine Weile hielt sie inne, bevor sie weitersprach. »Es war das Beste für sie, sie hat am Ende ziemlich leiden müssen – und sie ist letztlich der Grund, warum ich dich aufsuchen wollte. Mein Vater hat mir nämlich von deinen außergewöhnlichen Projekten erzählt und dass alle in Torralta schrecklich stolz auf dich sind. Schade, dass dein Großvater das nicht mehr erlebt.«

Dafne lächelte und strich eine unsichtbare Falte auf der Tischdecke glatt. »Ja, das bedaure ich auch sehr.«

»Auf jeden Fall wollte ich dich – oder besser euch – fragen, ob ihr die beiden Außentüren des Hauses meiner Urgroßmutter aufarbeiten könnt. Sie waren mal besonders schön, deshalb haben meine Eltern sie behalten, als sie das Anwesen verkauften. Und da ich sehr an meiner Uroma gehangen habe, möchte ich die alten Türen in mein neues Leben mitnehmen. In welcher Form auch immer. Meinst du, dir fällt da etwas ein?«

Dafne nickte, den Kopf bereits voller Ideen. »Ich muss sie mir zwar erst mal ansehen, aber da findet sich bestimmt was«, antwortete sie, ganz Feuer und Flamme, während Milan nervös auf seinem Stuhl herumrutschte.

»Kompliment für Ihre wunderschönen Schmiedearbeiten«, wandte Vera sich jetzt an ihn. »Ich habe einige Fotos gesehen und bin wirklich beeindruckt. Sie sind ein echter Künstler.«

»Danke vielmals, aber Sie übertreiben. Ich gebe den Dingen nur eine andere Form«, erklärte er. »So ähnlich wie Dafne.«

»Könnte ich bei Ihnen etwa hundert Rosen aus Eisen oder Kupfer bestellen, die ich meinen engsten Freunden zur Erinnerung an meine Hochzeit schenke?«

»Na ja …«

»Und ich möchte, dass ihr das Tableau de Mariage für das Fest auf dem Gut gestaltet, das ich euch gezeigt habe. Viel Zeit habt ihr nicht, ich weiß, immerhin haben wir schon November, kaum drei Monate bis zur Hochzeit, doch ich spüre, dass ihr die Richtigen seid. Warum sonst hätte uns das Schicksal nach all den Jahren hier wieder zusammenführen sollen?«

Milan trank sein Glas aus, der Alkohol brannte ihm in der Kehle. »Sie glauben an das Schicksal?«

Vera lächelte. »Ich bin sogar davon überzeugt! Es war Schicksal, dass ich mit fünf Jahren den Mann meines Lebens kennengelernt habe. Zufälle gibt es nicht, und jeder Zyklus, der zu Ende geht, öffnet sich zu einem neuen Anfang. Das hilft, Trauer zu überwinden. Alles ist seit dem Moment unserer Geburt im Fluss, das Leben ist eine Reise, auf der wir jeden Augenblick genießen sollten«, schloss sie und lächelte Milan an, während Dafne sich bereits Notizen auf einer Serviette machte.

»Wegen des Tableaus gibt es keine Probleme, das übernehme ich selbst, und wenn Milan zustimmt, können wir gleich morgen mit der Arbeit beginnen. Natürlich brauchen wir weitere Infos über das Gut, das Thema, die Farben der Dekoration und vieles andere mehr – zuerst möchte ich mir allerdings die Türen ansehen und schauen, in welcher Weise wir sie in die Dekoration einbeziehen können. Und natürlich muss ich das Ganze in Ruhe mit Milan besprechen«, fügte sie hinzu.

Sie suchte seinen Blick, vermochte in seinen Augen aber nichts zu lesen – einmal mehr erschienen sie ihr wie Landkarten einer unbekannten Welt.

»Ist das ein Ja?«, fragte sie, als er schwieg, und steckte die Kappe auf den Stift.

Milan sah zum Fenster hinaus, beobachtete eine Katze, die sich mit hoch aufgerichtetem Schwanz der Trattoria näherte. Er lächelte, als er an Veras Worte über das Schicksal und seine geheimnisvollen Wege dachte, dann blickte er Dafne an und nickte.

»Das ist ein Ja.«

10

Als Dafne mit dem Mittagessen in die Werkstatt kam, fand sie einen weißen Umschlag mit goldenen Verzierungen im Briefkasten. Sie stellte die Tüte auf dem Tisch ab. Der Brief war an sie und Milan adressiert.

»Kannst du einen Moment kommen? Wir haben Post.«

Milan legte den Hammer beiseite, mit dem er gerade die Rosen für Veras Hochzeit bearbeitete. Auf der Arbeitsplatte lag die Skizze für den Hochzeitstisch. Dafne plante, eine der wunderschönen alten Türen als Basis dafür zu verwenden. Die zweite wollte sie zu einem Kopfteil für Veras Bett umgestalten.

Wenn sie über die Oberflächen der Türen strich, spürte sie wieder glückliche Kindertage in sich aufsteigen, als alles so einfach war. Dieses Gefühl wollte Dafne auch Vera vermitteln, indem sie für die Türen aus dem Haus der Urgroßmutter einen würdigen und sinnvollen Platz in Veras neuem Leben fand.

»Geht es um die Hochzeit deiner Freundin?«, wollte Milan wissen und säuberte seine Hände.

»Ich nehme es an«, sagte sie und starrte auf ihr Handy, das sie soeben nach endlos langer Zeit wieder eingeschaltet hatte. Mit dem Resultat, dass ein Regen von SMS und Mails auf sie niedergeprasselt war. Alle Nachrichten waren von Ettore, und die Gedanken an ihn und ihre Zeit in Rom riefen ihr schmerzlich in Erinnerung, wie gern sie ihre eigene Hochzeit planen würde. Aber Ettore und ihre Zukunftswünsche waren zwei Welten, die nicht zueinanderpassten, das hatte sie mittlerweile erkannt.

Seufzend legte sie das Handy beiseite und öffnete gedankenverloren den weiß-goldenen Briefumschlag. »Es hat gar nichts mit der Hochzeit zu tun«, stellte sie verwundert fest. »Vera lädt uns zu einer Benefizveranstaltung ein, auf der internationales Schmuckdesign ausgestellt wird«, sagte sie zu Milan, der sich eine Dose Eistee aus dem Kühlschrank geholt hatte und ihr einen Schluck anbot.

»Müssen wir da hin?«, erkundigte er sich. Es war unüberhörbar, dass er überhaupt keine Lust dazu hatte.

Dafne zuckte die Achseln. »Im Grunde ja. Vera war sehr entgegenkommend, hat immerhin die Hälfte der veranschlagten Summe schon im Voraus überwiesen. Außerdem können wir auf der Veranstaltung sicher neue Kunden gewinnen.«

Milan lehnte sich gegen die Fensterbank. »Sie kauft dich.«

»Kaufen ist wohl etwas übertrieben. Sie ist einfach nur nett.«

»Das glaube ich nicht.« Er verzog den Mund. »Menschen tun nie etwas ohne Hintergedanken.«

»Warum sagst du so was?«, gab sie empört zurück, seine Unterstellungen ärgerten sie. »Sie will uns helfen, was soll daran falsch sein? Und ich glaube nicht, dass sie das tut, weil sie eine Gegenleistung erwartet. So ist sie nicht«, schob sie hinterher.

Entschieden schüttelte er den Kopf, stellte die leere Dose auf dem Tisch ab und bedachte sie mit einem überheblichen Blick, als wäre sie ein dummes, naives kleines Mädchen. »Daran kann einiges falsch sein, das hängt ganz von dir ab.«

»Und was genau willst du mir damit sagen?«

»Verstehst du es wirklich nicht?«, gab er mit ungewohnter Heftigkeit zurück. »Du zielst auf eine Klientel mit einer dicken Brieftasche, die nur deshalb einen auf wohltätig macht, um ihr schlechtes Gewissen zu beruhigen – im echten Leben handeln sie nämlich mit Waffen oder stellen sie her oder werfen Bomben auf Dörfer und Städte, in denen wehrlose Menschen leben. Glaubst du ganz im Ernst, dass solchen Menschen Erinnerungen etwas wert sind? Bist du so naiv, Dafne?«

Seine Worte hagelten auf sie nieder, ihre Kehle war wie zugeschnürt, ihre Augen begannen zu brennen. Jetzt bloß keine Tränen, dachte sie, doch es fiel ihr schwer, Haltung zu bewahren.

Sie atmete tief durch. »Gut, dann lass es mich so sagen. Unabhängig davon, wer die anderen Leute dort sein mögen, wir gehen wegen Vera hin, da haben wir keine Wahl. Sie hat uns einen äußerst lukrativen Auftrag erteilt, den wir weiß Gott mehr als gut gebrauchen konnten. Und außerdem: Woher willst du wissen, dass alle geladenen Gäste skrupellose, geldgierige Menschen sind? Es gibt auf der Welt durchaus gute Menschen. Vielleicht versuchst du einfach mal, nicht alles so negativ zu sehen.«

Milan zerdrückte die Dose und warf sie in den Müll. Dafne sah an seinem Blick, wie angespannt er war. Sein Atem ging schnell, und sie konnte sehen, dass die Adern an seinem Hals hervortraten. Sie fürchtete bereits, er würde jeden Moment explodieren und einen üblen Streit vom Zaun brechen, als seine Schultern unvermittelt nach vorn sackten.

»Es tut mir leid, dass ich dir widersprechen muss«, sagte er mit gepresster, unendlich trauriger Stimme, »aber fast alle Menschen, die ich kennengelernt habe, waren so: skrupellos, hinterlistig und feige, immer bereit, diejenigen für ihre dreckigen Geschäfte auszunutzen, die nichts mehr zu verlieren hatten oder sich nicht wehren konnten. Deshalb kann ich nicht glauben, dass das gute Menschen sind. In solchen Kreisen haben zu viele Menschen Blut an den Händen, auch wenn sie Maßanzüge tragen. Und die, die sich nie die Hände schmutzig machen, das sind die schlimmsten.«

Dafne schlug die Augen nieder und presste sich die Hand auf die Brust. »Milan, wovon sprichst du da?«

»Nichts, vergiss es.«

Mit einem Schritt war sie bei ihm, packte ihn am Arm und zwang ihn, sie anzusehen. »Deine Worte machen mir Angst, und ich würde gern verstehen, warum du so denkst. Du musst Schreckliches erlebt haben. Erzähl es mir, damit ich dich verstehen kann.«

Milan lächelte, doch es war ein freudloses, bitteres Lächeln, und sein Blick ließ etwas von der Wut in seinem Innern erahnen, die er so sorgfältig vor ihr zu verbergen versuchte.

»Okay, wir gehen zu dieser Veranstaltung, wie du willst, aber lass mich jetzt bitte in Ruhe.«

Er ging zur Werkstatttür, blieb kurz auf der Schwelle stehen, um Mario, dem Weinhändler, zuzuwinken, und verschwand dann in der Gasse, die zum Fluss führte.

Dafne spürte mit einem Mal, dass sie Kopfschmerzen hatte und todmüde war. Sie fühlte sich einsam und fehl am Platz. Entmutigt presste sie ihre Fäuste gegen die Schläfen. Vor vielen Jahren hatte sie die Weichen falsch gestellt und ihre Wurzeln gekappt, um im fernen Rom ein selbstbestimmtes Leben zu führen, das sich allein um sie drehen sollte, um ihre Interessen und ihre ehrgeizigen Pläne. Und was war dabei herausgekommen? Sie hatte sich mit dem falschen Mann eingelassen und ihre Träume nicht verwirklicht. Jetzt, vor Veras Tableau de Mariage, empfand sie diese innere Leere als besonders schmerzlich. Sie dachte an Ettores Nachrichten. Doch was nützten seine Liebesschwüre, wenn er nicht bereit war, die notwendigen Konsequenzen zu ziehen? Sie hatte das Gefühl, dass ihr die Erinnerung an Ettore die Luft zum Atmen nahm.

Wie sollte sie die Gespenster der Vergangenheit je wieder loswerden?

Sie zog den Poncho enger, den Clelia ihr geschenkt hatte, und dachte mit Schrecken daran, dass auch sie irgendwann nicht mehr da war. Und ohne die Großmutter hätte sie niemanden mehr. Dafne wurde bewusst, wie kostbar die Zeit war, die sie noch mit Clelia verbringen konnte. Die Uhr aus der Mansarde kam ihr wieder in den Sinn. Sie holte sie hervor und öffnete den Deckel. Die Zeiger standen unbeweglich auf halb sechs. Zu dieser Zeit war sie stehen geblieben. War es für den Besitzer ein glücklicher oder trauriger Moment gewesen? Die Zeit in einem glücklichen Augenblick anhalten zu können, ihn richtig zu erleben und zu genießen, das wünschte sie sich auch für sich selbst. Als sie die Uhr einer genaueren Betrachtung unterzog, stellte sie fest, dass sie außer dem vorderen Deckel über dem Zifferblatt auf der Rückseite einen weiteren hatte, der sich allerdings nicht öffnen ließ. Auch mit dem Brieföffner ließ sich der Deckel nicht lösen – die Uhr schien ihr Geheimnis nicht preisgeben zu wollen.

»Du hast die Schlacht gewonnen, aber nicht den Krieg«, sagte Dafne und steckte die Uhr in das Samtsäckchen zurück. Dann holte sie ihr Smartphone hervor und wählte die Nummer eines Antiquitätenhändlers, der ein alter Freund von Levante gewesen war, vereinbarte einen Termin für den späten Nachmittag und kehrte zu ihrer Arbeit an Giuseppinas Kommode zurück.

Sie hatte beschlossen, die nachträglich aufgetragene Farbschicht komplett abzuschleifen. Wenn man das Holz anschließend wachste, würde das Möbelstück fast wie neu aussehen. Das freigelegte Naturholz würde überdies gut zur neuen Bestimmung der Kommode als kleines Gewächshaus passen.

Bestimmt würde die alte Gemeindeschwester gerührt sein, wenn sie das Erbstück ihrer Mutter hergerichtet und mit einem neuen, bedeutsamen Verwendungszweck sah. Es erfüllte Dafne, die Liebe zu spüren, die ihre Kunden mit diesen Gegenständen verband. Aber reichte es ihr, sich über die Liebe anderer zu freuen?

Nein, gestand sie sich ein, denn nachts, wenn sie allein in ihrem Bett lag, sehnte sie sich nach einer ganz anderen Liebe.

Bevor sie in Selbstmitleid versinken konnte, drang das Klingeln von Guaches Glöckchen an ihr Ohr, begleitet vom Geräusch männlicher Schritte und dem Knistern von Papier. Kurz darauf roch sie den Duft seines Aftershaves.

Milan war zurück.

Dafne hob den Kopf und fiel gleich mit der Tür ins Haus. »Gibt es eigentlich jemanden, der sich Sorgen um dich macht? An den du denkst, bevor du schlafen gehst, den du anrufen kannst, wenn die Angst dir die Kehle zuschnürt, der auf eine Antwort wartet, wenn er dich fragt, wie es dir geht?«

Reglos stand er vor ihr, die Bodendielen knarzten unter seinem Gewicht. »Wovon redest du jetzt – was hat das mit unserem Gespräch von vorhin zu tun?«

»Bitte antworte einfach.«

Er streichelte die Katze und vergrub dann die Hände in den Taschen. »Was soll ich sagen? Ich versuche, mich allein um mich selbst zu kümmern, ich will von niemand anderem abhängig sein, niemand soll sich um mich sorgen müssen, auch du nicht. Du hast schon genug für mich getan«, sagte er und legte eine Tüte vor ihr auf den Tisch.

Als sie hineinschaute, entdeckte sie eine riesige Brioche mit einem Stiel aus dunkler Creme. »Ein bisschen Schokolade? Wunder bewirkt sie nicht, aber sie macht die Dinge ein bisschen schöner.«

Gerührt begutachtete Dafne dieses kleine Friedensangebot und murmelte: »Milan, das wäre wirklich nicht nötig gewesen.«

»Ich denke schon. Außerdem hast du gesagt, Süßes tut dir gut, oder?«

»Ja, das habe ich gesagt«, gab sie zu, nickte und legte ihre kalte Hand auf seine.

Milans Hände waren riesig und von harter Arbeit gezeichnet. Trotzdem oder gerade deshalb wirkten sie auf Dafne ungemein beruhigend. Für einen Moment versuchte sie sich vorzustellen, wie er früher gewesen war, als er noch an das Gute im Menschen geglaubt hatte – ohne dass es ihr dabei half, ihn zu verstehen. Mit einem Seufzer kehrte sie in die Gegenwart zurück.

»Ich nehme dein Geschenk unter der Bedingung an, dass du später die Cellulitis mit mir teilst, die ich dann bestimmt bekomme«, scherzte sie, um die gespannte Stille zu durchbrechen, und machte sich über die Brioche her. »Also?«

Ohne ein weiteres Wort beugte er sich vor, umfasste

ihre Hände und biss von dem klebrigen Gebäck ab. »Fertig, der Rest gehört dir«, sagte er und leckte sich die Zucker- und Schokoladenreste von den Lippen, während Guache ein paar Cremetropfen vom Boden aufschleckte und mit erhobener Pfote um mehr bettelte.

Als Dafne in Milans Augen blickte, glaubte sie zu wissen, wie er sie sah: empfindsam und einsam. Und in diesem Moment spürte sie, dass zwei einsame Seelen bereits die halbe Miete auf dem Weg zur Liebe waren. Die Gewissheit, nicht mehr allein zu sein, weil sie in Milan Teile ihrer eigenen Geschichte erkannte, weil sie beide unerfüllte Träume hatten, wärmte ihr Herz.

Vielleicht war sie ja gar nicht so einsam, wie sie immer gedacht hatte, überlegte sie später, während sie Milan entspannt bei der Schmiedearbeit an Veras Rosen beobachtete.

»Wer weiß«, murmelte sie, verteilte Wachs auf der Kommode und glaubte tatsächlich, einen kleinen Anflug von Glück zu verspüren.

11

Dafne verabschiedete sich an der Tür von Milan, ihren Schal hatte sie fest um den Hals gewickelt. Sie fühlte sich krank, und ihre Nase war leuchtend rot wie bei einem Clown.

»Bis morgen«, sagte sie und verschwand in der Nacht. Aus einem Fenster drang die emotionslose Stimme des Nachrichtensprechers, gegenüber nahm eine Frau die Wäsche ab, und von irgendwoher hörte man jemanden das *Ave Maria* von Gounod auf dem Klavier spielen. Auf der Hauptstraße leuchteten die unzähligen Lichter des besten Restaurants, vor einem Schaufenster küsste sich ein Pärchen, während vor dem Spielzeuggeschäft auf der anderen Seite ein großer roter Briefkasten mit der Aufschrift *Briefe an den Weihnachtsmann* aufgestellt worden war.

Bis Weihnachten dauerte es tatsächlich nicht mehr allzu lange – sobald die Adventszeit begonnen hatte, brach überall Festtagsstimmung aus. Auch Dafne konnte sich normalerweise dem Sog nicht entziehen, wenn sie hörte, wie der Kirchenchor bereits eifrig die alten Lieder probte, und beobachtete, wie die großen Krippen aufgebaut und die Lichterketten in den Straßen aufgehängt wurden, doch diesmal sprang die allgemeine Vorfreude nicht auf sie über.

Eigentlich war sie mit dem Antiquitätenhändler wegen der Uhr verabredet gewesen, aber der hatte den Termin kurzfristig abgesagt. Deshalb machte sie sich gleich auf den Weg nach Hause.

Im Stall hörte sie die Ziegenherde meckern und mit den Hufen klappern, sonst nichts. Da kein Licht brannte, ging sie davon aus, dass die Tiere schon gemolken waren und die Milch schon zu Frischkäse verarbeitet worden war. Sie hatte ein schlechtes Gewissen, dass sie der Großmutter nicht häufiger zur Hand ging, bloß war sie mit ihrem eigenen Kram derzeit mehr als ausgelastet. Zum Glück half Margherita regelmäßig aus.

»Ciao, Großmutter«, rief sie gleich an der Tür, zog die Schuhe aus und hängte die Tasche an die Garderobe, wollte dann, dem verlockenden Duft nach Kohl und Bohnen folgend, in die Küche gehen, als Clelias Stimme sie zurückhielt.

»Ich bin im Arbeitszimmer, mein Schatz.«

Dafne ging zu dem Zimmer, das nicht bloß ein Arbeitszimmer war, sondern in dem sich sämtliche Dokumente, Unterlagen und Gegenstände befanden, die mit der Familiengeschichte über mindestens drei Generationen zu tun hatten. Das Zimmer war nicht groß, raumhohe Bücherregale standen an den Wänden und in der Mitte ein Nussbaumschreibtisch mit einer antiken englischen Lampe, die Levante während des Krieges von einem Cambridge-Professor geschenkt bekommen hatte.

Hier hatte Dafne laufen gelernt, ihre Stürze abgefedert von den dicken Teppichen, und hier war sie später in dem dunkelroten Ledersessel neben dem Fenster mit einem Buch auf den Knien eingeschlafen, während Levante, die Pfeife im Mundwinkel, die Rechnungsbücher für seinen Gebrauchtwarenhandel führte und die Einnahmen aus dem Olivenölverkauf verbuchte. Dieser Raum war sein Rückzugsort gewesen, zu dem er ausschließlich seiner Enkelin Zutritt gewährte. Einzig Dafne wusste, wo der Schlüssel zu der Schublade lag, in der er seine Sammlung antiker Münzen aufbewahrte.

Sie blieb auf der Schwelle stehen. Wie lange war sie nicht mehr hier drin gewesen? Sie hatte das Arbeitszimmer seit dem Tod des Großvaters gemieden, weil es ohne ihn seelenlos wirkte – und diese Leere vermochte Clelia bei aller Liebe nicht auszufüllen. Dafne atmete tief durch und trat ein – sie würde sich an die veränderte Situation gewöhnen müssen. »Ciao, Großmutter, was machst du?«

Clelia, in Bademantel und Pantoffeln, hatte die Brille auf der Nase und putzte den Brieföffner und andere Silbergegenstände. »Ich war gerade mit dem ganzen anderen Silberzeug fertig, als mir die vielen Uhren eingefallen sind, die Levante hier drin aufbewahrt hat. Erinnerst du dich?«

»Natürlich, das müssen Dutzende sein.«

»Und er hat so an ihnen gehangen«, sagte sie und ließ den Lappen über die Klinge des Brieföffners gleiten, an der ein blutrotes Posament hing.

Dafne fiel auf, mit welcher Zärtlichkeit Clelia die Gegenstände berührte, und fühlte sich plötzlich überflüssig. »Ich habe gesehen, dass du Suppe auf dem Herd hast, soll ich mal nach ihr sehen?«

»Danke, ja, achte nicht auf das Durcheinander auf dem Tisch, ich muss das Silber noch wegräumen …«

»Keine Sorge, ich habe schon Schlimmeres gesehen, glaub mir«, antwortete sie und küsste die Großmutter auf die Wange, bevor sie Richtung Küche verschwand. Überall standen offene Kisten; das Besteck und allerlei silberner Nippes, Vasen, Schalen, Figürchen lagen herum. Dafne schob eine Putte, die mit verliebtem Blick ins Leere starrte, zur Seite und rührte die Suppe um. Als sie den Kochlöffel weglegte, fiel ihr Blick auf ein in Zeitungspapier gewickeltes Erinnerungsstück. Neugierig wickelte sie das Papier auf und erschrak.

Das konnte nicht sein.

Sie atmete tief durch und musterte den Fund genauer. Ein Irrtum war ausgeschlossen: Das war genau die gleiche Uhr wie die, die sie bei Milan in der Mansarde gefunden hatte. Das war unmöglich ein Zufall – und erst recht nicht, dass die Zeiger ebenfalls auf halb sechs standen.

Um ganz sicherzugehen, ging sie an die Garderobe, holte die andere Uhr aus der Tasche und legte beide nebeneinander. Es gab keinen Zweifel, sie waren völlig gleich, selbst die Gravuren stammten von der gleichen Hand.

»Dafne, ist die Suppe fertig?«, rief Clelia aus dem Arbeitszimmer, aber sie brachte keinen Ton heraus.

Zwei identische Uhren, Jahrzehnte, vielleicht ein Jahrhundert alt. Was steckte dahinter? Und war es nicht sonderbar, dass sie beide ausgerechnet ihr in die Hände fielen – einer Frau, die einen sechsten Sinn für Geschichten hatte?

Eine dunkle Ahnung sagte ihr, dass es mit diesen Uhren eine besondere Bewandtnis haben musste. Hinter den verschlossenen Deckeln verbarg sich eine Geschichte, vielleicht ein Geheimnis. Dafne erwartete beinahe, dass wispernde Stimmen aus der Vergangenheit an ihr Ohr drangen.

»Nicht zu glauben«, murmelte sie und vergaß völlig die Suppe, die neben ihr brodelte.

Es gibt keine Zufälle, hatte Levante ihr immer wieder versichert, und sie teilte diese Überzeugung nach dieser Entdeckung mehr denn je.

»Schatz?«

Dafne schrie auf, die beiden Uhren noch in den Händen. »Himmel, hast du mich erschreckt!«

Clelia sah sie misstrauisch an. »Das tut mir leid. Ich wollte nachschauen, warum du nicht geantwortet hast. Ich rufe schon seit einer ganzen Weile nach dir.«

Dafne trat einen Schritt zurück, wollte nach Möglichkeit die Uhren vor Clelia verbergen. Wenn diese Uhr hier Levante gehört hatte, dann gab es dafür bestimmt eine Erklärung – worin allerdings die Verbindung zu der Uhr aus der Mansarde bestand, das galt es herauszufinden.

»Entschuldige, ich war mit den Gedanken ganz woanders«, sagte sie und steckte die Hände mit den Uhren schnell in die Jackentaschen. »Heute bin ich echt total groggy, brauche ein schönes heißes Bad und gehe früh ins Bett. Kann ich mich vor dem Essen noch umziehen?«

»Geh ruhig, ich räum inzwischen hier auf und decke den Tisch.« Sie stellte sich auf die Zehenspitzen, küsste Dafne auf die Stirn und streichelte ihre Wange. »Ich möchte nicht, dass du krank wirst, du fühlst dich ein bisschen heiß an, weißt du?«, fügte sie besorgt hinzu.

Dafne hob gleichmütig die Schultern. »Vielleicht habe ich mich erkältet.«

»Was hältst du davon, das Bad sofort zu nehmen, dann eine heiße Suppe und ab ins Bett.« Sie legte den Kochlöffel auf die Arbeitsplatte, griff in den Gemüsekorb und fragte unvermittelt: »Du magst hoffentlich Spaghetti in brodo noch immer, oder?«

Dafne lachte auf. Ihre Großmutter war unschlagbar, wenn es darum ging, sie zu verwöhnen. Darüber hatte sie zum Glück vergessen, sie wegen ihres seltsamen Benehmens weiter auszufragen.

»Die mag ich am liebsten«, versicherte sie und verließ die Küche, während die Großmutter pfeifend ihrer Arbeit nachging.

In ihrem Zimmer angekommen, schloss sie die Tür und ließ sich zu Boden sinken. »Mein Gott, ich bin ein Monster«, murmelte sie und vergrub ihr Gesicht in den Händen.

Nie zuvor hatte sie ein Geheimnis vor ihrer Großmutter gehabt, und dass sie sie jetzt buchstäblich hinterging, belastete sie. Aber ihr Instinkt sagte ihr, dass sie das Richtige tat.

»Ich bin ein Monster, ein Monster«, wiederholte sie. Sie musste sich Klarheit verschaffen, sonst würde sie wirklich verrückt. Erneut musterte sie die Uhren, die sie vor sich auf den Boden gelegt hatte. »Wer seid ihr?«, flüsterte sie. »Was verbergt ihr? Und warum seid ihr hier, was verbindet euch?«

Die Spannung in ihrem Innern löste sich erst auf, als sie in einem nach Vanille duftenden Schaumbad lag und die Platters *Smoke Gets in Your Eyes* sangen.

12

Dafne schaltete den Motor aus, stützte den Ellbogen gegen das Fenster, während die andere Hand auf dem Lenkrad lag. Sie hatte das Auto auf der Hauptstraße der Stadt geparkt. Unter den Arkaden der regennassen Fassaden leuchteten in goldenen Lettern die Namen der Geschäfte. Milan saß neben ihr und starrte auf das blaue Säckchen, das Dafne ihm vor ein paar Minuten gereicht hatte, nachdem sie ihm die ganze Geschichte erzählt und sich für das Durchstöbern seiner Sachen entschuldigt hatte.

Daraufhin hatte er ihr erklärt, er habe die Uhr von seinem Großvater mütterlicherseits erhalten und sie sei das einzige Erinnerungsstück an seine Familie. Wahrscheinlich sei sie beim Auspacken versehentlich in eine der herumstehenden Kisten geraten. Als sie ihn nach dieser Einleitung gebeten hatte, ihr die Geschichte der Uhr zu erzählen, war er wieder in sein Schneckenhaus gekrochen.

»Ich möchte nicht darüber sprechen, das ist privat.«

Mehr sagte er nicht. Seine Stimme klang kalt, seine Miene war verschlossen, sein Blick wie so häufig in sich gekehrt.

Jetzt saßen sie nebeneinander im Auto und schwiegen sich an. Dafne beobachtete die hastig vorbeieilenden Passanten, die Schutz vor dem strömenden Regen suchten, während Milan ihre Gedanken zu lesen versuchte. Er hätte gerne den Duft ihrer Haut eingeatmet und sich von ihrem sinnlichen Mund verführen lassen, aber die Präsenz der Uhr mit all ihren Geheimnissen versiegelte ihm die Lippen.

»Wollen wir los?«, fragte Dafne ihn betont ruhig und streckte die Hand aus, um den Zündschlüssel abzuziehen, als er unvermittelt seine Hand auf ihre legte.

»Lass uns noch ein paar Minuten warten, wir sind ohnehin viel zu früh dran.«

»Wie du willst.«

Milan seufzte und betrachtete seine Uhr, die haargenau so aussah wie die, die Dafne in dem blauen Samtsäckchen aufbewahrte. Genau wie sie wollte er wissen, welches Geheimnis sich hinter der identischen Gravur verbarg, hinter dem identischen Sprung im Glas und der identischen Uhrzeit, die sie zuletzt angezeigt hatten. Diese beiden Uhren kamen ihm vor wie eine Brücke zwischen zwei Welten, zwischen seiner und der Dafnes, die heute mit dem geflochtenen Zopf und der romantischen lila geblümten Bluse wie ein junges Mädchen wirkte.

»Es ist so weit«, sagte sie nach einem Blick auf die Armbanduhr und angelte nach ihrer Handtasche auf dem Rücksitz. Ihre Hände waren feucht, ihr Mund trocken, doch als Milan fragte, ob alles okay sei, servierte sie ihn mit einem knappen »Sehr gut« ab. Damit gab sie ihm zu verstehen, dass sie ihm sein beharrliches Schweigen verübelte. Es verletzte sie, dass er sie aus seinem Leben ausschloss, während sie ihm eine Entdeckung anvertraut hatte, von der nicht einmal Clelia wusste. Das war einfach nicht fair, fand sie.

»Besser nicht dran denken«, murmelte sie.

»Wie bitte?«

»Ach, nichts.« Sie wich Milans fragendem Blick aus und presste die Handtasche gegen ihre Brust. »Komm, lass uns gehen und hoffen, dass dieser Mann uns weiterhelfen kann. Oder uns zumindest einen Anhaltspunkt liefert.« Sie zeigte auf das schwarze Schild mit der goldenen Aufschrift auf der anderen Straßenseite. »Montini ist ein Experte auf seinem Gebiet, und wenn es eine Geschichte gibt, die diese beiden Uhren miteinander verbindet, dann kennt er sie oder kann sie herausfinden.«

»Was macht dich da so sicher?«, fragte Milan, während er aus der Giulietta stieg.

Dafne spürte, dass er nervös war. Vielleicht fürchtete er sich ja vor dem, was bei den Nachforschungen herauskommen würde, dachte sie in einem Anflug von Mitgefühl. Sie verstand ihn nur zu gut, denn selbst ihr, der großen Geheimniskrämerin, war die ganze Angelegenheit ein wenig unheimlich.

»Steig noch mal ein«, forderte sie ihn auf und schlug die Fahrertür wieder zu. Milan leistete ihrer Bitte Folge und sah sie an. Jetzt wirkte sein Blick unerwartet warm, sodass sie in diesen Tiefen hätte versinken können. Allerdings wusste sie, wie schnell sich das bei ihm änderte.

Binnen einer Minute konnten die Augen erneut stechend und kalt wie der Nordwind sein.

Sie räusperte sich: »Schon mein Großvater hat sich immer an Montini gewandt, wenn er einen Rat oder ein Gutachten brauchte, sie waren ein großartiges Team. Montini besitzt ein so sicheres Gespür für wertvolle Gegenstände wie mein Großvater für außergewöhnliche Geschichten.«

»Und wenn es keine Geschichte gibt?«

»Jeder Gegenstand hat eine Geschichte, selbst dieser«, sagte sie und zeigte auf einen angekauten Stift. »Margheritas Enkel hat einen Tick und kaut auf allen Bleistiften herum, die er findet. Dieser hier war eines seiner ersten Opfer.

»Du wirst dich nicht mit einer Anekdote zufriedengeben, du suchst nach einer großen Geschichte.«

»Das stimmt, zumindest wenn ich sicher bin, etwas Besonderes entdeckt zu haben. Und ich schwöre dir: Bei diesen Uhren ist das der Fall. Immerhin haben sie Zeit und Raum überwunden, um bei uns zu landen.«

»Zufall?«

»Zufälle gibt es nicht. Wenn diese Uhren zu uns gefunden haben, dann muss es einen Grund dafür geben. Frag mich nicht warum, ich weiß es einfach. Vertrau mir.«

Milan fuhr sich mit den Fingern durch seine Haare, den Blick starr auf die mit Pfützen übersäten Bürgersteige gerichtet: »Du siehst Dinge, die es nicht gibt.«

»Oder die manche Menschen nicht sehen können«, antwortete sie und sah einem Jungen nach, der mit einer

Tüte unter dem Arm aus der Bäckerei gelaufen kam und über die Straße wollte.

Die Fußgängerampel zeigte grün, kein Auto weit und breit. Er hatte bereits einen Fuß auf die Straße gesetzt, als eine Stimme ihn, warum auch immer, in den Laden zurückrief. In diesem Moment brauste ein Wagen vorbei, ohne sich um das Rot der Ampel zu scheren.

Dafne sah Milan lächelnd an. »Was habe ich dir gesagt?«

»Okay, hier hat ein gütiges Schicksal eingegriffen, unsere Uhren hingegen sind nichts weiter als Gegenstände aus der Vergangenheit.«

»Du willst mir einfach nicht glauben, oder?«, fragte sie sanft. »Allein ihr Alter ist schon eine Geschichte für sich, verstehst du?«

»Ja, da gebe ich dir sogar recht. Ich verstehe jedoch nicht, warum wir davon ausgehen sollen, dass sie etwas Besonderes sind«, antwortete er mit düsterer Miene, die das Unwetter draußen widerzuspiegeln schien. »Warum muss alles besonders sein? Vielleicht ist das Normale ja das Besondere, vielleicht sollten wir einfach normal sein, Menschen ohne Superkräfte, ohne spektakuläre Erlebnisse. Menschen mit einem ganz banalen Leben ohne Höhen und Tiefen.« Seine Augen funkelten. »Dafne, sag mir, was daran so schlimm ist, ganz normal zu sein?«

Sie dachte eine Weile nach, fand aber keine Antwort. »Warum hast du so viel Angst vor dem, was Montini uns sagen wird?«, fragte sie stattdessen. »Seitdem wir losgefahren sind, habe ich den Eindruck, du hast Angst.«

»Ich habe keine Angst, ich glaube nur, dass du dich da in etwas verrennst. Denk doch mal nach, warum diese beiden Uhren unter Millionen anderen in der Geschichte der Uhrmacherkunst so besonders sein sollen. Möglicherweise wurden sie ja in großen Mengen hergestellt, dann bliebe das einzig Merkwürdige der identische Zeitpunkt, zu dem sie stehen geblieben sind. Was also ist dir daran so wichtig?«

»Du erkennst nicht, worum es mir geht«, entgegnete sie. »Es geht nicht darum, ob wir etwas Besonderes sind, es geht um diese beiden Uhren. Und weißt du auch, warum?«

»Nein.«

»Als ich sie in der Hand hielt, habe ich gespürt, wie das Leben durch sie hindurchgeflossen ist.«

»Dafne, um Himmels willen, das sind Gegenstände und nichts Lebendiges!«

»Mag sein, aber sie haben einmal jemandem gehört. Menschen haben sie geliebt, haben sie aufbewahrt, damit wir sie finden. Selbst nach sehr, sehr langer Zeit – damit wir uns durch die Uhren an sie erinnern. Kannst du dir das nicht vorstellen?«

»Eher nicht, allerdings fehlt mir auch deine Begeisterung für solche Sachen«, erwiderte er beiläufig und riss dann überrascht die Augen auf, als er Dafnes warme Hand in seiner spürte.

»Milan, du musst zu akzeptieren lernen, dass das Ganze einen Sinn ergibt, selbst wenn du es nicht verstehen kannst. Und deshalb sind wir heute hier.«

»Und was genau suchen wir?«

Dafne lächelte wissend. »Eine oder zwei Geschichten, das ist es, wonach wir suchen. Geschichten halten die Menschen am Leben, nähren sie, denn wenn sich in hundert Jahren wenigstens ein Mensch noch an dich erinnert, dann hast du nicht umsonst gelebt, bist nicht wirklich tot. Der Tod ist nicht die gerade Linie auf dem Elektrokardiogramm, nicht die tödliche Diagnose, das Todesurteil, nicht der Schuss, der sich löst, während du auf der Post in der Schlange stehst. Der Tod ist die Stille, wenn sich niemand mehr an dich erinnert, denn das Vergessen tötet die Menschen.«

Milan war nahe dran, sich dem hypnotischen Sog ihrer Stimme hinzugeben. Dafne war wie ein helles Licht in einem dunklen Raum, wie Wasser für eine durstige Pflanze, wie die ausgestreckte Hand in einer finsteren Nacht. Es könnte so einfach sein, er musste nur die Augen schließen, ihr zuhören und sich ihrem Traum hingeben.

Doch Milan konnte nicht. »Gehen wir?«, sagte er stattdessen.

Der renommierte Antiquitätenhändler ließ sie fast eine halbe Stunde warten, bevor er sie ins Hinterzimmer bat, einen nüchternen Raum mit Eichenparkett und Bücherregalen. Es war recht dunkel, lediglich eine Tiffanylampe spendete etwas Licht. An den Wänden hingen Urkunden und Auszeichnungen in Bronzerahmen, die von einer erfolgreichen Karriere zeugten. Montini atmete schwer, war sichtlich müde und erschöpft. »Ich freue mich, Sie wiederzusehen«, begann Dafne, die sich in die Zeit zurückversetzt fühlte, als sie öfter mit ihrem Großvater hier gewesen war.

Montini hingegen wollte sich nicht mit dem Austausch von Höflichkeiten aufhalten, sondern kam gleich zur Sache und bat sie, ihm den Grund ihres Besuchs darzulegen. Als sie ihm die beiden Zwillingsuhren zeigte, setzte er eine Brille mit dicken Lupengläsern auf und griff mit zitternden Händen nach den beiden Taschenuhren.

»Sie stammen aus der Schweizer Schule, aus dem 19. Jahrhundert, 1850 bis 1870, würde ich sagen.« Mühelos öffnete er an Milans Uhr den Deckel. »Von Olivary in Genf. Sagt euch der Name etwas?«, fragte er und richtete den Blick auf seine jungen Besucher.

»Nicht wirklich«, antwortete Dafne.

»Mir gar nichts«, ergänzte Milan.

Montini klappte die Lupen wieder herunter und fuhr mit der Untersuchung fort. Jetzt öffnete er Dafnes Uhr, entdeckte dort ebenfalls den Hinweis auf Olivary und ließ den zweiten Deckel aufspringen. Etwas kleines Weißes fiel heraus.

Elektrisiert sprang Dafne auf. »Was ist das?«

»Mal sehen.«

Vorsichtig nahm Montini mit einer Pinzette das Papierchen und entfaltete es. Zum Vorschein kam ein Foto, das einen jungen Mann in Uniform zeigte, die der Antiquitätenhändler als diejenige des kaiserlichen österreichisch-ungarischen Infanterieregiments erkannte. Auf der Rückseite war eine Widmung zu lesen.

»Sagt dir wenigstens das etwas?«, fragte Montini und streckte Dafne das Foto entgegen.

Sie beugte sich darüber und versuchte die Inschrift zu entziffern, den Sinn der Worte in der ihr nicht vertrauten Sprache zu begreifen. »Ich glaube, ich habe es«, rief Dafne plötzlich triumphierend. »›Ewig dein, ewig mein, ewig uns‹ – ist das nicht von Beethoven?«, wandte sie sich an Milan.

»Genau«, nickte der zustimmend. »Aus seinem *Brief an die Unsterbliche Geliebte*. Darf ich das Foto auch mal sehen?«, bat er Montini, stützte die Ellbogen auf den Schreibtisch und starrte auf das Konterfei des jungen Soldaten.

»Kennst du den Mann etwa?«, fragte Dafne, aber er schüttelte den Kopf.

»Aus welchem Jahr könnte es stammen?«

Es dauerte eine Weile, bis Montini antwortete, denn er wurde von einem Hustenanfall geschüttelt. »Mit Sicherheit aus den dunklen Zeiten des Ersten Weltkriegs«, erklärte Montini, »das Jahr lässt sich schwer zuordnen. Ich tippe auf die Zeit der Mobilisierung. Derartige Fotos wurden gern als Abschiedsgeschenk vor der Abreise an die Front gemacht.«

»Zur Erinnerung für seine Frau oder seine Freundin«, fügte Milan nachdenklich hinzu.

»Als Trost für die Zeit der Trennung«, ergänzte Dafne.

»Das ist tatsächlich die wahrscheinlichste Hypothese«, stimmte Montini zu und setzte die Brille wieder ab.

»Das allein könnte schon die Existenz der Zwillingsuhren erklären, vielleicht waren sie ein Abschiedsgeschenk, eine Art Versprechen«, überlegte Dafne.

»Deine romantische Ader scheinst du dir bewahrt zu haben«, scherzte Montini, während Dafne sich weiter krampfhaft bemühte, eine Beziehung zwischen dem Foto und der Widmung auf der Rückseite herzustellen.

»Dir sagt das alles wirklich gar nichts?«, bohrte sie weiter und sah Milan an.

»Ich erinnere mich bloß, dass mein Urgroßvater im Ersten Weltkrieg in einem k.u.k. Regiment gekämpft hat, in was für einem, keine Ahnung. Allerdings bin ich ziemlich sicher, dass er nicht der Soldat auf dem Foto ist«, erklärte er, um Dafnes Hoffnungen keinen Nährboden zu geben. »Man hat in unserer Familie nicht viel darüber gesprochen – ehrlich gesagt, erinnere ich mich nicht mal an den Namen dieses Verwandten. Halt, warte, jetzt fällt es mir ein: Er hieß mit Nachnamen Klammer. Er war Psychiater und hat sich nach dem Krieg auf die Behandlung von Soldaten mit psychischen Störungen spezialisiert, man nannte sie Kriegszitterer. Soweit ich weiß, brachte er es später sogar zu einigem Ansehen. Woher genau er ursprünglich stammte, weiß ich aber nicht. Er heiratete eine Frau aus Bosnien und zog ihretwegen von Österreich nach Sarajevo.«

Dafne hörte gebannt zu.

Bislang hatte er kaum über seine Familie gesprochen, und mit einem Mal sprudelten die Informationen nur so aus ihm heraus. Und das alles wegen der Uhren und eines Fotos!

»Ich wusste nicht, dass du aus Bosnien stammst, ich dachte, du seist Italiener oder vielleicht Franzose«, hakte sie mit einem vorsichtigen Lächeln nach.

»Ich wurde in Sarajevo geboren und bin dort aufgewachsen, deshalb halte ich es auch für ausgeschlossen, dass zwischen unseren Familien eine Verbindung besteht. Zumindest sehe ich keinerlei Berührungspunkte.«

»Zwischen uns beiden gibt es durchaus einen Berührungspunkt«, erwiderte sie knapp, griff nach ihrer Tasche, steckte die Uhr wieder ein und wollte Montini für seine Mühe bezahlen, doch er lehnte ab.

»Ein posthumer Freundschaftsdienst für Levante. Hoffe ich jedenfalls«, setzte er hinzu und schaute ihr verwundert nach, als sie ohne Abschiedsgruß aus dem Raum stürmte.

Draußen war es schneidend kalt.

Sie atmete tief durch und spürte kurz darauf eine feste Hand auf ihrer Schulter, die sie zwang, sich umzudrehen. Jetzt konnte sie in Milans Augen Enttäuschung, Trauer, Bitterkeit und eine so große Wut lesen, dass es sie schmerzte.

»Kannst du mir bitte sagen, was in dich gefahren ist, dass du rausgerannt bist wie eine Furie und mich wie einen Idioten hast stehen lassen?«

Dafne versuchte auszuweichen und kickte einen Stein weg. »Nichts, lass gut sein«, sagte sie mit gesenktem Kopf. »Ich weiß es selbst nicht genau. Auch ich habe ein paar seelische Wunden, Milan …«

Milan strich ihr über die Schulter. »Dafne …«

Sie schaute in den Himmel, die Wolken, die den ganzen Tag drohend über ihnen gestanden hatten, waren in Richtung Küste gezogen.

»Was?«, fragte sie erschöpft. Sie wollte ihm sagen, dass er sie in Ruhe lassen solle, dass sie bloß noch nach Hause fahren wolle. Keine Frage, kein Nachbohren mehr, aber dann nahm er ihre Hand.

»Wollen wir darüber reden?«

»Milan, ich ...«

»Beim Essen, mir ist kalt, und ich habe einen Riesenhunger, du nicht auch?«

Vor ihrem Mund bildete sich eine weiße Dampfwolke, während ihre kalten Finger sich in seiner Hand langsam erwärmten. Es war angenehm, zweifellos, und zugleich hasste sie diese Art, durch Händchenhalten und sanfte Worte wieder für gutes Wetter zu sorgen.

Sie fuhren nach Torralta zurück und aßen in einem netten kleinen Lokal zu Abend, ließen sich eine extragroße Portion Polenta schmecken, tranken Wein, teilten sich ein Millefeuille mit Schokolade, und nach einem letzten Absacker machten sie noch einen Spaziergang durch den Park am Fluss entlang, der durch den heftigen Regen der letzten Tage viel Wasser führte.

Bald würde es in Torralta schneien, im Fernsehen hatten sie von einer nahenden sibirischen Kaltfront berichtet. Jetzt galt es, sich auf Weihnachten und gemütliche Abende zu Hause zu freuen.

»Glaubst du noch immer, dass das mit den Uhren purer Zufall war?«, fragte sie und zog ihn zu einer Bank, auf der sie sich trotz der Kälte niederließen und gemeinsam in den Sternenhimmel schauten.

»Schwer zu sagen, besser wäre es allemal, findest du nicht?«

»Warum?«

Milan schlug den Kragen seiner Jacke hoch. »Falls zwischen unseren Familien eine Verbindung bestanden haben sollte, eine romantische womöglich, dann müssen die Dinge nicht unbedingt gut gelaufen sein, und wir könnten unangenehme Entdeckungen machen. Ich weiß nicht, ob ich das möchte.«

»Du meinst, eine unglückliche Liebesgeschichte?«

»Eine Liebesgeschichte ohne Happy End war im Krieg nicht gerade selten, und zwar aus den verschiedensten Gründen.« Dafne schoss ein Gedanke durch den Kopf: Hatte er überhaupt über den Soldaten auf dem Bild gesprochen oder über eine unglückliche Liebesgeschichte, die ihn vielleicht selbst betraf?

Ja, das wäre eine Erklärung für seine Bitterkeit. Das verstand sie, schließlich war es ihr genauso ergangen. Sie hatte sich oft gefragt, was das Ende einer Liebe bedeutete. In manchen Büchern las man, der Schmerz ähnle dem, den man beim Tod eines geliebten Menschen empfand. Es sei, als ob ein Teil von einem selbst gestorben wäre.

Nachdenklich strich sie das Taschentuch in ihrer Hand glatt und blickte zum dunklen Wald hinüber. Früher hatte sie solche Vergleiche für Unsinn gehalten – inzwischen hatte sie leidvoll erfahren müssen, dass es stimmte. Verlassen zu werden, konnte sogar schlimmer sein, weil der

Mensch, den man liebte, ja noch da war. Nur eben nicht mehr für einen selbst. Und dadurch starb man ebenfalls Stück für Stück – es sei denn, man lernte, mit dem Schmerz zu leben. Oder man fand das, was man suchte, bei einem anderen, der einen alle Kränkungen, allen Kummer vergessen machte.

Sie drehte sich zu Milan. Könnte er für sie so jemand sein?

An diesem Punkt ihrer Grübeleien wurde sie von einer zierlichen jungen Frau in einem purpurfarbenen Mantel mit Margeriten-Applikationen abgelenkt, die ebenfalls durch den Park lief. Plötzlich tauchte hinter ihr ein junger Mann in Jeans und dunklem Kapuzenpulli auf, griff im Bruchteil einer Sekunde nach der Tasche der Frau und versuchte, sie ihr zu entreißen. Die Frau schrie und umklammerte ihr Eigentum, wehrte sich, so gut sie konnte, hatte jedoch keine Chance. Nach einem gezielten Schlag ins Gesicht sank sie zu Boden.

Das alles geschah wie in Zeitlupe, dann sprang Milan auf und schoss auf den Mann zu, der versuchte, mit der Handtasche zu fliehen. Vergeblich, denn nach wenigen Metern war Milan bei ihm, warf sich von hinten auf ihn und riss ihn zu Boden.

Dafne kümmerte sich inzwischen um die Frau, die an der Lippe blutete. Sie half ihr auf und führte sie zu einer Bank. Von dort aus beobachteten sie die beiden Männer. Die Rollen waren jetzt vertauscht. Der Angreifer, noch immer am Boden liegend, wehrte sich verzweifelt gegen die unerwartete Attacke.

»Gib das zurück«, schrie Milan, aber der andere spuckte ihm ins Gesicht.

»Geht zum Teufel, deine Schlampe und du!«

Dieser Satz ließ Milan ausrasten. Er ballte die Faust und hielt den Mann am Hals fest, drosch auf ihn ein: ein, zwei, drei, fünf, zehn Schläge. Er war wie entfesselt, schlug immer weiter zu, bis sein Gegner sich nicht mehr bewegte und Dafne ihn wegzog.

»Milan, ich bitte dich, hör auf!«, schrie sie voller Entsetzen, als sie das völlig verquollene Gesicht des Jungen sah, der kaum älter als sechzehn war. Milan erhob sich und zog ihn an der Kapuze auf die Füße, drückte ihn gegen den Stamm einer Platane.

»Hör mir gut zu, Junge«, knurrte er ihn an, »wenn ich dich noch einmal hier sehe, dann spielt sich das nicht mehr so glimpflich ab. Und falls du auf die Idee kommst, mich bei der Polizei anzuzeigen, wird von dir nichts mehr übrig bleiben, das man noch beweinen könnte.« Er drehte sich zur Seite und zeigte ihm das Tattoo am Hals, das seine Narbe überdeckte. »Siehst du das?

Das andere nickte verängstigt.

»Gut, derjenige, der mir das angetan hat, sieht jetzt das Gras von unten wachsen. Und du willst kaum genauso enden, oder?«

Der Junge nickte erneut. Panik stand in seinen Augen.

»Deshalb hältst du ab heute die Füße still, verstanden?«

Als der Junge den Kopf wegdrehte, verstärkte Milan erneut den Griff und presste ihn fester gegen den Baumstamm.

»Hast du verstanden, was ich gesagt habe?«, schrie er, griff ihm an die Kehle und drückte zu. Der Junge ächzte und fiel, sobald Milan ihn losließ, wie ein nasser Sack zu Boden. »Du bist nicht mal die Klinge wert, dir den Hals durchzuschneiden«, spie Milan ihm entgegen und drehte ihm dann den Rücken zu, während der Dieb sich aufrappelte und davontaumelte.

Dafne war fassungslos. Sie konnte nicht glauben, was sie gerade mit angesehen hatte. Als Milan sich ihr und der Frau näherte, wich sie instinktiv zurück wie ein Tier, das Gefahr wittert.

»Okay«, sagte Milan und hob die Hände, wandte sich dann an die junge Frau, die noch immer wie betäubt auf der Bank saß, und reichte ihr die Handtasche. Als er ihre geschwollene und aufgeplatzte Unterlippe sah, ging er zum Brunnen und tauchte sein Taschentuch ins Wasser, um ihr das Blut abzuwischen.

»Danke«, flüsterte sie.

»Gegen die Verletzungen kann ich nicht viel tun – falls Sie jedoch Anzeige erstatten wollen …«

»Ich glaube nicht, dass das nötig sein wird«, unterbrach sie ihn, nahm die Tasche und stand mühsam auf, ohne einen einzigen Blick auf den verschmutzten Mantel und die zerrissenen Strümpfe zu werfen. »Der Bursche hat bekommen, was er verdient, vielleicht sogar etwas mehr.«

»Aber …«

»Schon gut, glauben Sie mir«, antwortete sie lächelnd.

Milans Kiefer verkrampften sich, seine Finger krallten

sich in die Handfläche. »Ich hoffe, Sie haben recht. Meiner Erfahrung nach machen solche Typen immer wieder Ärger. Vielleicht nicht heute, vielleicht nicht morgen. Aber Kriminelle sind so, sie lassen sich nicht ändern.«

»Ich denke, dieser Junge hat seine Lektion gelernt und tut nie mehr jemandem was zuleide«, schaltete Dafne sich ein. »Er hat seine Dummheit im wahrsten Sinne des Wortes schmerzlich bereut.« Sie wandte sich an die Frau. »Sollen wir Sie nach Hause bringen?«

»Nein, keine Umstände, Sie und Ihr Verlobter waren wirklich sehr freundlich, ich will Sie nicht aufhalten.«

»Es macht uns nichts aus«, mischte Milan sich ein, doch die Frau blieb dabei.

»Gute Nacht, und noch mal danke«, sagte sie, rang sich trotz ihres verletzten Gesichts ein Lächeln ab und humpelte zum Nordausgang des Parks.

Schweigend sahen sie ihr nach, keiner wusste, was er sagen, wie er sich jetzt verhalten sollte.

Dafne schluckte, suchte nach einer Erklärung. In Milans Verhalten war eine Wut zum Ausdruck gekommen, die jede gesunde Reaktion überstiegen hatte. Sie versuchte seine Gedanken zu lesen, die Wahrheit hinter diesem Ausbruch zu entdecken, die ihr Worte nicht verraten würden. Es war riskant, aber sie musste es versuchen – allein schon, weil es für sie wichtig war. Sie atmete tief durch, schaute hinauf zu den Sternen und bat stumm um himmlischen Beistand, bevor sie ihn ansprach.

»Warum hast du dich so auf diesen Jungen gestürzt? Er war doch noch fast ein Kind.«

»Lass ihn sechzehn oder siebzehn gewesen sein, trotzdem muss er den Unterschied zwischen Gut und Böse kennen. Dieser Typ wusste genau, was er tat, und selbst wenn das von mir vielleicht nicht gerade eine Meisterleistung war, wird ihm dieser Abend eine Lehre für die Zukunft sein.«

»Meinst du wirklich, dass er etwas gelernt hat, weil er zusammengeschlagen wurde? Das kann ich mir beim besten Willen nicht vorstellen!«

»Ich glaube schon«, widersprach er, kreuzte wie zur Abwehr die Arme vor der Brust und blickte nun seinerseits in den Himmel. »Es wird ihm helfen zu verstehen, dass schlechtes Verhalten noch mehr Schlechtes anzieht und dass er, wenn er so weitermacht, irgendwann auf jemanden treffen wird, der stärker oder wütender ist als er. Es ist nur eine Frage der Zeit.«

Dafne verschränkte ebenfalls die Arme und schüttelte den Kopf. »Deshalb bist du so? Weil du der Schlimmste bist?«

»Nein«, antwortete er und schaute ihr in die Augen. »Ich habe in meinem Leben genug Gewalt gesehen, und deshalb kann ich sie nicht akzeptieren. Besonders dann nicht, wenn sie sich gegen Schwächere richtet. Zumindest müssen die Gegner auf Augenhöhe sein. Und wer feige ist, muss bezahlen.«

Er erhob sich von der Bank und klopfte sich den Schmutz ab, während Dafne reglos sitzen blieb. Denn plötzlich hatte sie Angst vor ihm – vor dem, wozu er offenbar fähig war.

»Kommst du?«, fragte er sie und wandte sich zum Gehen.

»Warte noch«, sagte sie und hielt ihn zurück.

Er wirkte mit einem Mal schrecklich traurig, so durfte sie ihn nicht gehen lassen. Außerdem erzählten seine Augen eine andere Geschichte als seine Fäuste – sie sprachen von unendlichem Schmerz, den er erlebt und nicht verarbeitet hatte. Und noch etwas entdeckte sie in seinem Blick: Da war keine Wut mehr, bloß Scham und die Bitte um Verzeihung.

Liebevoll nahm sie seine Hand und streichelte sie. »Komm mit mir nach La Limonaia, ich möchte nicht, dass du heute Nacht allein bist.«

»Warum?«

Es war schwer, die richtigen Worte zu finden. Im Grunde wollte sie ihn vor sich selbst schützen, ihn nicht allein lassen mit seinen quälenden Gedanken, aber das traute sie sich nicht auszusprechen.

»Du musst versorgt werden«, erklärte sie. »Schließlich hast du auch ein paar Kratzer abbekommen. Außerdem möchte ich nicht, dass du vielleicht auf dumme Gedanken kommst«, fügte sie in bemüht scherzhaftem Ton hinzu.

Wie befürchtet lehnte er ab. »Geh nur, ich komme schon klar.«

»Milan, bitte komm mit. Hör auf mich, bloß dieses eine Mal«, drängte sie, doch sie redete gegen eine Wand.

»Dafne, lass gut sein. Wir sehen uns morgen.«

»Ich bestehe darauf.«

Er hob die Hände. Seitdem sie den Park betreten hatten, war der Abend ein einziges Fiasko gewesen.

»Hör zu, ich schätze deine Fürsorge wirklich – trotzdem werde ich nicht mit zu dir nach Hause kommen. Du bist weder meine Krankenschwester noch meine Psychologin, und kontrollieren lasse ich mich auch nicht. Ich bin kein Welpe, den du am Straßenrand aufgelesen hast. Ich kann durchaus für mich selbst sorgen.«

»Das weiß ich, das hast du heute Abend bewiesen«, gab sie beleidigt zurück.

»Also, was bin ich dann für dich? Willst du einen Gestrauchelten auf den rechten Pfad zurückführen?«, schleuderte er ihr aufgebracht entgegen.

Dafne verpasste ihm eine schallende Ohrfeige. »Wenn du das glaubst, hast du wirklich gar nichts kapiert. Absolut nichts«, schleuderte sie ihm entgegen, nahm ihre Tasche von der Bank und stürzte davon.

Es ist wie bei Ettore, dachte sie. Wieder einmal fühlte sie sich unverstanden und zurückgewiesen. Es war ein Labyrinth ohne Ausweg.

»Ein Labyrinth, Großmutter« sagte sie dann auch, als sie bei einer Tasse Zitronen-Ingwer-Tee die ganze Geschichte erzählte.

Clelia, in einen großen Wollschal gehüllt, betrachtete sie nachdenklich. »Ich weiß nicht, mein Schatz, ich denke nicht, dass Milan ein schlechter Mensch ist. Er hat übertrieben reagiert, das schon, doch immerhin hat er der Frau geholfen. Vielleicht hat er die Bedrohung einfach falsch eingeschätzt«, versuchte sie Milan in Schutz zu nehmen. »Er ist ja nicht einfach grundlos auf jemanden losgegangen.«

»Alles schön und gut, aber Gewalt ist doch keine Lösung. Du selbst hast mir beigebracht, dass, wer die Hand als Erster hebt, im Unrecht ist. Ich sehe nicht, warum das jetzt nicht mehr gelten sollte.«

»Es gilt nach wie vor, aber du darfst nicht vergessen, dass Milan ein sehr zerbrechlicher Mensch ist.«

»Zerbrechlich?« Dafne lachte einmal trocken über ihrem Tee.

Clelia nickte. »Genau.« Sie tauchte ihren Löffel in das Honigglas und ließ dann einen langen goldenen Faden in ihren Kamillentee rinnen. »Dieser junge Mann trägt irgendeine unverarbeitete Last mit sich herum. In seinem Blick liegt etwas Seltsames, eine Einsamkeit, ein tiefer Schmerz, der einem das Blut in den Adern gefrieren lässt.«

»Das mag sein, aber das rechtfertigt doch sein Verhalten nicht.«

Clelia legte ihre Hand auf die der Enkelin. »Vielleicht bist du noch zu jung, um das zu verstehen – oder hast zum Glück nicht erleben müssen, was anderen in deinem Alter bereits zugestoßen ist.«

Dafne nahm einen Schluck Tee, der dank des beigefügten Akazienhonigs samtig ihre Kehle hinunterfloss. »Trotzdem kann man das nicht allein darauf reduzieren. Milan hatte kein Recht, den Jungen so zuzurichten und mir zu unterstellen, ich würde ihn benutzen, um mir zu bestätigen, dass ich eine Art barmherziger Samariter bin. Das war verletzend.«

Erneut griff Clelia nach ihrer Hand. »Gib ihm etwas Zeit, sei nicht so streng. Wie gesagt, du weißt nicht, was er durchgemacht hat, vergiss nicht, unter welchen Umständen ihr euch kennengelernt habt. Ein Mann, der nachts irgendwo einen Schlafplatz sucht, hat mehr erlebt, als er dir erzählen will, hab Geduld. Doch egal welche Entscheidung du triffst – es ist deine, du musst sie allein treffen und verantworten.«

Dafne nickte, merkte, dass sie sich in einer Zwickmühle befand. Sie war wütend auf Milan, aber ihn rauszuwerfen kam trotzdem nicht infrage.

13

Dafne begrüßte Giuseppina, die mal wieder vorbeigekommen war, um die Fortschritte an ihrer Kommode in Augenschein zu nehmen. Dabei brachte sie Guache immer etwas Leckeres mit. Inzwischen begrüßte die Katze die Gemeindeschwester bereits mit einem Miauen.

Überwältigt stand die alte Dame jetzt vor dem nicht mehr wiederzuerkennenden Möbelstück. Dafne hatte es abgebeizt und geschliffen und das Naturholz mit einem Nässe abweisenden Wachs bearbeitet, sodass man die Kommode unbesorgt nach draußen stellen konnte. Die morschen Griffe waren durch die floralen Modelle ersetzt worden, die Milan geschmiedet hatte. In zwei der Schubladen war bereits Erde gefüllt worden, in der Erika, Stiefmütterchen und Alpenveilchen blühten – ein wunderschöner Anblick.

Nach dem Abend im Park gingen Dafne und Milan nach wie vor verkrampft miteinander um. Beide taten ihre Arbeit, konnten sich aber kaum in die Augen sehen. Erst in der Kaffeepause brach Milan das Schweigen.

»Schmeckt nicht wie in der Bar, aber zum Wachwerden geht es. Und billiger ist es auch«, sagte Milan, der die Kaffeemaschine befüllt und angestellt hatte.

Dafne nahm die ihr angebotene Tasse. »Ich bin sicher, dass du bei Ginevra nicht bezahlen müsstest, da ließe sich ein Kompromiss finden«, gab sie spöttisch zurück und hätte diese Antwort am liebsten sofort wieder rückgängig gemacht.

Oh Gott, dachte sie, das klang ja voll nach Eifersucht. Und prompt stieg Milan indirekt darauf ein.

»Deshalb mache ich mir den Kaffee lieber selbst – ich habe Kompromisse noch nie gemocht und will niemandem etwas schuldig sein«, antwortete er knapp und stellte seine Tasse klirrend auf den Tisch.

Eine Geste, die ihr deutlich zu verstehen gab, dass sie zu weit gegangen war – mit der Folge, dass zwischen ihnen wieder Schweigen herrschte.

Nachdem Giuseppina gegangen war, hatte Dafne sich ans Abschleifen von Veras Türen gemacht. Seit Stunden spuckte Levantes alte Schleifmaschine inzwischen ihren Staub auf den Boden, in den Guache mit ihren Pfoten abstrakte Bilder malte.

Auch Dafne schaffte es nicht, über ihren Schatten zu springen. Die Bilder, die sie quälten, blieben. Seufzend zog sie den Stecker der Schleifmaschine, streifte die Arbeitshandschuhe ab und nahm die Schutzbrille herunter. Milan beachtete sie nicht, hämmerte und schmiedete ohne Pause eine Rose nach der anderen für Vera.

Sogar das ging nicht ohne Gewalt, schoss es ihr durch den Kopf, aber im gleichen Moment fielen ihr Clelias Mahnungen ein. Vielleicht musste sie wirklich mehr Mitgefühl zeigen und die Wahrheit zu ergründen versuchen, die unter der Oberfläche verborgen lag. Schließlich war sie diejenige, die hinter allem Geschichten suchte. Vielleicht war das, was ihr auf den ersten Blick verachtenswert schien, bei genauerem Hinschauen nicht mehr so schlimm. Bloß wo sollte sie bei Milan anfangen, wenn er sich ihr gegenüber so kalt und schweigsam verhielt?? Bei seiner Narbe, bei dem Armband? Oder bei der Uhr?

Sie holte das blaue Samtsäckchen mit der Uhr aus Großmutters Haus aus der Tischschublade und presste es sich ans Gesicht, rieb ihre Wange an dem weichen Material.

»Kannst du mir nicht helfen?«, flüsterte sie. »Willst du mir nicht deine Geschichte erzählen und mir einen Wink geben, was das alles mit Milan zu tun hat?«

14

Es war Nacht. Dafne lief einen Weg entlang, rechts und links standen Birken, die Wurzeln von Farnen bedeckt. Die Erde unter ihren Füßen war weich und feucht, über dem nahen Fluss waberte Nebel. Das Heulen der Wölfe aus den Wäldern dahinter durchbrach die Stille, dazwischen erklangen die Rufe einer Eule. Auf einem kahlen Ast saß ein weißer Kauz und hatte seine bernsteinfarbenen Augen auf sie gerichtet.

Sie hatte sich verlaufen, in ihrem Haar hingen kleine Zweige und Blätter. Es gab keine Orientierung, keinen Polarstern, keinen Kometen, dem sie folgen konnte, um ihren Weg nach Hause zu finden. Verzweifelt tastete sie sich durch die Dunkelheit voran, bis sie über eine Wurzel stolperte und sich an einem Farn festklammerte, um den Sturz abzufangen. Die Hand glitt über die Blätter, sie spürte etwas Warmes, Feuchtes den Arm hinunterlaufen.

Blut. Süßlich.

Erschrocken blickte sie sich um und erkannte, dass sie nicht über eine Wurzel, sondern über einen menschlichen Körper gestolpert war. Nicht einen, sondern zwei. Und daneben stand wieder das Mädchen mit den Zöpfen und der roten Baskenmütze, das mühsam ein Schluchzen unterdrückte und auf die beiden Körper starrte, die Augen vom vielen Weinen geschwollen. In ihren kleinen Händen hielt sie die Zwillingsuhren. Dafne presste eine Hand auf den Mund, während in ihrem Kopf ein Ticken anschwoll und mit ihrem wild klopfenden Herzschlag verschmolz. Dann war ein Klingeln zu hören, ein kleines Hämmerchen schlug auf zwei Metallplatten, danach war es still.

»Nein!«, schrie sie und trat um sich, die Faust fest gegen den Brustkorb gepresst.

Erst langsam wurde ihr bewusst, dass keine Gefahr drohte, dass sie sicher, wenn auch schweißnass, in ihrem Bett lag und dass der alte Wecker sie aufgeschreckt hatte. Während sie noch die Traumbilder abzuschütteln versuchte, hörte sie vom Flur her schnelle Schritte, und eine atemlose Clelia tauchte im Zimmer auf.

»Alles in Ordnung, mein Schatz? Ich habe dich fürchterlich schreien hören. Was war denn los?«

Dafne setzte sich auf, fuhr sich mit der Hand über die Stirn und zog die Knie an den Brustkorb, sah sich im Zimmer um, doch nach wie vor schob sich das Geträumte vor die Realität. Sie rieb sich die Augen, um diesen Albtraum zu vertreiben. Endlich nahm ihr Zimmer wieder seine vertraute Gestalt an, und sie seufzte erleichtert auf.

»Alles gut, ich habe nur schlecht geträumt«, sagte sie mit einem gequälten Lächeln.

Clelia setzte sich auf ihr Bett mit der weichen geblümten Decke und nahm ihre Hand. »Möchtest du darüber sprechen?«

»Großmutter …«, wehrte sie ab, während vor ihrem inneren Auge die Traumbilder erneut aufzuckten. Die beiden Menschen auf dem Boden – Liebende vielleicht –, das Mädchen mit der roten Mütze und den Uhren. Wie sollte sie so etwas ihrer Großmutter vermitteln, die sich allein auf ihren Verstand verließ?

Schon als Kind hatte sie unter Albträumen gelitten, die ihre Großmutter damals durch beruhigendes Streicheln und leises Summen ihrer Lieblingslieder vertrieben hatte.

Aber was steckte dahinter?

Darauf hatte ihr nie jemand eine Antwort geben können. Doch plötzlich schien es ihr, als würde alles mit den Zwillingsuhren und dem Foto des ernsten jungen Mannes in Uniform zusammenhängen. Dafne hatte endgültig genug von dieser Geheimniskrämerei ihrer Familie.

»Okay.« Sie zog die Schublade des Nachtschränkchens auf, nahm das Samtsäckchen heraus und ließ den Inhalt aufs Bett fallen. »Großmutter, weißt du irgendetwas über diese Uhr?«

Die ersten Sonnenstrahlen des Sonntags fielen auf den Deckel der Uhr und brachten ihn zum Glänzen, wanderten weiter über das Bett, bis sie schließlich Dafnes Gesicht erreichten.

Clelia faltete die Hände in ihrem Schoß, ihr Blick war wie gebannt auf die kleine Silberuhr gerichtet, und ein leiser Seufzer entfuhr ihr. »Ich wusste, du würdest sie finden. Es war lediglich eine Frage der Zeit.«

Dafne setzte sich in den Schneidersitz und beugte sich

zu ihr vor. »Was meinst du damit? Was verbirgt sich hinter dieser Uhr?«

»Ich hatte gehofft, dass dieser Tag nie kommen würde«, begann die Großmutter nach einer Weile, »doch man kann den Lauf der Zeit nicht aufhalten, sosehr man es sich auch wünscht. Die Wahrheit findet immer ihren Weg, auch und vor allem, wenn man am liebsten alles vergessen und nur noch nach vorn sehen möchte.«

Nach wie vor hatte Dafne keinen Schimmer, worauf das alles hinauslief. Sie begriff nur, dass es um etwas ging, das man ihr vorenthalten wollte. War sie vielleicht sogar mit einer Lüge aufgewachsen?

»Was hast du mir verheimlicht?«, murmelte sie.

»Die Wahrheit.«

Also hatte sie richtiggelegen mit ihrer Vermutung – einerseits eine bittere Erkenntnis, andererseits beruhigte es sie, nicht die Einzige zu sein, die gelogen hatte.

Fröstelnd wickelte sie sich in ihre Bettdecke. »Du machst mir Angst, was ist das für eine Geschichte?«

Clelia kniff die Lippen zusammen und verschränkte die Finger fester ineinander, als könnte sie dadurch ihre Gefühle besser im Griff behalten. Dafne fürchtete bereits, die Aufregung sei zu groß für ihr nicht mehr ganz gesundes Herz, aber die Großmutter gab sich einen Ruck, atmete tief durch und wirkte plötzlich entschlossen.

»Diese Gabe oder Fähigkeit, den Dingen wieder Leben einzuhauchen«, begann sie, »dieses Interesse an Geschichten, die sich in den Gegenständen verbergen, an

Erinnerungen – sie hat nie etwas Gutes gebracht, immer nur Leid und Schmerz.«

»Was redest du denn da? Was hat die Liebe zur Vergangenheit mit Schmerz und dem ganzen Rest zu tun?«

»Ich habe stets versucht, dich von den alten Sachen fernzuhalten, denn damit hat alles angefangen.«

»Das verstehe ich nicht. Was gibt es denn so Schreckliches in unserer Familiengeschichte? Was hast du mir mehr als dreißig Jahre verheimlicht? Es muss mit der Uhr zu tun haben. Du wolltest nie, dass ich in Großvaters Werkstatt herumkrame. Was steckt dahinter? Warum macht dir mein Interesse an alten Dingen solche Angst?«

»Oft fürchten wir uns vor dem, was wir nicht kontrollieren können.«

Noch immer keine klare Antwort. Offenbar handelte es sich um etwas, das viel weitreichender und einschneidender war, als sie es sich vorzustellen vermochte. Bestimmt war es nicht einfach nur eine unglückliche Liebesgeschichte. Nein, es musste etwas sein, das bis heute nachwirkte und auch sie betraf.

Mit einem Mal fühlte sie sich fremd in diesem Zimmer, das für sie immer der Inbegriff von Zuhause und Geborgenheit gewesen war, ein sicherer Hafen in den Stürmen des Lebens. Jetzt fühlte sie sich eher den Gewalten eines tosenden Meeres ausgesetzt.

Erneut griff Clelia nach ihren Händen. »Ich hatte zu Recht Angst, und heute habe ich sie umso mehr.« Sie erhob sich, ging in dem kleinen Zimmer auf und ab. »Diese

Gabe, wie du es nennst«, fuhr sie mit bebender Stimme fort, während ihre Haut hektische rote Flecken bekam, »diese verdammte Gabe hat unserer Familie nichts als Unglück gebracht.«

»Das verstehe ich nicht …«, murmelte Dafne sichtlich betroffen und zog die Decke bis ans Kinn, als könnte sie sich dadurch vor der Lawine schützen, die sie durch ihr hartnäckiges Fragen losgetreten hatte.

Doch konnte sie den Antworten nicht mehr ausweichen, trotz der Angst in Clelias Augen.

»Dafne, ich kann nicht, ich kann nicht …«, flüsterte Clelia, und ihr Kopf sank nach vorne.

Dafne konnte ihr das aber nicht durchgehen lassen und zwang sie, ihr in die Augen zu sehen. »Ich muss es wissen, Großmutter. Bitte«, flehte sie.

Clelia atmete tief durch, sah unverwandt zum Fenster hinaus, nahm aber die Schönheit der aufgehenden Sonne nicht wahr, die die Hügel rund um Torralta in ein goldenes Licht tauchte. Endlich begann sie zu sprechen.

»Ich war noch ein Kind, als ich die Uhr das erste Mal gesehen habe«, begann sie schließlich zögernd. »Sie gehörte meiner Mutter, deiner Urgroßmutter Maria Elena. Ich wusste nicht, warum sie sie so oft polierte, denn anschließend verschwand sie immer wieder in einem Kästchen. An dem Tag, als wir dann meinen Vater beerdigten und sie auf dem Rückweg vom Friedhof weinte, ging ich zu ihr und nahm sie bei der Hand, um zu zeigen, dass ich bei ihr war, obwohl ich damals noch ganz klein war, und in diesem Moment fing sie an zu reden, unzusammenhängend und für mich unverständlich. Zu Hause zeigte sie mir und meiner Schwester dann die Uhr und sagte, dass sich mit ihr ebenso glückliche wie traurige Erinnerungen verbänden. Das weiß ich noch.«

Sie lächelte, aber Dafne spürte ihren Schmerz, der sich hinter ihren Worten verbarg.

»Später, da lebte sie schon nicht mehr, erfuhr ich dann durch ihr Tagebuch und durch Briefe, was es mit der Taschenuhr auf sich hatte. Die Uhr war ein Geschenk ihrer ersten Liebe gewesen. Sie hatte ihn vor vielen Jahren während eines Aufenthalts in Meran kennengelernt, als sie mit ihrem Vater dort zur Sommerfrische gewesen war, wie man das damals nannte. Er war ein berühmter Antiquar, der junge Mann hingegen ein einfacher Page in dem Hotel, in dem sie abgestiegen waren. Es war Liebe auf den ersten Blick, reiner Zufall und dennoch von unbändiger Kraft. Jedes Mal, wenn meine Mutter von ihm sprach, hellte sich ihr Gesichtsausdruck auf und verlieh ihr ein Leuchten, das ich sonst nie an ihr gesehen habe, ausgelöst durch eine Liebe, die nie alterte und nie verging.« Sie warf ihrer Enkelin einen bedeutungsschweren Blick zu. »Es war wohl eine Liebe, wie sie einem nur ein einziges Mal im Leben begegnet. Leider ist das Leben manchmal grausam.«

Dafne räusperte sich, die Arme um die Knie geschlungen. »Mit ihr war es grausam, nehme ich an?«

»Ja«, bestätigte die Großmutter. »Es begann damit, dass der Vater ihr die Liebe zu diesem Jungen kategorisch verbot, ein Hotelpage war indiskutabel. Dabei war er wohl ursprünglich gar nicht von einfacher Herkunft. Man erzählte, dass der Vater ihn aus dem Haus geworfen hatte. Wie auch immer, die beiden widersetzten sich dem Druck meines Großvaters, so gut es ging, aber nach der Generalmobilmachung in Österreich-Ungarn – er war Österreicher, musst du wissen – meldete er sich freiwillig, und sie konnte bloß warten. Monatelang schrieben sie sich heimlich Briefe, und sie riss sogar von zu Hause aus, um sich vor der Abreise an die Front von ihm zu verabschieden. Bei dieser Gelegenheit gab er ihr die Uhr, den Zwilling behielt er bei sich. Er hat auf beiden eine Rose eingravieren lassen, die Lieblingsblumen meiner Mutter, das Symbol der Liebe. Romantisch, findest du nicht?«

»Sehr«, antwortete Dafne ehrlich berührt.

»Doch das war nicht alles. In der Uhr hatte er ein Foto versteckt, eines vom Fotografen, das meine Mutter erst später entdeckte. Zu einer Zeit, als bereits alles vorbei war.«

»Und was geschah während des Krieges?«, wollte Dafne wissen, die nicht genug bekommen konnte von dieser Geschichte.

Die Großmutter blieb ihr fürs Erste die Antwort schuldig, blickte versonnen hinaus in den frühen Sonntagmorgen, dessen Ruhe vom Krähen des Hahns und vom Läuten der Kirchenglocken, die zur ersten Messe riefen, durchbrochen wurde.

»Das Unvermeidliche«, nahm sie ihre Erzählung unvermittelt wieder auf. »Sie verloren sich aus den Augen. Zunächst schrieben sie sich noch Berge von Briefen, aber als Italien im Mai 1915 gegen seine alten Verbündeten in den Krieg eintrat, wurde die Verbindung zwischen den beiden unterbrochen, die Post wurde nicht mehr zugestellt. Ein Jammer, denn neun Monate nach ihrem letzten Treffen kam meine Schwester Adele zur Welt.«

»Meine leibliche Großmutter«, sagte Dafne.

Dass Clelia im Grunde ihre Großtante war, wusste sie – das zumindest hatte man ihr nicht verheimlicht. Als Adele sich nämlich zur Zeit des Faschismus entschloss, ihrem Mann, einem jüdischen Kaufmann, ins Konzentrationslager zu folgen, vertraute sie ihre Tochter Selvaggia ihrer Schwester Clelia an.

»Und haben die beiden sich je wiedergesehen?«

»Nie.«

»Komisch, nach dem Krieg hätten sie sich schließlich suchen können, oder?«

Clelia seufzte. »Ach, weißt du, wenn ein Kind im Spiel ist, ist das nicht mehr so einfach.«

»Warum?«

»Meine Mutter lernte einen respektablen Mann kennen, den Apotheker von Torralta, der sich Hals über Kopf in sie verliebte. Für ihn war es wie ein Blitzschlag, monatelang machte er Maria Elena den Hof – die Missbilligung seiner Familie, die auf keinen Fall eine ledige Mutter in ihrem Haus aufnehmen wollte, war ihm egal. Mein Großvater war verständlicherweise für die Hochzeit und bot an, für die gesamten Kosten der Feier aufzukommen. Nach ein paar Wochen waren sie Mann und Frau.«

Dafne riss erstaunt die Augen auf. »Willst du damit sagen, dass meine Urgroßmutter einen Mann geheiratet hat, den sie gar nicht geliebt hat, nur um einen respektablen Ehemann zu bekommen?«

»Und einen Vater für Adele«, ergänzte Clelia. »Außerdem ging es damals um mehr als das. Gleichberechtigung war, außer in den großen Städten vielleicht, ein Fremdwort. Eine anständige Frau brauchte einen Mann, basta. Außerdem hat sie meinen Vater schon irgendwie geliebt. Es war eine andere Liebe, weniger mitreißend als die erste und doch nicht weniger aufrichtig. Ich zumindest habe meine Eltern immer als glückliches Paar erlebt.«

»Und sie hat wirklich nie versucht, ihre große Liebe wiederzufinden?«, wunderte Dafne sich.

»So ganz genau weiß ich das nicht, ich war damals noch zu klein«, erinnerte sich Clelia. »Vielleicht ja, vielleicht nein. Nach Kriegsende arbeitete sie für eine Organisation, die sich der Familienzusammenführung verschrieben hatte, da hat sie vielleicht ihre Möglichkeiten genutzt und nachgeforscht.«

Dafne fuhr sich mit der Zunge über die trockenen Lippen und versuchte das, was ihre Großmutter ihr soeben gestanden hatte, zu verarbeiten.

»Ich nehme an, die Leute haben sie mit Fragen und Bitten überschüttet. Zigmillionen Tote, allein in Italien mehr als eine Million, dazu ein Heer von Verletzten – da kann man sich vorstellen, wie viele in der Heimat vergeblich gewartet haben.«

»Allerdings«, stimmte Clelia zu, »es war die Hölle,

glaub mir, als Kind hab ich das natürlich weniger dramatisch wahrgenommen.«

»Ich frage mich, wie Urgroßmutter damit fertiggeworden ist, es muss für sie doch sehr belastend gewesen sein.«

»Nun, ich denke, sie empfand diese Arbeit als ihre persönliche Mission, das hat sie wohl aufrecht gehalten. Von meiner Schwester, die ja ein paar Jahre älter war, weiß ich, dass es ihr große Befriedigung verschafft hat, anderen helfen zu können.«

»Weißt du vielleicht, ob sie irgendetwas über das Schicksal ihrer ersten Liebe in Erfahrung gebracht hat?«, hakte Dafne nach, weil sie den Eindruck gewann, dass ihre Großmutter sich zunehmend von der eigentlichen Geschichte entfernte.

Clelia zögerte. »Nein. Vielleicht hat sie es anfangs aus Rücksicht auf meinen Vater unterlassen – und dann blieb ihr keine Zeit mehr.«

»Warum?«

Clelias Blick verfinsterte sich, ihre Hände begannen zu zittern. »Sie wurde umgebracht. Eines Sonntagmorgens klopfte es an unserer Tür. Mein Vater war bereits tot – er ist früh gestorben –, meine Schwester hatte Kommunionsunterricht, und ich lag mit Fieber im Bett.« Tropfenweise kamen die Erinnerungen an das, was sie als kleines Mädchen miterleben musste, wieder an die Oberfläche. Clelia fasste sich an die Kehle, über ihre Wangen rannen Tränen. »Meine Mutter und ich, wir sahen uns überrascht an – ich wollte unbedingt mit ihr nach unten gehen, wollte nicht allein bleiben. Also nahm sie mich auf den Arm und öffnete die Tür. In diesem Augenblick, daran erinnere ich mich genau, sah ich den dunkel glänzenden Lauf einer Pistole und dahinter verschwommen das Gesicht einer Frau. Meine Mutter konnte mich gerade noch absetzen und zur Seite schubsen, bevor der Schuss sie traf. Ich sehe noch heute ihre weit aufgerissenen Augen vor mir, ihren erstaunten Gesichtsausdruck, während sich um ihren Körper ein roter See bildete. Ich glaube nicht, dass sie gelitten hat, dafür bete ich zumindest jede Nacht.«

Sie zog ein Taschentuch aus dem Ärmel ihres Morgenmantels und wischte sich über die Augen. Dafne umarmte sie fest. In diesem Moment war Clelia wieder das Kind, das an jenem Sonntag die Mutter verloren hatte und zur Vollwaise geworden war.

Das war nicht die Geschichte, die Dafne zu hören gehofft hatte.

»Hat die Polizei herausgefunden, wer diese Frau war?«

Clelia verzog das Gesicht. »Die Polizei hat den Fall nicht lange untersucht. Sie haben ihn rasch unter Raubmord mit Todesfolge abgelegt, eine Schande, denn die Wahrheit ist eine andere. Das weiß ich, habe es immer gewusst, aber wie auch immer – nichts hätte mir meine Mutter zurückgebracht.«

»Trotzdem hätte man diese Frau nicht einfach davonkommen lassen dürfen!«

»Da magst du recht haben, doch inzwischen ist so viel Zeit vergangen.«

»Du hast aufgegeben?«

Clelia machte eine hilflose Geste. »Was hätte ich denn tun sollen? Als ich alt genug war, um etwas zu unternehmen, war es zu spät. Keine Instanz hätte ohne begründeten Verdacht nach fast zwanzig Jahren einen alten Fall wieder aufgerollt. Außerdem kam um diese Zeit deine Mutter zu uns ins Haus – noch ein Kind, dem die Geschichte die Eltern genommen hatte. Soweit wir wissen, kamen sie im KZ um. Vermutlich wurden sie in eins der Lager im Osten deportiert … Findest du nicht, dass unsere Familie genug Tragödien erlebt hat?«, schloss sie und ballte die Fäuste.

Dafne schwieg. Zumindest wusste sie jetzt, warum Clelia so viel Angst vor der Vergangenheit hatte und sie nicht mit dem Wissen belasten wollte, dass das Schicksal nicht gerade gütig mit ihrer Familie umgesprungen war.

Sie selbst hingegen fühlte sich vom traurigen Schicksal ihrer Urgroßmutter nicht unmittelbar betroffen, nahm es nicht mal als böses Omen, wie Clelia wohl befürchtet hatte. Sie war vielmehr fasziniert von dieser Frau und ihrer tragischen Geschichte, nicht zuletzt weil sie eine Verbindung zu den Uhren darstellte – und darüber wollte sie mehr erfahren.

»Okay«, sagte sie und setzte sich anders hin. »Meine Urgroßmutter, die immer anderen geholfen hat, wurde Opfer eines Verbrechens; die Frau, die sie auf dem Gewissen hat, kam ungeschoren davon. Maria Elena hat offenbar niemals den Mann wiedergefunden, von dem sie gleichermaßen der Krieg wie ihr Vater getrennt haben«, fasste sie zusammen. »Die Zeit hat gegen sie gearbeitet. Um ihr ein bisschen Gerechtigkeit widerfahren zu lassen, wurde ich zu dieser Uhr geführt, davon bin ich fest überzeugt. Das ist ein Zeichen. Es sagt uns, dass wir die Wahrheit herausfinden sollen, die ganze Wahrheit, damit deine Mutter endlich Frieden finden kann.«

Clelia hob abwehrend die Hände. »Ich weiß nicht, Dafne. Es ist so schmerzhaft, sich all den Erinnerungen zu stellen.«

»Das verstehe ich, dennoch solltest du es tun. Im Übrigen ist da ja auch noch Milans Uhr. Es kann kein Zufall sein, dass wir uns hier an diesem entlegenen Ort getroffen haben und er genau die gleiche Uhr besitzt, meinst du nicht?«

»Jetzt mach mal einen Punkt«, protestierte die Großmutter. »Ich finde, du übertreibst. Vielleicht hat Milan die Uhr ja gestohlen oder was weiß ich, vielleicht ist sie überhaupt kein Erbstück. Wir kennen den Mann im Grunde gar nicht.«

»Hast du mir nicht vor Kurzem gesagt, Milan sei bestimmt kein bösartiger Mensch, und jetzt drehst du den Spieß einfach um, weil es dir in den Kram passt?«, hielt sie der Großmutter vor.

Clelia blieb stur: »Milan ist wohl kaum der Urenkel des Mannes auf diesem Foto, das wäre ein zu großer Zufall. Also jag nicht irgendwelchen Hirngespinsten hinterher.«

»Bitte, Großmutter …«

»Schluss damit«, sagte sie und hob drohend den Zeigefinger.

»Kann ich wenigstens ein Foto von Maria Elena haben?«

»Außer dem Hochzeitsbild in meinem Schlafzimmer gibt es keine Fotos mehr. Genauso wenig von meiner Schwester Adele. Ich habe Fotos, Tagebücher und Briefe weggeworfen, als ich bemerkt habe, dass Selvaggia von der Vergangenheit geradezu besessen war. Genau wie du wollte sie diese Büchse der Pandora öffnen, die besser für immer verschlossen geblieben wäre.«

»Was? Meine Mutter?«

»Ja, aber bei ihr wurde es zu einer krankhaften Obsession, einer bedenklichen Wahnvorstellung. Sie musste sogar in eine Klinik und ständig Medikamente nehmen. Sie war besessen vom Schicksal ihrer Eltern, wäre darüber fast verrückt geworden … Und wir wissen ja, wie es geendet hat.«

Dafne nickte, diesen Teil der Geschichte kannte sie gut. »Der Unfall und die Frühgeburt, ich weiß.«

»Die schlimmste Nacht meines Lebens«, bestätigte Clelia, »wenn es nicht die Nacht gewesen wäre, in der du geboren worden bist. Levante sagte immer, dass ihr beide euch an der Tür getroffen habt: Sie ging, und du kamst auf die Welt.«

Noch eine Erinnerung, die schwer auf der Großmutter lastete, dachte Dafne. Es hatte wirklich zu viele Schicksalsschläge gegeben. Insofern wurden ihr Clelias Ängste immer verständlicher, trotzdem würde sie sich davon nicht aufhalten lassen.

Nichts und niemand würde sie daran hindern, Maria Elenas Spur und jener der Uhren zu folgen. Sie musste die Wahrheit herausfinden – koste es, was es wolle.

15

Als ihr Wecker schrillte, streckte Dafne die Hand aus, um ihn zum Schweigen zu bringen, und vergrub dann stöhnend ihren Kopf in den Kissen. Sie war schon viel zu lange wach. Nachdem sie von Clelia die Familiengeschichte gehört hatte, fiel es ihr jede Nacht schwerer, Schlaf zu finden. Sie lag oft stundenlang da und dachte an Maria Elena, bis die Müdigkeit sie endlich übermannte und ihr Geist sich auf die Reise in ferne Welten begab.

Dann träumte sie wieder von dem Mädchen mit der roten Baskenmütze, zu dem sich seit Kurzem das Bild ihrer Urgroßmutter gesellte, die mit ihrem Geliebten tanzte. Ein bisschen stellte Dafne sie sich vor wie Oskar Kokoschkas *Windsbraut*. In ihrem Kopf vermischte sich alles: die Erzählungen der Großmutter, ihre eigenen Fantasien und Träume, Kanonendonner, Soldaten und das verzweifelte Weinen eines gesichtslosen Mädchens.

Clelia und sie gingen sich seit dem Gespräch aus dem Weg, die eine zog sich in die Wirtschaftsküche neben dem Stall zum Käsemachen zurück, die andere fuhr mit dem Alfa Romeo ziellos durch die Straßen um Torralta. Seit Tagen ging das so. Sie ging nur selten in die Werkstatt, vernachlässigte ihre Arbeit, mied, so gut es ging, eine Begegnung mit Milan. Manchmal verspürte sie die Versuchung, zu ihm zu gehen, mit ihm zu reden, aber immer wenn sie sich der Werkstatt näherte, kehrte sie schließlich doch wieder um.

Einsamkeit, Natur, die stillen Farben des Winters, davon versprach sie sich inneren Frieden. Sie brauchte den tröstlichen Anblick des ewigen Wandels, der die Versicherung in sich barg, dass auch für sie die Zeit der Erstarrung vorübergehen und sie aus dem tiefen Tal herausholen würde, in dem sie sich seit dem Sonntag befand, der ihr Bild von ihrer Familie grundlegend erschüttert hatte.

Endlose Stunden war sie auf den Straßen zwischen den Weinbergen und dem Fluss unterwegs, in dem sich die inzwischen fast kahlen Nussbäume und Birken spiegelten, und kehrte erst nach Torralta zurück, wenn Don Ginos Glocken den Gläubigen eine gute Nacht gewünscht hatten. Oft suchte sie dann noch die Trattoria auf, um etwas zu essen und mit Ginevra zu plaudern.

Dabei fiel ihr immer wieder auf, wie gern sie mehr wie ihre Freundin wäre, so zwanglos und selbstbewusst. Wie locker sie allein mit Milan umging, wie unbekümmert sie in ihren aufreizenden Klamotten durch die Gassen des Ortes stöckelte oder die Gäste bediente: in schwarzer Lederleggings und roten Lackpumps mit einem halsbrecherischen Absatz oder im Mini und mit tiefem Ausschnitt – das waren ihre Markenzeichen, und sie scherte sich nicht darum, was die Leute dachten. Dafne war das absolute Gegenteil: eine müde graue Maus in langweiligen Jeans und Rollkragenpullover, die allabendlich in der Trattoria ihren Kummer ertränkte. Sie mussten für Außenstehende ein seltsames Gespann abgeben.

Wenn sie Ginevra von ihren Zweifeln erzählte, entkorkte die bloß lachend eine neue Flasche und beschwichtigte sie.

»Ich hätte gerne deine Oberweite«, pflegte sie etwa zu sagen, worauf Dafne lediglich säuerlich das Gesicht verzog. »Und jedes Mal, wenn ich sehe, dass du sie in diesen Wollmonstern versteckst«, fuhr sie fort, »könnte ich mich aufregen. Ich spare seit zwei Jahren für eine OP und werde mindestens noch ein paar Monate von Wasser und Brot leben müssen, bis ich in die Welt der Sexbomben passe.«

Dafne ließ solche Äußerungen lieber unkommentiert, fand Ginevra auch so sexy genug. Eigentlich machte sie dieses »Projekt Sexbombe«, wie die Freundin es lachend nannte, wütend. Sie verstand einfach nicht, wie man sich ohne medizinische Notwendigkeit einfach aufschneiden und zusammennähen ließ wie ein Stück Stoff. Doch da ihre Freundin das anders sah, schwieg Dafne lieber.

So auch an diesem Abend. Schweigend trank sie ihren Wein aus, lehnte ein weiteres Glas ab, da sie ihren Wagen im Ort abgestellt hatte, zahlte und verabschiedete sich. Schlecht gelaunt und mit gesenktem Kopf ging sie zum Auto, stieg ein, suchte einen Rocksender, drehte ihn auf volle Lautstärke und trommelte zum Takt einer E-Gitarre mit den Händen aufs Lenkrad, um ihren Frust abzulassen. Obwohl sie merkte, dass ihr der Wein etwas zu Kopf gestiegen war und es besser gewesen wäre, auf direktem Weg nach La Limonaia zurückzukehren, widerstrebte es ihr, nach Hause zu fahren.

Kurz entschlossen hielt sie an und stieg aus. Die kühle Nachtluft, die baldigen Frost verhieß, schlug ihr beißend ins Gesicht und ließ sie frösteln. Trotzdem mochte sie das Gefühl, wenn das Blut ihr in die Wangen stieg und sie rot färbte. Es erinnerte sie daran, wie sie als Kind über die abgeernteten Felder gelaufen war und der Winterwind ihr kalt ins Gesicht geblasen hatte. Dafne blinzelte in den Sternenhimmel, der in der klaren Luft wie gemalt wirkte – jeder einzelne der Abermillionen Sterne ein funkelnder Diamant –, und beschloss, dass es schade wäre heimzufahren. Und so ließ sie das Auto stehen und schlenderte die Straße entlang, die in den Ort zurückführte.

Dort war von der Betriebsamkeit des Tages nichts mehr zu spüren. Die meisten Dorfbewohner saßen vermutlich vor ihren Fernsehern oder in einer der Bars, aus denen ihr lautes Lachen und Gespräche entgegenschlugen. Selbst die tagsüber oft aufgeregt bellenden Hofhunde waren von den Straßen verschwunden. Sie ging über den glänzenden Marmorboden der Piazza, lief dann zwischen den leeren Marktständen hindurch und bog in den Vicolo della Mercede ein, der direkt zur Werkstatt führte.

Hinter den Fenstern brannte Licht, Milan war also noch wach. Unschlüssig verharrte sie vor der Tür und traute sich nicht zu klopfen. Irgendwie wollte sie ihm in ihrer momentanen Verfassung nicht unter die Augen treten. Ihr war schlecht von zu viel Chianti, und entsprechend grässlich sah sie vermutlich aus, dazu ungeschminkt und mit einer Frisur, die vom Wind zerzaust war. So sollte er sie eigentlich nicht zu Gesicht bekommen, sie konnte sich selbst ja kaum ertragen.

Zum Gehen aber konnte sie sich genauso wenig entschließen. Resigniert sank sie auf die Stufen, während ihr die Bilder der vergangenen Tage im Kopf herumspukten. Sie zog die Uhr aus der Tasche, die sie nun ständig bei sich trug, und hoffte, dass sie so vielleicht auf eine Idee käme, wie sie doch noch den Weg zu einem versöhnlichen Ende finden konnte.

Dazu musste sie bei Maria Elena anfangen – ihrer verlorenen Liebe und der Uhr, seinem Vermächtnis. Das spürte sie in diesem Moment ganz deutlich trotz ihres vom Wein umnebelten Kopfes. Hinweise gab es genug, jetzt galt es, den gelegten Spuren zu folgen und das Puzzle zusammenzusetzen. Wenn ihr das gelang, würde sie endlich die ganze Wahrheit erfahren, selbst die Teile der Geschichte, über die Clelia nicht sprechen mochte.

»Was machst du denn mitten in der Nacht hier?«, riss eine Stimme sie aus den Gedanken, und neben ihren Stiefelspitzen tauchte der Umriss eines Mannes auf.

Das hatte ihr gerade noch gefehlt, dachte sie und ließ die Uhr rasch in das Säckchen gleiten. Als sie aufstehen wollte, gaben ihre Knie nach, aber Milan packte sie an der Hüfte und zog sie hoch. In diesem Moment stieg in Dafne eine Übelkeit auf, die sich nicht mehr zurückdrängen ließ. In letzter Sekunde konnte sie ihn beiseiteschieben, dann beugte sie sich vor und gab an Ort und Stelle – auf den Stufen zur Werkstatt ihres Großvaters – und vor Milans Augen ihr Abendessen wieder von sich. Oh Gott, wie peinlich! Schuldbewusst sah sie Milan an, der sogleich einen Eimer mit Wasser geholt hatte und die Bescherung wegspülte.

»Erledigt«, sagte er, beugte sich zu ihr hinunter und legte ihr eine Decke um die Schultern, die er aus dem Haus mitgebracht hatte.

Sie konnte ihm nicht in die Augen sehen. »Ich bin ein solcher Idiot«, murmelte sie.

»Na ja, dass du eine Menge Blödsinn redest, wissen wir doch, oder?«, scherzte er und strich ihr eine Strähne aus dem Gesicht. Er berührte sie dabei so sanft und liebevoll, dass es sie noch mehr aus dem Konzept brachte.

Dieser Typ irritierte sie einfach. Mal war er so, mal so. Er konnte grob und kalt sein und dann wieder zärtlich wie gerade jetzt. So unendlich zärtlich, dass der Wall, den sie in ihrem Innern aufgebaut hatte, um sich vor einer neuen Enttäuschung zu schützen, zu bröckeln drohte.

Sie genoss die Berührung seiner Haut, sog den Geruch nach Seife und weißem Moschus ein, der ihr inzwischen so vertraut war, dazu die leicht alkoholische Note seines Aftershaves, nach dem inzwischen fast die ganze Werkstatt roch.

»Lass uns reingehen, das Wetter scheint umzuschlagen, und die Wärme tut dir bestimmt gut«, schlug er vor, aber sie schüttelte den Kopf und blieb hartnäckig auf den Stufen sitzen.

Milan war an ihre Launen inzwischen gewöhnt und ging kommentarlos ins Haus. Als er zurückkam, hatte er nicht bloß eine weitere Decke, sondern auch noch einen Becher mit dampfendem Tee dabei.

Dankbar und zugleich zweifelnd schaute sie zu ihm hoch. »Lieb von dir, nur weiß ich nicht, ob ich das runterkriege und bei mir behalte.«

»Komm schon, trink einen kleinen Schluck. Für diesen Kamillentee musste ich meiner Chefin glatt zwei Teebeutel stehlen.«

Dafne spielte mit, wenn auch noch eher kläglich. »Nicht dein Ernst, oder? Du klaust?«

»Ein Notfall«, seufzte er. »Du solltest mal sehen, was diese Frau für eine Teesammlung hat, die könnte glatt einen Laden aufmachen. Trotzdem würde sie mich sofort auf die Straße setzen, wenn sie dahinterkäme, dass ich mich einfach bedient und auch noch Honig in den Kamillentee gerührt habe – das wäre das Ende.«

Lächelnd nahm sie den Becher zwischen die Hände und blies auf das heiße Getränk. »Komisch, sie sieht nett aus, ich kann mir gar nicht vorstellen, dass sie so grausam ist.«

»Viel schlimmer, als du dir ausdenken kannst, eine echte Sklaventreiberin.«

»Danke, du weißt wirklich, wie man Komplimente macht«, protestierte sie und boxte ihn in die Seite.

Milan lachte, den Kopf in den Nacken und die Hand

schützend vor die Brust gelegt. Er steckte Dafne mit seinen übermütigen Späßen an und entlockte ihr ein ehrliches Lachen. Das Eis war zumindest vorübergehend gebrochen, und seine Aufmerksamkeit und Wärme vertrieben die Schatten, die sie die ganze Zeit quälten.

Versonnen blickte sie hinauf in die Sterne und fragte sich, wie oft wohl ihre Urgroßmutter in den Himmel geschaut und gehofft hatte, dass ihr Geliebter im Schützengraben in diesem Moment genau das Gleiche tun würde. In Zeiten des Friedens war das alles ganz einfach und selbstverständlich, die Geschichte ihrer Familie hatte hingegen gezeigt, dass nichts von Dauer war und dass man für eine kurze Zeit bescheidenen Glücks oftmals einen hohen Preis zahlen musste. Und dass manch einer unwillentlich Schuld auf sich lud, die in einem einzigen Leben nicht mehr zu tilgen war.

Sie trank einen Schluck Tee und zog die Uhr hervor. »Clelia hat mir ihre Geschichte erzählt.«

Neugierig drehte Milan sich zu ihr um. »Wann?«

»Letzten Sonntag. Ich hatte mal wieder einen Albtraum, und sie kam ins Zimmer, weil sie mich hatte schreien hören. Bis mittags haben wir dann auf meinem Bett gesessen und geredet.«

»Und was hat sie dir erzählt?«

Dafne stellte den Becher neben sich auf die Stufe und dachte an Clelias Erzählung zurück, an ihre Empfindungen, wenn ihre Großmutter sie immer wieder auf den Boden der Tatsachen zurückzubringen versuchte, und an das damit verbundene Kribbeln ihres ganzen Körpers.

»Ich habe erkannt, dass ich nicht hierbleiben kann, wenn ich die ganze Geschichte erfahren will. Ich muss weg.«

»Weg? Wann und wohin? Und weshalb?«

»Nach Meran. Dort haben sich meine Urgroßmutter Maria Elena und der Soldat von dem Foto getroffen. Die Liebe ihres Lebens«, erklärte sie, »er war Page in dem Hotel, in dem sie mit ihrem Vater, einem berühmten Antiquar, abgestiegen war. Meine Großmutter meinte, ihre Liebe habe gegen alle Konventionen verstoßen, und offenbar verbot der Vater seiner Tochter den Umgang mit dem in seinen Augen nicht standesgemäßen Jungen. Das und der Krieg taten ein Übriges. Sie hat ihn offenbar nie wiedergesehen und scheint nicht erfahren zu haben, was aus ihm geworden ist. Zunächst haben sie sich unzählige Briefe geschrieben, um weiter in Kontakt zu bleiben, doch als Italien gegen Österreich-Ungarn in den Krieg eintrat, war auch das nicht mehr möglich – der junge Mann war Österreicher und diente, wie Signor Montini richtig an der Uniform erkannt hat, im kaiserlichen Heer. Dadurch haben sie sich aus den Augen verloren. Maria Elena hat kurz darauf einen anderen geheiratet, einen Apotheker hier aus dem Ort.«

»Was für eine traurige Geschichte.«

»Ja, sehr traurig sogar, denn sie hat den anderen Mann wohl nie vergessen. Das ging nämlich aus den Briefen hervor, die meine Großmutter leider später weggeworfen hat, aber ich weiß es auch so. Gleich beim ersten

Mal, als ich die Uhren in den Händen hielt, habe ich es gespürt. Und nachdem Clelia mir diese Geschichte erzählt hat, bin ich mir sicher, dass deine Familie darin auch eine Rolle spielt. Ich denke, dass es sich bei der großen Liebe meiner Urgroßmutter um deinen Urgroßvater handelt, was allerdings noch zu beweisen wäre. Entschuldige, dass ich da so hartnäckig bin – aber die Tatsache, dass der junge Soldat zwei völlig identische Taschenuhren mit Rose anfertigen ließ, von der er eine behielt und die andere zum Zeichen ewiger Verbundenheit seiner Geliebten schenkte, ist so romantisch, und ich muss unbedingt herausfinden, wer er war.«

Milan blieb hingegen skeptisch: »Soweit ich weiß, hatten wir keinen Hotelpagen in der Familie.«

»Okay. Da war auch noch etwas Komisches. Clelia meint, dass der junge Mann sich mit seinem Vater zerstritten hatte und sich dann als Page durchschlagen musste. Wenn die beiden Uhren nicht mit uns in Verbindung stehen, wie glaubst du, sind sie dann bei uns gelandet?«

»Purer Zufall. Vielleicht hat irgendjemand aus meiner Familie die Uhr als Geschenk in einem Antiquitätengeschäft gekauft. Die Wahrheit ist oft viel banaler, als du glaubst. Außerdem hast du nur wenige Anhaltspunkte, die man tatsächlich überprüfen könnte.«

»Aber ausschließen kannst du es nicht, dass diese Geschichte mit unseren Urgroßeltern zu tun hat.«

Eine weiße Katze tauchte auf der Terrasse im ersten Stock gegenüber auf, lief auf dem schwarzen Geländer entlang und sprang geschmeidig auf den Sitz einer Vespa, die in der Nähe geparkt war. Dafne beobachtete ihre eleganten Bewegungen, und als die Katze ihren Blick bemerkte, kam sie herüber, schnupperte, strich um ihre Beine und sprang schließlich auf ihren Schoß.

»Schau mal, Milan, wie schön ihre Augen sind«, bemerkte Dafne, als das Tier sich an ihre streichelnde Hand schmiegte.

Er drehte sich um und spürte plötzlich einen Kloß im Hals. Die Nachmittage seiner Kindheit kamen ihm in den Sinn, sein Großvater, der vor dem Kamin gesessen und Schaukelpferde geschnitzt hatte, während er am Tisch gesessen und seine Hausaufgaben gemacht hatte. Eines Tages brachte er ihm vom Markt ein weißes Kaninchen mit – es hatte die gleichen Augen gehabt wie diese Katze und wurde sein bester Freund in der langen Winterzeit.

»Sie hat verschiedenfarbige Augen«, bemerkte er.

Dafne strich der schnurrenden Katze über den Kopf. »Du hast recht, eins bernsteinfarben und eins türkis, so etwas habe ich noch nie gesehen, sie muss etwas ganz Besonderes sein.«

»Es gibt nicht viele von ihnen, ganz ungewöhnlich ist es allerdings auch nicht«, erklärte ihr Milan, der aufgestanden war und sich an den Türrahmen lehnte.

Er hätte ihr gern erzählt, dass er vor vielen Jahren bereits einmal solche Augen gesehen hatte, aber das war in einer Zeit gewesen, als sein Leben noch glücklich gewesen war. Doch darüber zu sprechen fiel ihm schwer, denn dieses Leben war bald darauf unwiederbringlich zerstört worden. Es schmerzte ihn einfach zu sehr.

»Alles in Ordnung?«

»Warum fragst du?«

»Du wirkst so nachdenklich.«

Er nickte. »Ich habe gerade überlegt, ob jemand was dagegen hat, dass die Katze bei uns ist. Nicht dass jemand denkt, wir hätten sie gestohlen.«

Dafne lächelte und küsste eine der samtigen Pfoten: »Hier in Torralta kennt jeder jeden, und niemand käme auf die Idee, Katzen zu klauen, glaub mir.«

»Und was ist mit Guache? Ihr wird es nicht gefallen, dass du so nett zu einer Rivalin bist. Sie wird an deinen Klamotten riechen, dass du fremdgegangen bist.«

»Okay, das stimmt«, gab sie zu und hob die Katze von ihrem Schoß, stand auf und wischte die weißen Haare von ihrer Jeans.

»Bist du sicher, dass du der Geschichte weiter auf den Grund gehen willst?«, erkundigte er sich. »Immerhin ist inzwischen sehr viel Zeit vergangen, und es dürfte kaum noch jemanden geben, der sich an deine Urgroßmutter oder an ihren Soldaten erinnert.«

»Jede Geschichte verdient, dass man sich an sie erinnert«, hielt sie dagegen und strich sich die Haare zurück. Dafne war diesmal dankbar für Milans Skepsis – sie zwang sie, klar und zielgerichtet zu denken.

»Es ist mehr als eine Reise, wenn ich nach Meran fahre, denn ich setze die Zeit wieder in Gang, die zwei Liebenden gestohlen wurde.«

»Die Anwältin der Vergangenheit«, sagte er, und sie wusste nicht recht, ob er es spöttisch meinte oder nicht.

»Nein, eher betrachte ich mich als Interessenvertreterin zweier liebender Menschen«, verbesserte sie ihn.

»Ich könnte dich nicht umstimmen, selbst wenn ich es versuchen würde, oder?«

»Es geht hier nicht um mich. Maria Elena hätte mit diesem Mann glücklich werden können, wenn man es ihr erlaubt hätte. Ich will einfach nur herausfinden, warum andere über ihr Leben bestimmt haben und wer ihren Tod herbeigeführt hat – sie wurde nämlich ermordet. Ich will einfach wissen, was passiert ist, ihr und dem Soldaten auf dem Foto zuliebe.«

»Verstehe.«

Eine Pause entstand, und Dafne blickte wieder in den diamantbesetzten Himmel. »Ich weiß, dass wir gerade viel zu tun haben, vor allem für Veras Hochzeit, trotzdem muss ich nach Meran. Ich muss wissen, was mit meiner Urgroßmutter passiert ist und welche Konsequenzen das für meine ganze Familie hatte. Da gab es einiges Unglück, und alles hat mit Maria Elena angefangen.« Sie hielt inne, zum ersten Mal kamen ihr Zweifel. Sein Blick war es, der sie bremste, dieser melancholische Ausdruck, diese tiefe Unsicherheit. »Milan, ich …«, begann sie, verstummte jedoch sofort wieder, als Guache um die Ecke bog und verärgert miaute.

Dafne ballte die Hand zur Faust, merkte, dass es ihr nicht leichtfiel, sich von ihm zu trennen. Sie wusste, dass sie den Duft des Morgenkaffees vermissen würde, der bereits auf sie wartete, das rhythmische Hämmern den Tag über, sein Murmeln, wenn er sich auf die Arbeit konzentrierte. Auch wenn sie bloß wenige Tage wegbleiben wollte, kam es ihr vor, als müsste sie sich auf einen Abschied für immer einstellen. Sie senkte den Blick, damit er ihr Gefühlschaos nicht bemerkte.

»Schaffst du es ein paar Tage ohne mich?«, fragte sie. »Giuseppinas Auftrag ist abgeschlossen, bei Lauras Wanne fehlen nur noch der Außenanstrich und die Polster, also nicht mehr viel …«

Nacheinander ratterte sie die Aufträge herunter, während er mit den Schultern zuckte. Nichts würde sie aufhalten, und das wusste er.

»Geh ruhig, Guache und ich halten hier die Stellung.«

16

Der Zug kam pünktlich in Meran an, obwohl auf den Schienen bereits eine dicke Schicht Schnee lag. Eine Frauenstimme informierte die Fahrgäste in Südtiroler Deutsch, dass sie ihr Ziel erreicht hätten, und warnte davor, persönliche Gegenstände im Zug zu vergessen.

Dafne erwachte aus einem tiefen, traumlosen Schlaf, in den sie, eingehüllt in die wohlige Wärme des Waggons, während der Fahrt gesunken war. Noch leicht benommen nahm sie ihr Gepäck von der Ablage und stieg aus dem Zug. Draußen empfing sie eine Kälte, die ihren Atem zu weißen Wattewölkchen gefrieren ließ.

Fröstelnd zog sie ihren Koffer auf den Bahnhofsvorplatz und sah sich um. Sie betrachtete die Turmspitzen und Dächer auf roten Backsteinhäusern, vor deren Fenstern Spitzengardinen und typisch alpenländische Vorhänge angebracht waren. Die ganze Gegend hatte durch den frischen Schnee eine bläulich weiße Oberfläche bekommen, stellte sie fest, als sie ihren Blick über den eleganten Kurort und die teils bewaldeten, teils felsigen Berge schweifen ließ.

Sie nahm ihr Notizbuch aus der Tasche, in dem alle Adressen der großen Traditionshotels notiert waren, in denen Maria Elena und ihr Vater zu Beginn des 20. Jahrhunderts abgestiegen sein konnten, und verglich die Straßennamen mit der Karte, die ihr Milan kurz vor der Abreise in die Hand gedrückt hatte. Milan. Ohne ihn, ohne die Werkstatt, ohne sein Hämmern war alles so anders.

Mit einem Mal fühlte sie sich allein.

Schluss damit, jetzt zählten einzig ihre Recherchen, ermahnte sie sich, während sie nach einem Taxi Ausschau hielt, um sich in ihr Hotel, ein kleines, familiengeführtes Dreisternehaus in der Nähe der Flusspromenade, bringen zu lassen. Während der Fahrt versuchte sie ein paar Worte mit dem Fahrer zu wechseln, aber der schien keine Lust auf eine Plauderei zu haben – jedes Mal, wenn sie ansetzte, stellte er das Radio lauter und pfiff vor sich hin.

Im Hotel duschte sie schnell, zog sich warm an, schlüpfte in ihre Moonboots, die hoffentlich ihre Füße warm genug halten würden, und machte sich mit ihrer Liste auf den Weg. Im Kurbereich stieß sie auf eine Jugendstilvilla nach der anderen mit zierlichen Balkonen, von denen im Sommer sicher Blumen herunterrankten. Irgendwie fühlte sie sich wie in einem der alten Filme, die sie so gern mit ihrer Großmutter anschaute.

Als sie dann bei der ersten Adresse feststellen musste, dass sich hier keine noble Herberge mehr befand, sondern ein medizinisches Labor und diverse Büros, begann sie zu begreifen, dass es mit ihren Nachforschungen nicht so einfach werden würde, wie sie es sich gedacht hatte.

»Eine weniger«, seufzte sie und strich die erste Adresse durch, studierte noch mal die Karte und ging in Richtung Fluss, um es bei Nummer zwei zu versuchen, doch auch das war ein Schuss in den Ofen. Dort, wo früher eines der renommiertesten Hotels der Stadt gestanden haben musste, residierte inzwischen eine Großbank. Das alte Portal, durch das einst der österreichisch-ungarische Adel geschritten war, hatte man durch eine schusssichere Glastür ersetzt, und die Leute, die herausströmten, waren typische Banker und nicht die Crème de la Crème der Gesellschaft.

Dafne beobachtete sie von der anderen Straßenseite aus und kam sich völlig fehl am Platz vor. So hatte sie sich das nicht vorgestellt. War sie deshalb all diese Kilometer gefahren?

»Ich hätte mich besser informieren müssen«, murmelte sie. Clelias Abneigung gegen diese Reise, die sie noch auf dem Bahnsteig geäußert hatte, kam ihr jetzt in den Sinn. Sollte die Großmutter womöglich recht behalten?

Das Abendessen nahm sie im Speisesaal ein, nur war außer ihr niemand anwesend. Um diese Jahreszeit war offenbar keine Saison in Meran. Am liebsten wäre sie auf der Stelle nach Torralta zurückgekehrt. Sie hasste es, einsam zu sein, allein in einer Stadt, die sie nicht kannte, und ohne jemanden zu haben, mit dem sie sich austauschen konnte.

»Sind die Knödel zu Ihrer Zufriedenheit?«, fragte die junge Kellnerin mit hellblonden, zu einem Pferdeschwanz zusammengebundenen Haaren. Man hätte sie gut und gerne für eine Ladinerin aus der Gegend halten können, aber ihr starker slawischer Akzent verriet, dass sie vom Balkan stammte.

»Sehr gut, danke«, erklärte Dafne und führte einen Löffel Brühe zum Mund. Das Essen, eher österreichisch als italienisch, schmeckte ihr, und so ließ sie auch den Apfelstrudel mit Vanilleeis und einer doppelten Portion Sahne zum Nachtisch nicht aus und beobachtete dabei durch das Fenster die Passanten, die auf dem Nachhauseweg waren. Sie warf einen Blick auf die Uhr: Clelia war wahrscheinlich jetzt erst dabei zu kochen, und sie war schon mit dem Abendessen fertig.

Bevor sie auf ihr Zimmer ging, scrollte sie sich durch die letzten Anrufe und Nachrichten, unter denen sich mal wieder Ettores Name befand, und steckte das Smartphone dann verärgert in die Tasche zurück. Stattdessen ließ sie ihre Gedanken treiben und stellte sich vor, wie die Stadt in den Augen ihrer Urgroßmutter wohl ausgesehen haben mochte.

An den Wänden des Hotelzimmers hingen Fotos aus jener Zeit und halfen ihrer Fantasie auf die Sprünge. Sie zeigten Pferdekutschen, livrierte Diener und Bauernmädchen mit blonden Zöpfen, Leute in Tracht und Stammtischrunden, die sich zuprosteten.

Auf der Straße war es inzwischen ruhig geworden, die Straßenlaternen leuchteten, und der von vielen Füßen matschig gewordene Schnee begann anzufrieren. In den Häusern auf der gegenüberliegenden Straßenseite wurden bereits die Vorhänge zugezogen. Sie fuhr mit den

Fingerspitzen über ihr Glas Lagrein, ein roter Wein aus der Region, der ihre Gedanken melancholisch und dennoch merkwürdig leicht hatte werden lassen.

Sie dachte an ihre Zeit in Rom. An Ettore und ihren gemeinsamen Freundeskreis. Durch ihre Flucht vor Ettore hatte sie auch die alten Freunde aufgegeben. Kaum jemand rief mehr an oder schrieb eine Nachricht, um zu fragen, wie es ihr ging. Ihr Leben war völlig auf den Kopf gestellt worden, und dennoch war sie irgendwie viel zufriedener. Es gefiel ihr, dass sie wieder sie selbst war und dass sie jetzt wusste, auf wen sie sich verlassen konnte.

»Du hast hier einen Menschen getroffen, der weit mehr war als ein Freund. Doch ist es wahre Liebe gewesen?«, fragte sie stellvertretend für Maria Elena die Uhr, die sie auf den Stadtplan gelegt hatte.

17

Dafne hatte gerade ihr Buch zugeklappt und das Licht gelöscht, als das Display des Smartphones aufleuchtete und eine Melodie ertönte. Sie tastete danach und presste das Telefon an ihr Ohr.

»Ich bin's, mein Schatz. Wie geht es dir?«

»Hallo, Großmutter«, murmelte sie und linste auf die Zeitanzeige: bald zwölf.

»Störe ich?«

Sie fuhr sich mit der Hand über die Stirn: »Um was geht es denn?«

Clelia holte tief Luft: »Ich muss dir etwas sagen.«

Ruckartig setzte Dafne sich auf, ihr Herz begann wild zu klopfen. Sie erwartete irgendeine Eröffnung, die mit Maria Elena und Meran zusammenhing, obwohl sie wusste, dass es ihrer Großmutter nicht recht gewesen war, dass sie in Meran Nachforschungen anstellen wollte. Jetzt allerdings erlebte sie eine Überraschung.

Ihre Großmutter kicherte. »Keine Sorge, nichts Schlimmes! Ich rufe an, weil dein Kleid für die Benefizveranstaltung gekommen ist.«

»Was für ein Kleid?«, hakte Dafne nach. »Ich habe kein Kleid bestellt.«

»Reg dich nicht auf, das Kleid ist ein Geschenk. Mein Geschenk, um genau zu sein«, setzte sie hinzu, bevor ihre Enkelin etwas einwenden konnte. »Eigentlich wollte ich es dir noch nicht verraten, doch ich habe es nicht mehr ausgehalten. Du solltest mal sehen, wie raffiniert es geschnitten ist! Du wirst wunderbar darin aussehen«, hörte Dafne sie sagen.

»Ich verstehe nicht«, murmelte sie verwirrt.

»Du wirst es verstehen, wenn du Vera erst in ihrer Valentino-Kreation siehst. Da musst du mithalten können, du bist eine so schöne junge Frau.«

Dafne atmete tief durch. Da war es also. Das Konkurrenzdenken, das in der kleinen Stadt herrschte.

Am liebsten hätte sie laut aufgestöhnt, zwang sich aber zur Ruhe. »Das ist wirklich sehr lieb von dir, Großmutter, und gut gemeint. Trotzdem ist das Letzte, was mich interessiert, mit irgendjemandem in Konkurrenz zu treten. Und schon gar nicht mit Vera. Mein schwarzes Etuikleid ist völlig ausreichend für diesen Anlass. Klassisch und unauffällig. Als ich noch für Ettore gearbeitet habe, musste ich an Dutzenden solcher Veranstaltungen teilnehmen und war in meinem kleinen Schwarzen immer gut angezogen.«

»Nein, mein Liebes. Du musst endlich deine Weiblichkeit wiederentdecken, den ganzen Tag hockst du in der Werkstatt und arbeitest zwischen Farben und Staub. Manchmal habe ich den Eindruck, du weißt gar nicht mehr, was es bedeutet, eine Frau zu sein. Immer steckst du in Arbeitsanzügen und unförmigen Pullovern.«

»Ja und? Ich mag meine Arbeit. Großvater fand das in Ordnung und hat sich nie über mein Aussehen beschwert.«

»Das weiß ich. Bloß warst du damals ein Kind. Und sosehr ich Levante geliebt habe, er war ein Mann und in modischen Dingen absolut kein Maßstab. Du kannst nicht immer nur arbeiten und hin und wieder mal bei Ginevra essen gehen. Das Leben bietet mehr als das, und dieses Fest soll dir ein bisschen Glanz zurückgeben. Es wird dir guttun.«

Dafne seufzte. »Großmutter, ich möchte keinen Glanz. Ich trinke ein Glas Champagner oder zwei und schaue mir das ganze Spektakel aus der Ferne an, ohne dass mich jemand bemerkt, und damit bin ich zufrieden.«

»Ohne dass dich jemand bemerkt?«, wiederholte Clelia tonlos.

»Genau: ohne dass mich jemand bemerkt.«

Stille, dann holte die Großmutter tief Luft.

»Hast du es nicht langsam satt, wie ein Gespenst durch die Gegend zu laufen, das keiner wahrnimmt?«

Die Frage ihrer Großmutter traf Dafne an einer empfindlichen Stelle. Obwohl sie den Tränen nahe war, verkniff sie sich einen emotionalen Ausbruch am Telefon und schwieg eisern.

»Dafne, bitte …« Clelia schien ihren Ausrutscher wiedergutmachen zu wollen, aber Dafne ließ sie erst gar nicht ausreden und legte einfach auf.

Anschließend schaltete sie das Handy aus und platzierte es neben dem blauen Samtsäckchen, in dem ein Stück

Vergangenheit ruhte. Ihre Hände zitterten. Sie holte sich einen Saft aus der Minibar und trank ihn in einem Zug leer, warf die zerdrückte Packung in den Mülleimer und trat ans Fenster. Ein Räumfahrzeug beleuchtete draußen mit seinen orangefarbenen Scheinwerfern die Fassaden der Häuser, während das konstante Piepen seines Sensors die Stille durchbrach.

Kurz überlegte sie, Milan anzurufen und zu hören, was er über den Plan ihrer Großmutter dachte, doch ein Blick auf die Uhr hielt sie davon ab. Stattdessen warf sie sich aufs Bett und schaltete den Fernseher an – und gleich wieder aus, weil die wenigen nicht deutschsprachigen Sender nichts Interessantes mehr brachten. Also hoffte sie einfach darauf, dass der Schlaf sich auch so einstellte.

Wie so oft abends, wenn sie wach im Bett lag, dachte sie an die vergangenen vier Jahre zurück, in denen Ettore den Rhythmus ihres Lebens bestimmt hatte. Mit abendlichen SMS, einem geflüsterten *Du fehlst mir* am Morgen zwischen zwei Besprechungen und mit Festen, die entweder mit Rosen oder in trauter Zweisamkeit endeten. Nichts mehr davon, alles vorbei, seit sie nach Torralta zurückgekehrt war.

All die kleinen Dinge, die ihr Leben in Rom lebenswert gemacht hatten, musste sie nun ersetzen, vor allem durch Arbeit. Sie machte sich etwas vor, wenn sie sich einredete, dass das reichte. Clelia durchschaute das, wusste, was Sache war, und hatte laut ausgesprochen, was Dafne in ihrem Innersten längst spürte.

Aber obwohl sie noch oft an Ettore dachte, vermisste sie ihn nicht. Vielmehr vermisste sie das Gefühl, jemanden zu haben, der sie bei der Hand nahm, ihr sagte, wie schön sie war, selbst wenn sie ohne Make-up herumlief. Jemanden, den sie anrufen konnte, wenn sie nachts mit dem Auto liegen blieb, und der ihr in persönlichen Krisen wie damals bei ihrer Krebserkrankung beistand.

»Alles Quatsch«, sagte sie laut, wälzte sich vom Bett und trat wieder ans Fenster. Am Fluss sah sie die Stände für den Weihnachtsmarkt, der am Wochenende eröffnet wurde. Die Holzbuden standen entlang des Fußwegs, der direkt an der Passer entlangführte, die in Meran in die Etsch mündete. Der Anblick der leeren Häuschen mit den geschlossenen Fensterläden, die von Schneeflocken umwirbelt wurden, stimmte sie noch trauriger.

Sie ging zum Bett, schaltete ihr Handy wieder an und tippte eine Nachricht an Milan. »Du hattest recht. Ich hätte nicht alleine herfahren sollen. Mir fehlen die Burg, in der ich mich verschanzen kann, und die Wächter, die auf mich aufpassen. Morgen komme ich zurück.« Dann gab sie seine Nummer ein und drückte auf Senden, wusste nicht, ob sie hoffen sollte, dass er die Nachricht noch las, oder nicht. Eine Weile starrte sie auf das Display, bevor sie nach dem Samtsäckchen mit der Uhr griff.

»War das richtig?«, fragte sie ihre fremde Urgroßmutter, der sie so gern nähergekommen wäre.

18

»Tag zwei« schrieb sie in ihr Reisetagebuch und gab den Zimmerschlüssel an der Rezeption ab. Sie war schlecht gelaunt, hatte wenig geschlafen, und der Kaffee im Hotel war auch nicht nach ihrem Geschmack gewesen. Dazu kamen die Nachwirkungen, die Clelias Anruf ausgelöst hatte.

Dennoch beschloss sie, sich auf ihre Nachforschungen zu konzentrieren, damit der Aufenthalt in Meran nicht ganz umsonst gewesen wäre, und verließ das Hotel. Wie gestern lag vor ihr eine weiße Landschaft, Schneehaufen rechts und links der Straßen, der Himmel war schmutzig weiß, und in der Luft lag der weihnachtliche Duft nach Gewürzen und Lebkuchen. Kinder trödelten auf dem Weg zur Schule, Erwachsene hatten es eiliger und hasteten zur Arbeit.

Dafne empfand die Kälte heute unangenehmer als gestern. Winzige Eiskristalle schnitten ihr ins Gesicht, und der Wind fuhr unbarmherzig durch ihre Kleidung. Die verschneiten Berge hatten sich in tief hängende Wolken gehüllt. Es sah ganz danach aus, als würde es bald wieder schneien. Wenigstens in den Gassen der Altstadt war es einigermaßen erträglich.

Beeindruckt war Dafne vor allem von der ruhigen Verkehrslage, die so gar nicht dem alltäglichen römischen Verkehrschaos entsprach. Die Menschen kamen ihr ebenfalls viel entspannter vor. Und freundlicher. Eine Frau, die sie nach dem Weg fragte, nahm sich alle Zeit dafür, als wäre nichts wichtiger, als Dafne zu helfen. Leider hatte sie deutsch gesprochen, was in Meran noch sehr verbreitet zu sein schien, sodass sie nicht viel verstand. Nach einigen Minuten voller unverständlicher Worte murmelte sie ein schüchternes »Danke« und ging weiter.

Auf einem Platz, auf dem die Räumfahrzeuge offenbar ihre Schneelasten abluden, blieb sie stehen. Kinder spielten in den riesigen schmutzig weißen Haufen, bewarfen sich kreischend und kichernd mit Schneebällen, die Wangen gerötet, während ihre Ranzen auf und ab hüpften. Sie wirkten so sorglos, so glücklich, so unbeschwert. Genauso unbeschwert, wie Clelia gewesen sein mochte bis zu dem Tag, als eine Unbekannte ihre Mutter getötet hatte.

Unglaublich, dass alles hier angefangen hatte, dachte sie und blickte in den Himmel. Sie kam an einem Blumenhändler und mehreren Bäckereien vorbei, aus denen der Duft nach frisch gebackenem Breati drang – Schwarzbrot mit Fenchel und Bockshornkleesamen. Sie folgte einer Allee, die von kahlen Platanen gesäumt wurde, bis sie vor dem Grandhotel Meran stand, dem ältesten Haus der Stadt.

Das vierstöckige Gebäude stammte aus dem frühen

20. Jahrhundert und war nach dem Vorbild der zur damaligen Zeit berühmten Grandhotels im Stil des Neoklassizismus erbaut worden, was ihm eine zeitlose Eleganz verlieh. Sein Eingang allerdings war offenbar später im Stil des Art nouveau umgestaltet worden. Dafne hatte beim Direktor persönlich für heute Morgen einen Termin vereinbart. Er erwartete sie bereits am Eingang.

»Hans Hopfer, sehr erfreut, Sie kennenzulernen«, stellte er sich vor und drückte ihr fest die Hand. Er war etwa vierzig, stammte Namen und äußerer Erscheinung nach aus der Gegend. Die blonden Haare trug er kurz geschnitten, die schmalen Augen waren dunkelbraun, die tiefe Stimme passte gut zum Südtiroler Akzent, den man eindeutig aus seinem Italienisch heraushörte. Er wirkte freundlich und zurückhaltend.

Ein faszinierender Typ, musste Dafne sich eingestehen. Und das, obwohl sie seit ihrer Trennung von Ettore eine Abneigung gegenüber Männern in Anzug und Krawatte entwickelt hatte.

»Bitte, hier entlang«, sagte Hopfer und deutete auf die massive zweiflüglige Holztür mit Glaseinsätzen und Intarsien, hinter der sich Dafne der ganze Glanz der Belle Époque eröffnete. Das Entree war sicher mehr als vier Meter hoch und mit rosa Marmor ausgekleidet, dazwischen gab es goldene Kapitelle, und an den Wänden hingen vom Art nouveau inspirierte Spiegel, die sie sofort mit Alfons Mucha und seinen Lithografien in Verbindung brachte. Die dicken Teppiche schluckten jedes Geräusch, brachten zudem einen Hauch von Orient in das ansonsten westliche Interieur und mischten sich mit diesem zu einem gelungenen Gesamtbild.

»Wirklich atemberaubend«, stieß Dafne beeindruckt hervor.

Wenn sie sich umschaute, kam sie sich vor wie in einem Märchenschloss. Das Publikum war international, wie sie an dem Sprachgewirr in der Halle erkannte. Unwillkürlich fiel ihr – vermutlich wegen des orientalischen Touchs – *Casablanca* ein, einer ihrer Lieblingsfilme.

Bei dem Gedanken an diesen Film, eine Hommage an die große, unerfüllte Liebe, schüttelte sie den Kopf über sich selbst.

»Alles in Ordnung?«

Errötend nickte sie. Auch wenn sie laut Pass kein junges Mädchen mehr war, hatte sie die Fähigkeit zu träumen nicht verloren und dachte sich immer noch gern fremde Welten aus, um sich vom Alltag abzulenken. Welten, in denen Hans Hopfer keinen Anzug trug und sie kein dunkelgrünes Wollkleid, sondern in denen sie im Stil der Goldenen Zwanziger gekleidet waren und sich ganz zufällig auf einer Hotelterrasse trafen.

»Es könnte nicht besser gehen«, antwortete sie.

»Gut, folgen Sie mir, bitte.« Er führte sie zu einem kleinen Raum in der Ecke der Halle, der auf den Garten hinausging, und bat sie, schon einmal auf dem Jugendstilsofa Platz zu nehmen, während er noch kurz etwas an der Rezeption klären müsse. »Der Dienst ruft«, fügte er entschuldigend hinzu.

Dafne schloss die Augen und genoss den Moment des

Alleinseins und der immer lebendiger werdenden Erinnerungen an Maria Elena. Es war, als hätte die stehen gebliebene Taschenuhr mit ihrer Ankunft in diesem Hotel aufs Neue zu ticken begonnen und als würde die Zeit für eine große Liebe jetzt weiterlaufen.

In dieser luxuriösen Umgebung kam es ihr ganz natürlich vor, sich vorzustellen, wie Maria Elena am Arm des Vaters die breite Treppe hinunterschwebte und im Garten des Hotels mit Diplomaten und Hofadel sowie den Ehefrauen reicher Industrieller plauderte, die ebenfalls ihre Sommerfrische in einem der angesagtesten Kurorte der Donaumonarchie verbrachten.

Einen Moment lang hatte sie sogar das Gefühl, ihre Urgroßmutter wäre bei ihr, ganz in ihrer Nähe, und stünde da in einem pfirsichfarbenen Seidenkleid, die Haare zu einem Knoten gebunden, während ein junger Mann in Hoteluniform, vielleicht gleich alt, an der Rezeption stand, um ihr Gepäck in die im ersten Stock liegende Suite zu bringen. Sie hörte, wie er sich unter dem strengen Blick des Concierge in stockendem Italienisch und mit hängenden Schultern für die Verzögerung entschuldigte, wie sie ihm jedoch ein sanftes Lächeln schenkte und ihm beruhigend die Hand auf den Arm legte. Eine heutzutage unbedeutend wirkende Geste, die damals hingegen dem arroganten Verhaltenscode der Oberschicht widersprach und eindeutig als Fauxpas galt.

Wie revolutionär, dachte sie und lächelte über ihre blühende Fantasie.

»Es tut mir leid, dass Sie warten mussten«, entschuldigte sich Hans Hopfer und riss sie aus ihren Träumen.

Dann winkte er der Kellnerin, während Dafne ihn ansah, als wäre er ein Alien. Noch immer hatte sie das Bild vor Augen, das sie sich von dem jungen Paar in ihrem Kopf gemacht hatte. In ihrer Tagträumerei gefangen, war Dafne froh, als der Hoteldirektor für sie beide bestellte.

Nachdem ihnen der Tee in feinstem englischem Porzellan serviert worden war, kam Hans Hopfer zur Sache. »Und nun verraten Sie mir hoffentlich, was Sie ins Grand Hotel Meran geführt hat?«

Sie lächelte und war wieder in der Gegenwart angekommen. »Eine Liebesgeschichte aus dem frühen zwanzigsten Jahrhundert und zwei Zwillingsuhren, die darin eine wichtige Rolle spielen.«

»Klingt interessant.«

»Einzigartig, glauben Sie mir«, korrigierte sie ihn und zog Maria Elenas Uhr aus dem Samtsäckchen.

Als er sie entgegennahm, um sie zu begutachten, kam er ihr so nahe, dass sie kaum zu atmen wagte. Dann erzählte sie ihm Maria Elenas Erlebnisse in Meran und sprach von ihren Recherchen und ihrem Wunsch, die Spur ihrer Urgroßmutter zu finden. Und ebenfalls davon, dass der Instinkt ihr sagte, dass dies hier der richtige Ort sei.

Hofer hörte ihr gebannt zu, als sie die Liebesgeschichte der jungen Frau und des Hotelpagen erzählte. Als

Dafne fertig war, war der Tee in den Tassen längst kalt geworden.

»Das ist alles«, schloss sie und ließ die Hände in den Schoß sinken. Als sie sich nachträglich für ihre Ausführlichkeit entschuldigte, winkte er lächelnd ab.

Dafne hatte das Gefühl, dass er von der Geschichte genauso hingerissen zu sein schien wie sie. Außerdem verschlang er sie geradezu mit den Augen. Offenbar gefiel ihm, was er sah: eine junge, zierliche Frau mit weich auf die Schultern fallenden braunen Haaren und aquamarinblauen Augen. Dafne wurde ganz nervös unter seinem prüfenden Blick und kramte, um ihn abzulenken, das Foto des Soldaten aus ihrer Handtasche.

»Das ist der Mann, von dem ich Ihnen erzählt habe.«

Der Hoteldirektor rückte den Knoten seiner Krawatte zurecht und beugte sich über den Tisch. »Wissen Sie, wie er hieß?«

»Leider nein, ich weiß lediglich, dass er in der österreichischen Armee diente. Damals gehörte Meran ja noch zum Herrschaftsbereich des legendären Kaisers Franz Joseph.«

»Stimmt. Eine unvergessliche Zeit«, seufzte er.

»Bis zum Kriegseintritt Italiens«, fuhr sie fort, »haben sie sich Unmengen von Briefen geschrieben, danach brach der Kontakt ab.«

»Konnten Sie einige der Briefe lesen? Vielleicht findet sich darin ja ein Hinweis?«

»Die sind leider verloren gegangen, allerdings hat meine Großmutter sie noch zu Gesicht bekommen und mir davon erzählt«, antwortete sie und dachte an Clelias Geständnis, dass sie wegen Selvaggias Obsession für die Vergangenheit sämtliche Erinnerungen vernichtet habe. »Auch die Fotos, die es gab, sind verschwunden. Ich kenne meine Urgroßmutter nur von einem späteren Bild, das sie bei ihrer Hochzeit mit einem anderen zeigt. Das Foto ihrer großen Liebe blieb übrigens erhalten, weil es in der Uhr versteckt war. Eine Ironie des Schicksals, die mich traurig macht.«

»Das glaube ich gerne«, nickte er.

Ein Mitarbeiter näherte sich ihm und reichte ihm einen Zettel. Er überflog ihn kurz, und als er aufschaute, lag in seinen braunen Augen ein bernsteinfarbenes Glänzen. »Dafne, ich habe gute Nachrichten«, sagte er mit einem warmen Lächeln.

»Wirklich?«

»Ja, wirklich. Vielleicht sollten wir uns zur Feier des Tages duzen.«

»Gern ... wenn du willst«, stimmte Dafne zu und beugte sich gespannt nach vorne.

Sichtlich erfreut über ihre Reaktion platzte er mit seiner Neuigkeit heraus: »Ich habe bestätigt bekommen, dass deine Urgroßmutter tatsächlich hier im Hotel abgestiegen ist«, sagte er. »Ein Mitarbeiter hat in alten Gästelisten nachgeschaut.«

Dafne schlug die Hand vor den Mund. »Wirklich?«

»Ganz sicher«, antwortete er und nahm vom Beistelltisch einen großformatigen Band, der wie ein altes Rechnungsbuch aussah und den Dafne bislang gar nicht bemerkt hatte. »Jetzt müssen wir noch herausfinden, wer dieser geheimnisvolle Page war. Er war ungefähr in ihrem Alter?«

»Schätzungsweise. Jedenfalls alt genug, um sich zur Armee zu melden.«

»Ach, damals haben sie selbst ganz junge Männer genommen, daher ist die Altersangabe schwer einzugrenzen.« Hans setzte eine Brille auf und schlug die vergilbten Seiten des Buches auf, bei dem es sich offenbar um ein altes Personalregister handelte.

Mit gesenktem Blick strich Dafne über den Deckel der Uhr, die sie wieder hervorgeholt hatte. Sie konnte Maria Elena und ihren Soldaten regelrecht spüren. Da war die Gravur auf beiden Uhren, die ein Versprechen darstellte; der Wunsch nach einer Liebe, die sich nach einer Welt ohne Konventionen sehnte, in der sie endlich frei sein würden. Sie wartete, dass Hans etwas sagte, ihr einen Namen nannte, einen Hinweis gab. Doch als er nach einer Weile das Personalregister zuschlug und sich die Schläfen massierte, stieg Mutlosigkeit in ihr auf.

»Es tut mir sehr leid, ich habe nichts gefunden, jedenfalls nicht auf die Schnelle. In dieser Zeit gab es Dutzende von jungen Burschen, die hier angestellt waren und die theoretisch infrage kämen. Ohne einen konkreten Anhaltspunkt kommen wir nicht weiter. Es ist wie die Suche nach der Nadel im Heuhaufen. Erschwerend kommt hinzu, dass manche Gepäckträger ebenso wie Küchenhilfen nicht im Personalbuch stehen, weil sie nur bei Bedarf und tageweise eingesetzt wurden.«

»Und solche Menschen hinterlassen keine Spuren«, murmelte Dafne und blickte in den Garten hinaus. Die Sonne begann bereits unterzugehen und tauchte die weiße Winterlandschaft in ein rötliches Licht, das alles irgendwie unwirklich aussehen ließ.

Sie drehte sich um, und da die Tür zur Halle offen stand, fiel ihr Blick auf einen Mann im Pelzmantel, der gerade mit herablassender Miene seinen schneebedeckten Hut einem Angestellten in die Hand drückte und, gefolgt von einer großen blonden Frau mit Fuchsstola, zum Aufzug stolzierte. An ihrem Handgelenk glänzte ein protziges Brillantarmband.

Kritisch betrachtete sie das Paar. Es gab immer noch die da oben und die da unten, nicht anders als zu Maria Elenas Zeiten. Seufzend erhob sie sich – es wurde Zeit, sich langsam zu verabschieden. Auch wenn sie den Namen des Soldaten noch immer nicht herausgefunden hatte, hatte sie dennoch mehr erfahren als erwartet. Und zwar etwas, das man in keinem Personalregister und in keiner Gästeliste finden konnte. Im Grand Hotel Meran war es ihr nach fast einem Jahrhundert möglich gewesen, zu spüren, dass Maria Elena hier gewesen war.

Was immer sie noch herausfinden würde – die Gefühle, die sie überwältigt hatten, als sie unter den Kronleuchtern aus böhmischem Kristall über den spiegelnden Marmorboden mit den kostbaren Orientteppichen gelaufen war, wo Maria Elena und ihre große Liebe sich das erste Mal getroffen hatten, diese Gefühle konnte ihr keiner mehr nehmen. Sie hatte vor ihrem inneren Auge gesehen, wie ihre Urgroßmutter sich über alle Standesunterschiede hinweggesetzt hatte, als ob der Begriff »Klasse« bedeutungslos gewesen wäre.

Sie streckte Hans Hopfer ihre Hand entgegen. »Danke, du hast wirklich ein Wunder bewirkt, für mich und für sie«, sagte sie und deutete auf die Uhr in ihrer Tasche.

»Es tut mir leid, dass wir keine Informationen über den jungen Mann gefunden haben.«

»Du hast mehr getan, als ich erhoffen durfte. Dafür danke ich dir. Zeit ist das wertvollste Geschenk, das man einem Menschen machen kann – es lässt sich nicht zurückholen und gegen etwas anderes eintauschen, es ist ewig, und gerade das macht es so besonders.«

Er legte seine Hand auf ihre, seine Augen suchten ihren Blick. »Du bist eine sehr kluge Frau, Dafne. Und eine faszinierende dazu«, fügte er flüsternd hinzu, als ob er ihr damit ein Geheimnis verraten würde.

Sie bedankte sich mit einem Lächeln, das den ganzen Raum zum Strahlen brachte. Gerne wäre sie noch geblieben, hätte mit ihm etwas getrunken oder zu Abend gegessen, sein Blick war Einladung genug gewesen. Vielleicht hatten sie vieles gemeinsam, vielleicht würden sie sich gut verstehen. Das auszuprobieren läge in ihrer Hand, aber die Vorstellung, nach Hause zu fahren, zurück in ihre Werkstatt voller Plunder und Farbtöpfe, zurück zu Milan, Clelia und Guache, war stärker als alles andere.

Dort war ihr Platz und nicht in einem vergoldeten Käfig zwischen hochnäsigen Frauen in Pelzmänteln und taktlosen Industriemagnaten. Sie war nicht Maria Elena, selbst wenn sie zu ahnen begann, dass das Grand Hotel vielleicht gar nicht ihre Welt gewesen war und sie sich inmitten dieses übertriebenen Luxus wahrscheinlich nicht besonders wohlgefühlt hatte.

Sie verabschiedete sich von Hans, versprach wiederzukommen, eilte in ihr Hotel zurück, bezahlte die Rechnung, warf schnell alle Sachen in ihren Koffer und hastete dann zum Bahnhof, wo sie den letzten Zug nach Hause erwischte.

Erschöpft wuchtete sie ihren Koffer auf die Gepäckablage und sank in ihren Sitz. Auf ihrem Smartphone fand sie ein Foto, das Milan ihr geschickt hatte: Guache, die sich auf ihrem Stuhl zusammengerollt hatte, darunter der Satz: »Wie schön, die Wächter der Burg brauchen ihren General!«

Sie tippte eine Antwort, teilte ihm ihre Ankunftszeit mit und fügte ein Smiley hinzu. Ihre Großmutter rief sie erst nach einer weiteren Stunde an. Es kostete sie Überwindung, weil sie beim letzten Gespräch einfach aufgelegt hatte. Doch Clelia schien es ihr nicht verübelt zu haben.

»Ich koch dir was Gutes«, versprach sie und wollte von Dafnes Einwänden, dass sie viel zu spät nach Hause komme, nichts wissen.

Egal, sagte sie sich, steckte das Telefon ein und kuschelte sich in den Sitz. Der Waggon war nahezu leer, lediglich ein Pärchen saß weiter vorne und schaute sich einen Film auf dem Laptop an. Dafne drehte den Kopf zum Fenster, wo Häuser wie kleine gelbe Punkte in der Dunkelheit vorbeiflogen.

Sie schloss die Augen, fand aber keinen Schlaf. Der ereignisreiche Tag hatte sie zu sehr aufgewühlt. Sie nahm ihren Kalender aus der Tasche, in dem Hans' Visitenkarte steckte, und betrachtete sie eine Weile unschlüssig. Dann gab sie sich einen Ruck und warf sie in den Papierkorb.

Es ging ihr gut, die Reise nach Meran hatte ihre Vermutungen über Maria Elena und die Vergangenheit bestätigt, und der Besuch im Grand Hotel hatte ihr so viel mehr geschenkt, als sie erwartet hatte. Jetzt wusste sie mit Sicherheit, dass die Geschichte wahr war, dass sich die beiden wirklich geliebt hatten und dass ihre Ahnungen kein Hirngespinst waren. Dass sie den Namen des jungen Mannes auf dem Foto nicht herausgefunden hatten, war ein kleiner Wermutstropfen, aber eben nur ein kleiner. Ein wenig bedauerte sie zudem, dass sie Maria Elenas Zimmer nicht hatte sehen können, da die Suite belegt gewesen war. Natürlich wäre dort nichts mehr so gewesen wie zu Zeiten ihrer Urgroßmutter, und wer weiß, ob sie sie dort überhaupt noch gespürt hätte.

Erneut tastete sie nach dem Säckchen mit der Uhr. »Habt ihr jetzt euren Frieden gefunden?«, flüsterte sie.

Sie jedenfalls hatte ihn gefunden, war mit sich im Reinen, dachte sie zwei Stunden später, als Milan sie am Bahnsteig abholte und ein Schild in die Luft reckte, auf das er »Willkommen daheim, Signorina« geschrieben hatte.

Glücklich lief sie ihm mit ausgestreckten Armen entgegen, um ihm um den Hals zu fallen und ihm zu sagen, dass er ihr jeden Augenblick gefehlt und sie ständig und überall an ihn gedacht habe, als plötzlich hinter ihm Ginevra auftauchte. Dafne erstarrte.

»Wir haben uns auf der Piazza getroffen, und er hat mir erzählt, dass du heute Abend zurückkommst, da habe ich mir gedacht, ich begleite ihn und bringe dir was zu essen aus dem Restaurant mit«, zwitscherte sie und hob eine Plastiktüte in die Höhe. »Wir sind mit meinem Auto da. War das nicht eine gute Idee?«, fragte sie, wobei sie allerdings nicht Dafne, sondern Milan anschaute. Ginevra ließ wirklich nichts anbrennen. Später würde Clelia, die öfter mal in der Werkstatt nach dem Rechten gesehen hatte, ihren Verdacht bestätigen, dass Ginevra in Dafnes Abwesenheit ständig um Milan herumscharwenzelt war und ihm schöne Augen gemacht hatte.

Enttäuscht hatte Dafne sich zu Hause bald zurückgezogen und in ihr Bett gekuschelt. Draußen heulte der Wind und riss die letzten Blätter von den Bäumen, bald würde auch hier Schnee fallen wie in Meran.

Obwohl sie ihr einfaches Leben in Torralta mittlerweile über alles liebte, hatte ihr der Aufenthalt in der eleganten Stadt gutgetan. Es war aufregend gewesen, dort durch die Straßen zu streifen und einfach mal ein paar Tage etwas anderes zu sehen als die Werkstatt und das Haus ihrer Großmutter.

Sie schloss die Augen und ließ die Bilder ihrer Reise Revue passieren: den Schnee, den Duft nach Weihnachten und die intensiven Erlebnisse im Grand Hotel. Sie dachte an Milan und an den jungen Mann in Uniform und war mehr denn je davon überzeugt, dass es sich um seinen Urgroßvater handeln musste. Bei dem Gedanken, etwas mit ihm gemeinsam zu haben, lächelte sie, und plötzlich schoss ihr ein Gedanke durch den Kopf, eine Erinnerung.

»Klammer«, rief sie und schlug mit der Faust auf die Matratze. Das war der Name des Urgroßvaters – Milan hatte ihn Montini gegenüber erwähnt. Warum zum Teufel hatte sie das Hans nicht gesagt?

Sie knipste das Licht an, rannte zu ihrer Tasche und zog das Telefon heraus. Wo hatte sie denn die Visitenkarte hingesteckt? Und dann fiel ihr mit einem Mal ein, dass sie sie im Zug weggeworfen hatte.

»Zu blöd«, murmelte sie, öffnete auf ihrem Smartphone die Website des Hotels, um nach der Nummer der Rezeption zu suchen. Sie konnte auf keinen Fall bis morgen warten, die Information war zu wichtig.

Der Nachtportier nahm ihren Anruf entgegen, notierte den Namen des jungen Mannes und versprach, dass der Herr Direktor bestimmt so bald wie möglich zurückrufen werde.

»Bitte ja, es ist wirklich sehr wichtig«, bekräftigte sie und legte auf. Sie schaltete das Telefon aus, schlüpfte wieder zurück unter die Decke.

Milan hatte die Möglichkeit, dass es sich um seinen

Urgroßvater handeln könnte, um keinen Preis zulassen wollen – warum, das verstand sie bis heute nicht. Die Verletzungen eines Krieges trage man bisweilen noch über Generationen in sich, hatte Clelia gesagt, als sie mit ihr über Milans Abwehrhaltung gesprochen hatte. Nicht selten belasteten die Entscheidungen der Großväter die nachfolgenden Generationen. Wenn es um unliebsame Wahrheiten gehe, werde niemand gerne an die Vergangenheit erinnert, hatte Clelia am Ende ihres Gesprächs gesagt, was Dafnes Einschätzung nach auf Milan allerdings kaum zutreffen konnte.

Nein, sie glaubte eher, dass es mit der Frage nach der Familienidentität zu tun hatte. Wenn Urgroßvater Klammer eine andere Frau geheiratet hätte, keine Bosnierin, sondern die Italienerin Maria Elena, dann gäbe es Milans Zweig der Familie Kerla in Sarajevo gar nicht. Eine Ansicht, die Dafne durchaus nachvollziehen konnte.

Vor allem, wenn man sich der Familie stark verbunden fühlte.

Bei ihr war das anders abgelaufen. Sie war damit aufgewachsen, dass ihre Familie anders als andere war. Die Großeltern hatten ihr die komplizierte Familiengeschichte nie verheimlicht: eine Großmutter, die eigentlich die Großtante war, und eine leibliche Großmutter, über deren Schicksal man nichts Genaues wusste. Sie wusste natürlich auch, wie ihre Mutter gestorben war und dass sie ihr nicht mal einen Namen gegeben hatte. Der Name »Dafne« war die Wahl des Großvaters gewesen, mit dem sie eigentlich überhaupt nicht verwandt war, obwohl alle behaupteten, sie komme nach ihm. Und Merisi hieß sie nicht nach ihrer Mutter Selvaggia, sondern nach ihrem Vater, von dem sie rein gar nichts wusste.

Zwei Menschen mit einer heiklen Vergangenheit.

Wenn sie und Milan unter Millionen durch die Uhren zusammengeführt worden waren, dann konnte das kein Zufall sein, davon war sie fest überzeugt.

Aber was, wenn sie mit dieser Überzeugung falschlag und es doch keine schicksalhafte Fügung war?

Sie drehte sich auf die Seite und verwarf den Gedanken sogleich wieder. Sie war sich einfach zu sicher, und sie wusste, dass sie ihrer Intuition folgen musste. Wie heute etwa, als es sie trotz der Verlockungen des Grand Hotel Meran und seines Direktors nach Torralta zurückgezogen hatte. Schlagartig hatte sie tief in ihrem Inneren erkannt, dass die Werkstatt und Milan ihre Bestimmung waren.

Im Nachhinein kam es ihr vor, als hätten in diesem Augenblick der Erkenntnis die Uhrzeiger ihres Lebens für einen Moment innegehalten und die Zeit daran gehindert, einfach weiterzulaufen.

Je länger sie darüber nachdachte, umso klarer wurde ihr, dass das Leben mit Ettore in Rom kein richtiges Leben gewesen war. Wirklich lebendig hatte sie sich dabei nie gefühlt, denn tief in ihrem Inneren wusste sie ja, dass diese Beziehung eine Einbahnstraße war. aber in der Routine hatte sie völlig vergessen, worauf sie eigentlich wirklich wartete.

Durch die Taschenuhr ihrer Großmutter Maria Elena

fühlte sie, dass die Zeit des Stillstandes vorbei war. Sie musste ihr Leben wieder in Gang setzen.

Ihr Blick fiel auf das Seidenkleid, das an der Schranktür hing, Clelias Geschenk. Die Großmutter hatte ganz eindeutig andere Vorstellungen davon, wie man dem Leben der Enkelin neue Impulse geben konnte.

19

Clelia drehte gerade den Gasherd ab, als sie hereinkam, der Kaffee war schon fertig. »Guten Morgen, mein Schatz.«

Dafne bekam ihre Augen kaum auf, murmelte bloß etwas Unverständliches und ließ sich auf einen Stuhl fallen. Sie hatte kaum geschlafen und war durch Babettes Gemecker viel zu früh aufgewacht.

»Als du in Meran warst, ist übrigens eine Journalistin hier aufgekreuzt, eine gewisse Eleonora Presto. Sie war von deiner und Milans Arbeit ganz begeistert und möchte etwas über euch schreiben«, sagte die Großmutter, während sie Kaffee und Milch in eine Tasse goss. Dann stellte sie den Honigtopf auf den Tisch sowie einen Teller mit Kuchen. »So, fertig«, sagte sie und wischte mit einem Lappen die Krümel vom Tisch.

Während es in Clelias Küche warm und gemütlich war, schien das Leben draußen zum Erliegen gekommen zu sein. Nebel hing schwer über der Landschaft und erstickte jedes Geräusch. Nicht mal der Wind traute sich, die fast magische Stille in diesem Vakuum zwischen Nacht und Tag zu durchbrechen.

Nur Babette ließ sich dadurch nicht beeindrucken. Erwartungsvoll drückte sie ihre Schnauze gegen das Fenster, bis Dafne es öffnete und ihr ein paar Trauben gab. »Hallo, meine Kleine«, sagte sie und legte ihr Gesicht an das borstige Fell der Ziege. Während Babette zufrieden kaute, rümpfte Clelia die Nase.

»Dafne, wie oft muss ich dir noch sagen, dass eine Ziege kein Haustier ist«, sagte sie vorwurfsvoll, die Hände in die Hüften gestemmt. Doch Dafne pflückte weiter Trauben vom Obstteller und streichelte Babette über den Kopf.

»Was ist der Unterschied, ob sie nun miaut, bellt oder blökt? Babette und ich lieben uns.«

Clelia schüttelte mit gespielter Verzweiflung den Kopf. »Was soll ich nur mit dir machen?« Lächelnd sah sie zu, wie ihre Enkelin sich ein paar Ziegenhaare aus dem Gesicht wischte. »Los, wasch dir die Hände, bevor du frühstückst.«

Dafne nickte und tat ihrer Großmutter den Gefallen, kehrte dann an den Tisch zurück, trank den Milchkaffee und aß ein Stück Kuchen mit Honig. Sie merkte, wie sie sich gleich besser und wacher fühlte. Vielleicht lag es aber auch daran, dass es draußen langsam heller wurde und sich sogar ein paar Sonnenstrahlen durch die dicke Nebeldecke kämpften.

»Wer ist denn diese Journalistin, die sich für uns interessiert? Eine Spezialistin für Kunsthandwerk oder für Restauration?«

Clelia setzte sich neben sie, eine Tasse Kaffee in der Hand, und begann zu erzählen. »Wie gesagt, sie war von euren Arbeiten ganz begeistert und möchte einen Artikel über euch schreiben. Im Auftrag einer Zeitschrift für Wohnkultur. Sie hat in der Werkstatt und hier im Haus schon einige Fotos geschossen, der Rest soll dann in Rom im Studio gemacht werden. Sie will natürlich Fotos von dir und Milan machen, aber auch von einigen eurer Arbeiten, die dann irgendwie besonders künstlerisch präsentiert werden sollen. Die Zeitschrift kommt für all deine Spesen auf«, fügte sie hinzu und griff nach einem Magazin, das auf dem Stuhl unter dem Fenster lag. »Das ist die neueste Ausgabe, sie hat sie mir zur Ansicht dagelassen, damit du dir ein Bild machen kannst. Ich habe schon mal kurz reingesehen, mir gefällt sie sehr.«

Dafne nahm das Heft entgegen und blätterte es durch. Anzeigen, Tipps zur Möbelpflege, Interviews mit Kunsthandwerkern und Kreativen aus ganz Europa.

»Und? Was meinst du?«

»Ich weiß nicht, ein bisschen übertrieben für das, was ich mache.«

»Aber es ist doch eine tolle Chance, oder nicht?«

»Und wie«, erwiderte sie und umarmte ihre Großmutter lachend.

Clelia schien glücklich. »Das freut mich für dich, jetzt beginnt dein neues Leben. Übrigens habe ich mir erlaubt, für dich einen Termin beim Friseur auszumachen. Gleich morgen, vergiss ihn bitte nicht.«

Dafne runzelte die Stirn. »Warum morgen?«

Ihre Großmutter schaute sie streng an, als wäre sie ein widerspenstiges kleines Mädchen, das nicht in die Badewanne wollte. »Weil morgen Abend Veras Wohltätigkeitsveranstaltung stattfindet, schon vergessen?«

Vera. Der Name erinnerte sie sofort an ihre Arbeit. Sie musste dringend die zweite Tür fertigstellen, die sie in ein Kopfteil fürs Bett umwandeln wollte. Vor ihrer Abfahrt hatte sie das Holz bereits mit einer Metallbürste aufgeraut und helle Wachspaste aufgetragen, jetzt musste noch letzte Hand angelegt werden. Anschließend würde sie sich dann mit ganzer Kraft dem Tableau de Mariage widmen, das sie im Shabby-Chic-Stil gestalten wollte, der gut zu einer Hochzeitsfeier auf einem alten Weingut passte.

Natürlich waren das nicht die einzigen Projekte, die darauf warteten, fertig zu werden. Da gab es auch noch das Badewannensofa, eine alte Kaffeemaschine, einen antiken Überseekoffer – lauter Erinnerungen, die für ihre Kunden von unschätzbarem Wert waren und in veränderter Form einen neuen Platz in deren Leben finden sollten.

Genauso wie sie es sich für die Uhr ihrer Urgroßmutter wünschte.

Nach dem Frühstück zog sie sich rasch an und ging in die Werkstatt. Milan arbeitete unermüdlich an den Rosen, Guache schlief in ihrem Körbchen – ein Anblick, der ihr Herz wärmte.

»Hallo«, rief sie an der Tür und legte die Tüte mit frischen Brioches und Croissants auf den Tresen.

Milan kam heran und schaute neugierig in die Tüte. »Nichts mit Schokolade heute Morgen?«

»Ich hatte Lust auf Veränderung«, behauptete sie, »deshalb heute mal Apfelfüllung.«

Die Wahrheit war allerdings, dass sie nach dem gestrigen Abend keine Lust auf eine Begegnung mit Ginevra verspürte, und das Schokozeug gab es nun mal nur dort.

Er zog amüsiert die Augenbrauen hoch: »Zu Ehren deiner Reise in die Alpen?«

Sie lenkte ab: »Wie ich sehe, lässt du dir gerade einen Bart wachsen. Steht dir echt gut.« Sie reichte ihm die Tüte. »Der passt bestimmt klasse zu deinem Smoking heute Abend!«

»Ich weiß nicht so recht.« Milan blieb skeptisch. »Ich glaube, du hast zu viele James-Bond-Filme gesehen«, meinte er und biss in eine Brioche. »Apfel ist auch gut«, fügte er hinzu und wischte sich den Puderzucker von den Lippen.

»James Bond hat überhaupt keinen Bart«, stellte sie lachend richtig. »Hast du denn schon mal einen James-Bond-Film gesehen?«

»Ertappt.«

»So mag ich das. Ein bisschen Unterwürfigkeit tut dir gut«, scherzte sie.

»Zu Befehl, Signorina.«

Dafne bot ihm die Hälfte ihres Croissants an, schließlich hatte sie zu Hause bereits Kuchen gegessen. »Du solltest auf deine Chefin hören. Und so schlimm kann die nicht sein, wenn sie dir die Hälfte ihres Frühstücks anbietet.«

»Und ein Dach über dem Kopf«, setzte er ernst hinzu

und nahm das Croissant, wobei sich ihre Finger länger als nötig berührten.

Dafne wandte den Kopf ab, damit er nicht merkte, dass sie wie ein Schulmädchen errötete. Sie konnte ihn einfach nicht ansehen – nicht, wenn er sie weiter mit diesem Blick musterte.

Seit Milan sie am Bahnhof abgeholt hatte, knisterte es gewaltig zwischen ihnen, und sie hätte sich nicht gewundert, wenn es in der Stille der Werkstatt tatsächlich zu hören gewesen wäre. Ihr Herz schlug sofort schneller, und als er immer näher kam, hatte sie das Gefühl, sich an ihm zu verbrennen. Sie dachte an gar nichts mehr, war nur noch Körper, jede Faser, jeder Nerv wurde lebendig.

»Dafne«, flüsterte er. Allein seine Stimme war ein Streicheln, die sanfte Berührung seiner Haut ließ sie erzittern und sich nach mehr sehnen.

Dann war es vorbei.

»Guten Morgen! Hier kommt euer Lieblingsfrühstück, ein Geschenk des Hauses«, hörten sie ein aufdringliches Zwitschern von der Tür her, und Ginevra platzte in einem aufreizenden Minikleid mit einem Tablett herein.

Die beiden fuhren auseinander, das Croissant fiel zu Boden und wurde nach einem kurzen prüfenden Schnuppern sofort von Guache erbeutet, die aus ihrem Körbchen schoss.

»Oh«, murmelte Ginevra und blickte auf die Tüte auf dem Tisch, »ihr habt schon gefrühstückt.«

Dafne zuckte verlegen die Schultern und beschrieb mit den Händen eine entschuldigende Geste, während Milan sich nach unten beugte und Guache auf den Arm nahm, deren Pfoten vom Zucker völlig verklebt waren.

»Du weißt, dass das nicht gut für dich ist«, tadelte er sie und drehte sich zu Ginevra um, die Dafne fragend ansah. »Ich hab das Gebäck gleich mitgenommen, als ich neue Milch gekauft habe.«

»Kein Problem«, erwiderte Ginevra versöhnt und strahlte ihn an. Ging dann auf ihn zu, wobei sie so tat, als wollte sie Guache streicheln, doch die fuhr zu Dafnes Freude ihre Krallen aus.

Überhaupt wünschte sie die Freundin in diesem Moment zum Teufel, die mit ihrem aufreizenden Outfit vor Milan herumschwänzelte. Aber Ginevra ignorierte hartnäckig alle Signale, dass sie unerwünscht war, und blieb.

Erst als Dafne und Milan sich demonstrativ ihrer Arbeit zuwandten, ohne sie weiter zu beachten, trat sie den Rückzug an. Das empörte Klappern ihrer Absätze klang in Dafnes Ohren wie Pistolenschüsse.

Doch obwohl sie nun endlich wieder allein waren – der verzauberte Moment ließ sich nicht wiederherstellen, er war vorbei. Dabei hätte Dafne so gern diesen kostbaren Augenblick der Nähe festgehalten – die Gefühle, die sie eben empfunden hatte, sollten sich nicht einfach in Luft auflösen. Doch Milan hatte das Radio eingeschaltet und konzentrierte sich auf seine Arbeit. Dafne erreichte ihn nicht mehr.

Seufzend tauchte sie den Pinsel in den Topf mit der Farbe für die Wanne und versuchte, die dunklen Wolken, die ihr Gemüt verdüsterten, beiseitezuschieben.

20

Dafne drehte sich mit ihrem Stuhl zum Spiegel und schaute auf die wirre Masse nasser Haare auf ihrem Kopf.

»Also, was wollen wir machen?«, fragte Mara, die Friseurin. Dann griff sie nach einem Kamm und probierte einige Variationen aus, verwarf sie jedoch schnell wieder. »Nein, so nicht«, murmelte sie. In Maras Laden herrschte Chaos. Zwischen dem lärmenden Föhn und der summenden Trockenhaube klingelte ständig das Telefon.

»Du hast ganz schön zu tun«, stellte Dafne fest, als Mara nach einem Telefonat zu ihr zurückkam.

»Ich bin eben die Beste«, antwortete sie und blinzelte ihr zu, »und ich bin diskret. Alles, was mir meine Kundinnen erzählen, bleibt in diesem Raum«, fügte sie stolz hinzu.

Mara hörte in ihrem Beruf vermutlich mehr Beichten als Don Gino, der Priester, aber auch wenn Dafne glaubte, dass Mara damit nicht hausieren ging, verstand Dafne nicht, wie man jemandem, der einem die Haare wusch, seine intimsten Geheimnisse anvertrauen konnte. Allerdings war sie vielleicht auch nicht in der Lage, das zu beurteilen. Schließlich ging sie fast nie zum Friseur.

Und auch heute war sie nur in Maras Laden gekommen, um Clelia nicht zu enttäuschen. Trotzdem grauste ihr davor, sich für die Veranstaltung am Abend derart aufbrezeln zu lassen.

Sie kam sich vor, als ginge sie zu einem Date – obwohl sie natürlich wusste, dass es kein Date war!

Trotzdem: Seit Monaten war sie nicht mehr ausgegangen, und schon gar nicht mit einem Mann.

Sie solle nicht kindisch sein, hatte die Großmutter sie streng ermahnt, denn Milan sei schließlich kein Verehrer – nach dem Zusammenstoß heute Morgen in der Werkstatt war sie sich da nicht mehr sicher. Plötzlich schien das Leben, das sie sich nach dem Desaster mit Ettore wünschte, möglich, aber zugleich lähmte sie die Angst, dass es zwischen ihr und Milan schiefgehen könnte.

Der Hoteldirektor in Meran, Hans, hatte ihr unmissverständlich zu verstehen gegeben, dass sie ihm gefiel, dass er sie attraktiv fand. Dennoch hatte sie unbedingt zu Milan zurückgewollt. Und sie war so glücklich gewesen, als sie ihn am Bahnsteig hatte stehen sehen mit einem Begrüßungsschild in der Hand. Jetzt saß sie hier, in Maras Friseurladen, und dachte über den bevorstehenden Abend nach. Wehmütig blickte sie auf die alte Dafne zurück: eine lebenslustige Studentin, die Gedichte von Emily Dickinson liebte, barfuß tanzte, weil die Schuhe drückten, die Musik aber zu gut war, um einfach nur am Tisch sitzen zu bleiben. Maras Geschichten aus ihrer Heimat Sizilien hingegen, ihre Schwärmereien von kristallklarem Meer und klebrigen arabischen Süßigkeiten rauschten nur so an ihr vorbei. Sie hatte Mara lediglich ein Foto ihres Kleides gezeigt, damit diese ihr eine dazu passende Frisur verpasste. Als sie fertig war, hielt Mara ihr den Spiegel hin. »Unglaublich, ich sehe mir gar nicht mehr ähnlich«, murmelte Dafne.

Ihre rebellische Haarpracht war zu einem romantischen französischen Zopf geflochten, ihr Make-up dezent und in warmen Farben gehalten. Alles perfekt abgestimmt auf das rosafarbene Kleid, das in ihrem Zimmer auf sie wartete.

»Du siehst wunderschön aus!« Mara gab ihr einen Klaps auf die Wange. »Und jetzt, wo du es weißt, vergiss es nicht gleich wieder und stell dein Licht nicht ständig unter den Scheffel!« Sie kniete sich neben Dafne und legte das Kinn auf ihre Schulter. »Wirklich, das meine ich ernst. Wenn ich ein Mann wäre, würde ich mir dich schnappen und nicht mehr loslassen.«

Dafne lächelte. »Ich bin ziemlich sicher, dass dieses Risiko nicht besteht.«

»Sag niemals nie, meine Liebe. Sag niemals nie!«

Maras Worte ließen Dafne erröten und ihr Herz erwartungsvoll klopfen. Doch gleichzeitig überfiel sie eine vertraute Furcht, erneut in eine Katastrophe zu schlittern.

»Das verschlägt mir die Sprache …« Milan trat einen Schritt zurück und musterte sie eingehend von Kopf bis Fuß, den herzförmigen Ausschnitt, die mit Tüllblumen verzierten Träger des Kleides, den weich fallenden Stoff, der ihre schlanke Figur betonte. »Ich weiß nicht, was ich sagen soll …«

Verlegen schlug sie die Augen nieder, bevor er etwas darin las, das sie lieber verbergen wollte. Dennoch hatte sie das Gefühl, dass er mehr sah, als sie ahnte.

»Du bist wunderbar«, flüsterte er, und wieder errötete Dafne.

Clelia war nicht weniger überwältigt, als Dafne sie bei einer Häkelarbeit zu Hause antraf. Sie begutachtete sie stolz und schien glücklich über Dafnes Verwandlung. Gerührt betupfte Clelia sich die Augen.

»Großmutter, ich gehe nur auf ein Fest, ich heirate nicht«, scherzte Dafne und strich ihr über die Wange.

»Ich hoffe auch, dass du mir rechtzeitig Bescheid gibst, falls du doch heiraten solltest«, gab sie zurück und lächelte unter Tränen, während ihre Enkelin sie umarmte.

»Jetzt geht schon, sonst kommt ihr zu spät«, riss sie sich los und wandte sich an Milan: »Pass auf sie auf, bitte.«

»Machen Sie sich keine Sorgen«, beruhigte er sie. »Bei mir ist sie in guten Händen.«

»Hast du gehört? Alles wird gut.« Dafne küsste die Großmutter auf die Wange, griff nach ihrer Abendtasche und ging nach draußen.

Auf den Hügeln rund um Torralta leuchteten vereinzelte Lichtpunkte, der Wind wehte hier und da die Geräusche des Abends zu ihnen herüber: ein Muhen oder Blöken aus den Ställen, das Scheppern von Melkeimern, das Ächzen von Zweigen im Wind. Diese Welt war so ganz anders als die, in der sie noch vor wenigen Monaten gelebt hatte, doch auf dem Empfang würde sie damit wieder an ihr vorheriges Leben anknüpfen. Jedenfalls würden sie beide eine *bella figura* machen – sie in ihrem bezaubernden Abendkleid und Milan in einem Smoking, in dem er toll aussah. Clelia hatte ihn vom Sohn einer Bekannten ausgeliehen.

»Ich muss dir etwas zeigen«, hörte sie Milan plötzlich sagen, bevor sie am Auto angekommen waren.

»Was denn?«

Er zog seine Uhr aus der Jackentasche – die, mit der alles begonnen hatte und die sie auf die Spur von Maria Elena und ihrem Soldaten gebracht hatte. »Ich hatte das Gefühl, als müsste ich sie heute Abend tragen.«

Dafne nickte und nahm das Gegenstück aus ihrer Abendtasche. »Wie es aussieht, hatten wir die gleiche Idee.«

»Und wie es aussieht, hast du recht«, erwiderte er und holte die Autoschlüssel aus der Tasche – Mario hatte ihm seinen Wagen geliehen.

Die Fahrt dauerte nicht lange, und Dafne nutzte sie, um Milan von ihrer Meranreise zu berichten, bloß die Geschichte mit dem netten Hoteldirektor und ihren nächtlichen Anruf im Hotel verschwieg sie – sie hatte Angst, diese Details könnten ein falsches Bild erzeugen.

Als sie ankamen, wäre Dafne beim Anblick des luxuriösen Hauses, der riesigen Terrasse und der versammelten Menschenmenge am liebsten umgekehrt. Hier war wirklich alles versammelt, was in der Region und darüber hinaus Rang und Namen hatte. Männer mit dicken Brieftaschen und Frauen in teuren Kleidern und mit teurem Schmuck, für die man solche Brieftaschen brauchte.

»Was machen wir eigentlich hier?«, flüsterte sie Milan zu, während sie eine Frau in einem weißen bodenlangen Abendkleid mit weißen Handschuhen und einem Diamantcollier musterte. »Gegen die da komme ich mir vor wie ein Teenie auf einem Abschlussball. Wir wirken hier völlig fehl am Platz.«

»Das stimmt nicht«, widersprach er, nahm ihre Hand und legte ihr eine Spange aus feinen Rosen mit zarten Blüten und Blättern hinein, die zu einem Bouquet zusammengefasst waren, auf dem kleine Perlen glänzten.

Sie sah Milan verwirrt an. »Was ist das?«

»Eine Spange aus geschmiedetem Kupfer und Perlen.«

»Das sehe ich …«

»Es war als mein Willkommensgeschenk für dich gedacht, bei deiner Rückkehr aus Meran. Ich habe es extra passend zu diesem Abendkleid angefertigt. Und ich habe es außerdem gemacht, damit du an einem solchen Abend mit all diesen sinnlosen Regeln und den Konventionen nicht vergisst, wer du bist. Damit kommst du dir in diesem Haifischbecken nicht so verloren vor.«

Seine Worte waren so zärtlich, seine Stimme so weich, dass sie sie fast wie ein Streicheln auf der Haut spüren konnte. Sie biss sich auf die Lippe und schloss die Hand um das Schmuckstück. »Danke«, hauchte sie mit vor

Rührung gepresster Stimme. »Ich werde sie mir gleich ins Haar stecken«, fügte sie hinzu und klappte die Sonnenblende mit dem Spiegel nach unten.

»Und damit wären wir dann bereit, uns ins Getümmel zu stürzen und den Abend wenigstens einigermaßen zu genießen.«

Er stieg aus, umrundete den Wagen und öffnete Dafne die Tür. Sie konnte in seinem Blick den gleichen Wunsch erkennen, den sie selbst hatte: Bloß weg von hier. Ihr kam die Diskussion wieder in den Sinn, die Veras Einladung verursacht hatte, sie dachte an seine Verachtung für die sogenannte bessere Gesellschaft – und war froh, dass er trotzdem hier war, an ihrer Seite.

Weil sie ihn darum gebeten hatte.

Er half ihr beim Aussteigen, und gemeinsam gingen sie die Stufen zur Villa hinauf. Barocke Lampen beleuchteten die riesige Halle, an deren Wänden Spiegel in dicken Goldrahmen hingen. Der Fußboden war aus rosa Marmor, unzählige Kellner in Livree reichten Tabletts mit Häppchen und Champagner herum, in der Luft lagen das Rascheln von Kleidern und das Murmeln unzähliger Stimmen. Überall standen Tische, am hinteren Ende des Raumes war eine kleine, mit blauem Samt bespannte Bühne aufgebaut, auf der ein Streichquartett spielte. Später führte dort ein Moderator durch den Abend, der das Publikum einerseits unterhalten und andererseits zu großzügigen Spenden für ein Kinderheim animieren sollte.

»Eine Herkulesaufgabe, wenn man an die verbreitete

Korruption auf dem Balkan denkt, und leider haben die UN-Friedensmissionen die Situation für die Zivilbevölkerung nicht immer verbessert, manchmal sogar verschlechtert. Da hat es viel Versagen, Unzulänglichkeit und auch Machtmissbrauch gegeben«, kommentierte Milan.

Eine Weile herrschte eisige Stille am Tisch. Nur die Stimme des Moderators war zu hören, der mit einem Hammer das letzte Gebot für ein Schmuckstück quittierte, auf das eine Frau am Nebentisch geboten hatte. Dafne setzte das Glas ab und tastete zitternd nach Milans Hand. Sie spürte, dass er sich kaum zurückhalten konnte, und fürchtete, er könnte gleich explodieren. Wie damals im Park, dachte sie panisch und war heilfroh, als sie merkte, dass sich seine Finger endlich entspannten und ihre umschlossen.

Nachdem die Auktion vorbei war, folgte der sogenannte gemütliche Teil des Abends. Vera stieg auf die Bühne, griff zum Mikrofon und erklärte die Tanzfläche für eröffnet. Dafne überlegte, ob die Freundin früherer Jahre je darüber nachgedacht hatte, wie unterschiedlich sie sich entwickelt hatten. Das hier war Veras Welt, ihre nicht. Es war nie ihre Welt gewesen, selbst als sie noch mit Ettore in Rom lebte, und es würde auch nie ihre Welt sein. In Rom hatte sie eher zu den Kreativen gehört, die der reichen Klientel der Agentur seine repräsentativen Träume erfüllten. Dienstleistung auf hohem Niveau sozusagen.

Es trieb sie fort von hier.

Sie hatte das Gefühl, es keine Minute länger mehr in

diesem Raum auszuhalten. »Hast du Lust auf einen Spaziergang im Park?«, fragte sie Milan und trank ihren Champagner aus.

Als Milan nickte, holten sie ihre Mäntel und begaben sich nach draußen. Der riesige, sorgfältig gestaltete Park beeindruckte sie mit einem harmonischen Ensemble aus Lichtern, Wasserspielen und seltenen Pflanzen. So stellte sie sich den Garten Eden vor.

Sie setzten sich nebeneinander auf eine Bank neben einem Springbrunnen. Milan druckste herum, so vieles ging ihm im Kopf herum, aber er hatte Angst davor, es laut auszusprechen. Er wollte auf keinen Fall etwas Falsches sagen.

»Es tut mir leid wegen vorhin, ich wollte dich nicht in Verlegenheit bringen«, stieß er schließlich hervor.

»Unsinn. Wie denkst du überhaupt von mir?« Sie nahm seine Hand. »Du hättest den Gesichtsausdruck der Frau neben dir sehen sollen, sie war wie versteinert«, sagte sie, und beide lachten entspannt.

Es war so angenehm, gemeinsam zu lachen.

Das Lachen verging ihr jedoch schlagartig, als sie auf der Terrasse Ettore entdeckte, der in den Garten starrte. In diesem Moment blieb ihr fast das Herz stehen. Er war es, ohne jeden Zweifel – und er suchte nach ihr.

Mit einem Satz sprang sie auf und drehte ihm den Rücken zu. »Können wir gehen?«, bat sie Milan, und er brachte sie ohne ein weiteres Wort zum Wagen.

Im Auto ärgerte Dafne sich über sich selbst.

Hätte er sie doch entdecken sollen, na und? Stolz, aufrecht und selbstbewusst hätte sie sich ihm mit Milan an ihrer Seite präsentieren sollen, stattdessen rannte sie davon wie ein geprügelter Hund. Offenbar hatte sie noch immer nichts gelernt, dachte sie, während die Landschaft an ihr vorüberzog.

Sie kurbelte das Fenster herunter, damit sie freier atmen konnte. Die schwarzen Baumstämme hoben sich gegen den mitternachtsblauen Himmel ab. Bald würden sie wieder zu Hause sein. Doch dann begann mit einem Mal der Motor zu stottern, dann ruckelte der Wagen und blieb schließlich einfach stehen. Milan zog die Handbremse an und fluchte.

»Was ist los?«, fragte sie beunruhigt.

»Der Sprit ist alle.«

Großartig. War das der passende Abschluss für einen misslungenen Abend? »Und jetzt?«

Milan sah aus, als wollte er das Lenkrad herausreißen und aus dem Fenster werfen. »Uns bleibt wohl nichts anderes übrig, als Mario anzurufen, damit er uns seinen Reservekanister bringt – damit wir das Auto wenigstens nicht hier in der Pampa stehen lassen müssen.«

Dafne nickte, und er griff zum Handy.

Nach mehrmaligem Läuten hörte er endlich Marios schlaftrunkene Stimme. Ohne große Begeisterung versprach der Weinhändler zu kommen. Müde lehnte sich Dafne tiefer in das weiche Polster des Beifahrersitzes. »Ich weiß so wenig von dir«, sagte sie leise. »Du erzählst nie etwas von dir, von deiner Heimat oder deinem Leben.«

»Da gibt es nichts zu erzählen, glaub mir.«

»Aus allen Leben gibt es etwas zu erzählen, Milan.«

Angestrengt starrte er, durch die Scheibe auf die Straße vor ihnen, als hoffte er, dort eine Antwort zu finden. »Vielleicht stimmt das, aber in meinem Leben gibt es nichts, was erzählenswert wäre. Außerdem weiß ich von deinem Leben auch nicht gerade viel.«

»Okay, das können wir ändern«, erwiderte sie, räusperte sich und legte los. »Clelia ist nicht meine richtige Großmutter, jedenfalls biologisch betrachtet, das weißt du vielleicht schon. Sie ist die Schwester meiner Großmutter Adele, der Tochter Maria Elenas und des Soldaten. Adele ist in einem Konzentrationslager ums Leben gekommen. Sie hätte überlebt, wenn sie sich von ihrem Mann getrennt hätte, aber das kam für sie nicht infrage. Sie ist ihm aus Liebe gefolgt. Wie es aussieht, haben die Frauen meiner Familie einen Hang zu tragischen Liebesbeziehungen. Bevor Adele Italien verließ, hat sie ihre wenige Monate alte Tochter Selvaggia ihrer Schwester anvertraut. Meine Mutter hat wohl sehr darunter gelitten, ihre Eltern nicht gekannt zu haben, war psychisch instabil. Sie wurde sehr spät schwanger, und als sie wenige Wochen vor meinem Geburtstermin einen Autounfall hatte, hatte sie eine Frühgeburt und starb. Von meinem Vater habe ich lediglich einen Teil meiner Gene und den Familiennamen. Nach dem Tod meiner Mutter hatte er wohl kein Interesse an mir. Ich wuchs also – wie schon meine Mutter – bei Clelia und Levante auf, die mir die schönste Kindheit schenkten, die man sich nur wünschen kann. Dafne schwieg kurz. »Je älter ich wurde, umso größer wurde mein Interesse an alten Gegenständen und ihren Geschichten. Alles begann mit einer alten Bürste. Als ich sie in der Hand hielt, spürte ich ihre Geschichte und füllte die Lücken dieser Geschichte mit meiner Fantasie. Als ich das allerdings Clelia erzählte, war sie entsetzt und verbot mir, meinen Großvater in der Werkstatt zu besuchen. Damals war ich richtig wütend auf sie – heute weiß ich, dass sie mich beschützen wollte.«

»Wovor?«

»Vor der Vergangenheit. Genauer gesagt hatte sie Angst davor, dass ich genauso von der Vergangenheit besessen werden würde wie meine Mutter. Meine Mutter glaubte fest daran, einen Kontakt zur Vergangenheit herstellen zu können. Mehr als einmal hat sie sich an Hellseherinnen und Wahrsagerinnen gewandt, und das hat sie fast in den Wahnsinn getrieben.« Dafne schwieg erneut. Dann holte sie tief Luft. »Auch Maria Elena engagierte sich nach dem Ersten Weltkrieg für eine Organisation, die sich um Familienzusammenführung bemühte. Möglicherweise um auf diese Weise unauffällig nach ihrem Soldaten suchen zu können. Dann tauchte plötzlich eine Frau auf und erschoss sie. Clelia stand daneben. Ein Trauma, das ein Kind schwer vergessen kann … Später kam der Verlust von Adele und Selvaggia hinzu, das ist vermutlich mehr, als ein Mensch verkraftet.« Von Gefühlen überwältigt, hielt Dafne inne und sank auf ihrem Sitz zusammen. »Sie wollte mich schützen, aber es gibt nun mal Dinge, vor denen einen niemand beschützen kann.« Sie brach ab und atmete durch. »Bei mir lief es zwar anders, aber ebenso fatal. Ich hatte eine verhängnisvolle Beziehung, von der ich mich lange nicht lösen konnte. Diese Liebe hat mein Leben genauso vergiftet, wie die ganzen Medikamente meine Mutter vergiftet haben.« Sie strich sich durch die Haare. »Ettore war verheiratet, und als seine Frau schwanger wurde, wollte er sie nicht für mich verlassen. Man weiß ja, wie solche Geschichten ausgehen.«

»Und trotzdem tut es weh«, unterbrach Milan sie. »Er war der Mann auf der Terrasse, oder?« Als Dafne schwieg, sprach er weiter: »Ich habe gesehen, wie er dich angestarrt hat, er hat dich seit unserer Ankunft keine Sekunde aus den Augen gelassen. Jetzt weiß ich auch, warum.«

Milans warme Stimme war hart und kalt geworden. Dafne hätte sich gern in seine Arme geschmiegt, nach seinen Händen gegriffen, doch nun traute sie sich nicht mehr.

Sie ließ ihre Schultern hängen und schaute auf den Boden. »Es tut mir leid, ich weiß nicht, was ich sagen soll.«

»Es muss dir nicht leidtun. Wir alle haben Fehler gemacht und zahlen dafür den Preis.« Er verstummte und schaute hinaus in die sternenklare Nacht. Dafne suchte nach seiner Hand, und er umfasste sie. Man hörte lediglich ihr Atmen und das Rascheln des Windes in den Zweigen. »Ich hatte eine schöne Kindheit in Sarajevo«, fuhr er mit einem Mal fort. »Meine Familie wohnte in einem Villenviertel, mein Vater war beim Militär, und meine Mutter war so, wie man sich die ideale Mutter vorstellt. Meine Schwester und ich wuchsen sehr privilegiert auf. Zu unserem Leben gehörten auch meine Großeltern mütterlicherseits, die wir regelmäßig auf dem Land besuchten. Als dann der Krieg ausbrach, wurde alles anders. Plötzlich waren die banalsten Dinge sehr gefährlich. Wir konnten nicht mehr im Park spielen, nicht in die Schule gehen, keine Freunde mehr treffen. Ich habe diese Zeit als dicke, dunkle Wolke in Erinnerung, die sich über alles legte, uns den Atem nahm und uns zwang, Tag und Nacht zu Hause zu bleiben. Meine Mutter, die mehrsprachig aufgewachsen war, versuchte uns in dieser Zeit verschiedene Sprachen beizubringen, für den Fall, dass wir unsere Heimat verlassen mussten. Ich las viel, eigentlich alles, was wir im Haus hatten, und hoffte, dass der Krieg bald zu Ende sein würde. Doch der Krieg dauerte ewig. Noch heute kann ich die Schießereien hören, die sich uns wie ein Trommelfeuer ins Gehirn brannten und uns in den Wahnsinn trieben.«

»Das muss schrecklich gewesen sein.«

»Das war es. Weil meine Mutter unter schweren Migräneanfällen litt, musste ich dafür sorgen, dass wir genügend zu essen hatten. Ich musste mich für alles anstellen, und je länger der Krieg dauerte, desto schwieriger wurde es, Brot, Milch und Wasser aufzutreiben. Alles war rationiert, nichts wurde verschwendet, sogar Schalen und faules Obst, womit sonst die Schweine gefüttert wurden, galt in Sarajevo als kostbares Gut. Die einzig schöne Erinnerung an diese Zeit ist die an den blühenden Mandelbaum in unserem Garten, der jedes Jahr aufs Neue Früchte trug, als ob es all die Grausamkeiten um ihn herum nicht geben würde. Meine Schwester und ich saßen immer auf den Treppenstufen unseres Hauses und öffneten mit Steinen die Schalen. Dieses Ritual half uns, wir selbst zu bleiben und für eine Weile die Schießereien, die langen Warteschlangen und die Gefahren des Krieges zu vergessen. Mädchen und Frauen, egal ob jung oder alt, landeten häufig in sogenannten Kriegsbordellen, wo sie oft von zehn, zwanzig Soldaten hintereinander vergewaltigt wurden. Sie hatten Glück, wenn sie überhaupt am Leben blieben.«

Dafne schauderte und rückte näher an Milan heran. »Und deine Schwester?«

Milan schluckte schwer, bevor er weitersprechen konnte. »Sie haben Mirna irgendwo aufgegriffen und verschleppt. Ich weiß nicht, was aus ihr geworden ist. Ich habe lange nach ihr gesucht, auch nach dem Krieg, habe an alle Organisationen geschrieben, die es gab, aber ohne Ergebnis. Ich weiß lediglich, dass ihre beste Freundin sie in einem dieser Bordelle gesehen hat. Sie selbst konnte fliehen, weil sie sich tot stellte. Leider war meine Schwester schlecht im Lügen.« Erneut musste er schlucken und blickte dann starr geradeaus. »Diese Freundin meinte, sie sei schwanger gewesen. Doch selbst wenn sie das Kind zur Welt gebracht haben sollte, werden sie es ihr weggenommen haben, damit ihre eigenen Frauen eine neue Generation von Mördern großziehen können.«

»Milan«, sagte Dafne leise, doch er schüttelte den Kopf und ballte seine Hand zur Faust.

»Wahrscheinlich liegt sie in einem anonymen Massengrab, genau wie mein Vater. Seine Spur hat sich fast sofort verloren … Allerdings ist bekannt, dass höhere Militärs wie er die Ersten waren, die man umgebracht hat.«

Es fiel Dafne schwer, ihn direkt anzusehen. Seine Geschichte war von so präziser Grausamkeit, dass es kaum zu ertragen war. Dabei hatte er sie fast mechanisch abgespult, vermutlich weil es die einzige Möglichkeit war, überhaupt darüber zu sprechen. Und noch war nicht alles gesagt, das spürte sie.

»Und deine Mutter?«, fragte sie flüsternd und fürchtete sich schon jetzt vor der Antwort.

Milan presste eine Hand gegen die Brust, die andere umklammerte das Lenkrad. Ein Regentropfen fiel auf die Scheibe und teilte sich in winzige Spritzer.

»Das Armband um mein Handgelenk gehörte ihr.« Seine Stimme war ganz rau und kratzig, als weigerte sie sich, diese Worte hervorzubringen. »Sie wurde von einer Gruppe Soldaten vor meinen Augen vergewaltigt und ermordet. Ich kam bloß deshalb mit dem Leben davon, weil ich mich in einem Schrank versteckt hatte. Trotzdem habe ich alles gesehen. Alles.« Seine Stimme brach, und Dafne spürte, dass ihn der Schmerz fast um den Verstand brachte. »Zunächst haben sie sie geschlagen, dann nacheinander vergewaltigt, zu sechst. Ich habe gehört, wie sie sie ausgelacht und beschimpft haben. Als Erstes wurde sie vom Ranghöchsten vergewaltigt, und der überließ sie dann den anderen Soldaten mit dem Befehl, sie anschließend zu erschießen. Er hatte noch die Hosen in den Kniekehlen hängen, als er den Befehl gab«, fügte er hinzu. Er ließ den Kopf auf das Lenkrad sinken. »Ein Schuss, und sie war tot. Ihr Lachen, ihre Stimme, mit der sie mich jeden Morgen geweckt hatte, das alles war mit einem Mal vorbei. Ich weiß noch, dass ich schreien wollte, doch mein Schrei war stumm.«

Dafne legte ihren Kopf auf seine Schulter, strich ihm über den Arm. Sie konnte nichts sagen. Als er mit seinem Bericht fortfuhr, war seine Stimme voller Hass.

»Einige Tage habe ich das Haus nicht verlassen. Meine besten Freunde halfen mir, meine Mutter zu begraben, und ich habe ihr geschworen, dass ich sie rächen würde. Einer dieser Freunde hatte einen älteren Bruder, der in den richtigen Kreisen unterwegs war, und nach zehn Tagen habe ich mich mit ihm getroffen und ihm allen Goldschmuck und alles, was sich aus unserem Haus zu Geld machen ließ, gegeben. Alle sechs Soldaten haben ihre gerechte Strafe erhalten. Sie sind tot.« Er hielt kurz inne, dann fuhr er fort: »Einige Monate später adoptierte mich eine Familie, die mit mir nach Italien und später nach Paris zog. Anfangs konnte ich nicht einmal an Jugoslawien denken, ich hatte ständig Angst, dass jemand kommen und sich wegen des Mordes an den Soldaten an mir rächen würde. Erst nach Monaten legte sich die Angst, und ich begann wieder, nach meiner Schwester zu suchen, in der Hoffnung, dass wenigstens sie überlebt hatte. Vergebens. Trotzdem habe ich die Hoffnung nie ganz aufgegeben.«

Die Scheinwerfer eines vorbeifahrenden Autos blendeten sie, und das Licht fiel genau auf die Narbe an Milans Hals. Dafne strich darüber. Milan hielt den Atem an und schluckte, seine Halsschlagader pochte. »Das ist passiert, nachdem ich aus dem Schrank geklettert bin. Ich bin auf eine zerbrochene Flasche gefallen, als ich mich neben meine Mutter geworfen habe. Es hat gar nicht wehgetan – alles, woran ich dachte, war, meine Mutter vielleicht noch zu retten. Jedes Mal, wenn ich die Narbe im Spiegel gesehen habe, musste ich an ihren schrecklichen Tod denken, deshalb habe ich mir das Tattoo stechen lassen.«

Hilflos saß Dafne da.

Was sollte sie sagen, was tun? Es gab Dinge, bei denen tröstende Worte nicht halfen. Trotzdem wollte sie ihm helfen. Irgendwie. Ganz sanft strich sie über Milans kantiges Gesicht und betete, dass er ein wenig Frieden finden möge.

Frieden für sich und die Menschen, die er verloren hatte, und auch für sie beide. Sie waren beide zerstörte Seelen, zerbrochen wie die Dinge, die sie hingebungsvoll reparierten.

»Bitte geh nicht weg«, flehte sie ihn an und umfasste sein Gesicht mit ihren Händen. »Bleib hier, bleib bei mir.«

Sie sahen sich lange an, als ob sie sich zum ersten Mal wirklich wahrnehmen würden.

Ihre Lippen fanden sich zu einem Kuss, der nach Verzeihen, Sehnsucht und Vergessenwollen schmeckte und in dem sie sich wie Ertrinkende aneinanderklammerten. Seine Finger vergruben sich in ihren Haaren, während sie die salzigen Tränen schmeckte, die ihm die Wangen hinunterrannen.

Sie küssten sich erneut. Sein Kuss war warm und hingebungsvoll, seine Barthaare kratzten an ihrem Kinn, und seine Hände zogen sie noch fester an sich, bis es keine Distanz mehr zwischen ihnen gab und sie sich wie eins fühlten. Erst als erneut Scheinwerfer auftauchten und ein Auto anhielt, ließen sie voneinander ab. Das andere Auto hielt neben ihnen, und Mario stieg aus.

Nachdem Mario das Benzin aus dem mitgebrachten Kanister in den Tank gefüllt und sich verabschiedet hatte, fuhren Dafne und Milan schweigend zurück. Vor dem Tor von La Limonaia hielt Milan an.

Inzwischen war es bereits früher Morgen. Der tintenblaue Himmel begann sich am Horizont leicht lila zu verfärben, die Sterne wurden langsam blasser, und erste Sonnenstrahlen beleuchteten die Landschaft. Was jetzt? Dafne malte kleine Kreise auf die Innenseite der beschlagenen Scheibe.

»Dafne.« Am Klang seiner Stimme erkannte sie, dass er zurückrudern, ihre verzweifelten Küsse ungeschehen machen wollte.

Um ihm die Peinlichkeit zu ersparen, kam sie ihm zuvor, raffte ihr Kleid und stieg aus. »Gute Nacht, Milan.«

Er reagierte nicht. Sagte nichts, tat nichts. Stieg nicht aus, um sie zurückzuhalten.

Dafne kam sich vor wie im falschen Film. Bis zu dem Zeitpunkt, als Mario gekommen war, hatte es den Eindruck gemacht, als würde diese Nacht ganz anders enden. Jetzt sah es allerdings so aus, als wäre für sie mal wieder ein Traum geplatzt. Sie warf einen Blick über den im Winterschlaf liegenden Garten. Die Natur würde in ein paar Monaten zu neuem Leben erwachen – sie selbst nicht.

Ihr blieb nichts als die Erinnerung an eine Umarmung in einer kalten Winternacht.

Sie lief die Treppen hinauf, drückte die vertraute Holztür auf, lief in ihr Zimmer und warf sich aufs Bett. Gegen ihren Willen hatte sie sich wieder verliebt, aber als sie dem Gefühl nachgegeben hatte, hatte Milan sie alleingelassen, allein mit dem traurigen Klopfen ihres Herzens.

21

Als sie das Trockenfutter in Guaches Fressnapf schüttete, klang es wie ein leises Donnern. Die Katze lag zusammengerollt neben dem Schmiedeofen, spitzte die Ohren und lief maunzend zu ihrer Schüssel. Dafne streichelte ihr über den Rücken, verschloss die Packung und kehrte an den Schreibtisch zurück, wo sie sich die Hände an einer Tasse Tee wärmte. Da die Heizung nicht richtig funktionierte, war es in der Werkstatt mitunter sehr kalt.

Der Winter hatte nun auch in Torralta Einzug gehalten, nachts sank das Thermometer unter null Grad, und ein dünner weißer Schleier legte sich auf die Straßen. Bei den kalten Temperaturen verbrachte man die Abende am besten zu Hause vor dem Kamin. Dafne und Milan mussten mittlerweile jeden Morgen Schnee schippen, und manchmal halfen sie noch Mario, um sich bei ihm für das Ausleihen des Autos zu revanchieren. Über den Kuss sprachen sie mit keinem Wort, und als Mario sie einmal scherzhaft darauf ansprach, wie sorglos sie doch damals gewesen seien, schwieg Milan eisern.

Dafne selbst musste ständig an besagten Abend denken: wegen Milans Lebensbericht, wegen des Kusses und auch wegen der Zurückweisung, mit der alles geendet hatte und die seither anhielt. Milan verlor kein Wort über den Kuss und wahrte bei der Arbeit eine kühle, für Dafne fast unerträgliche Distanz.

Sie hätte so gern mit ihm gesprochen, über ihre Beziehung zu- und ihre Gefühle füreinander und natürlich über die Geschichte ihrer Urgroßeltern. Doch Milan blockte jeden Gesprächsversuch ab.

Es war zum Verzweifeln.

Da war es eine willkommene Ablenkung, als Mario eines Abends mit ein paar Flaschen Wein und einem kleinen Fass in der Werkstatt auftauchte. »Dafne, ich brauche dich. Es geht um Adelina«, fiel er direkt mit der Tür ins Haus und stellte schwer atmend die Flaschen ab. »Wenn du mir nicht hilfst, verliere ich wirklich den Verstand.«

Aufgeregt putzte er mit dem Ärmel seines Pullovers seine Brille, seine Wangen waren gerötet. Ganz Torralta wusste, dass er verrückt nach Adelina, der verwitweten Musiklehrerin, war, und jeder wusste, dass er zu schüchtern war, um es ihr zu gestehen. Deswegen wollte Dafne ihm bei seinem Vorhaben, Adelina zu beeindrucken, gern helfen.

»Und was schwebt dir vor?«

Mario rückte seine Brille zurecht und fing an zu stottern, wie immer, wenn ihm etwas unangenehm war. Er strich sich verlegen über den Pullover. Denn anders als sein hochgewachsener Bruder, ein angesehener Medizinprofessor und Spezialist für Herztransplantationen, war Mario klein, rundlich und unauffällig. Und ausgerechnet er war in die Frau verliebt, die man wegen ihrer besonderen Anmut in Torralta den Schwan nannte.

»Ich weiß nicht«, stammelte er, »vielleicht ein Geschenk?«

»Hm.« Sie zog die Schublade auf und nahm einen Korkenzieher heraus. »Scheint mir ein guter Anfang zu sein, ich brauche von dir jedoch ein paar Informationen, um wirklich das Richtige zu finden.«

»Was willst du wissen?«

»Hobbys, Lieblingsfarbe, Leidenschaften, solche Sachen.«

Mario öffnete den Wein und ließ ihn ein wenig atmen, während Milan die Gläser holte. Dieser warf einen Blick auf das Fass und zog überrascht die Augenbrauen hoch. »Und was willst du damit?«

»Eine Freundin von ihr ist meine Kundin, und sie hat mir erzählt, dass Adelina vor einigen Tagen einen Welpen gefunden und bei sich aufgenommen hat. Und da habe ich mich gefragt, ob man aus dem Fass nicht ein Hundekörbchen machen könnte. Wäre das nicht eine gute Idee? Dadurch würde sie jeden Tag an mich erinnert.«

Milan reichte Dafne ein Glas, sie nickte ihm zu und trank einen Schluck. Der Wein floss weich über ihren Gaumen und wärmte sie.

»Lass mich überlegen«, bat sie und betrachtete das kleine Eichenfass. Sie versuchte, sich ein Körbchen vorzustellen, einen Welpen, der sich darin zusammenrollte, tippte dann gegen den Stiel ihres Glases und sagte: »Das ist sogar eine sehr gute Idee, Mario! Das wird Adelina bestimmt gefallen. Wir teilen das Fass waagerecht in zwei Hälften, auf einer Seite sägen wir eine Öffnung als Einstieg aus, und dann wird das Ganze mit Kissen und Decken gepolstert, versteht ihr?«

Die beiden nickten bedächtig, und Mario goss ihnen ein zweites Glas Wein ein. Dafne blickte nachdenklich zur Decke und stellte ihr Glas ab. »Vielleicht können wir noch ein hübsches kleines Namensschild anfertigen. Weißt du, wie der Welpe heißt, Mario?«

Mario schüttelte den Kopf.

»Stella«, warf Milan ein und trank einen Schluck. »Adelina war vor einigen Tagen mit Signora Branciforti hier, und weil Guache ständig um sie herumgestrichen ist, sind wir ins Gespräch gekommen. Ich habe ihr von der Katze erzählt und sie mir von ihrem Hund.«

Dafne sah den Weinhändler begeistert an. »Stella wird ihr neues Körbchen lieben, du wirst sehen.«

»Meinst du?«

»Ganz sicher! Kein anderer Hund in Torralta wohnt so schön, da kannst du sicher sein.«

Milan verzog das Gesicht und stellte sein Glas ab. »Ich gehe duschen«, erklärte er abrupt und stieg die Treppe hoch. Die Balken knarzten, und schon bald hörte man das Wasser rauschen.

»Was hat er denn?«, erkundigte sich Mario, als er und Dafne allein waren. »Seit dieser komischen Wohltätigkeitsversammlung neulich kapselt er sich noch mehr ab als sonst.«

Gedankenverloren drehte Dafne ihr Glas in den Händen. »Ich weiß es nicht, Milan ist immer so geheimnisvoll.«

»Aber du gefällst ihm, das sieht selbst ein Blinder.«

Dafne zuckte mit den Schultern und sah zur Kredenz ihrer Großmutter hinüber, an der sie gerade arbeitete. Es war ein Geschenk von Levante gewesen, er hatte sie auf einer Reise in die Provence entdeckt. Jetzt wollte Dafne sie weiß beizen, die Scheiben aus dem oberen Teil herausnehmen und durch feinen Maschendraht ersetzen.

Eigentlich wollte sie sie seit Tagen fertigstellen, doch mit Milan im selben Raum konnte sie sich nur schwer konzentrieren.

»Du musst dich irren, Mario, wahrscheinlich geht es gar nicht um mich.« Dafne strich über die glänzenden dunklen Dauben des Fasses. »Eine sehr schöne Farbe«, lobte sie, stemmte die Hände in die Hüften und begutachtete die Beschläge und die Oberfläche des Holzes. »Das Fass ist in einem guten Zustand, das wird ein Meisterwerk – und ein tolles Geschenk«, fügte sie hinzu, um ihn aufzumuntern, während sich das Fass vor ihrem inneren Auge bereits in ein Körbchen für den kleinen Welpen verwandelte.

In diesem Moment kam Milan wieder nach unten, barfuß und mit einem Handtuch um die Hüften.

»Bauen wir dieses Körbchen oder nicht?«, fragte er.

»Natürlich, natürlich. Ich muss jetzt aber nach Hause, mein Rücken tut weh, seid mir nicht böse«, sagte Mario, nahm den Mantel vom Stuhl und setzte sich die Wollmütze auf.

Gerade als er nach draußen gehen wollte, sprang Dafne auf, nahm ihre Handtasche, wickelte sich ihren Schal um den Hals. »Ich komme mit«, sagte sie und wandte sich an Milan. »Bis morgen und eine gute Nacht.«

Milan stand reglos neben dem Tisch und sah ihr nach. Guache strich miauend um die Beine ihres Herrchens, und er nahm sie auf den Arm. »Gute Nacht, Dafne«, rief er ihr nach.

Verärgert und gekränkt stapfte Dafne durch den Schnee. Am liebsten wäre sie umgekehrt, doch das hätte nichts genutzt, sie hätte es am Ende nur bereut. Es gefiel ihr nicht, wie Milan nach diesem Abend mit ihr umging. Sie konnte nicht einfach neben ihm arbeiten, ohne frustriert zu sein – das packte sie nicht. Sie waren sich an diesem Abend so nah gekommen – und jetzt, jetzt war er ihr fremder als je zuvor. Wahrscheinlich bereute er bereits, so viel von sich preisgegeben zu haben, und schottete sich deshalb noch mehr ab. Vielleicht hatten die Erlebnisse in Sarajevo ihn aber auch so nachhaltig gebrochen, dass er unfähig zu einer Beziehung war. Er war wie ein einsamer Wolf, der seine ganze Liebe auf eine Katze richtete.

Und was war mit ihr? Ihr blieb als Gesellschaft das Mädchen mit der roten Baskenmütze, das gleichzeitig mit Milan in ihr Leben getreten war und sie regelmäßig im Traum besuchte. Dafne mochte sie, wenngleich sie nicht wusste, wer sie war und was sie für sie bedeutete.

Während sie nach Hause lief, sah sie, wie ein Auto mit Schneeketten langsam den Hügel hochfuhr, auf der gegenüberliegenden Straßenseite schaute jemand im Wohnzimmer fern, und ein Haus weiter stand ein Mädchen am Fenster und hielt ein Buch in der Hand. Ein Vokabelheft vielleicht, denn Dafne sah, dass es sprach und zwischendurch immer wieder auf die Vorlage schaute. Es hatte ein hübsches, sanftes Gesicht und war in eine Decke gewickelt. So stellte sich Dafne Milans Schwester Mirna vor, verschwunden in einem Krieg, der von den Menschen und der Geschichtsschreibung langsam vergessen wurde.

Als sie das Tor zum Haus der Großmutter öffnete, schoss ihr plötzlich ein Gedanke durch den Kopf: Und wenn das Mädchen mit der Baskenmütze Milans Schwester war?

Als sie den Gedanken laut wiederholte, glaubte sie ein Mädchen mit blonden Zöpfen lächeln zu sehen, das die Hände in ihre Richtung ausstreckte.

War das wieder ein Zufall oder doch ein Hinweis?

Dafne rieb sich die Augen, doch die Gestalt verschwand nicht. Jetzt stand sie schemenhaft auf der anderen Straßenseite. Kein Zweifel, das war das Mädchen aus ihren Träumen.

»Wer bist du?«, murmelte sie und wollte sie berühren, aber in dem Moment, als sie die Gitter des Tores berührte, um es zu schließen, löste sich das Bild auf.

Hektisch sah Dafne sich um, im schneebedeckten Garten war es still, hinter den beschlagenen Scheiben hörte man Clelia pfeifen.

Wie war das möglich? Das Mädchen hatte so real ausgesehen. Mit wem hatte sie etwas zu tun? Bestand eine Verbindung zu ihrer Familie, zu Maria Elena? Oder gehörte sie in Milans Familiengeschichte? Ein plötzlicher Schmerz durchzuckte sie bis ins Herz. »Und wenn sie wirklich Milans Schwester ist?«, fragte sie in die dunkle Nacht hinein.

22

Bis zu ihrer Abfahrt nach Rom, wo sie und Milan die Journalistin treffen wollten, waren es keine zwölf Stunden mehr. In Torralta regnete und stürmte es seit zwei Tagen, die Böen erreichten Geschwindigkeiten von über einhundert Stundenkilometern. Dem Wetter entsprechend machte die Weihnachtsbeleuchtung einen eher traurigen Eindruck, die Regenrinnen waren voller Tannenzweige, der Wind wirbelte die Reste von Girlanden durch die Luft. Mal schneite es, mal regnete es, mal fielen walnussgroße Hagelkörner vom Himmel.

»Wann das wohl aufhört?«, fragte sie sich, während sie letzte Hand an die Kredenz der Großmutter legte – sie wollte ein Foto davon mit nach Rom nehmen.

In den letzten Tagen hatte sie der Gedanke an das Mädchen mit der roten Baskenmütze immer wieder von der Arbeit abgelenkt. Nachdem sie neulich diese Gestalt gesehen hatte, waren in den folgenden zwei Nächten Maria Elena und ihr Soldat durch ihre Träume gewandert. Doch Dafne traute sich einfach nicht, Milan zu fragen, was er darüber dachte. Ihr Kontakt reduzierte sich inzwischen auf ein Minimum. Er lebte in einer Welt, in die ihr der Zutritt verboten war.

So auch jetzt. Sie standen nur wenige Meter voneinander entfernt, aber keiner wagte es, den anderen anzusehen. Dafne hatte die feindselige Stille nun wirklich satt und ging in die Offensive. »Ich muss mit dir reden«, sagte sie und trommelte mit den Fingern auf den Tisch, an dem er arbeitete.

Ein Hammerschlag hallte durch die Luft. Milan wischte sich mit der Hand über die Stirn und holte erneut aus. »Können wir das nicht verschieben?«

Sie blieb hartnäckig. »Nein, können wir nicht. Es ist wichtig.«

Ein Blitz tauchte die Werkstatt plötzlich in ein helles, kaltes Licht, ein heftiger Donner folgte, dann knisterte es, als ob Kabel durchgebrannt wären. Die Alarmanlage der nahen Bank schrillte, dazu die einiger geparkter Wagen. Dann war es still und stockfinster in der Werkstatt.

Dafne tastete sich zum Telefon und nahm den Hörer ab. Die Leitung war tot. »Wir sind von der Außenwelt abgeschnitten«, stellte sie fest.

Milan fluchte, schaltete den Ofen aus und warf sein Werkzeug beiseite, Dafne suchte im Halbdunkel zusammen, was mit nach Rom sollte, Guache hatte sich unter dem Arbeitstisch verkrochen.

Milan ließ ein letztes Mal den Hammer niedersausen. »Das hat uns gerade noch gefehlt.«

»Stimmt«, bestätigte Dafne und holte ihr Handy aus der Tasche, um bei Clelia anzurufen. Auch bei ihr war der Strom ausgefallen.

»Sag Milan, er soll heute Abend zu uns zum Essen

kommen und bei uns übernachten. Das ist ohnehin bequemer.«

»Großmutter, ich glaube nicht …«

»Sag es ihm und Schluss. Wenn er was Besseres zu tun hat, wird er es dir schon sagen.«

Obwohl der barsche Ton ihrer Großmutter sie ärgerte, gab sie nach. »Gut, ich werde es ausrichten.«

Obwohl sie felsenfest damit gerechnet hatte, dass er Nein sagen würde, stimmte er zu Dafnes Überraschung zu.

Eine Weile standen sie in der zunehmenden Dunkelheit untätig am Fenster und sahen dem unheimlichen Naturschauspiel zu. Langsam schien der Regen nachzulassen, denn immer mehr Passanten wagten sich wieder auf die Straße.

Unter dem Werkstattdach hatte ein Pärchen Schutz gesucht, das sich verliebt küsste. »Ist der Optimismus der Verliebten nicht etwas Herrliches?«, sagte sie zu Milan, ohne ihn anzusehen. »Alles wird für sie zu einer Chance, etwas gemeinsam zu erleben oder zu bewältigen. Jeder Schritt, den sie gehen, ist voller Liebe.« Als er nicht reagierte, fügte sie hinzu: »Als ob Schmerz und Kummer niemals existiert hätten oder völlig unwichtig geworden wären.«

Jetzt trat ein bitteres Lächeln auf sein Gesicht. »Schade, dass das alles bloß eine Illusion ist.«

»Ich weiß, das Böse lässt sich nicht besiegen.«

»Nein, die Liebe ist nichts als eine Illusion, wie die Tricks eines Taschenspielers«, stellte er klar und versank dann wieder in dumpfes Schweigen. Dann drehte er sich zu ihr. »Wie es scheint, macht das Unwetter eine Pause. Sollen wir los?«

Mist, er wollte definitiv nicht über sie beide sprechen. Die neuerliche Abfuhr schmerzte Dafne, auch wenn sie mittlerweile eigentlich daran gewöhnt sein sollte.

»Natürlich«, sagte sie knapp, während er rasch ein paar Sachen packte. »Lass uns gehen.«

Auch das Abendessen verlief recht schweigsam. Es gab Maltagliati mit Kichererbsen und Lammschenkel mit Rosmarinhonig. Obwohl das Essen hervorragend schmeckte, kam auch an diesem Abend keine gute Stimmung auf.

»Ich zeige dir dein Zimmer«, sagte Dafne nach dem Dessert, während Milan die Serviette neben seinen Teller legte und sich bei Clelia für das Essen bedankte. Dann gingen sie durch das schwach beleuchtete Wohnzimmer die Treppen hoch in den ersten Stock, wo die Schlafzimmer lagen.

Sie deutete auf die Tür zu ihrer Rechten. »Da ist dein Zimmer«, sagte sie, öffnete die Tür und schaltete das Licht ein, das inzwischen wieder funktionierte. Der Raum war so hell und freundlich eingerichtet wie das ganze Haus.

»Meine Großmutter scheint zu befürchten, dass du schrecklich frieren könntest.« Dafne deutete auf den Deckenhaufen, unter dem schokobraune Kissen hervorlugten.

»Möglich. Jedenfalls ist es hier bestimmt weniger kalt als in der Mansarde«, erwiderte Milan und stellte das Gepäck auf dem Boden ab, musterte das Nachtschränkchen, auf dem eine Lampe und eine blaue Milchkanne aus Emaille voller getrockneter Pfingstrosen standen. Er wischte ein abgefallenes Blütenblatt weg.

Der Anblick schmerzte Dafne. »Die Schönheit der Pfingstrose ist vergänglich, genau wie das Leben selbst«, sagte sie leise. »Manchmal ist es ein Verbrechen, es so ganz nebenbei verrinnen zu lassen.«

Als Milan sie ansah, wich sie zurück. »Gute Nacht«, verabschiedete sie sich rasch und ging zur Tür.

Milan trat ans Fenster. Draußen pfiff unverändert der Wind um das Haus, der Regen prasselte gegen die Scheibe und ließ am Boden den Schnee schmelzen. »Gute Nacht«, sagte er, obwohl sie längst verschwunden war.

Dafne lag im Bett und starrte an die Decke, vier massive, zu einem Quadrat verbundene Holzbalken, in denen sich im Sommer manchmal Leuchtkäfer verkrochen. Sie hätte ihr Licht jetzt gut gebrauchen können, um diese Nacht zu überstehen.

Sie hatte wieder von dem Mädchen mit der Baskenmütze geträumt und von Maria Elena und ihrem Soldaten, die sich in den Armen gelegen hatten, umhüllt von Spiralen aus blauem Wind. Dann war sie schweißgebadet aus dem Schlaf hochgeschreckt.

Vergeblich versuchte sie wieder zur Ruhe zu kommen, wartete auf den nächsten Blitz, den nächsten Donner, denn das Unwetter war noch immer nicht vorbei. Wie ein Kind rollte sie sich unter der Decke ganz klein zusammen. In ihrem Zimmer herrschte ein vertrautes Chaos. Der Schreibtisch war mit Zeichnungen und Zetteln übersät, Klamotten lagen verstreut herum, neben der Tür stand der gepackte Koffer für ihre Reise nach Rom, der Hauptstadt ihrer Erinnerungen.

Milan schien im Nachbarzimmer ebenfalls nicht schlafen zu können, sie hörte, wie er sich im Bett hin und her wälzte, wie dabei das betagte Bettgestell knarzte. Dann wurde eine Tür geöffnet, und Füße tappten leise über den Flur und die Treppe hinunter. Dieses Geräusch kannte sie schon aus anderen Nächten: Seit dem Tod ihres Mannes schlief Clelia schlecht. Das alte, hellhörige Haus verriet ihr nächtliches Herumwandern.

Dafne ging alles Mögliche durch den Kopf. Der rätselhafte Milan, die vereinsamte Clelia, der tote Levante, der treulose Ettore, die bevorstehende Fahrt nach Rom – und all diese Gedanken hinderten sie am Schlaf, den sie eigentlich so dringend brauchte. Dafne beschloss, es mit einem alten Hausmittel zu versuchen, das ihr bereits in ihrer Kindheit geholfen hatte: warme Milch mit Honig. Sie schlug die Decke zurück und lief barfuß die Treppe hinunter in die Küche, wo, wie erwartet, Licht brannte.

»Großmutter?«, rief sie und trat ein. Doch statt Clelia erkannte sie Milan, der Schubladen öffnete und wieder schloss und ganz offensichtlich etwas suchte. Sie biss sich auf die Lippen, um nicht amüsiert zu lächeln.

Seit Levantes Tod war er der erste Mann, der sich in der Küche zu schaffen machte, und das fand sie irgendwie schön.

»Brauchst du Hilfe?«, erkundigte sie sich und hoffte zugleich, dass die Intimität der nächtlichen Begegnung eine Gelegenheit bieten würde, die Spannungen der vergangenen Tage aus der Welt zu schaffen und zu ihrer alten Vertrautheit zurückzukehren.

Erschrocken blickte er auf. »Ich suche etwas, um mich zu entspannen, vor Reisen bin ich immer nervös und kann nicht schlafen.«

»Verstanden, lass mich mal machen.«

Sie ging auf ihn zu, und als sie sich versehentlich berührten, fühlte es sich an, als ob in ihr ein Feuerwerk explodierte, aber sie ließ sich nichts anmerken. Scheinbar gelassen nahm sie einen Topf aus dem Schrank, füllte Milch hinein und stellte ihn auf den Herd. Sie wartete, bis sich ein feiner Schaum auf der Oberfläche gebildet hatte, goss die Flüssigkeit in zwei große Tassen und griff nach dem Topf mit dem Akazienhonig.

»Wie viele Löffel?«

»Honig?«, fragte er skeptisch und rümpfte die Nase.

»Klar, du willst doch schlafen, oder?«

»Na gut. Wenn das hilft, dann so viel wie möglich von dem Zeug. Drei Löffel vielleicht?«

Dafne lachte, rührte reichlich Honig in beide Tassen, legte noch ein paar Kekse auf einen Teller und stellte alles auf den Tisch. Dann setzte sie sich neben ihn.

Schweigend tranken sie ihre Milch. Auch wenn sie die

Stille kaum ertrug und ihr so vieles auf der Seele lag, was sie mit ihm besprechen wollte, fand sie nicht die Kraft dazu.

»Ich bin nicht einverstanden«, sagte sie dann völlig unvermittelt.

Milan musterte sie sichtlich verdutzt. »Womit?«

»Mit dem, was du in der Werkstatt über Liebe gesagt hast. Liebe ist etwas Wunderbares und kein Taschenspielertrick. Sie hilft uns, unsere Wahrnehmung zu vertiefen, durch sie lernen wir neue Welten kennen und erleben unsere Menschlichkeit. Jemanden zu lieben, zwingt dich dazu, dich mit dir selber auseinanderzusetzen, über das Wir nachzudenken, ohne das Ich zu verlieren. Aber vor allem bist du nie mehr allein – Liebe ist eine magische Kraft.«

Er nahm sich einen Keks und brach ihn durch. »Warum macht dir die Einsamkeit solche Angst? Findest du den Gedanken ans Alleinsein wirklich so unerträglich?«

Dafne kuschelte sich in den Schal, den Clelia auf dem Stuhl hatte liegen lassen, und fragte sich, warum in Milans Worten so viel Groll angeklungen war.

»Ja, finde ich«, erwiderte sie nach längerem Nachdenken. »Die Einsamkeit macht dich innerlich leer, trocknet dich aus. Ich glaube nicht, dass es jemanden gibt, der sich nicht vor ihr fürchtet.«

»Ich fürchte mich nicht davor.«

Sie verzog den Mund und nickte, sie hatte diese Antwort erwartet, sie geradezu provoziert. Gedankenverloren wickelte sie sich eine Haarsträhne um den Finger und mied seinen Blick. Sie hatte Angst, in seinen Augen den Vorwurf zu sehen, alles falsch gemacht zu haben.

»Das meinst du nicht ernst.«

»Nein?« Herausfordernd sah er sie an.

»Ich will das nicht glauben, nein. Selbst das Paradies ist nicht das Paradies, wenn man es nicht mit jemandem teilen kann. Warum sonst hätte Gott Adam seine Eva gegeben?«

»Ich glaube nicht an Gott.«

»Ob du daran glaubst oder nicht, spielt keine Rolle. Menschen leben seit Jahrtausenden mit dieser Gewissheit.«

Die Standuhr schlug zur vollen Stunde. Sie atmete tief durch und trank noch einen Schluck Milch. Jetzt oder nie, dachte sie.

»Maria Elena und Augustus Klammer, der Soldat auf dem Foto, sie haben sich geliebt. Trotz aller Hindernisse, die man ihnen in den Weg gelegt hat, wussten sie, dass sie nichts Falsches taten. Wer liebt, kann nichts falsch machen. Und auch wenn das Schicksal sie getrennt hat, haben sie nicht aufgehört sich zu lieben. Menschen tun das vom Beginn der Zeit an, das ist unsere Natur, Milan, wir können sie nicht verleugnen.«

Er schluckte schwer und sah sie alarmiert an. »Augustus Klammer?«

»Ja, so lautete sein vollständiger Name.« Sie senkte den Blick. »Kurz nach meiner Rückkehr aus Meran ist mir wieder eingefallen, dass du den Namen deines Urgroßvaters genannt hast: Klammer. Daraufhin habe ich in dem Meraner Hotel angerufen und darum gebeten, im Personalregister nachzuschauen. Und da tauchte ein Augustus Klammer auf, der im Hotel als Page gearbeitet hatte. Ich hätte gerne früher mit dir darüber gesprochen, aber es hat sich einfach keine Gelegenheit dazu ergeben.« Sie fröstelte. »Hans hat mir eine Nachricht geschickt und das bestätigt. Dass meine Urgroßmutter dort Gast war, wusste ich ja bereits vorher.«

»Wer ist Hans?«

»Der Direktor des Grand Hotel Meran.«

»Ah.«

»Es steht eindeutig fest, dass dieser Augustus Klammer Maria Elenas große Liebe und der Vater meiner Großmutter Adele war. Und damit mein Urgroßvater – und vermutlich genauso deiner. Außer es gab noch eine Person dieses Namens.«

Schweigend schob er seinen Stuhl zurück, ging seine Tasse ausspülen. »Gute Nacht, Dafne«, sagte er bloß, dann war er weg.

»Wir scheinen kaum etwas anderes zu tun, als uns Gute Nacht zu wünschen«, murmelte sie verdrossen. Dabei hätte sie so gerne ihren Kopf auf seine Schulter gelegt und die Magie wiedergefunden, die sie in dieser Nacht gespürt hatte. Doch nach ihrem Kuss schien er ein anderer Mensch geworden zu sein. Ein Mensch, der sie mit ihren Gedanken und den vielen Fragen einfach in der Küche sitzen ließ.

23

Clelia folgte Levantes altem Alfa Romeo bis zum Tor und schwenkte ein Taschentuch. »Ruft an, wenn ihr da seid!«, schrie sie, und Dafne hupte zur Bestätigung.

Im Auto war es still, nur das Radio lief.

»In Rom scheint das Wetter besser zu sein«, sagte Dafne, um die Stille zu durchbrechen, aber Milan schaute weiter aus dem Fenster auf die kahlen Weinstöcke, die aussahen wie eine Gespensterarmee. Nebelschwaden wanderten über die Hügel.

Es war kalt und ungemütlich im Auto, und Milan drehte die Heizung hoch.

»Wird nicht viel bringen – sie funktioniert nicht richtig«, erklärte Dafne bedauernd und setzte trotz des Verbotsschilds zum Überholen an. Auf der Mittelkonsole schrillte ihr Handy.

»Soll ich dir dein Telefon geben?«

»Nein, lass mal. Wenn wir anhalten, schau ich nach, wer angerufen hat. Ich könnte sowieso einen Kaffee gebrauchen.«

Am nächsten Rastplatz machten sie halt.

Inzwischen war die fahle Sichel des Mondes vom Himmel verschwunden und hatte der Sonne Platz gemacht, die sich in den Glasfronten der Autobahnraststätte spiegelte.

Versonnen schaute Milan in das rosafarbene Licht. »Diese Stunde des Tages liebe ich besonders. Ich könnte stundenlang zusehen, wie sich der Himmel langsam verändert.«

Dafne nahm einen Schluck Cappuccino und checkte ihr Handy. Es war Ettore gewesen, der sie angerufen hatte, und diesmal hatte sie ihn zurückgerufen. Sie hatte ihm unmissverständlich erklärt, dass er sie endlich in Ruhe lassen sollte. Obwohl sie versuchte, den Cappuccino zu genießen, war sie noch immer aufgewühlt.

»Du hättest in jedem Fall Gesellschaft«, griff sie Milans Bemerkung auf und deutete auf die müden Lastwagenfahrer, die sich ihre Thermosflaschen füllten und ebenfalls den Sonnenaufgang betrachteten. »Entschuldige, ich habe ganz vergessen, dass du die Einsamkeit vorziehst«, fügte sie spitz hinzu, trank den Cappuccino aus und stand auf.

Als sie zurück zum Auto gingen, griff er plötzlich nach ihrer Hand. »Warte«, bat er.

Sie wehrte sich nicht, als Milan über die Narbe an ihrem Handgelenk strich wie die Romni, die ihr die Zukunft vorhergesagt hatte.

»Was ist? Sag bloß, du willst reden?«, erkundigte sie sich.

Er seufzte. »Ich wusste es, Dafne – ich wusste, dass es sich bei dem Soldaten auf dem Foto um meinen Urgroßvater handelte. Ich hab es die ganze Zeit gewusst.«

»Aber warum hast du denn nichts gesagt?«

Sie stiegen in den Wagen, doch sie machte keine Anstalten loszufahren.

»Bei uns zu Hause haben wir oft über Augustus gesprochen, über seine Bedeutung als Forscher.«

»Warum hast du mir nicht gesagt, dass du Bescheid weißt?«, fragte sie wieder und fühlte Zorn in sich aufsteigen. »Du hast mich bis nach Meran fahren lassen und kanntest längst die Antwort?«

»Ich weiß es nicht«, wich er aus. »Außerdem ging es bei dieser Reise ja vor allem um deine Urgroßmutter.«

»Das ist doch lächerlich.« Sie sah ihn an, als ob er ein Fremder wäre, ein Eindringling in ihrem Auto. »Du hättest es mir sagen müssen, unbedingt!« Sie fuhr sich mit den Händen übers Gesicht, konnte einfach nicht glauben, was er ihr da gerade eröffnet hatte und mit was für fadenscheinigen Entschuldigungen er sich jetzt herausreden wollte. »Mein Gott, Milan. Es geht um meine Familie und um deine! Sind Menschen dir so unwichtig, dass dich das gar nicht berührt?«

Sie schüttelte verletzt den Kopf. Sie kam sich manipuliert und belogen vor. Dieser Mann war ihr fremd, und dennoch hatte sie sich in ihn verliebt. Vielleicht weil sie wusste, dass er ihr ungeachtet aller Probleme so ähnlich war.

»Was bist du eigentlich, eine Art Automat, dem man ein Herz aus Stahl eingepflanzt hat? Was zum Teufel hast du da drin?«, stieß sie wütend hervor und deutete auf Milans Brust.

Er nahm ihre Hände und hielt sie fest. »Meine Erinnerungen, das, was von meiner Familie übrig geblieben ist und was ich schützen will«, sagte er leise. »Maria Elena ist Teil deiner Familie. Sie war zweifellos eine außergewöhnliche Frau und ihre Tochter Adele ebenso – das muss sie gewesen sein, wenn sie den Mut besessen hat, ihrem Mann in den Untergang zu folgen. Und auch Clelia ist wunderbar, sie hat dich wie ihr eigenes Kind oder wie ihre leibliche Enkeltochter behandelt.«

»Was hat meine Familie mit deinen Erinnerungen zu tun?«

»Warte.« Er legte ihr den Zeigefinger auf die Lippen. »Deine Familie ist durch und durch gut. Bei den Klammers, der Familie meiner Mutter, stimmte das nicht für alle. Unsere Familien verbindet neben dieser Liebesgeschichte noch etwas anderes, etwas Schreckliches.«

»Milan, niemand will dir die schönen Erinnerungen an deine Mutter und an deine Familie nehmen, und darüber hinaus ist mir völlig schleierhaft, was deine Erinnerungen beschädigen könnte«, gab sie verständnislos zurück.

Es war Zeit für die Wahrheit.

Er lächelte angespannt, und in seinen Augen lag ein unendlich trauriger Ausdruck. »Ahnst du es denn immer noch nicht?«

»Ich fürchte, nein, hilf mir.«

»Ich habe dir erzählt, dass mein Urgroßvater eine bosnische Frau geheiratet hat, sie hieß Maria. Sie hatte schwere psychische Probleme, die sie in den Selbstmord getrieben haben, erinnerst du dich?«

»Ja, und?«

Er atmete tief durch. »Maria hat einen Brief deiner Urgroßmutter an ihren Ehemann abgefangen, in dem sie ihm vom Tod ihres Mannes erzählte und um ein Treffen bat. Es lagen wohl eine Adresse und ein Foto bei, auf dem sie glamourös wie ein Filmstar aussah. Eine Schönheit, von der meine dünne, eher unansehnliche Urgroßmutter nur träumen konnte. Du siehst, Maria Elena hatte sehr wohl herausgefunden, was aus ihrer großen Liebe geworden war. Aber ihr Brief erreichte Augustus nie. Er fand ihn erst viele Jahre später nach dem Selbstmord seiner Frau in einer Schublade.

Für ihn war das ein harter Schlag. Danach hörte er auf zu forschen, schloss sich in seine Praxis ein und behandelte nur noch einige wenige Patienten. Es ist nicht leicht zu verkraften, dass man mit der Mörderin der einzigen Frau, die man jemals geliebt hat, verheiratet gewesen ist.«

»Woher wusste er denn davon? Hat sie es ihm etwa selbst gestanden?«, hakte Dafne nach.

»Nein, das hat sie nicht. Aber sie wurde wegen ihrer psychischen Krankheit in einer Nervenheilanstalt behandelt, und dort hat sie es zugegeben.«

Dafne presste die Lippen zusammen, dachte an Clelias Version der Geschichte zurück, an ihren Bericht, wie sie als kleines Mädchen den Tod der Mutter miterleben musste.

»Also war es Maria, die an diesem Sonntagnachmittag in das Haus meiner Urgroßmutter kam?«

Milan sah sie betreten an. »Ja. Deshalb wollte ich dir das alles nicht sagen. Ich wollte, dass alles eine Hypothese bleibt und kein Verdacht auf meine Familie fällt – ich hatte schlicht Angst, dass die Wahrheit alles noch schlimmer machen würde.« Erschöpft lehnte er sich in seinem Sitz zurück. »Außerdem habe ich mich geschämt.«

»Milan, ich …« Dafne wurde von den widersprüchlichsten Gefühlen überschwemmt, sie drohte in ihnen zu ertrinken. Dieses Gespräch verlief so anders, als sie es sich vorgestellt hatte. Die Verbindung zwischen ihren beiden Familien bestand keineswegs allein in einer großen unerfüllten Liebe, sondern zudem in einem heimtückischen Mord. So also sah die Wahrheit aus, nach der sie so lange gesucht hatte. Eine krankhaft eifersüchtige Frau hatte das Geheimnis entdeckt und war zur Mörderin geworden.

Wie würde Clelia darauf reagieren? Dafne war sich nicht sicher, ob sie der Großmutter diese schreckliche Wahrheit überhaupt zumuten sollte. Sie fürchtete, es könnte zu viel für Clelias schwaches Herz sein. Vielleicht war es besser, es blieb ein Geheimnis, das sie allein mit Milan teilte. Denn trotz ihres Entsetzens glaubte sie weiter fest daran, dass Milan und sie sich nicht zufällig begegnet waren. Sie glaubte vielmehr daran, dass das Schicksal oder irgendeine geheimnisvolle Macht sie zusammengeführt und auf die Spur von Maria Elena und Augustus gebracht hatte, damit sie die Wahrheit herausfanden und vielleicht diese große Liebe weiterlebten und sie erfüllten.

Eine späte Wiedergutmachung für das Unglück, die ihren Urgroßeltern versagt geblieben war.

Dafne holte tief Luft. »Der Mord an Maria Elena hat nichts mit dir zu tun, nichts mit deiner Mutter oder ihren Eltern und auch nicht mit Augustus. Keiner von euch hatte an diesem Sonntag die Hand am Abzug – und was Maria betrifft: Ich denke, sie hat schwer für ihre Tat gebüßt. Schließlich hat sie sich umgebracht, weil sie mit dieser Schuld nicht mehr leben konnte. In dieser Geschichte ist nun genug Blut vergossen worden.«

»Dafne …«

Sie hob abwehrend die Hand und startete den Motor. »Lass uns fahren, sonst kommen wir nie an.«

Plötzlich spürte sie, wie sich Milan zu ihr herüberbeugte und sie in eine Umarmung zog, in der sie verschwand. Sie gab allen Widerstand auf, legte den Kopf auf seine Schulter und überließ sich ganz ihren Gefühlen. Ja, sie gehörten zusammen wie die Zwillingsuhren, sie teilten eine Vergangenheit und eine verletzliche Seele.

24

Dafne öffnete mit der Magnetkarte die Tür ihres Hotelzimmers, während Milan noch bewundernd auf die Stuckverzierungen an der Decke blickte, auf die Gemälde und Tapisserien, die die Wände bedeckten. In den Fluren standen ebenso wie im Foyer mit Blumen gefüllte Vasen, den Boden bedeckte ein weicher blauer Teppich. Die Journalistin hatte das hübsche Hotel in einem Palazzo nahe dem Pantheon für sie reserviert. Dafne hatte ihre Wohnung fürs Erste untervermietet, und so mussten Milan und sie auf ein Hotel ausweichen. Außerdem spürte Dafne, dass sie gar nicht unbedingt in diese Wohnung zurückwollte. Sie hatte das Gefühl, sich längst davon gelöst zu haben.

Doch die Gewissheit, dass die romantische Liebesgeschichte ihrer Urgroßmutter in Wirklichkeit eine wahre Tragödie war, machte ihr nach wie vor zu schaffen. Es würde sicher dauern, bis sie das richtig verarbeitet hatte. Doch jetzt schob sie die Gedanken an die traurige Vergangenheit beiseite.

Sie hatte Milan versprochen, sich ganz auf das Interview zu konzentrieren.

»Keine Diskussionen, kein Handy, kein Herumzeigen

von alten kaputten Uhren und Fotos«, hatte er verlangt, und sie hatte zugestimmt.

Rom war zwar nicht mehr die Stadt, in der sie sich zu Hause fühlte, aber dennoch war sie ihr sofort wieder vertraut. Wenn sie in die Gassen eintauchte, war es, als wäre sie nie fort gewesen. Und sie genoss die unbeschwert dekadente Atmosphäre, die die Ewige Stadt auszeichnete. Touristenströme bevölkerten die Bars, standen sogar unter Heizpilzen im Freien, tranken Cappuccino oder Wein und aßen zu allen Tages- und Nachtzeiten Pizza. Straßenmusiker spielten Jazzmelodien, und die zahlreichen Pferdekutschen, die über das Kopfsteinpflaster rollten, erinnerten an ein Rom, das es längst nicht mehr gab.

Ich liebe diese Stadt, dachte Dafne und zog den Schal fester um sich, während sie sich mit Milan in das vorweihnachtliche Gewimmel stürzte. Ganz Rom schien so kurz vor dem Fest auf der Suche nach dem perfekten Geschenk zu sein. Insbesondere die großen, berühmten Einkaufsstraßen im Zentrum waren voller Menschen, die sich mit Unmengen von Einkaufstüten und Paketen abschleppten. Die ganze Welt schien sich in Rom versammelt zu haben.

»Wunderbar ist es, solange man nicht hier leben muss«, meinte Eleonora Presto, die im Caffè della Pace, einem Traditionslokal am Chiostro del Bramante, auf sie wartete. Dafne drückte ihr die Hand und setzte sich mit Milan zu ihr. Die Journalistin war eine typische Frau aus dem Süden, hatte lange dunkelbraune Haare, einen eher dunklen Teint und Katzenaugen, deren Form sie mit einem Eyeliner noch betonte. Sie trug ein cremefarbenes Kostüm, das ihre kurvige Figur perfekt zur Geltung brachte – sie war definitiv eine Frau, der man auf der Straße hinterhersah.

»Seid ihr jetzt erst angekommen, oder habt ihr schon eine Runde durch Rom gedreht?«, fragte sie, als die Kellnerin ihre Getränke brachte.

»Wir sind gegen Mittag angekommen«, antwortete Dafne. »Ich habe ein paar Jahre in Rom gelebt, bin aber vor Kurzem wieder nach Hause zurückgekehrt – ich kenne mich also aus und freue mich, mal wieder hier zu sein. Die Stadt ist einfach aufregend: einerseits zeitlos, weil alles so bleibt, wie es ist, andererseits in ständiger Bewegung, jedenfalls auf den ersten Blick.«

Sie tupfte sich den Mund mit der Serviette ab und sah zu dem Restaurant auf der anderen Straßenseite hinüber. Dort hatte sie einmal mit Ettore gegessen, er hatte es als Arbeitsessen ausgegeben, und sie hatte ihm geglaubt. So hatte es zwischen ihnen angefangen, jetzt war diese Beziehung bereits Geschichte – wie so vieles in Rom.

Sie wandte den Blick ab und begann sich mit Eleonora über ihre Arbeit zu unterhalten, ihre Objekte in der Werkstatt und das Interview am nächsten Morgen, bei dem der Fotograf anwesend sein würde. Milan blieb eigenartig schweigsam. Als die Journalistin zur Kasse ging, um zu bezahlen, erkundigte sich Dafne, was mit ihm los sei.

Er verschränkte die Arme vor seinem nachtblauen Hemd. »Ich finde diese Frau sterbenslangweilig und verstehe ehrlich gesagt nicht, warum ich mir das hier anhören muss, wo sie offensichtlich gar nicht an meiner Arbeit interessiert ist.«

Unschlüssig sah Dafne sich um, Eleonora stand noch in der Schlange an der Kasse, draußen rollten Pferdekutschen mit in warme Decken gehüllten Pärchen vorbei, die bei Dafne eine tiefe, unerfüllte Sehnsucht auslösten.

»Gut, wir verabschieden uns, und dann drehen wir eine Runde, vielleicht erst zum Fluss und dann ins Kino, was meinst du?«

Lächelnd nickte er, wirkte jetzt wieder ganz sanft. Sie entschieden sich für *Krieg und Frieden* mit Audrey Hepburn und Vittorio Gassman in den Hauptrollen.

Der Film wurde in einem kleinen Kulturzentrum gezeigt, das sich der Präsentation von Literaturverfilmungen verschrieben hatte. Als sie ankamen, war der Vorführraum bereits gut gefüllt. Sie drückten sich eng aneinander und hielten sich an den Händen, weil es nicht gerade warm war. Flüsternd kommentierten sie einige Szenen, und als Dafne vor Rührung Tränen über die Wangen rollten, reichte Milan ihr ein Taschentuch. Jedenfalls fühlte sie sich nach Ende des Films zu aufgewühlt, um gleich ins Hotel zurückzugehen.

»Lass uns noch einen kleinen Bummel machen und vielleicht was trinken«, schlug sie vor. »Ich weiß nicht, wie es dir geht – ich brauche jetzt etwas Starkes, um diesen Film zu verdauen. Jedes Mal, wenn ich *Krieg und Frieden* sehe oder lese, stehe ich unter Schock.«

»Wirklich?«

»Ist das nicht ganz normal bei einer so traurigen Geschichte?«, verteidigte sie sich. »Allein die Idee, dass Natascha diesen Pierre heiratet, ist doch demütigend. Einen so langweiligen Mann an der Seite zu haben, wäre eine Folter für jede Frau«, erklärte sie und hakte sich bei ihm unter.

Inzwischen hatten sich die Straßen deutlich geleert, und selbst das Hupkonzert der Autos war weitgehend verstummt. Es kam ihnen vor, als wäre Rom wie durch Zauberhand in eine vormoderne Zeit katapultiert worden. Sie schlenderten durch verwinkelte Gassen, vorbei an Heiligen, die sie aus ihren Nischen in den Hauswänden von oben herab anschauten, über Plätze, wo Obdachlose samt ihren vierbeinigen Freunden in Eingängen oder unter Vordächern schliefen. Und überall sahen sie verliebte junge Pärchen.

Und wo standen Milan und sie?

Dafne vermochte es nach wie vor nicht zu sagen. Allerdings schien die Reise sie einander wieder nähergebracht zu haben. Milan zeigte sich fürsorglich, hielt ihre Hand und legte seinen Arm um ihre Schultern, um sie zu wärmen. Auch in der Bar, in die sie für einen Schlummertrunk einkehrten, umsorgte er sie. Er benahm sich so ungezwungen wie schon lange nicht mehr.

»Woran denkst du?«, fragt er, als sie auf einer der Tiberbrücken standen und hinunter in den gurgelnden

Fluss blickten, und streckte die Hand nach ihr aus. »Bist du immer noch wütend, weil deine Lieblingsfigur den falschen Mann geheiratet hat?«

»Natascha hat nicht den *falschen* Mann geheiratet, nur den langweiligsten«, murmelte Dafne. »Sie hat den Kompromiss gewählt, weil sie sich nach all den Dramen nach nichts außer nach Frieden sehnt. Bloß verurteilt sie sich dadurch zu einem Leben ohne Leidenschaft. Welchen Sinn hat ein dermaßen beschränktes Leben neben einem Mann ohne Feuer?, frage ich dich. Andrej, ihre große Liebe, hätte es natürlich sein müssen. Selbst Anatole wäre besser gewesen als Pierre.«

Milan lächelte über die Heftigkeit, mit der sie sich über Tolstois Partnerwahl für Natascha ereiferte. »Du möchtest also einen Mann wie Anatole Kuragin an deiner Seite haben, einen, der dich betrügt und dich leiden lässt? Wäre er der Mann, der dir beweist, wie lebenswert das Leben ist?«

»Nein, natürlich nicht«, stellte sie klar und suchte nach den richtigen Worten, um ihre Gedanken auszudrücken. »Ich will kein Leben auf Messers Schneide, ich will meinen Andrej, einen starken Mann mit Sinn für Moral, der seine Fehler erkennen und dadurch reifen kann und der zugleich leidenschaftlich liebt. Einen Mann, der mit der Liebe wachsen kann, anstatt sie zu verschwenden.«

»Ein ehrgeiziges Ziel.«

»Das einzige, für das es sich weiterzumachen lohnt«, erklärte sie entschieden und sah ihm in die Augen. »Mein Großvater war kein Tolstoi und dennoch ein guter Lehrmeister in puncto Lebensklugheit, der beste, den man sich vorstellen kann. Und wegen all dem, was er mir beigebracht hat, werde ich mich nicht mit weniger zufriedengeben.« Sie kickte einen Stein zur Seite. »Ich will eine einzigartige Liebe, Milan, eine Liebe, die nicht stirbt, wie mein Großvater immer gesagt hat«, verkündete sie pathetisch.

Er kam näher, strich ihr eine Locke hinters Ohr und tauchte in ihre Augen ein, die diamantengleich strahlten. Behutsam legte er die Hände auf ihre Schultern und ließ sie ihre Arme hinabgleiten, suchte ihre Finger, um sie mit seinen zu verschränken. Dafne spürte etwas, das sie bereits verloren zu haben glaubte, nahm es als Versprechen, das nicht in Worte zu fassen war. Es war alles da, lag in dieser Geste, die so simpel war und dennoch ihr Herz zum Rasen brachte. Sie atmete tief durch und drückte seine Hände noch fester.

»Lass uns zurückgehen, ja?«, flüsterte sie.

25

Das eigentliche Interview fand bei Elena zu Hause statt, in einem Loft im San-Lorenzo-Viertel, während die Fotos vorher in einem Studio in der Nähe des Kolosseums geschossen worden waren. Von dort fuhren sie mit dem Taxi durch die verstopften Straßen. An jeder Ampel wurden ihnen die Scheiben geputzt, Bettler drängten sich am Fenster, in zweiter Reihe überholten sie überfüllte Busse. Als Dafne in Rom gelebt hatte, war sie allein wegen der Parkplatzprobleme meist mit dem Bus gefahren, jede Woche von Montag bis Freitag, dazu an zwei Samstagen im Monat. Jetzt kam es ihr so vor, als wäre diese Zeit schon eine Ewigkeit her.

Eleonora erwartete sie bereits an der rot lackierten Eingangstür ihres Lofts. Sie trug eine weiße Jeans und einen haselnussbraunen Oversize-Pulli.

»Willkommen, ihr beiden, hier entlang«, begrüßte sie sie und führte sie durch einen Korridor mit gekalkten, muffig riechenden Wänden zu einem alten eisernen Lastenaufzug, der sie in einen lichtdurchfluteten Raum brachte. Das Loft war modern eingerichtet: weiß gestrichene Wände, dazu stilvoll gesetzte farbige Akzente, um die Funktionsbereiche des Lofts optisch voneinander abzugrenzen. In der Mitte des Raumes befand sich ein mächtiges gusseisernes, weiß lackiertes Heizungsrohr, und im Hintergrund stand ein riesiges apfelgrünes Sofa mit hellrosa Kissen als Farbtupfer.

»Setzt euch, ich koche uns einen Kaffee«, forderte Eleonora sie auf, schaltete die Kaffeemaschine an, holte eine Blechdose aus dem Regal und ein Tablett mit kleinen Kuchen vom Küchentresen.

»Erzählt mal, eure Geschichte macht mich neugierig und ergibt bestimmt einen schönen Artikel. Die Redaktion wird begeistert sein.« Als die Kaffeemaschine zischend signalisierte, dass der Kaffee fertig war, goss sie die Tassen voll und verteilte sie. »Gut, wer fängt an?«

»Ich«, sagte Dafne, räusperte sich und begann zu erzählen. Sie und Milan sprachen über alles Mögliche, das Eleonora wissen wollte, bis diese sie plötzlich unterbrach.

»Ich habe gehört, dass du die Gabe hast, Erinnerungsstücken eine neue Bestimmung zu geben.« Eleonora griff nach der riesigen rechteckigen Keksdose und hielt sie hoch. »Sie soll kein Staubfänger mehr sein, sie gehörte meiner Mutter, und ich will sie nicht wegwerfen. Hast du einen Tipp, was ich mit ihr machen könnte?«

Die Journalistin wirkte jetzt sehr ernst und sah Dafne erwartungsvoll an.

Dafne schaute sich um, versuchte, ein Gefühl dafür zu bekommen, was Eleonora gefiel. An den Wänden hingen alte Platten und amerikanische Drucke aus den Fünfzigerjahren, dazu Skulpturen aus Holz, Artefakte aus fernen Ländern – »Erinnerungen für die Seele«, warf die

Journalistin ein, als sie Dafnes Blicke bemerkte –, aber nichts davon schien ihr den Frieden zu schenken, nach dem sie sich offenbar sehnte.

Nach wie vor umklammerte Eleonora die alte Dose. Dafne versuchte, die Geschichte zu erspüren, die die Journalistin mit der alten Keksdose verband.

Sie schloss die Augen, konzentrierte sich auf das Zwitschern der Vögel und das Gluckern der Heizungsrohre.

Sie atmete tief ein und aus, doch als sie Milans Hand auf ihrem Oberschenkel spürte, beruhigte sie sich wieder. Das war seine Art, ihr die Angst zu nehmen, das wusste sie inzwischen.

»Wie gesagt, sie gehörte meiner Mutter Linda«, begann Eleonora zu erzählen, »und als mein Vater uns verlassen und uns nichts als einen Haufen Schulden hinterlassen hat, hat meine Mutter jeden Tag etwas Geld hineingelegt und mir beigebracht, es genauso zu machen. Es waren nur kleine Beträge, aber sie träumte davon, eines Tages, wenn die Schulden bezahlt wären, eine Bäckerei zu eröffnen. Die Schulden abzutragen, hat sie geschafft, der eigene Laden hingegen blieb ein Traum«, fügte sie mit einem wehmütigen Lächeln hinzu.

»Wie lange ist sie denn schon …«, setzte Dafne an.

»Seit neun Monaten«, unterbrach Eleonora sie, als ob sie dieses letzte, so endgültige Wort nicht hören wollte. »Leukämie«, fügte sie dann hinzu. »Sie ist einen Monat nach der Diagnose gestorben.«

Dafnes Magen krampfte sich zusammen, wie immer, wenn sie um das Thema Krebs ging.

»Gut«, sagte sie leise und strich über den Deckel der Dose, spürte die kühle Oberfläche, die erhabenen Buchstaben, die von einer Kindheit erzählten, in der wenig genügen musste, um eines Tages mehr zu haben. Die Ecken waren verschrammt, auf dem Deckel in Creme und Blau waren bunte Blumen gemalt, goldene Weizenähren, und durch die Landschaft fuhr der Kekszug und zog eine Banderole mit dem Namen des Herstellers hinter sich her.

Sie nahm die Dose in die Hände und atmete schwer.

»Erzähl mir von ihr«, sagte sie dann leise, und Eleonora begann, von ihrer Kindheit zu erzählen: die Torten, die ihre Mutter jeden Sonntag auf den Tisch zauberte, obwohl sie fast nichts hatten; die Tage auf der Straße, wo sie selbst gebackene Kekse und anderes Gebäck verkauften, es in Restaurants und Cafés der Umgebung anboten; die Nächte auf dem Sofa, wenn sie am nächsten Morgen im Morgengrauen aufstehen mussten, um die Treppen der Mietshäuser zu putzen, damit sie genug zu essen hatten.

Dafne konnte die Anwesenheit dieser Frau im Raum spüren, sie hatte alles für ihr kleines Mädchen getan und trotzdem nie ihre Fröhlichkeit verloren. Dafne spürte die Wärme, die von Eleonara ausging, und wenn sie die Augen schloss, glaubte sie fast, Eleonoras Mutter vor sich zu sehen. Eine gütige Frau, deren oberstes Ziel es gewesen war, ihrer Tochter ein besseres Leben zu ermöglichen – und dafür hatte sie alles geopfert, was sie erübrigen konnte. Für diese Selbstlosigkeit stand diese eigentlich unbedeutende Dose. Für unverfälschte, reine Liebe.

»Leg Rezepte in diese Dose«, empfahl sie Eleonora. »Als Erinnerung an den Traum, den deine Mutter nicht verwirklichen konnte. Leg die Dose mit einem Papier aus, das dir gefällt oder dem Muster ihres Lieblingskleids ähnelt, kleb es vorsichtig an. Dann kauf ein Satinband. Was war ihre Lieblingsfarbe?«

»Smaragdgrün.«

»Okay, kauf ein grünes Band und binde die Dose immer mit einer schönen Schleife zu. Innen kannst du sie mit Karton unterteilen, wenn du die verschiedenen Rezepte voneinander trennen willst. Das ist nicht kompliziert, aber wenn du willst, mache ich es für dich und schicke dir die fertig gestaltete Dose zurück.« Als sie erkannte, dass dieser Vorschlag Eleonora nicht behagte, fügte sie rasch hinzu: »Ich kann dir auch alles noch mal aufschreiben, und du bastelst es selbst zusammen.«

Sie lächelte Eleonora aufmunternd an und ging dann zu Milan, der sich in eine Ecke zurückgezogen hatte und in diversen Zeitschriften blätterte. Sie schlüpften in ihre Mäntel und verabschiedeten sich.

»Es war schön, dich kennengelernt zu haben, Eleonora«, sagte Dafne und drückte ihr die Hand.

»Geht mir genauso«, antwortete die Journalistin und drückte auf den Knopf für den Aufzug. »Du hast wirklich eine außergewöhnliche Gabe.«

Dafne war verlegen. Es war noch neu und ungewohnt für sie, dass jemand sie deshalb bewunderte. »Danke«, flüsterte sie, umarmte Eleonora kurz und trat in den Eisenkäfig des Aufzugs. »Du wirst sehen, wenn du das mit der Dose machst, wirst du dich besser fühlen, weil du damit deine Mutter ein Stück weit in dein Leben zurückholst. Und wer weiß, vielleicht gibt es auch ihr Frieden …«

»Ich hoffe es, Dafne, ich hoffe es wirklich. Nach ihrem Tod hatte ich das ungute Gefühl, nicht genug für sie getan zu haben – vielleicht kann ich das jetzt irgendwie wiedergutmachen.«

Die beiden jungen Frauen winkten einander noch einmal zu, dann schloss Milan das Eisengitter des Aufzugs.

Über der Ewigen Stadt ging gerade die Sonne unter. Der Himmel leuchtete feuerrot, tauchte die Häuser der Stadt in ein unwirkliches Licht. Wie am Abend zuvor blieben sie auf einer der Brücken stehen, schauten in das unter ihnen strömende Wasser und hingen ihren Gedanken nach. Dafne war müde und erschöpft. Ständig richtete sie andere auf, half und tröstete. Sie tat es gerne, und betrachtete es als ihre Berufung – aber wer kümmerte sich um sie, wenn sie mal jemanden brauchte?

Trotz all der Liebe, mit der Clelia und Levante sie umsorgt hatten, vermisste sie zum ersten Mal in ihrem Leben ihre Mutter. Der Besuch bei Eleonora hatte ein Verlustgefühl ausgelöst, das Dafne unheimlich schmerzte. Die bedingungslose Liebe einer Mutter – das war eine Erfahrung, die ihr für immer verwehrt bleiben würde.

»Den Tod der eigenen Mutter zu verkraften ist schwer,

egal wie alt man ist«, sagte sie und griff nach Milans Hand.

»Ich weiß«, sagte er schlicht, und sie wusste, dass er diese Worte auf sich bezog.

Sofort musste sie wieder an den Jungen denken, der im Schrank versteckt die Ermordung seiner Mutter miterleben musste. Ein Trauma fürs Leben, ganz ähnlich wie Clelias Erinnerungen. Eine Wunde, die nicht heilen wollte.

Dafne schüttelte den Kopf, als ließen sich dadurch die Gedanken vertreiben. Die beiden hatten Schreckliches erlebt, und sie bohrte ständig in der Vergangenheit herum. Hatte sie dazu das Recht?

Manchmal hatte sie das Gefühl, ein unsensibles Monster zu sein.

Milan, der spürte, dass sie sich unwohl in ihrer Haut fühlte, packte ihr Handgelenk und zwang sie, sich zu ihm umzudrehen. »Hey, was ist los mit dir? Geht dir Eleonoras Geschichte nach? »

Sie zuckte vage mit den Schultern.

»Ich habe geahnt, dass es keine gute Idee war.«

»Schon klar, ich hab deinen Blick gesehen, als ich die Dose genommen habe.«

»Die Leute müssen aufhören, dich zu benutzen. Du kannst nicht ständig fremde Gewissen entlasten. Wer mit der Vergangenheit eine Rechnung offen hat, der soll das mit einem Priester oder sich selbst ausmachen.«

Dafne schaute ihn fragend an. »Was meinst du damit?«

»Es ist ungerecht, dass es dir schlecht geht, und falsch, dass du dich so tief in den Schmerz der anderen hineinziehen lässt«, erwiderte er.

Sie lächelte dankbar und strich ihm über die stoppelige Wange. Seine Haut war trotz der kühlen Temperaturen warm, und diese Wärme floss ihr über die Finger in den ganzen Körper. »Was hältst du von einem Ausflug in die Vergangenheit?«, fragte sie ihn.

»Was meinst du damit?«

»Frag nicht, komm einfach«, sagte sie und ging voraus.

Sie liefen durch enge Gassen, in denen sie jeden Winkel kannte, vorbei an Restaurants und Geschäften, deren Besitzer sie gut kannte. Nicht wenige schienen sich an sie zu erinnern und winkten ihr im Vorübergehen zu. Dafnes Ziel waren die Antiquitätenläden der Stadt – das hatte sie mit einem Spaziergang in die Vergangenheit gemeint.

»Ist das nicht herrlich?«, fragte sie Milan, als sie zwischen Bilderrahmen, Büchern und englischem Silber stöberte.

»Das ist es«, bestätigte er dann und setzte sich neben die Kasse, plauderte mit dem Besitzer, während Dafne weiter in alten Schätzen herumsuchte.

»Wer sind die ganzen Leute, die dich einladen und beschenken?«, erkundigte sich Milan, nachdem sie den letzten Trödler abgeklappert hatten. »Wenn du so weitermachst, brauchst du am Ende einen Gepäckträger«, scherzte er und deutete auf die diversen Tüten.

»Ich habe in meinen ersten Monaten in Rom oft bei ihnen gekauft, privat und für die Firma. Eine Hand wäscht die andere, so lief das. Ich war eine gute Kundin, und sie haben sich für mich die Beine ausgerissen, um mir irgendwas ganz Spezielles zu besorgen.«

»Wenn du dir etwas in den Kopf gesetzt hast, kennst du nichts. Du bist echt ein bisschen verrückt«, bemerkte er und tippte ihr mit dem Zeigefinger auf die Stirn. Ein altes Ehepaar, das die Szene beobachtete, lächelte ihnen freundlich zu.

In diesem Moment spürte Dafne, wie das letzte Band, mit dem sie noch an Ettore hing, zerriss. Als hätte es jemand durchgeschnitten. Sie fühlte sich frei. Doch das Gefühl hielt leider nicht lange an.

Zurück im Hotel, allein in ihrem Zimmer, kehrte das Gefühl der Einsamkeit mit all seiner Schwere zurück. Die Probleme, die sie bereits halbwegs bewältigt zu haben glaubte, lasteten auf einmal wieder tonnenschwer auf ihr, und ihr Herz fühlte sich an wie ein Granitblock. In ihrem Kopf kreisten wieder all die Gedanken, die sie schon seit Monaten beschäftigten.

Und wie immer drehten sich ihre Gedanken auch um Milan. Sie wurde einfach nicht schlau aus ihm. Sein Verhalten ihr gegenüber wechselte ständig. Auch wenn er im Augenblick hinreißend war, zum Verlieben, konnte das morgen schon wieder ganz anders aussehen.

Sie setzte sich aufs Bett und schlang die Arme um die Knie. Manchmal hatte sie dieses Leben so satt. Sie sehnte sich verzweifelt nach einem Stückchen Glück und vor allem nach einem Mann, in dessen Arme sie sich flüchten konnte, der sie festhielt, sie nie im Stich lassen würde und ihr einen sicheren Hafen bot. Andererseits fragte sie sich auch, ob sie überhaupt zu so einem Leben taugte, schließlich hatte sie bisher nie in einer festen Partnerschaft gelebt.

»Was für ein Chaos«, flüsterte sie und starrte an die Decke, dachte an Milan, dem sie sich verwandt fühlte und an den sie gleichzeitig nicht herankam. Sein leidenschaftlicher Kuss und die kühle Distanz am nächsten Tag, das war so typisch für ihn und so verwirrend für sie gewesen.

Mit einem Mal erhob sie sich von ihrem Bett, zog sich schnell an und klopfte an Milans Tür. Er war in Hemd und Jeans, aus dem Radio hörte man Jazzmusik von Louis Armstrong.

»Dafne?«, fragte er überrascht und schaute auf die Uhr, bis zum Abendessen war es noch eine Stunde. »Alles in Ordnung?«

Sie nickte und griff nach seiner Hand. »Wir sind während der Adventszeit in Rom und waren noch nicht auf der Piazza Navona.«

»Ist das schlimm?«

»Unentschuldbar. Daran müssen wir dringend etwas ändern. Komm!«

Er sah sie an, sie trug einen weißen Pullover, ihre Augen strahlten, und die Wangen waren gerötet. Ihre warmen Hände lagen in seinen.

Eine Sekunde. Mehr brauchte Milan nicht. Dann folgte er ihr. Und er spürte, dass er ihr überallhin folgen würde.

Buden, Lichter, Weihnachtslieder, der Weihnachtsmarkt auf der Piazza Navona war ein Rausch der Gefühle. Es gab Stände mit Süßigkeiten aller Art: weihnachtliches Gebäck, kandierte Äpfel und klebriges Zuckerzeug. Dann gab es Stände mit Krippenfiguren, Kunsthandwerk, Weihnachtsschmuck in allen Farben und Formen und dazu jene besonderen Strümpfe, in die die Hexe Befana den Kindern in der Nacht vom fünften auf den sechsten Januar kleine Geschenke stecken konnte. Mitten auf der Piazza wurde außerdem jedes Jahr eine große hölzerne Krippe aufgebaut, die eine der Hauptattraktionen darstellte – neben einem wunderschönen nostalgischen Kinderkarussell und dem Weihnachtsmann auf seinem Schlitten, mit dem sich die Kinder und Touristen fotografieren lassen konnten.

»Ich bin zu Hause«, murmelte Dafne mit weit aufgerissenen Augen und zog glückselig von einer Bude zur anderen, bewunderte mit kindlicher Freude Hunderte kleiner und großer Holzhexen auf ihren Besen, Engel aus Stoff für den Weihnachtsbaum und Krippenfiguren jeder Größe. Alles war voller Lichter und Farben, und sie konnte sich gar nicht sattsehen.

Begeistert zog sie Milan schließlich zu einem Stand, an dem ein Mann aus einem Holzblock ein Pferd schnitzte. Es war wie eine Zeitreise in die Kindheit, als der Großvater ihr beigebracht hatte, sich auch an den kleinen Dingen zu erfreuen, die andere nicht für wichtig erachteten. Genau diese Ignoranz hatte bei ihnen beiden den Wunsch ausgelöst, sich gerade um solche Sachen zu kümmern. Dieser Holzschnitzer war einer, der genauso dachte wie sie – er stellte Neues nach alten Vorlagen her.

»Weißt du, dass mich mein Großvater jeden Sonntagnachmittag mit in den Park genommen hat, als ich klein war?«, fragte sie Milan. »Das Marionettentheater war ein fester Termin. Wir haben uns ins Gras gesetzt und uns das Stück angeschaut, das gerade gespielt wurde. Wir hatten da einen Pakt.«

»Was für einen Pakt?«

»Ich musste ihm immer das Ende der Geschichte erzählen, damit er weggehen konnte, um Zuckerwatte zu kaufen. Er tauchte dann mit einer riesigen weißen Wolke an einem Holzstiel wieder neben mir auf, mit der größten Portion, die es gab.« In diese Erinnerung versunken schwieg sie einen Moment, noch immer meinte sie, das Lachen ihres Großvaters hören, wenn sie einen dicken weißen Zuckerschnurrbart hatte. »Heute, wo die Kinder alles haben, klingt das vielleicht lächerlich – für mich war es aber das größte Glück, mit meinem Großvater und der Zuckerwatte im Park vor dem Marionettentheater zu sitzen und der Geschichte zuzuhören.«

Milan sah sie lange an. Genau wie damals, als sie sich das erste Mal getroffen hatten, umstrahlte Dafne jenes seltsame Licht. In einem der Bücher aus Levantes Kartons hatte er etwas von Menschen mit einer sehr starken Aura gelesen, und mehr denn je war er davon überzeugt, dass es so etwas wirklich gab und dass Dafne eine solche besaß. Sie hatte sich in mancher Hinsicht ihren naiven Kinderglauben bewahrt, dass die Welt ein glücklicher Ort war. Auch wenn er das nicht so sah, bewunderte er Dafne für ihren grenzenlosen Optimismus.

Ein Surren vom Nachbarstand weckte seine Aufmerksamkeit. Hier wurden Unmengen von Süßigkeiten verkauft, Liebesäpfel, Torrone, mit Schokolade überzogene Früchte – und ganz am Rand stand ein riesiger roter Zuckerwatteautomat. Während Dafne dem Holzschnitzer zusah, schlich er sich unbemerkt hinüber und kam kurze Zeit später mit einem riesigen Zuckerbausch zurück. Als sie ihn sah, strahlte sie. Verzückt schob sie sich kleine Zuckerwattebäusche in den Mund, schloss genießerisch die Augen und kehrte im Geist in verzauberte Kindertage zuruck.

»Bist du sicher, dass du nicht probieren willst?«, fragte sie und schwenkte den Holzstab. Er schüttelte den Kopf und deutete auf eine dampfende Ciambella, eine typisch römische Süßigkeit zur Weihnachtszeit, der er den Vorzug gab.

»Ich hoffe nicht, dass du sie ganz alleine essen willst«, sagte sie lachend und biss hinein, bevor er davon probieren konnte.

»War einfach ein Reflex, entschuldige«, sagte sie mit Unschuldsmiene und schlug die Augen nieder.

Milan lächelte und teilte das Gebäck in zwei Hälften. In diesem Augenblick hatte er das Gefühl, als ob es um sie herum nichts und niemanden gäbe – keine Musikanten, keine Händler, nur sie beide ganz allein inmitten der Piazza. Nichts außer ihnen war mehr wichtig, die Spannungen vom Morgen gehörten der Vergangenheit an. Ihre Hände waren in seinen, er verschränkte seine Finger mit ihren und gab ihnen Sicherheit und Schutz.

»Dafne«, sagte er leise, und seine Stimme war wie ein Streicheln.

Sie sah ihn mit großen, erwartungsvollen Augen an, die Lippen voller klebriger Zuckerkristalle. Er beugte sich zu ihr, küsste sie weg und ließ nicht zu, dass sie zurückwich, und dann spürte er, wie sie sich ihm entgegendrängte und seinen Kuss erwiderte. Zum Teufel mit der Vernunft, sagte sich Dafne und folgte ihrem Instinkt. Sie spürte, dass Milan ihr die Wärme und Liebe geben konnte, die sie brauchte, und in diesem magischen Moment war sie fest davon überzeugt, dass er ihr nichts vormachte.

Sie gab sich seinen Küssen hin. Sie fühlte sich so leicht, doch als sie sich von ihm löste und ihn ansah, war sie plötzlich unsicher. Sie suchte seinen Blick, flehte um eine Bestätigung, doch er wandte den Blick ab. Enttäuscht und verletzt wie immer, wenn das geschah, wandte sie sich ab.

»Gehen wir ins Hotel«, sagte er nur und nahm sie an der Hand.

Das Lachen der Passanten kam ihr auf einmal vor wie Spott. Sie, die dumme Gans, die nicht schlau wurde und von einem Desaster ins nächste taumelte. Sie verstand einfach nicht, wieso er sich so plötzlich zurückzog. Warum bloß? Jetzt, wo sie seine Geschichte kannte, musste er doch gemerkt haben, dass er ihr vertrauen konnte. Oder gab es womöglich noch etwas, das er vor ihr verbarg?

Auf dem Weg zurück zum Hotel überlegte sie mindestens ein Dutzend Mal, wie sie ein Gespräch beginnen könnte, doch jedes Mal, wenn sie ansetzte, spürte sie, wie Milans Finger sich in ihrer Hand verkrampften, als wollte er sie bitten, es nicht zu tun. Also schwieg sie.

Vor dem Französischen Kulturinstitut blieb er plötzlich stehen.

Dafne sah ihn an. »Alles in Ordnung?«

»Nein.« Er ließ ihre Hand los und wandte sich ab. Dafne wappnete sich, obwohl sie nicht wusste, wogegen.

»Was ist denn los?«, fragte sie beharrlich.

Stumm schaute er weiter auf das Haus gegenüber, vor dem eine Frau stand.

»Milan, bitte.«

Nach einer gefühlten Ewigkeit drehte er sich endlich zu ihr um. »Ich muss weg, ich kann nicht länger hierbleiben.«

»Okay«, stammelte sie verwirrt, »wir gehen ins Hotel und reisen sofort ab, wenn du willst.«

»Nein, nicht wir beide. Bloß ich.«

»Warum, was ist denn los?«

Er lachte bitter auf, und sie begann zu ahnen, dass eine große Welle des Unheils heranrollte und sie fortspülen würde.

»Milan, sag mir bitte, was los ist«, flehte sie ein letztes Mal. Vergeblich, er schüttelte erneut den Kopf.

»Es ist alles falsch, Dafne. Alles. Ich, du, wir beide, diese Tage hier. Wir können so tun, als wäre alles anders, weil wir an einem anderen Ort sind, aber wir bleiben doch dieselben, und alles, was wir getan haben, wird uns verfolgen, immer und überallhin.«

Dafne runzelte die Stirn. Sein Ausbruch war für sie völlig unverständlich. »Ich verstehe nicht, was du meinst. Warum sagst du nicht freiheraus, was los ist?«

Langsam wurde sie wütend, und in ihr stieg der bittere Verdacht auf, dass Milan sie vielleicht doch nur ausnutzen wollte. Enttäuscht und mit Tränen in den Augen ließ sie ihn gehen.

Sie war einfach nur wütend auf sich selbst. Wieder war sie bereit gewesen, ihm zu vertrauen, hatte gehofft, er würde sich endlich öffnen und zu seinen Gefühlen stehen. Doch seine vorübergehende Zuwendung hatte sich als Illusion erwiesen. Sie schaute zum Himmel, in der Hoffnung, im strahlenden Firmament Trost zu finden, doch heute war kein einziger Stern zu sehen.

Was sollte sie nur tun?

Ins Hotel zurückzukehren, Filme anzusehen und dabei die Minibar zu leeren, würde sie auch nicht weiterbringen. Da ging sie lieber zum Vatikan, um angesichts der ewigen Schönheit dieses Meisterwerks der Vergangenheit ihren Kummer ein wenig zu vergessen.

Am Vatikan angekommen, steckte sie die Hände in die Manteltaschen und schlug den Kragen hoch, um sich vor dem Wind zu schützen, der über den Petersplatz pfiff. Ein anderer einsamer Passant kam ihr entgegen – ein

Bettler, obdachlos, umhüllt von einer Wolke aus Alkohol, Schweiß und Urin. Vielleicht suchte er ebenfalls hier Trost, schoss es ihr durch den Kopf, oder er hoffte lediglich auf ein paar Euro, um sein Elend in noch mehr Alkohol ertränken zu können. Der Mann torkelte an ihr vorbei, ohne sie zur Kenntnis zu nehmen.

Nach einer Weile verließ Dafne den großen, fast leeren Platz, winkte einem Taxi und fuhr ins Hotel zurück. Dort ließ sie sich in voller Montur aufs Bett fallen und schlief ein. Sie erwachte erst wieder, als sie draußen auf dem Flur Stimmen hörte. Einen kleinen Moment lang glaubte sie, es könnte Milan sein, der mit ihr reden wollte, ihr alles erklären und ihr vielleicht sagen würde, dass es ihm leidtue. Doch nichts dergleichen geschah. Sie musste unbedingt mit ihrer Großmutter reden, wollte ihre Stimme hören und sich ihr nah fühlen. Als sie ihr Smartphone aus der Tasche holte, entdeckte sie eine gerade eingegangene SMS.

Bin schon nach Torralta zurückgefahren, ich erwarte nicht, dass du mich verstehst. Es tut mir leid.

»Scher dich zum Teufel«, sagte sie und warf das Handy in die Kissen.

Die Lust, mit ihrer Großmutter zu telefonieren, war ihr vergangen. Jetzt müsste sie zu viel erklären, und dazu verspürte sie weder Lust, noch war sie dazu in der Lage. Am Ende würde sie Clelia nur etwas vorheulen. Ein Bad, ein schönes heißes Entspannungsbad. Das würde sie vielleicht beruhigen, dachte sie, ging ins Badezimmer, öffnete den Warmwasserhahn und zog sich aus. Als die Wanne voll war, gab sie großzügig Badeschaum hinzu und stieg hinein. Aus dem Radio nebenan ertönte klassische Musik. Sie blieb so lange im Wasser liegen, bis es kalt wurde.

Da es zum Schlafengehen nach wie vor zu früh war, zog sie sich wieder an und verließ das Hotel, um noch einmal ins Viertel der Antiquitätenhändler zu gehen. Sie brauchte jetzt Geschichten, die sie von ihren trüben Gedanken ablenkten und in denen sie sich verlieren konnte, um die Gegenwart zu vergessen. Das hatte sie früher bereits gemacht, wenn sie mal wieder vergeblich auf Ettore gewartet hatte.

Sie ließ sich einfach treiben, streifte ziellos durch die Gassen und blieb schließlich vor einem Schaufenster stehen, in dem ein riesiges altes Grammofon zu sehen war, ein zweifellos seltenes und kostbares Stück, um das einige Fotos aus der gleichen Zeit angeordnet waren.

Dafne sah genauer hin, die Leute auf den Bildern lächelten ihr entgegen, wirkten so lebendig, als würden sie jeden Augenblick zu sprechen beginnen. »Wunderschön«, flüsterte sie, als sie diese Zeugen eines flüchtigen Glücks auf sepiafarbenem Papier betrachtete, und lächelte jeden Einzelnen an, bis sie plötzlich Augustus Klammer erkannte, der in die Kamera lachte und ein Mädchen im Arm hielt. Ihre Urgroßmutter.

Für den Bruchteil einer Sekunde blieb sie wie erstarrt stehen, dann stürzte sie in den Laden.

»Buonasera«, sagte sie zu einem grauhaarigen Mann, der Zeitung lesend hinter dem Kassentisch saß. »Entschuldigen Sie, könnten Sie mir die Fotos aus dem Schaufenster zeigen?«

»Selbstverständlich.« Der Mann nickte und faltete die Zeitung zusammen. Als er sich erhob, sah sie, dass er hinkte.

»Kinderlähmung, eine alte Geschichte«, erklärte er, als er Dafnes mitleidigen Blick bemerkte. Er griff nach einem kleinen Schlüssel für das Schaufenster und nahm die Fotos heraus.

»Da sind sie«, sagte er, breitete sie auf einem Tisch aus und rückte dabei seine Brille mit den dicken Gläsern zurecht.

Inzwischen hatte Dafne das Foto von Maria Elenas Soldaten, das sie wie die Uhr immer bei sich trug, aus ihrer Tasche gezogen und verglich es mit dem Gruppenbild. Es bestand kein Zweifel: Das war Augustus Klammer. Maria Elena konnte sie einzig aus der Erinnerung an das Hochzeitsfoto im Schlafzimmer ihrer Großmutter einigermaßen identifizieren. »Wie viel kosten die Fotos?«, fragte sie den Händler.

»Wollen Sie sie kaufen oder bloß ausstellen?«

»Ich will alle kaufen, auf denen dieser Mann zu sehen ist.«

Der alte Herr schaltete die Temperatur des Heizofens höher, der in dem alten Gemäuer, dessen Wände den leicht muffig-feuchten Geruch von Jahrhunderten atmeten, wenig ausrichtete.

»Ich schenke sie Ihnen.«

»Ist das Ihr Ernst?«, fragte Dafne überrascht, denn Sammler hätten für die Fotos sicher ein hübsches Sümmchen hingeblättert.

Der alte Mann, der sie plötzlich an Levante erinnerte, lächelte. »Wenn Sie mir die Geschichte dazu erzählen, ja. Man sieht sofort, dass bei Ihnen mehr dahintersteckt als das Interesse für alte Fotos. Sie haben etwas Besonderes darauf entdeckt, und ich würde gerne bei einem heißen Tee die Geschichte dazu erfahren.«

Dafne sah auf und blickte in das blasse Gesicht des Mannes. Seiner Aufmachung nach lebte er allein. Sein Hemd unter der Strickjacke war schlecht gebügelt, den Ehering trug er an einer Kette um den Hals, was bedeutete, dass er seine Frau verloren hatte. Seine traurigen Augen schienen ihr das zu bestätigen.

»Gerne«, erwiderte sie erfreut. Das war genau das, was sie jetzt brauchte: Ablenkung. »Ich nehme meinen Tee schwarz, keine Milch, keine Zitrone.«

»Zu Befehl, Signorina!«

Drei Stunden.

So lange blieb Dafne im Laden von Marcello Turati. Sie erzählte ihm die ganze Geschichte ihrer Urgroßmutter und erfuhr im Gegenzug, dass die Familie Turati sogar eine Rolle darin spielte. Maria Elenas Vater hatte nämlich Signor Turati, einem alten Freund der Familie, einen Koffer mit allerlei Gegenständen überlassen, die seiner Tochter gehörten – er selbst hatte, wie Dafne jetzt erfuhr, lediglich mit antiquarischen Büchern gehandelt und nicht mit den Besitztümern eines jungen Mädchens. Vielleicht, schoss es ihr durch den Kopf, wollte er ja auf diese Weise Dinge entsorgen, die an Maria Elenas unerwünschte Liebe erinnerten. Jedenfalls war ihre Neugier geweckt.

»Den Koffer habe ich irgendwann verkauft, einiges von dem Inhalt ebenfalls, Necessaires, Spiegel, Bürsten, was wohlhabende junge Damen damals eben auf Reisen brauchten. Die Fotos wollte keiner haben. Die Leute sind nicht mehr an Erinnerungen interessiert.«

»Es muss damals eine schreckliche Zeit gewesen sein«, murmelte Dafne.

»Allerdings, zum Glück ist das Vergangenheit. Und die kehrt nie zurück, egal ob sie gut oder schlecht war.« Es klang fast ein bisschen wehmütig.

»Waren im Koffer noch andere Fotos?«

Der alte Herr überlegte. »Ja, ich meine schon. Ein paar habe ich wohl doch verkauft – die hier sind mir geblieben, und sie sind mir ans Herz gewachsen, ich kann gar nicht genau sagen, warum. Nun, Sie wissen ja, wie wir alten Männer sind – mit dem Alter werden wir immer nostalgischer.«

»Oder romantisch«, erwiderte sie, als er ihnen Tee nachgoss und einige Kekse auf eine Serviette legte.

»Los, nicht so schüchtern, nehmen Sie einen, ich habe sie selbst gebacken«, drängte er voller Stolz. Der Mann war erkennbar glücklich, Zeit mit ihr verbringen zu können.

Obwohl ihr nach den ganzen Süßigkeiten auf dem

Weihnachtsmarkt nicht unbedingt nach Keksen zumute war, gab Dafne nach und nahm sich einen. »Danke. Tut mir leid, dass ich schon wieder auf das Thema zurückkomme: Wissen Sie zufällig, was sich sonst noch in dem Koffer befunden hat? Vielleicht Briefe oder Tagebücher?«

»Das nicht, doch ich habe etwas anderes gefunden.« Er holte einen kleinen Band mit vergilbten Seiten aus einer Schublade und reichte ihn ihr. Es handelte sich um eine zweisprachige Ausgabe mit Goethe-Gedichten. Augustus sprach Deutsch, Maria Elena Italienisch.

Dafne hielt das Buch in ihren zitternden Händen und spürte sofort, wie die Geschichte dieser verlorenen Liebe zu ihr herüberwehte wie ein Blatt im Herbstwind. Sie sah die Abschiedsszene auf dem überfüllten Bahnhof vor sich, auf dem sich so viele junge Burschen von ihren Liebsten verabschieden mussten, um sich auf eine Reise ins Ungewisse zu begeben. Eine Reise, die geradewegs in ein nie da gewesenes Blutbad und millionenfaches Sterben führen würde. All das drang in ihr Bewusstsein, und auf ihren Lippen spürte sie, warm und salzig, Maria Elenas Tränen, die sich mit einem Kuss mischten, der ewige Liebe verhieß – ein Versprechen, das auf dem Altar der Geschichte geopfert wurde.

Bilder zuckten an ihrem inneren Auge vorüber: die Uhren, Rosen, heiße Tränen und verzweifelte Küsse. Zeichen einer Liebe, die keine Kompromisse duldete.

»Ich nehme alles, die Fotos und das Buch.«

Marcello packte ihr die Sachen ein, lehnte aber nach

wie vor kategorisch eine Bezahlung ab. »Eine Geschichte wie diese ist mit Geld nicht aufzuwiegen.«

Dafne wickelte sich den Schal um den Hals. »Ich weiß nicht, was ich sagen soll, Ihre Großzügigkeit macht mich verlegen.«

»Das muss sie nicht«, versicherte er ihr und nahm ihre Hände. »Sie haben mir Ihre Zeit geschenkt. Genauso gut hätten Sie einkaufen oder in ein Museum gehen können, stattdessen haben Sie ein paar Stunden mit mir verbracht. Und das ist für mich sehr viel mehr wert als Geld.«

Bewegt drückte sie seinen Arm. »Das ist sehr freundlich, und ich danke Ihnen sehr. Auch im Namen meines Großvaters und meiner Urgroßmutter«, flüsterte sie, umarmte ihn und trat dann in die römische Nacht hinaus.

26

Ein Ball knallte gegen die Werkstatttür, gefolgt vom Lärm lachender Jungs. Dafne öffnete die Tür, schaute hinaus und blieb wie versteinert stehen – nicht wegen der übermütigen Kinder, sondern weil sie sah, wie Ginevra und Milan sich vor dem Schaufenster der Wäscherei küssten.

Nein!, schrie ihr Herz, doch ihr Mund blieb stumm. In ihren Augen glänzten Tränen, sie presste die Lippen aufeinander. Das war zu viel, das durfte nicht wahr sein. Schluchzend flüchtete sie sich in die Werkstatt.

»Nicht schon wieder«, flüsterte sie.

Ginevra war wirklich eine Meisterin darin, einem den Mann auszuspannen. Das war bereits in der Schule so gewesen und hatte sich offenbar nicht geändert. Ob alt oder jung, alle waren verrückt nach ihr. Milan war da offensichtlich keine Ausnahme.

Was war bloß in Rom geschehen? Was war falsch gelaufen?

Obwohl sie nie ein Paar gewesen waren und es keinerlei Versprechen zwischen ihnen gab, fühlte sie sich von ihm verraten. Vielleicht nicht genauso wie von Ettore, aber ähnlich. Eine dürftige Nachricht auf dem Arbeitstisch war alles, was er ihr hinterlassen hatte. Kaum etwas erinnerte mehr an seine Anwesenheit in der Werkstatt, auch Guache hatte er mitgenommen.

Traurig betrachtete sie die Fotos, die Eleonora ihr geschickt hatte – Bilder, auf denen sie unzertrennlich wirkten. Wieder eine Lüge, dachte sie und hätte am liebsten geweint, doch langsam hatte sie keine Tränen mehr. Wenn er wenigstens die Katze dagelassen hätte, dann wäre sie nicht ganz so einsam!

Völlig antriebslos saß sie da. Alles schien sinnlos, nichts machte ihr Freude. Ihr Blick schweifte über die Arbeiten, die auf sie warteten: allen voran Veras Tableau de Mariage, das Kopfteil fürs Bett und die geschmiedeten Rosen, um die sie sich nun ebenfalls kümmern musste.

»Okay, Schluss mit dem Selbstmitleid«, ermahnte sie sich und stand auf. Erst mal ein heißes Bad, danach eine heiße Schokolade mit ihrer Großmutter, vielleicht sah die Welt ja anschließend nicht mehr ganz so grau aus. Hier herumzuhängen und Trübsal zu blasen, war jedenfalls total kontraproduktiv. Und sich an etwas zu erinnern, was es nicht mehr gab und vielleicht nie gegeben hatte, noch mehr.

Gerade als sie zur Tür hinauswollte, schlüpfte Guache hinein, den Schwanz zum Gruß in die Luft gereckt.

Ein Strahlen überzog Dafnes Gesicht. Sie kniete sich hin, streckte die Hand nach der Katze aus und schaute in ihre jadegrünen Augen. »Was machst du denn hier, meine Kleine?«, murmelte sie und rieb ihre Stirn an dem weichen Fell. »Du hast mir so gefehlt.« Wie zur Bestätigung leckte Guache ihre Hand. »Und wo ist dein Herrchen?«, flüsterte Dafne, aber das war eine rhetorische Frage.

Als sie die Werkstatt verließ, nahm sie die Katze auf den Arm. Passanten beeilten sich mit den letzten Weihnachtseinkäufen, bevor die Geschäfte schlossen. Aus der Drogerie kam eine mit Päckchen beladene Laura, Giuseppina grüßte sie an der Tür der Reinigung, wo sie gerade etwas abgeholt hatte.

Sie setzte Guache wieder auf den Boden. Von Milan war weit und breit nichts zu sehen.

Sie kramte in ihrer Handtasche und hörte plötzlich ein Ticken. Maria Elenas Uhr!

»Das gibt's ja nicht«, sagte sie laut, nahm die Uhr aus der Tasche und hielt sie sich an ihr Ohr. Gegen jede Logik bewegten sich die Zeiger wieder, wurden von einer mysteriösen Kraft bewegt. Wie war das möglich? War das womöglich Schicksal?

Nein, sosehr Dafne ein solch romantischer Gedanke auch gefallen mochte – so weit ging sie dann doch nicht.

Zu ihrem Glück, denn kurz darauf verklang das Ticken, und die Zeiger blieben erneut stehen. Es war ganz schwer zu erkennen, wie weit sie sich überhaupt bewegt hatten, und Dafne kamen Zweifel, ob sie sich das Ganze nicht nur eingebildet hatte. Um herauszufinden, ob sich die Zeiger bewegt hatten, müsste sie das Zifferblatt mit dem auf Milans Uhr vergleichen.

»Wenn er bloß hier wäre«, murmelte sie vor sich hin, schaute hinunter auf Guache, die um ihre Beine strich, und nahm sie wieder auf den Arm. »Ich würde dich so gerne mitnehmen, aber das geht nicht, Milan würde dich suchen«, sagte sie, drückte die Katze an ihre Brust und ging mit ihr zu Mario hinüber, bei dem Milan vermutlich Unterschlupf gefunden hatte.

»Kannst du Milan die Katze geben? Ich kann leider nicht bleiben, ich hab's eilig«, log sie, und dann verließ sie den Laden schnell wieder.

Sie freute sich auf einen gemütlichen Abend zu Hause. Nach der Badewanne und der heißen Schokolade würde sie sich mit einer Decke über den Beinen vor den Kamin kuscheln. Der Baum war bereits geschmückt und würde Erinnerungen an die glücklichen Weihnachtsfeste ihrer Kindheit zurückbringen, an die magischen Momente, als sie auf Levantes Schoß gesessen und er ihr Märchen vorgelesen hatte. Damals standen für den Weihnachtsmann immer ein Glas warme Milch und Kekse auf der Fensterbank bereit, doch jedes Mal schlief sie vor Mitternacht ein, und der Großvater musste ihr am nächsten Morgen erzählen, was sie alles verpasst hatte, und sie aufs nächste Jahr vertrösten.

Es waren Erinnerungen, die sie wärmten, weil sie schön und echt waren, dem Leben und seinen großen und kleinen Enttäuschungen zum Trotz. Traurig schaute sie in den Himmel.

27

In dieser Nacht weinte das Mädchen mit der roten Baskenmütze.

Es saß auf einer Bank im Park von Torralta, die Beine schaukelten über dem Boden, die Tränen rannen ihm über die Wangen. Die Baskenmütze hielt es fest umklammert. Sein Schluchzen schmerzte Dafne, sie konnte sein Leiden spüren und hätte es gerne in den Arm genommen und auf die Stirn geküsst, aber sie konnte das Kind mit ihrer Stimme nicht erreichen.

Schweißnass, mit weit aufgerissenen Augen und klopfendem Herzen schreckte sie schließlich aus ihrem Albtraum auf.

Um sich abzulenken, griff sie nach dem Band mit den Goethe-Gedichten, tauchte wieder in die Welt dieser großen Liebe ein, der die Erfüllung versagt geblieben war.

Sie blätterte die Seiten durch, konzentrierte sich auf die Gedichte, bei denen ihre Urgroßmutter einige Zeilen unterstrichen hatte, versuchte deren Bedeutung für Maria Elena zu erfassen. Und bald hatte sie das Gefühl, diese unbekannte und zugleich so nahe Verwandte säße neben ihr und führte sie durch das Buch.

Beim Blättern entdeckte sie mitten im Buch eine getrocknete Rose und das Foto einer strahlenden Maria Elena mit einem stolzen Augustus, der sie im Arm hielt. Darunter stand: *Augustus und ich. Letztes Bild* sowie eine Feldpostadresse.

Maria Elenas Worte ließen ahnen, wie schmerzhaft der Abschied gewesen sein musste. Versprechungen und Hoffnungen kamen auf dem Foto zum Ausdruck, Verzweiflung und Ängste hingegen waren für einen Moment verbannt worden. Bald sollte sich das umkehren. Dafne stellte sich den letzten Kuss auf dem Bahnsteig und die vielen Briefe aus den Schützengräben vor, bis ihnen nicht einmal mehr das vergönnt gewesen war.

Aber die Erinnerungen konnten ihnen nicht genommen werden.

Manchmal verglich sie diese Liebe mit ihrer eigenen, doch das stimmte nicht, denn bei Maria Elena und Augustus war es eine Liebe gewesen, die auf Gegenseitigkeit beruhte – und das ließ sich in ihrem und Milans Fall beim besten Willen nicht behaupten.

Sie blieb im Bett liegen, bis sie Clelia in der Küche rumoren hörte. Draußen wurde es langsam hell, als sie nach unten ging. Die Großmutter reichte Dafne einen frischen Milchkaffee und stellte süßes Hefebrot auf den Tisch. Sie schwieg. Erst als die Enkelin eine Scheibe mit Himbeermarmelade bestrichen hatte, sagte sie: »Er kommt nicht wieder, oder?«

Vor Schreck ließ Dafne ihr Brot in ihre Tasse fallen. Sie fischte es heraus und steckte es in den Mund, dann nahm sie sich ein zweites Stück. »Ja, er ist gegangen.«

»Das tut mir leid, mein Schatz«, sagte Clelia und streichelte ihr über den Arm, rückte, als Dafne zurückzuckte, den Tannenzweig auf dem Tafelaufsatz zurecht, der zusammen mit etwas Moos und vier Kerzen die Tischmitte schmückte. »Bist du sicher, dass er nicht zurückkommen wird?«

Im Kamin knackten die brennenden Scheite, von der großen Wiese hinter dem Garten hörte man das Blöken der Ziegen und das Klingeln ihrer Glocken. Draußen herrschte, wie so oft bei Nebel, eine gespenstische Stimmung.

Dafne zerknüllte ihre Serviette. »Warum fragst du mich das?«

Clelia rückte ihr Schultertuch zurecht und fuhr sich durchs Haar. »Ich mache mir Sorgen, was sonst! Weil du mit der ganzen Arbeit, die ihr momentan habt, alleine dasitzt ... Eigentlich passt das gar nicht zu ihm.«

»Man kennt die Menschen nie ganz, Großmutter, sie sind feiger und zynischer, als man glaubt. Und das entdeckt man immer im unpassendsten Moment.«

»Dafne, jetzt mach mal einen Punkt«, erwiderte die Großmutter erbost. »Nicht alle Menschen sind so. Dein Großvater war weder feige noch zynisch, und Milan ist es auch nicht. Er ist ein guter Mensch. Vielleicht kriegt er seine Probleme, die er mit sich herumschleppt, irgendwann unter Kontrolle.«

»Deine Zuversicht in allen Ehren – aber ich sehe keinen Hinweis darauf, dass er wiederkommt. Zu allem Überfluss muss ich jetzt einen Schmied finden, der die

Rosen fertig macht, nachdem Milan mich einfach so hat sitzen lassen«, regte sie sich auf und ballte die Fäuste.

»Deine Augen sind ganz glanzlos und traurig«, stellte Clelia mit rauer Stimme fest. »Vor wenigen Tagen haben sie noch so wunderbar gefunkelt, und jetzt sind sie trüb wie das Wetter da draußen.« Sie hielt einen Moment inne. »Versuch, positiv zu denken, er wird ganz sicher nicht von hier weggehen.«

»Kann schon sein, denn er hat ja jetzt was mit Ginevra angefangen«, stieß Dafne bitter hervor.

Verwundert runzelte Clelia die Stirn und räumte schweigend die Reste des Frühstücks ab, bevor sie sich wieder an den Tisch setzte. »Erzähl mir, was in Rom passiert ist, und zwar alles.«

Der Moment der Wahrheit war gekommen, dachte Dafne, jetzt musste sie von ihren Entdeckungen, von Milans Geschichte, von dem Gedichtband und den Fotos berichten.

Sie setzte sich neben ihre Großmutter und griff nach ihren Händen. »Wie du willst, allerdings wird es dir nicht gefallen.«

Dafne ließ nichts aus, schonte ihre Großmutter nicht, gab alles preis – jedes Detail, von dem sie in Rom erfahren hatte –, zeigte ihr die alten Schwarz-Weiß-Fotos, die traurige Inschrift auf dem letzten Bild.

»Mama«, flüsterte Clelia, als sie Maria Elenas Lächeln sah, und streckte zugleich die Hand nach Dafne aus. »Erst deine Urgroßmutter und Milans Urgroßvater, jetzt ihr. Die Geschichte scheint sich zu wiederholen.«

Dafne verzog skeptisch das Gesicht. »Großmutter, jetzt fang nicht ausgerechnet du mit dem Schicksal an. Milan und ich haben uns rein zufällig getroffen.«

»Es gibt keine Zufälle«, sagte sie zu Dafnes Verwunderung und ging zum Küchenschrank, um eine Schachtel herauszuholen. »Du hattest recht, auch mit dem, was das Schicksal betrifft. Das gibt es nämlich wirklich. Nichts geschieht ohne Grund. Menschen treten nicht ohne Grund ins Leben anderer Menschen, sie haben immer eine Bedeutung, und die finden wir, indem wir in den dunklen Ecken unserer Seele danach suchen.«

»Ich kann dir nicht ganz folgen, was willst du mir damit sagen?«

Clelia holte ein Bündel Briefe aus der Schachtel und legte sie vor Dafne auf den Tisch. Es waren Dutzende, das Papier war vergilbt, die Tinte ausgebleicht, und der Poststempel verriet ihr wahres Alter. Sie stammten von Augustus Klammer.

»Unglaublich«, murmelte sie und las Passagen ihres Urgroßvaters, Beschreibungen und Liebesschwüre an, *die junge Italienerin, die mich seit unserem ersten Zusammentreffen in der Halle des Grand Hotel Meran verzaubert hat. Bis zu diesem Zeitpunkt wusste ich nicht, was Liebe bedeutet. Durch Dich weiß ich, was Leben ist.* Das hatte Augustus in einem seiner letzten Briefe geschrieben.

Worte, Gedichte – die ganze Geschichte einer Liebe lag dort ausgebreitet. Die Großmutter hatte sie doch nicht weggeworfen, wäre dazu gar nicht in der Lage gewesen, so zärtlich, wie sie über die Umschläge strich. Vermutlich kannte sie jedes Detail der Geschichte auswendig. Und dennoch hatte Clelia ihr damit ihre Familiengeschichte vorenthalten.

»Du hast alles gewusst?«, fragte Dafne. »Du hast die Geschichte bis ins Kleinste gekannt. Deshalb hattest du solche Vorbehalte gegen meine Reise nach Meran. Damals habe ich nicht verstanden, warum. Was hätte ich denn so Schlimmes herausfinden können?« Sie schüttelte den Kopf. »Ich verstehe dich einfach nicht. Früher hatten wir nie Geheimnisse voreinander und jetzt jede Menge. Das ist das Allerschlimmste.«

Clelia wich ihrem Blick aus.

Dafne saß mit übereinandergeschlagenen Beinen hoch aufgerichtet auf ihrem Stuhl und hoffte auf eine Erklärung.

»Ich warte«, sagte sie.

»Es ist kompliziert«, versuchte Clelia sie hinzuhalten.

»Ach komm!« Dafne schlug mit der Faust auf den Tisch. »Du hast es erst durch dein Schweigen und deine Ausreden kompliziert gemacht. Jahrelang bist du meinen Fragen ausgewichen, hast mich belogen, auch was meine Mutter angeht, die ja wohl ebenfalls solche Fragen gestellt hat. Und jetzt sitze ich hier und frage mich, was du mir noch alles verschweigst.«

Ein Windstoß ließ die Scheiben des Küchenfensters erzittern.

»Du musst das verstehen«, begann Clelia. »Zu viele Menschen unserer Familie sind gestorben, und deine Mutter ist an der unglückseligen Geschichte ihrer Eltern verzweifelt. Deshalb wollte ich sie nicht zusätzlich mit Maria Elenas traurigem Schicksal belasten. Und bei dir hatte ich Angst, dass du eine ähnliche Besessenheit entwickeln könntest wie Selvaggia. Es war zwar gelogen, dass es keine Briefe, Tagebücher und Fotos mehr gibt. Aber ich habe sie nicht weggeworfen, sondern nur versteckt.«

Clelia versank in Schweigen, dann raffte sie sich schließlich doch zum Weitersprechen auf. »Ich verrate dir noch was, wenn wir schon mal dabei sind. Du kennst ja das Hochzeitsfoto meiner Eltern, das auf meinem Nachttisch steht. Ich habe es immer geliebt, habe immer geglaubt, darauf ein glückliches Paar zu sehen, aber wenn ich es genau ansehe, wirken die Augen meiner Mutter, verglichen mit dem Schnappschuss aus deinem Buch, leer. Ich glaube mittlerweile, dass sie in ihrer Ehe doch nicht so glücklich war, wie ich gehofft hatte.«

»Großmutter, es tut mir leid ...«

»Nein, mein Schatz«, unterbrach Clelia sie und nahm ihre Hand, »ich habe mich falsch verhalten, da hast du recht. Vor allem weil ich geglaubt habe, dass du wie Selvaggia bist – du hättest unsere unglückselige Familiengeschichte nicht als Schicksal oder als böses Omen verstanden. Das war mein Fehler.«

»Entschuldige, dass ich dir Vorwürfe gemacht habe. Das war auch nicht richtig«, erwiderte sie und drückte ihre Großmutter an sich.

Sie hatte unterschätzt, wie stark Clelias Kindheitstrauma nachwirkte und in Furcht umgeschlagen war. Sie war gar nicht so rational, wie sie immer tat.

Aber die Großmutter war noch nicht fertig.

»Ich habe gewusst, dass Milan etwas mit dieser Geschichte zu tun hat«, fuhr sie fort. »Ich wusste es in dem Moment, als ich ihn das erste Mal sah, es war ein Instinkt – und über Instinkte muss ich dir ja keine Vorträge halten.« Sie wühlte zwischen den Umschlägen herum und zog ein Blatt hervor. »Hier, lies. Es ist ein Brief von Maria Elena an Augustus. Ich konnte mir nie einen Reim darauf machen – jetzt, zusammen mit Milans Äußerungen über den Brief, den seine Urgroßmutter abgefangen hat, ergibt er einen Sinn.«

Dafne nahm den Bogen und begann zu lesen:

Deine Frau wird mich töten, das spüre ich. Sie hat mir einen grässlichen Brief voller Drohungen geschickt, sie meinte, wenn ich Dir weiterhin schreibe, würde ich es bitter bereuen. Ich weiß, wozu eine verzweifelte Frau fähig ist, wenn sie liebt. Doch das wird mich nicht abhalten, wieder mit Dir in Kontakt zu treten, nachdem ich Deine Adresse gefunden habe. Der Krieg hat uns schon einmal getrennt, und ich werde nicht erlauben, dass das nochmals passiert. Ich hoffe sehr, dass diese Nachricht Dich erreicht und nicht wie mein erster Brief in die Hände Deiner Frau gelangt.

Dafnes Hände zitterten, als sie den Brief auf den Tisch legte, der offensichtlich nie abgeschickt wurde. Es wurde immer dramatischer! Ihre Urgroßmutter hatte von der Gefahr gewusst, die ihr drohte, und war dennoch nicht bereit gewesen, ein zweites Mal auf ihre große Liebe zu verzichten.

»Was für eine Frau«, stammelte sie. »Obwohl sie von der Gefahr wusste, hat sie nicht einmal versucht, sich in Sicherheit zu bringen.«

Clelia strich ihr über die Hand und schenkte ihr ein Lächeln, in dem die ganze Weisheit ihres Alters steckte. »Weil das Schicksal sie in jedem Fall gefunden hätte, mein Schatz. Niemand entkommt seinem Schicksal.«

»Sie hat dich sogar mit an die Tür genommen.«

»Nun, sie wusste um die Gefahr, ohne Ort und Stunde zu kennen. Hätte sie es geahnt, hätte sie mich bestimmt in meinem Zimmer gelassen. Andererseits denke ich manchmal, dass sie mich angesichts der Gefahr, in der sie schwebte, so oft wie möglich bei sich haben, jede Minute mit mir genießen wollte. Bis zu ihrem letzten Atemzug. Und dann hatte sie mich tatsächlich bei sich, als sie hinüberging, hat die Erinnerung an mich mit ins Jenseits genommen. Eine Geste der Liebe. Ich weiß, das klingt absurd und übertrieben, doch heute empfinde ich Dankbarkeit dafür.«

»Eine Geste der Liebe«, wiederholte Dafne am nächsten Morgen, als sie an die Tür von Mario klopfte, der gerade erst den Laden aufgeschlossen hatte.

»Ich wünsche dir einen guten Morgen«, begrüßte sie

ihn und streckte ihm eine Tüte Brioches entgegen. Er bat sie herein und goss ihr und sich Kaffee ein.

»Hier«, sagte Mario und schob ihr die Zuckerdose hin, als er plötzlich bemerkte, dass sie schwankte. »Was ist los, du bist ja ganz blass?«

Dafne nickte, gähnte und zeigte auf das Pflaster auf ihrem Arm. »Ich musste mal wieder zum Arzt, um mich durchchecken zu lassen«, erklärte sie und lehnte sein Angebot ab, eine Brioche zu essen. »Ich habe schon zu Hause gefrühstückt, ich musste nicht nüchtern sein. Keine Sorge, es ist nichts – ich stehe nur nicht so auf diese exzessiven Blutentnahmen, wo man für jeden Wert ein Röhrchen braucht, da wird mir leicht schwindlig.« Sie lachte. »Aber vielleicht sollte ich doch eine Brioche zum Kaffee nehmen«, entschied sie dann und setzte sich zu ihm.

Dafne mochte Mario. Er war fürsorglich, hilfsbereit, und er kümmerte sich um alle, die Hilfe brauchten, egal ob Mensch, Hund, Katze oder Fuchs. Dafnes Blicke glitten über die vielen verstaubten Flaschen in den raumhohen Regalen. Alles in diesem Raum, von den Balken aus Kastanienholz bis zu den Terrakottafliesen am Boden, strömte einen leichten Weingeruch aus. An einer der Wände hing ein Schwarz-Weiß-Foto von Levante, eine Erinnerung an einen Sommertag vor vielen Jahren. Er trug eine Uniform und ein Gewehr auf dem Rücken.

Sie wandte sich Mario zu. »Kannst du mir sagen, was mit Milan ist? Ich habe nichts mehr von ihm gehört, ich nehme an, du schon.«

Mario nickte, wischte sich die Hände an einem Tuch ab. »Was soll ich sagen, er ist ein seltsamer Typ«, meinte er vage. »Man weiß nie, was er denkt, und selbst wenn man es weiß, versteht man es oft nicht. Er ist und bleibt ein Rätsel.«

»Wem sagst du das.«

Mario nahm ein paar Flaschen Merlot aus dem Regal und begann sie abzustauben. »Mal kommt er, dann verschwindet er wieder. Trotzdem musst du dir keine Sorgen machen.«

»Tue ich auch nicht.«

»Eines ist sicher«, fügte er mit einem vielsagenden Blick hinzu, »er kommt ganz bestimmt zu dir zurück. Vielleicht schneller, als du denkst.« Er zwinkerte ihr zu, doch Dafne wandte sich ab und griff nach ihrer Tasche. Sie hasste solche Andeutungen.

Sie streifte die Handschuhe über und hängte sich die Tasche um. »Ach übrigens, Adelinas Hundekörbchen ist bald fertig. Bloß noch ein paar Handgriffe, und du kannst es abholen.«

»Geht es bis morgen?«, fragte er. »Morgen ist schließlich Heiligabend, und ich würde es ihr gern zu Weihnachten schenken.«

»Okay, ich gebe mein Bestes – auch wenn ich die Nacht durcharbeiten muss«, versprach sie und küsste ihn auf die Wange.

Dann ging sie hinüber in ihre Werkstatt, war bereit für einen neuen Arbeitstag. Doch immer wieder schweifte sie mit ihren Gedanken ab. Zu Milan, der Reise nach

Rom, der Zuckerwatte und ihrem Kuss. Sie vermisste ihn.

»Konzentration, Dafne«, ermahnte sie sich. »Konzentration, und alles wird gut.«

28

Hartnäckig klopfte es an die Werkstatttür. »Signora Merisi, ich habe ein Paket für Sie!«, schrie eine Männerstimme und riss Dafne aus dem Schlaf.

Sie hob ruckartig den Kopf, was sie sofort bereute, denn ein heftiger Schmerz durchfuhr sie bis in ihren Kopf, die Hals- und die Armmuskeln waren nach der Nacht im Sessel völlig verspannt. Draußen wurde es langsam hell. »Ich komme sofort«, sagte sie und unterdrückte ein Gähnen.

Auf dem Tisch stand eine halb ausgetrunkene Tasse Kaffee, die Thermoskanne, die Mario ihr am Vorabend ausgeliehen hatte, war leer. Von den Crackern waren nur noch Krümel übrig, und ihr Magen knurrte vernehmlich. Sie hatte fast die ganze Nacht gearbeitet, aber es hatte sich gelohnt. Als sie auf das Körbchen für Adelinas Hund schaute, lächelte sie zufrieden. Richtig süß und genau richtig für eine kleine Hundeprinzessin.

Sie unterdrückte ein weiteres Gähnen und öffnete die Tür. Vor ihr stand ein Hüne von Mann in einem roten Overall und mit schwarzen zurückgegelten Haaren. Er hatte ein Paket in der Hand. »Eine Unterschrift, bitte«, sagte er und hielt ihr einen Stift hin.

Dafne nahm ihn und unterschrieb. »Bitte sehr. Wissen Sie, was drin ist?«

»Keine Ahnung, ich liefere bloß aus.«

»Verzeihung, war eine dumme Frage«, erwiderte sie und nahm ihm das Paket ab. »Einen schönen Tag noch.«

»Frohe Weihnachten«, antwortete der Paketbote und winkte ihr zu, bevor ihm der Polizist durch ein schrilles Pfeifen zu verstehen gab, dass er seinen in zweiter Reihe geparkten Wagen besser entfernen solle.

Dafne schaute in den Himmel, vielleicht würde es heute Abend ja schneien. Sie lächelte, das hoffte sie jedes Jahr an Weihnachten.

Kurz darauf kam Clelia vorbei, bewaffnet mit mindestens einem halben Dutzend Tüten, in denen sich vermutlich die Zutaten für das Weihnachtsessen befanden.

»Der Arzt meinte, du sollst nicht so schwer tragen, dein EKG war nicht in Ordnung, und von der Lungenentzündung im Sommer hast du dich auch noch nicht richtig erholt«, ermahnte Dafne sie, doch Clelia schlug ihre Bedenken in den Wind.

»Ärzte sagen viel, wenn der Tag lang ist, das darf man nicht überbewerten. Außerdem: Wer soll die Einkäufe denn erledigen? Unserer Dienerschaft habe ich ein paar Tage freigegeben«, scherzte sie.

»Du hättest ja mich fragen können …«

»Ach ja, wie denn?«, entgegnete sie. »Du weißt schließlich nicht, wo dir der Kopf steht bei all der Arbeit. Heute Nacht bist du nicht mal nach Hause gekommen, wie hättest du mir da helfen sollen?«

»Du hast recht, ich musste noch einiges für Weihnachten fertig machen. Die Reisen nach Meran und Rom haben ganz schön viel Zeit gekostet, aber jetzt ist das meiste geschafft«, seufzte sie.

»Du musst erschöpft sein, du Arme«, meinte die Großmutter mitleidig und strich über die verspannten Muskeln ihrer Enkelin. »Soll ich dir zur Hand gehen oder dir etwas zu Mittag kochen?«

»Ganz lieb von dir. Trotzdem, nein danke. Du bist doch sicher schon mit dem Weihnachtsessen schwer beschäftigt.« Sie deutete auf eine Tüte, die intensiv nach Fisch roch. »Guache würde jetzt durchdrehen.«

»Meine Freundinnen, mit denen ich die letzten Jahre immer den Heiligabend verbracht habe, freuen sich übrigens sehr, dich wiederzusehen. Ist ja schon ziemlich lange her.«

»Klar, hoffentlich schaffe ich es, den Rest noch auf die Reihe zu kriegen«, meinte Dafne in dem vergeblichen Bemühen, begeistert zu klingen. »Sonst fangt ihr einfach ohne mich mit dem Essen an …«

»Dafne, also bitte …«

»Schon gut, ich tue mein Möglichstes. Und jetzt muss ich weiterarbeiten, wenn ich noch duschen will, bevor der Besuch anrückt.«

»Gut, das wollte ich hören«, antwortete Clelia und griff nach ihren Tüten. »Bis heute Abend!«

»Bis heute Abend«, erwiderte Dafne und betrachtete das Päckchen. Der Name des Absenders sagte ihr nichts, jedenfalls nicht, bis sie die Rose aus dem Einwickelpapier zog, die Milan ihr geschenkt hatte, das Musterexemplar für Veras Rosen. Jetzt kam sie mit dem Material zurück, das Milan für die Herstellung weiterer Rosen benötigte. Ein stechender Schmerz durchzuckte sie. Es tat weh, dass er an diesem Tag, an dem überall in der Welt Frieden und Harmonie beschworen wurden, nicht bei ihr war.

Sie musste wieder an ihre Urgroßmutter und Augustus Klammer denken. Hatte Augustus seiner Frau je verziehen, dass sie Maria Elena umgebracht hatte? Und hatte Maria Elena je ihrem Vater verzeihen können, wo er doch ihre große Liebe zu unterbinden suchte?

Und sie selbst? Konnte sie verzeihen? Ettore, Milan, ihrer Großmutter? Vielleicht musste sie es versuchen, damit sie endlich zur Ruhe kam.

Sie griff nach dem Handy, um Milan eine Nachricht zu schreiben und ihm mitzuteilen, dass das von ihm bestellte Material angekommen sei, wenngleich er es selbst vermutlich nicht mehr bearbeiten würde. Ohne jede Erwartung drückte sie lustlos auf Senden, doch als mit einem Mal das Display aufleuchtete und das Smartphone vibrierte, tat sich der Boden unter ihr auf.

Bin in zehn Minuten da. Warte auf mich, wenn möglich.

Völlig verdattert starrte sie auf die Nachricht. Zehn Minuten, er musste ganz in der Nähe sein. Und dann der saloppe Ton. Er tat ja, als wäre nichts passiert.

Als er schließlich vor ihr stand, erschrak sie. Er sah

aus, als hätte er sich die letzten Tage Gott weiß wo herumgetrieben.

»Hallo, Dafne«, sagte er und wurde von einem Hustenanfall geschüttelt.

»Milan«, stieß sie bestürzt hervor und zog ihn herein. »Möchtest du einen Tee?«

»Gerne, es ist ziemlich kalt«, antwortete er und streifte die dicken Wollhandschuhe von den Fingern.

Dankbar nahm er den Becher mit dem dampfenden Tee entgegen und schloss seine kalten Hände darum.

»Da ist das Paket«, sagte sie, weil ihr im Augenblick nichts anderes einfiel.

»Ja, ich weiß, das Material, das wir am Anfang bestellt haben, hat nicht gereicht.« In seinen Augen las sie die stumme Frage, ob die Absprache hinsichtlich ihrer Zusammenarbeit noch galt.

Das Paket war bloß ein Vorwand, das wussten beide. Sie wollte von ihm wissen, was an jenem Abend in Rom geschehen, warum er geflohen und wenige Tage später in Ginevras Armen gelandet war. Und ihm war klar, dass er ihren Fragen nicht ewig aus dem Weg gehen konnte.

»Dafne«, sagte er mit sanfter Stimme. Er sagte ihren Namen so zärtlich, dass sie sofort wieder spürte, warum sie sich zu ihm hingezogen fühlte. Sie dachte an den Kuss, der etwas ebenso Magisches hatte wie die Beziehung zwischen Maria Elena und Augustus.

Dennoch schwieg sie, wartete auf seine Erklärung, auf die Wahrheit.

Doch dann hörten sie eine Frauenstimme, und als sich

Dafne und Milan umdrehten, stand Adelina Bianchini in der Werkstatttür. Sie hatte einen Eiswagen aus den Fünfzigerjahren dabei, ein Holzgestell mit zwei Rädern unter einem Edelstahlbehälter, in dem man früher im Sommer das Eis kühl gehalten hatte. »Darf ich?«

»Natürlich, kommen Sie ruhig herein, Signora«, sagte Dafne und stand auf. »Und was ist das da?«, fragte sie und deutete auf den Wagen. »Wie kann ich Ihnen helfen?«

Adelina lächelte und fasste an die Goldkette mit dem Ehering ihres verstorbenen Mannes. »Ich möchte den alten Eiswagen meines seligen Rodolfo aufarbeiten lassen, obwohl er nicht mehr gut in Schuss ist – dennoch ist er für mich von unschätzbarem Wert. Meinen Sie, das könnten Sie schaffen?«, fragte sie und trat beiseite, damit Dafne das Stück näher in Augenschein nehmen konnte.

»Er ist wirklich in keinem guten Zustand, aber es lässt sich bestimmt etwas draus machen«, versicherte sie, während sie um den Karren herumging. Dann schaute sie zu Adelina, deren Hände immer noch nervös mit der Kette spielten. »Würden Sie mir etwas über diesen Wagen erzählen und warum er so wichtig für Sie ist?«, fragte sie und lächelte Adelina an.

»Das hat mit meiner Hochzeit zu tun.«

»Inwiefern?«

»Rodolfo und ich haben auf der Piazza gefeiert und ganz Torralta ein Eis spendiert. Von meinem ersten Gehalt als Lehrerin hatte ich mir ein Grammofon gekauft, und es spielte mein Lieblingslied, *La vie en rose*. Unser Lied«, verbesserte sie sich. »Wir haben uns 1968 kennengelernt, zu Beginn des neuen Schuljahrs. Ich war gerade aus Kampanien nach Torralta gekommen, um die Stelle als Musiklehrerin an der Grundschule anzutreten, meine Vorgängerin war in Pension gegangen. Als ich damals aus dem Bus stieg, rechnete ich damit, dass mich die Direktorin abholen würde. Stattdessen sah ich eine riesige Eistüte vor mir, Schokolade und Erdbeere, und einen lächelnden jungen Mann mit einem weißen Hütchen auf dem Kopf. Das war Rodolfo«, erzählte sie und knetete dabei ein Stofftaschentuch, das eindeutig ihrem Mann gehört hatte. »Er erklärte, meine blassrosa Strickjacke und mein schüchternes Lächeln würden gut zu Erdbeere passen und das Braun der Schokolade stehe für Intensität und Leidenschaft.« Versunken in ihre Erinnerung strich sie leicht mit der Hand über den Eiswagen, und ihr Blick war wieder der des jungen Mädchens, das viele Jahre zuvor existiert hatte. »Obwohl wir nicht viel Geld hatten, waren wir glücklich, versuchten, mit dem zu leben, was wir gerade besaßen. Unsere Leidenschaft war das Tanzen, oft schoben wir abends die Möbel im Wohnzimmer zur Seite, legten eine Schallplatte auf, tanzten im Dunkeln, Wange an Wange, barfuß. Und wir konnten so wunderbar gemeinsam lachen – selbst als wir erfuhren, dass wir keine Kinder bekommen konnten, gelang es uns, unseren Frieden zu finden, und wir liebten uns umso mehr.

»Bestimmt wart ihr das schönste Paar in ganz Torralta«, sagte Dafne und nahm Adelinas Hand, spürte sofort Rodolfos Präsenz. Ihr kam eine Idee. Sie würde die Stahlbehälter von dem Karren entfernen und dort Platz für Adelinas Grammofon schaffen, gewissermaßen also eine symbolische Verbindung zwischen beiden Dingen herstellen, die Adelina und Rodolfo so geliebt hatten.

Kaum hatte Adelina sich zufrieden verabschiedet, als Vera anrief und Hektik verbreitete, weil ihr ständig etwas Neues einfiel, das sie unbedingt brauchte.

»Diese Hochzeit raubt mir noch den letzten Nerv«, seufzte sie ins Telefon, und Dafne dachte sich im Stillen: *Ja, mir auch.*

Milan hatte die ganze Zeit am Tisch gesessen, ohne ein Wort zu verlieren.

»So, endlich. Erleichtert ließ Dafne sich auf einen Stuhl fallen.

Inzwischen war es fast Mittag, bald würde man in den Häusern das Weihnachtszimmer herrichten und das Festessen vorbereiten. Von gegenüber zogen bereits Essensdüfte in die Werkstatt. Die Gerüche erinnerten sie daran, dass sie hungrig war, denn außer einem Apfel und den Crackern von gestern hatte sie nichts gegessen. Sie massierte sich den Bauch, um ihren Magen zu beruhigen.

»Ich gehe dann mal«, sagte Milan und erhob sich. Am liebsten hätte sie ihm ein »Warte« zugerufen – und vielleicht wäre er ja sogar geblieben, aber die Gelegenheit verstrich, bevor sie sich überwinden konnte.

Dann war er weg.

Ihre Hände zitterten, als sie fahrig das Packpapier auf dem Arbeitstisch zusammenräumte, und sic warf die Schale mit Bonbons herunter. Neben dem Rascheln von Stanniolpapier ertönte ein leises metallisches Scheppern. Dafne kniete sich auf den Boden, um alles aufzusammeln, und unter einem Haufen Anis-Honig-Bonbons fand sie eine von Veras Rosen mit einem Zettel zwischen den Blütenblättern. *Du fehlst mir*. Es war Milans Schrift. Es waren nur drei Worte, doch sie ließen ihre Kehle eng und ihr Herz schwer werden. In ihrem Kopf wirbelte es nur so vor Gedanken.

»Dafne, schnell«, rief Mario in diesem Augenblick von der Tür her, »ich brauche Adelinas Geschenk. Es ist doch fertig geworden, oder?« Suchend schaute er sich in der Werkstatt um und bemerkte ihren abwesenden Blick. »Alles in Ordnung?«

Sie nickte und stand auf. »Ich hol dir das Geschenk.«

Sie zog das Tuch vom Körbchen und wickelte dieses in Geschenkpapier, dann legte sie einen Tannenzweig darauf und band eine Schleife um das Paket. Ihre Gedanken waren jedoch ganz woanders, bei Milan. Wo mochte er an diesem traurigen Weihnachtsabend sein?

»So, fertig.« Sie überreichte Mario das Geschenk für Adelina, der sie überschwänglich umarmte und dann glücklich mit dem Geschenk hinauseilte, während sie einsam und verwirrt zurückblieb.

Wie immer suchte sie Zuflucht in der Vergangenheit, griff nach dem Gedichtband, in dem das letzte Foto von

Maria Elena und Augustus lag. Zärtlich streichelte sie über das sepiafarbene Gesicht ihrer Urgroßmutter.

»Hast du wirklich Milans Urgroßvater geliebt?«, fragte sie und suchte in Augustus' Augen nach einer Bestätigung. Und konnte auch er diese Liebe nicht vergessen? Wenn sie Milan richtig verstanden hatte, war er nie über die Trennung hinweggekommen.

Allerdings pflegten sich damals wie heute die meisten Menschen in einem Leben ohne Höhen und Tiefen einzurichten – in einem Leben, das gleichmäßig dahinplätscherte, in dem es gute und schlechte Tage gab, ohne dass man sich etwas beweisen musste. Vielleicht hätte das Maria Elena und Augustus ebenfalls erwartet, und die große Liebe bestand nur dann fort, wenn sie sich nicht auf dem Prüfstand des Alltags bewähren musste, wenn sie ein Ideal, ein Traum, also unerfüllt blieb.

»War das bei euch so?«, flüsterte sie der lachenden Maria Elena auf dem vergilbten Foto zu.

Das Klingeln des Handys ließ sie zusammenzucken. Schon wieder eine Nachricht von Ettore. Genervt verdrehte sie die Augen. Sie hatte ihm mehr als einmal deutlich zu verstehen gegeben, dass er sie in Ruhe lassen solle, doch er meldete sich ausgerechnet immer dann, wenn es ihr mies ging. So wie heute. Sie beschloss, diesmal zu einer Radikalkur zu greifen und ihm und sich zu beweisen, wozu die starken Frauen ihrer Familie fähig waren.

»Jetzt bin ich dran«, murmelte sie, nahm den schwersten Hammer ihres Großvaters vom Arbeitstisch, schlug wieder und wieder auf das Handy ein, bis es in Stücke zerfiel und ihr Geist wieder klar war.

»Leb wohl, Ettore«, sagte sie und warf die Reste des Handys in den Mülleimer.

Dann legte sie den Hammer zurück, warf sich den Mantel über die Schultern, packte den Gedichtband in ihre Tasche, verließ die Werkstatt und machte sich auf die Suche nach einem neuen Kleid für den heutigen Abend. Clelia wäre stolz auf sie. Außerdem fand sie, dass sie sich zur Abwechslung mal selbst etwas Gutes tun sollte.

Leider hatte Dafne ein paar Problemstellen an ihrem Körper. Die Krebsoperationen vor ein paar Jahren hatten Narben hinterlassen, die sie als Makel betrachtete. Und als unauslöschlichen Beweis dafür, dass ihr Körper sie im Stich gelassen hatte. Voller Abscheu betrachtete sie im Spiegel der Umkleidekabine die tiefen Einschnitte unterhalb ihrer Schulterblätter, zwei Risse in der Haut und in ihrer Seele. Sie nahm das Kleid vom Bügel, streifte es über und zog es schnell herunter, damit sie nicht mehr sehen musste, was sie nicht sehen wollte.

»Und? Passt es, Dafne?«, rief Maria ihr zu. Ihr gehörte die Boutique, in die sie gerade rechtzeitig vor Ladenschluss noch geeilt war. Sie spähte durch den Vorhang.

»Nur eine Minute noch«, bat sie, aber Maria hatte ihr Geheimnis offenbar bereits entdeckt. Sie merkte es daran, wie sie mit den Verkäuferinnen flüsterte. Bislang hatte niemand hier in Torralta von ihrer Krankheit gewusst.

Auch Ettore hatte mit ihren Narben nicht umgehen können. Sie hatte es gespürt, jedes Mal, wenn er sie ausgezogen, sie angesehen, sie berührt hatte. Seine Ablehnung war fast schlimmer gewesen als die Krankheit selbst.

Rasch schlüpfte sie wieder in ihre Alltagsklamotten und rannte mit gesenktem Kopf, ohne das Kleid zu kaufen, aus der Boutique. Sie wollte das Mitleid in den Blicken der anderen nicht sehen. Kaum war sie draußen, rutschte sie auf der mit einer leichten Schnee- und Eisschicht bedeckten Straße aus und rempelte einen Mann an, der sich geistesgegenwärtig umdrehte, sie auffing und somit vor einem Sturz bewahrte.

»Milan?«

Sein Gesicht war ganz nah an ihrem. So nah wie damals bei ihrem Kuss und so nah, dass sie den Kaffeeduft in seinem Atem riechen und seine Finger auf ihrem Körper spüren konnte. Oh Gott, wie sehr hatte sie sich danach gesehnt!

»Ich dachte, du arbeitest noch.«

»Ach, ich konnte mich nicht konzentrieren und musste einfach mal raus.«

»Und shoppen gehen, wie ich sehe«, kommentierte er scherzhaft und deutete auf die Boutique, doch dann bemerkte er, dass sie keine Tüte bei sich hatte. »Die Jagd war wohl nicht erfolgreich?«

Dafne blickte zur Seite, zu sehr schmerzte die in ihren Augen demütigende Erfahrung. Sie wollte bloß noch weg von hier.

»Komm.« Sie hakte sich bei Milan unter und zog ihn auf die andere Straßenseite, denn soeben verließen Maria und ihre Mitarbeiterinnen den Laden. Wohin sie wollte, wusste sie nicht, und Milan war taktvoll genug, sie nicht danach zu fragen. Er kannte sie gut genug, um zu spüren, dass etwas im Busch war.

Als Dafne zu allem Überfluss Ginevras Vater auf sie zukommen sah, bog sie rasch in eine Seitengasse ein, die zu der alten Schokoladenfabrik führte, die früher der ganze Stolz der Familie Diamanti gewesen war, bis ein Finanzskandal zum Bankrott geführt hatte und der Besitzer auf die Kaiman-Inseln geflohen war. Danach stand das Gebäude lange leer und wurde lediglich von Sprayern besucht, bis sich vor einigen Monaten ein junges belgisches Paar mit einem Café und einer Confiserie dort niedergelassen hatte.

»Gehen wir etwas Heißes trinken?«, fragte Dafne und schob die schwere Eingangstür auf.

Das Café selbst war klein, in den Vitrinen lagen die Kreationen des Maître Chocolatier, die in den hinteren Räumen hergestellt wurden. Passend zum Hauptgeschäftszweig lag auf dem Boden ein schokobraunes Parkett. Eine alte Kaffeemaschine zischte und fauchte, und am Tresen standen zu Hockern umfunktionierte alte Milchkannen. In den Ecken lehnten Kaffeesäcke aus Jute, die einen aromatischen Duft verströmten. Ansonsten folgte die Einrichtung eher dem Pariser Bistro-Stil der Dreißigerjahre. Im Hintergrund lief leise Jazzmusik.

Dafne mochte das Ambiente und steuerte einen der Tische mit Marmorplatte und schmiedeeisernen Füßen an. Als die Kellnerin kam, bestellten sie beide eine heiße Schokolade mit Zimt-Aroma und ein Tablett mit einer Auswahl an Pralinés und Keksen.

»Ich habe deine Nachricht gefunden«, eröffnete sie das Gespräch, nachdem ihre Bestellungen gebracht worden waren, und goss aus dem silbernen Kännchen noch etwas Sahne in ihren Kakao.

Milan führte seine Tasse an die Lippen. »Hat sie dir nicht gefallen?«

»Doch schon, aber ich war verwundert. Das hatte ich nicht erwartet.«

»Es ist die Wahrheit.«

Sie nickte und schaute der Besitzerin zu, die mit einer Zange Pralinen auf einem Tablett arrangierte, während aus der Küche leises Gemurmel drang. Alles atmete Ruhe und Gelassenheit, wirkte wie eine Welt abseits der Welt, abseits von ihr und Milan.

»Warum hast du das gemacht?«, fragte sie und sah ihn beschwörend an.

Er zerbrach einen Keks: »Dafne, ich …«

»Du bist gegangen, Milan. Du hast mich wie eine Idiotin mitten auf der Straße in Rom stehen lassen, und zurück in Torralta sehe ich dann, wie du meine Freundin Ginevra küsst? Da ist es wohl nicht ganz abwegig, wenn ich mich über deinen Zettel gewundert habe, oder?«

»Nein.« Er schaute ihr tief in die Augen und schüttelte den Kopf. »Es tut mir leid, mehr kann ich dazu nicht sagen. Ich wollte dir nie wehtun und habe es dennoch getan, das ist unentschuldbar«, fügte er leise hinzu und beugte sich vor. »Das mit Ginevra war Absicht. Ich wollte, dass du mich mit Ginevra siehst, damit du mich hassen kannst, jedenfalls habe ich das gehofft. Ich dachte, das würde alles einfacher machen, bloß stimmte es nicht. Nicht einmal für mich. Weißt du, ich möchte nämlich auch wieder leben, richtig leben.«

Er blickte auf seine Hände, ihr Gesicht war nur wenige Zentimeter von seinem entfernt, nah genug zum Streicheln, nah genug zum Küssen. Obwohl er nichts lieber wollte als das, konnte und durfte er es nicht.

Und um ihr das begreiflich zu machen, rang er um die richtigen Worte. »Deshalb habe ich dir geschrieben, du solltest es wissen, nur bleiben kann ich nicht. Ich bleibe nirgendwo.«

Milans Worte verletzten Dafne. Wider alle Vernunft hatte sie geglaubt, dass das Versprechen, das die beiden Zwillingsuhren bargen, eingelöst wurde.

Milan und sie als Wiedergutmachung für die verlorene Liebe von Maria Elena und Augustus, so hatte sie sich das erträumt. So hatte es das Schicksal bestimmt, als sie sich das erste Mal in jener Regennacht begegnet waren.

»Bleib«, bat sie ihn leise. »Wenn ich dich verstehen soll, dann musst du dieses Mal bleiben.«

Er sah in ihr blasses Gesicht, überlegte lange und nickte dann langsam: »Okay, ich bleibe.«

»Wirklich?«, stammelte sie.

»Ja«, bekräftigte er. »Lass uns gehen.«

Während er zahlte, rief Dafne mit Milans Handy Clelia an und erklärte ihr, dass sie nicht kommen könne, ihr sei nicht nach einem fröhlichen weihnachtlichen Festessen zumute.

Draußen schneite es. Leise fielen dicke Flocken vom Himmel und bedeckten den großen Tannenbaum auf der Piazza, dessen Lichter sich auf dem vereisten Boden spiegelten. Alles sah aus wie in einem alten Weihnachtsmärchen. Dafne und Milan liefen kreuz und quer durch Torralta – Hand in Hand, als wollten sie ihren bei der heißen Schokolade getroffenen Entschluss noch einmal bekräftigen.

Inzwischen war die Hektik des Advents dem Frieden der Weihnacht gewichen. Die Geschäfte hatten die Rollläden heruntergelassen, in den Häusern saßen die Menschen um den Weihnachtsbaum, oder sie waren mit ihren Geschenken unterwegs, um bei Verwandten oder Freunden zu feiern. Jahr für Jahr wiederholten sich die weihnachtlichen Traditionen. Vielleicht hatten Augustus und Maria Elena damals auch davon geträumt, nach dem Krieg ein gemeinsames, glückliches Weihnachten zu feiern.

»Idyllisch sieht Torralta mit all dem Schnee aus«, warf Milan ein und deutete auf den Platz mit der Kirche, die ebenfalls geschmückt war. Später am Abend würden hier die Gläubigen zur Mitternachtsmesse zusammenströmen.

»Ich habe bei einem Trödler in Rom ein Foto unserer

Urgroßeltern gefunden«, wechselte sie das Thema und zog ihn unter eine Straßenlaterne auf dem Kirchplatz, um es ihm zu zeigen. »Es steckte in einem zweisprachigen Band mit Goethe-Gedichten, vermutlich ein Geschenk von Augustus an Maria Elena.«

»Das ist er«, murmelte Milan.

»Ich weiß«, erwiderte sie, steckte das Foto in die Tasche zurück. Sie liefen weiter, und Dafne steuerte zielstrebig den Friedhof an. Milan folgte ihr mit merklichem Unbehagen.

»Dafne, das ist keine gute Idee, lass uns gehen.«

Sie drehte sich zu ihm um. »Willst du die Wahrheit erfahren?«

»Sicher, aber lieber an einem anderen Ort. Außerdem ist heute Weihnachten, da sollten wir glücklich sein und einen sitzen haben und uns nicht auf dem Friedhof rumtreiben.«

»Glaubst du etwa, Augustus und Maria Elena waren glücklich?«

»Dafne, jetzt mach mal einen Punkt.« Milan hob abwehrend die Hände. »Selbst wenn sie es nicht waren, spielt das für uns keine Rolle. Du tust ja geradeso, als müssten wir ihr Leben nachstellen, das geht eindeutig zu weit ... Wir leben im Hier und Jetzt – nicht in der Vergangenheit.«

An ihrem Blick erkannte Milan, dass er das Falsche gesagt hatte.

»Tun wir das wirklich, Milan? Nur weil hier kein Krieg herrscht, heißt das nicht zwangsläufig, dass wir im Frieden leben. Und auch wenn du es nicht wahrhaben willst, wir beide, wir sind mit Augustus und Maria Elena verbunden. Egal, ob wir das wollen oder nicht.«

Dafne verstummte. Sie wünschte sich so sehr, dass Milan das verstand, dass sie Teil von etwas Größerem waren.

Doch auf einmal erstarrte sie. Da war eine Gestalt auf dem Friedhof unterwegs. Jemand, der ihr sehr vertraut war: das Mädchen mit der roten Baskenmütze. Dafne wollte losstürzen, ihr folgen, sie zur Rede stellen, aber Milan packte sie an den Schultern und riss sie zurück. »Dafne, was hast du denn? Wo willst du hin?«

Sie presste sich die Hand gegen die Stirn, in ihren Schläfen pochte es wie wild. War das Mädchen wieder mal eine pure Illusion gewesen?

»Du hast nicht …?« Sie führte den Satz nicht zu Ende.

»Das gefällt mir alles gar nicht, lass uns gehen, sofort«, sagte er bestimmt.

»Noch einen Moment«, erwiderte sie.

»Dafne, ich bitte dich.« Doch obwohl er sie am liebsten gepackt und fortgezogen hätte, folgte Milan ihr über den Friedhof.

»Da sind wir«, sagte sie und blieb vor einem großen Grabstein stehen. Sie kniete nieder. »Hallo, Mama.«

Neben Salvaggias Grab lagen dort auch die anderen bereits verstorbenen Familienmitglieder der Merisis: Levante, Maria Elena und ihr Mann. Außerdem waren zum Gedenken die Namen von Adele und ihrem Mann auf einem Stein eingemeißelt.

Sie erhob sich wieder. »Das ist der richtige Ort, um dir die Geschichte unserer Familie zu erzählen, von Maria Elena bis zu mir. Einen Teil kennst du ja bereits, aber nicht alles.« Sie griff nach seiner Hand. »Bist du bereit für eine traurige Geschichte?«

Er klopfte sich den Schnee von der Jacke. »Ich habe keine Angst vor traurigen Geschichten, das weißt du.«

Und dann erzählte sie. Die ganzen Geschichten, die nach und nach ans Licht gekommen waren und somit ein geschlossenes Ganzes ergaben, das keine Fragen mehr offenließ.

Als Dafne fertig war, sah sie Milan an. Er nahm ihre Hand, und sie verließen zusammen den Friedhof. »Ich möchte nicht, dass es dir genauso geht wie all den anderen Frauen in deiner Familie«, flüsterte Milan, als sie bei der Werkstatt ankamen.

Dafne rückte ihre Umhängetasche zurecht. »Was meinst du damit?«

»Nun, dass dir ähnlich Grausames passiert wie deiner Mutter oder deiner Großmutter und auch nicht wie deiner Urgroßmutter, das wäre ein Albtraum.«

»Milan, schau mich an«, bat sie. »Ich gehe davon aus, dass ich noch sehr lange auf dieser nicht immer schönen Erde bleibe. Maria Elena ist zu mir gekommen, damit ich ihr Frieden gebe, indem ich ihrer Geschichte und damit ihrer Liebe nachträglich Geltung verschaffe. Aber das heißt nicht, dass mich diese Geschichte umbringt oder mich verrückt macht, wie es bei meiner Mutter der Fall war. Nein, ich will leben.«

Er nickte und nahm sie in den Arm. »Soll ich dich nach Hause bringen?«

Sie löste sich von ihm, schüttelte den Kopf und öffnete die Tür. »Ich muss noch aufräumen und Papierkram erledigen. Und was ist mit dir? Bist du müde?« Zärtlich strich sie ihm über das erschöpft wirkende Gesicht.

»Ich ...«

»Du siehst aus, als hättest du seit Tagen nicht geschlafen«, unterbrach sie ihn, während ihre Finger ihn weiterhin sanft streichelten. Sie spürte, wie er sich fallen ließ, weich wurde unter ihrer Hand, als würde er sich endlich von dem Ballast befreien, den er mit sich herumschleppte.

Er warf die Tür zu, zog sie an sich, und ihre Lippen fanden sich. Beide hatten das Gefühl, dass ihre Ängste und Bedenken mehr und mehr schwanden und der Leidenschaft Platz machten, die sie beide schon lange füreinander empfanden.

Dass sein Körper etliche Narben aufwies, nahm ihr ein wenig die Scheu. Trotzdem wäre sie am liebsten davongelaufen, als er im Schein der Lampe ihren Oberkörper entblößen wollte.

»Milan, nein«, sagte sie, löste sich von seinen Lippen und presste ihre Hände gegen die Brust. Wie sehr hätte sie gewünscht, sich ihm ohne Hemmungen zeigen zu können, aber das konnte sie nicht. Zu tief saß die Verletzung darüber, was die Operationen ihrem Körper angetan hatten. Es war der Preis für ihr Überleben gewesen.

»Was ist?« Er spürte, wie sie sich verkrampfte, und

nahm sie einfach in den Arm wie ein Kind, streichelte ihr über den Rücken. Dann führte er sie nach oben in die Mansarde, legte sie in sein Bett und wickelte sie warm ein. »Erzähl mir, was dich so bedrückt«, flüsterte er zärtlich, legte sich zu ihr und strich ihr liebevoll über ihr Haar.

Sie brauchte eine Weile, bis sie sich überwand. »Es gibt da etwas, das du nicht weißt. Ich habe mich vor ein paar Jahren operieren lassen müssen …« Sie hielt inne, starrte verzweifelt zur Decke und biss sich auf die Lippen. »Es ist nicht leicht, und es tut weh …«

»Dafne, schau mich an.«

»Nein.«

»Bitte, Dafne«, sagte er und führte ihren Zeigefinger seinen Hals entlang bis zu der Stelle, an der sich sein Tattoo befand. »Ja, ich habe gesehen, was du vor mir verstecken willst, und du erinnerst dich vielleicht auch, dass ich dir irgendwann mal die Geschichte dieser Narbe erzählt habe. Bis heute erinnert sie mich daran, dass ich damals mein Leben für meine Mutter gegeben hätte, und jetzt betrachte ich sie als Teil von mir.«

Sie löste sich aus seinen Händen. »Unsere Narben kann man nicht vergleichen, du hast dich geschnitten, als du deiner Mutter helfen wolltest, ich hatte Krebs und wäre beinahe daran gestorben. Ich habe durch diese Krankheit meine Brüste verloren und mich deshalb lange nicht mehr als Frau gefühlt.« Sie schluckte schwer. »Nach ein paar Monaten habe ich mich wieder operieren lassen. Bei diesem Eingriff wurde die Brust neu aufgebaut. Das hat neue Narben hinterlassen.« Sie umklammerte die Decke und traute sich kaum, Milan anzusehen. »Sie haben mir Haut vom Rücken entfernt, die sie für die Implantate brauchten. Irgendwie glaube ich, dass man mir die Operationen bereits aus der Entfernung ansieht. Ich habe das Gefühl, dass ich angestarrt und verurteilt werde. Ich fühle mich nicht wie ich selbst, und ich habe keine Ahnung, wie ich das ändern soll.« Sie schluchzte auf. »Wie soll ich das ändern, kannst du mir das sagen?«

Milan drückte ihr einen Kuss auf die Stirn und öffnete vorsichtig den Verschluss ihres BHs.

»Bitte nicht.«

Dafne wand sich unter seinen Händen, doch Milan drückte seine Lippen liebevoll auf ihre Haut, lange und zärtlich, fuhr sacht mit dem Zeigefinger über die Stellen, die sie verbergen wollte, küsste die Narben auf ihrem Rücken, küsste ihre Brüste – und Dafne spürte, wie sie sich entspannte und sich seinen Liebkosungen hingab.

Sie fühlte sich endlich wieder wie eine Frau, die geliebt wurde, die Begehren und Lust weckte und empfand.

Als Milan bereits eingeschlafen war, erhob Dafne sich, trat ans Fenster und sah hinaus in den weich fallenden Schnee, der die kahlen Äste und die leeren Straßen und Höfe bedeckte.

Während sie am Fenster stand, spürte sie, wie sehr sie Milan brauchte, wie sehr sie bei ihm sein wollte. Sie wollte seine Brust an ihrem Rücken fühlen, ohne dass sie an ihre Narben dachte. »Nun gehören sie auch mir«, hatte er vor dem Einschlafen gesagt und erneut ihre Haut gestreichelt und geküsst.

Im Rückblick schien es ihr absurd, wie viel Zeit sie verschwendet hatten, weil sie glaubten, sich aus dem Weg gehen zu müssen. Das alles schien plötzlich so weit weg. Da sie keine Müdigkeit verspürte, beschloss sie, ein bisschen in den Goethe-Gedichten zu lesen. Barfuß schlich sie die Treppe hinunter, machte Licht, kauerte sich mit dem Band in einen Sessel und las. Unvermittelt spürte sie wieder diese besondere Wärme unter ihren Fingern, Zeichen einer besonderen Liebe.

»Ewig dein, ewig mein, ewig uns«, flüsterte sie, als sie plötzlich Milans Arme um sich spürte. Seine warme Haut und sein Atem streichelten sie, seine Lippen küssten ihr Haar. »Du bist aufgestanden?«

»Ich konnte nicht schlafen.«

Milans Finger glitten zwischen ihre braunen Locken, der Geruch seines Körpers mischte sich mit dem von Holz und Farbe. Er war alles, was sie brauchte – alles, wonach sie immer gesucht hatte. Denn im Grunde war sie all die Jahre allein gewesen, trotz Ettores sporadischer Anwesenheit in ihrem Leben, und sie hatte den Glauben an ein dauerhaftes Zusammenleben mit einem Mann fast schon aufgegeben. Jetzt war sie voller Zuversicht, dass sich ihre Träume doch noch erfüllten.

Sie legte ihren Kopf an seine Brust. »Lass uns nach oben gehen, hier unten ist es viel zu kalt. Morgen mache ich dem Installateur die Hölle heiß.«

»Morgen wirst du damit kein Glück haben.«

»Warum?«

Milans Lippen legten sich sanft auf ihre. »Frohe Weihnachten, Dafne«, hauchte er und brachte sie ins warme Bett zurück.

29

Die Dämmerung malte rosa Striche an den Nachthimmel, der wie ein tintenblaues Samtkissen aussah. Nach dem abendlichen Schneefall hatte es aufgeklart, und es versprach ein schöner Tag zu werden. Sie waren in den frühen Morgenstunden nach Hause zu Clelia gegangen, um in den Genuss einer warmen Dusche und eines guten Frühstücks zu kommen.

Während Milan noch im Bad war, hatte Dafne sich in seinen dicken Pullover gehüllt und mit Wollstrümpfen, die Clelia ihr vor einigen Jahren zu Weihnachten geschenkt hatte, an den Beinen schon in die Küche begeben. Sie hatte also genug Zeit, ein gemütliches Weihnachtsfrühstück vorzubereiten. Die Kanne für den Espresso war schon aufgesetzt und die Milch schon in den geblümten Emailletopf gefüllt. Jetzt nahm sie eine grobe Leinendecke aus der Schublade, die sie einmal aus Rom mitgebracht hatte, dazu ihre Lieblingstassen, weiße Milchkaffeeschalen mit einem roten Herzchen, stellte Obst auf den Tisch und dekorierte alles mit Pinienzapfen, Tannenzweigen und vier weißen Kerzen sowie einer Schale mit getrockneten Blüten und frischen weihnachtlichen Gewürzen wie Zimtstangen, Nelken und Sternanis, die sofort ihr starkes Aroma in der warmen Küche verbreiteten. Dafne trat einen Schritt zurück, um ihr Werk zu betrachten, und freute sich wie ein Kind.

Das erste Weihnachtsfest ohne einen Mann, der mit seiner Ehefrau vor dem Weihnachtsbaum saß, mit ihr Sekt trank und Geschenke auspackte. Zur selben Zeit ließ er Dafne in der einsamen Wohnung sitzen, nur in Gesellschaft einer Lasagne aus dem Kühlregal, einer Flasche Chianti und eines leicht trockenen Panettone, den Blick auf das Handy gerichtet, während sie auf seinen Weihnachtsanruf wartete. Dennoch war sie, seit sie Ettore kannte, in Rom geblieben, statt die Festtage bei ihrer Familie zu verbringen. Wie dumm war sie doch gewesen!

»Das sieht ja wunderschön aus«, hörte sie Milan sagen, der plötzlich eingehüllt in den harzigen Duft seines Aftershaves hinter ihr aufgetaucht war und ihre Taille umfasste.

»Wirklich schön«, lobte auch Clelia, die draußen Holz geholt hatte und sich jetzt den Schnee abklopfte. Ihre Wangen waren von der Kälte gerötet, und auf ihren Haaren glitzerten Eiskristalle.

Sie war ein wenig verwundert gewesen, als sie in aller Herrgottsfrühe bei ihr aufgekreuzt waren, hatte dann jedoch bloß nachsichtig gelächelt und damit ihre Zustimmung signalisiert.

»Wenn du nicht gut auf sie aufpasst«, sagte sie zu Milan, »dann bekommst du es mit mir zu tun, und ich bin nicht so harmlos, wie ich aussehe.«

Dann küsste sie Dafne auf die Wange, griff nach dem

Schürhaken neben dem Kamin, legte neue Scheite auf und warf ein paar getrocknete Orangenschalen in die Flammen. Dafne schnitt derweilen das süße Hefebrot mit Walnüssen und Rosinen an, das Clelia am Vortag gebacken hatte, während Milan neugierig den Deckel der großen Kasserolle lüftete, in der der Eintopf für das Mittagessen köchelte.

»Wollen wir jetzt frühstücken oder nicht?«, fragte Clelia mit in die Hüften gestützten Händen. »Meine Gäste kommen gegen zwölf, bis dahin gibt es noch einiges zu tun, und ihr müsst mir helfen, keine Diskussion«, fügte sie hinzu und warf Dafne, die sich verdächtig eng an Milan gekuschelt hatte, einen mahnenden Blick zu.

In dieser Zeit zwischen Weihnachten und Neujahr gab es in La Limonaia ein ständiges Kommen und Gehen von Clelias Freunden, Nachbarn und Mitgliedern ihrer Kartenrunde. Auch Giuseppina und Don Gino kamen vorbei, sowie Mario, der diesmal außer Adelina auch Guache in ihrem Tragekorb mitbrachte. Dafne war glücklich, die Katze wiederzusehen, und gerührt über den Dank der Witwe Bianchini, die ihr einen großen Korb exotischer Früchte überreichte.

»Ich möchte mich dafür bedanken, was Sie nicht nur für mich, sondern für ganz Torralta tun. Mit Ihrer Arbeit erinnern Sie uns daran, dass wir uns wieder mehr auf unsere Wurzeln besinnen sollten. Vielen Dank auch für das wunderschöne Körbchen. Es ist großartig.«

»Was haltet ihr von einer Tasse Tee oder einer heißen Schokolade? Clelia hat gerade Baisers gebacken.«

»Ich bürge für ihre Qualität«, warf Milan ein und rieb sich den Bauch mit einer Hand.

Die Blicke, die sie einander zuwarfen, verrieten die besondere Nähe, die sie teilten, ein Glück, das mit Worten nicht zu beschreiben war und den anderen nicht entging.

Allerdings fürchtete Dafne ganz tief drinnen, dass irgendwann jemand an die Tür klopfen und den Preis für dieses Glück verlangen könnte.

Eine Frau vielleicht wie diejenige, der sie vor dem Französischen Kulturinstitut in Rom begegnet waren. Oder ein Mädchen.

30

Das Licht am letzten Tag des Jahres sei einzigartig, es habe etwas Zauberhaftes, hatte ihr Großvater immer gesagt, als Dafne noch ein Kind war, und hinzugefügt, dass Worte, die man lange unterdrückt habe, wie Feuerwerkskörper in den Himmel schössen und gleichermaßen für den Abschluss und den Neuanfang stünden. Und dass am 31. Dezember fast immer Wolken am Himmel hingen, sei ein Zeichen dafür, dass das alte Jahr nur widerwillig seinen Platz räume, obwohl es vor gar nicht langer Zeit selbst auf diese Weise in Erscheinung getreten sei.

Was erwartest du vom neuen Jahr, mein Schatz, hatte er sie jedes Mal abschließend gefragt.

Genau das, was ich heute habe, war stets ihre Antwort gewesen, und dasselbe würde sie heute ebenfalls sagen.

Sie war auf dem Weg zur Werkstatt, wollte Milan überraschen, ihm etwas zum Frühstück bringen und ein bisschen am Tableau für Veras Hochzeit arbeiten, mit dessen Fertigstellung sie immer noch sehr im Rückstand war. Sie ging bei der Bäckerei der Schwestern Lavandai vorbei, hielt ein kleines Schwätzchen mit Bettina, einer der Besitzerinnen, und war einige Minuten später mit einer Tüte Brioches in Richtung Werkstatt unterwegs – Ginevras Bar mied sie aus gutem Grund.

Sie freute sich auf das diesjährige Silvester. Sie würde ohne den Ballast des letzten Jahres, vor allem ohne ihre Ängste das kommende Jahr beginnen, sich an Milans Seite neu erfinden und endlich glücklich sein. Aber dann geschah etwas, das ihr einen Schock versetzte und sie in eine schwere Krise stürzen sollte.

Als sie die Werkstatt erreichte, blieb sie wie angewurzelt stehen. Vor der Werkstatt stand das Mädchen mit der roten Baskenmütze.

Tief im Inneren hatte sie gespürt, dass es dieses Mädchen, das seit Wochen ihre Träume beherrschte, wirklich gab, auch wenn es aussah, als käme es aus einer anderen Zeit. Vielleicht hatte sie deshalb immer einen Bezug zu Maria Elena vermutet, doch jetzt sah es aus, als stünde es in einer Beziehung zu Milan.

Fragte sich bloß, in welcher.

Vorsichtig ging Dafne auf sie zu und versuchte ihre aufsteigende Panik niederzukämpfen. Sicher gab es eine ganz einfache Erklärung dafür, dass das Mädchen hier aufgetaucht war. Doch sie spürte intuitiv, dass etwas auf sie zukam, das ihr ganz und gar nicht gefallen würde.

Sie räusperte sich und trat auf das Mädchen zu. »Bist du es?«, fragte sie.

Das Mädchen hob den Kopf und schaute sie mit meerblauen Augen an. Ihr Blick war intensiv und unergründlich, gar nicht kindlich. Erstaunlicherweise schien sie sich nicht über Dafnes merkwürdige Frage zu wundern.

»Ich bin Marie-Hélène Deveu«, sagte sie mit einem starken französischen Akzent.

»Marie-Hélène?«, wiederholte Dafne leise, während das Gesicht, das von zwei langen blonden Zöpfen eingerahmt war, vor ihr verschwamm. Marie-Hélène, Maria Elena. Dieses Mädchen trug den gleichen Namen wie ihre Urgroßmutter. Sie hatte es gewusst, gewusst, gewusst … Dieses Mädchen gehörte ebenfalls zu dieser Geschichte.

Marie-Hélène betrachtete Dafne neugierig.

Dafne beugte sich zu dem Mädchen hinunter. »Komm, lass uns reingehen. Ich nehme an, du wartest auf deine Mutter.«

Das Mädchen schüttelte den Kopf. »Maman hat gesagt, ich soll hier warten und mich nicht von hier wegbewegen. Und ich will nicht, dass Maman böse wird und mit mir schimpft.«

»Es ist viel zu kalt, um hier draußen herumzustehen«, sagte Dafne, doch Marie-Hélène rührte sich nicht vom Fleck.

Suchend sah sie sich um, hielt unter den Passanten nach einer Frau Ausschau, die nicht hierher gehörte. Nichts. Komisch, dachte sie. Wer ließ ein kleines Kind in einer fremden Umgebung allein auf der Straße stehen? »Wo ist deine Mutter denn hingegangen? Ich könnte sie ja suchen, während du dich drinnen aufwärmst«, sagte Dafne und deutete in den Himmel. »Bald wird es wieder anfangen zu schneien.«

Und dann brach die Katastrophe über sie herein.

Marie-Hélène wies mit ihrem behandschuhten Finger auf die Werkstatttür und erklärte wie selbstverständlich: »Maman spricht dort mit meinem Papa.«

Dafne wich zurück, als wäre sie von einem Schuss getroffen worden und die Kugel hätte sich tief in ihr Fleisch gebohrt.

»Dort« war Milan. Ihr Milan. Der Mann, neben dem sie heute Morgen aufgewacht war – der Mann, den sie liebte.

Milan konnte nicht der Vater dieses Mädchens sein, sie sah ihm überhaupt nicht ähnlich. Weder die Form der Augen noch die Nase, der Mund oder das Kinn stimmten überein. Es musste ein Irrtum sein.

»Bist du sicher?«, hakte sie mit zittriger Stimme nach und trat ans Fenster, um nachzusehen, was drinnen vor sich ging.

Das Kind hatte recht. In der Werkstatt standen sich Milan und eine Frau gegenüber. Genau die, die sie in Rom zufällig vor dem Französischen Kulturinstitut gesehen hatten. Die beiden stritten, gestikulierten wild, ihre Gesichter waren gerötet. Dann ließ die Frau die Arme sinken und brach in Tränen aus. Ihre Schultern zuckten, Milan blieb unbeweglich stehen, die Lippen fest aufeinandergepresst, das Gesicht angespannt. Mit einem Mal machte die Frau einen Schritt nach vorn und küsste ihn. Es war wie das launische Spiel zweier Uhrzeiger, die sich wie auf Maria Elenas Uhr wieder in Bewegung gesetzt und die Vergangenheit heraufbeschworen hatten, von der sie diesmal allerdings ausgeschlossen war.

Dafne hatte genug gesehen, wollte gar nicht wissen, was noch passierte. Ihr reichte die Vorstellung, wie es weitergehen könnte. Jedenfalls gelangte sie an Ort und Stelle zu der Überzeugung, dass ihre Träume von einer gemeinsamen Zukunft geplatzt waren. Sie fühlte sich erneut vom Schicksal betrogen und um ihr Glück gebracht.

Milan hatte eine Tochter, ein niedliches Mädchen, zusammen mit einer attraktiven Frau, mit der sie sich nicht messen konnte. Eine nicht beendete Beziehung, vielleicht eine Ehe, die sie retten wollte. Und dazwischen stand mal wieder sie in der Rolle der Geliebten.

Die Tüte mit den Brioches fiel zu Boden.

Wie gelähmt stand Dafne vor der Tür der Werkstatt, am liebsten wäre sie sofort in Tränen ausgebrochen und zu Clelia gelaufen, um sich trösten zu lassen. Doch dann fasste sie sich und überredete das Kind, ihr zu folgen. Es sollte nicht mit ansehen, wie sich seine Eltern stritten.

»Komm, wir gehen in den Park.«

Das Mädchen folgte ihr wortlos. Im Park angekommen, rannte es zu den Schwänen. »Können wir sie füttern?«

Dafne zog ein paar Cracker aus ihrer Manteltasche. »Damit vielleicht?«

»Perfekt!« Marie-Hélène klatschte in die Hände, und die Schwäne schienen mit dem Futterangebot ebenfalls zufrieden zu sein.

Während das Mädchen die Schwäne fütterte, versank Dafne in ihren Gedanken. Der Schwan. Unter anderem galt er als Symbol ewiger Liebe. Sie empfand es als einen ziemlich üblen und hinterhältigen Scherz des Schicksals, genau hier zu stehen.

Dabei hatte diesmal alles so echt, so vielversprechend ausgesehen. Sie dachte an die vergangenen Tage, die sie gemeinsam im Bett verbracht hatten. Sie hatten sich sämtliche Weihnachtsfilme aneinandergekuschelt auf dem Sofa angesehen, sie hatten Kekse gegessen und heiße Schokolade getrunken. Sie hatte gehofft, dass diese romantischen Stunden niemals enden würden. »Es hat alles so echt gewirkt«, wiederholte sie und presste die Hände an die Schläfen, um die fürchterlichen Kopfschmerzen zu lindern, die sie schlagartig überfallen hatten.

Plötzlich rüttelte jemand sanft und zugleich bestimmt an ihrer Hand. »Schau mal, Dafne, schau, was sie machen«, rief das Mädchen und deutete auf die Schwäne, die gerade synchron ihre Hälse reckten und sie dann umeinanderschlangen.

Auch das noch. Lächelnd unterdrückte sie die aufsteigenden Tränen. »Das ist der Balztanz, damit sagen sie sich, dass sie sich lieben«, erklärte sie und musste selbst bei diesem Anblick prompt an Milan denken.

Dafne rückte dem Mädchen die Baskenmütze zurecht. Milans Tochter würde mal eine echte Schönheit werden, das sah man bereits jetzt.

»Lass uns gehen, es wird Zeit.«

Marie-Hélène ließ ihre Hand vertrauensvoll in Dafnes gleiten. »Schon?«

»Ja, ich muss dich zu deiner Mutter zurückbringen, sonst macht sie sich Sorgen.« Sie beschloss, mit Milans Tochter bei Mario zu warten. »Das ist besser als die Kälte draußen, was?«, sagte sie, zog ihr den Schulranzen vom Rücken und drückte das Mädchen auf einen Stuhl. »Du bleibst kurz hier, in Ordnung?«, fügte sie hinzu und ging zu Mario hinüber. »Ich brauche dich«, flüsterte sie und erzählte ihm, was vorgefallen war.

Ungläubig sah er sie an. »Wie man sich doch in einem Menschen täuschen kann«, sinnierte er.

»Wie auch immer. Ich kann Milan und dieser Frau nicht gegenübertreten. Kannst du Marie-Hélène hierbehalten, bis die beiden die Werkstatt verlassen? Du siehst es ja vom Fenster aus.«

»Kein Problem, ich wollte sowieso gleich schließen. Geh nur, ich verstehe sehr gut, dass du keinem der beiden über den Weg laufen willst.«

»Danke, Mario, du bist ein Schatz.«

Dann kehrte sie zu dem Mädchen zurück. Die Baskenmütze hatte es neben sich auf den Tisch gelegt, jetzt konnte man seine langen blonden Zöpfe sehen. Wie oft hatte sie sich gefragt, wer dieses Wesen aus ihrem Traum wohl sein mochte, und jetzt wünschte sie sich beinahe, sie hätte es niemals herausgefunden. Das alles kam ihr so unwirklich vor.

Sie strich ihr übers Haar. »Ich muss jetzt gehen, mach's gut.«

»Nein, bitte bleib!«

»Ich muss nach Hause, und bestimmt wird deine

Mama bald kommen«, vertröstete sie das Mädchen, das sie flehend anschaute.

»Geh nicht, je t'en prie. Ich will bei dir bleiben, das werde ich auch meiner Maman sagen.«

»Wir sehen uns wieder, versprochen«, sagte Dafne und küsste sie zum Abschied auf die Stirn.

Als Dafne das Mädchen verließ, spürte sie tief in sich ein Verlustgefühl. Es fiel ihr schwer, es zu verlassen, obwohl sie es kaum kannte. Dafne nahm auf dem Weg durch den Ort nichts wahr, was um sie herum geschah – blind eilte sie durch die Straßen und Gassen, ihr Kopf schmerzte, und das Einzige, was sie wollte, war, endlich zu Hause anzukommen. In La Limonaia stürmte sie ins Wohnzimmer, in dem es so gemütlich warm war und nach Vanille roch. Clelia hatte überall Duftkerzen angezündet und saß mit ihrem Strickzeug im Sessel, im Hintergrund lief eine Platte von Bing Crosby: *I'm Dreaming of a White Christmas*.

In diesem Moment brachen alle Dämme, und ehe Clelia noch etwas sagen konnte, kniete Dafne schon neben ihr, vergrub den Kopf in ihrem Schoß und brach in Tränen aus.

»Es ist vorbei, es ist vorbei«, schluchzte sie und krallte ihre Finger in die Wolldecke, war wieder ein Kind, allein und unglücklich.

Clelia strich ihr sanft über den Rücken. Wie sollte sie diesen Schmerz von ihrem Mädchen nehmen. Schließlich legte sie die Hände um Dafnes Gesicht. »Ich mache uns eine heiße Schokolade, und du erzählst mir alles, ja?«, fragte sie mit dem liebevollsten Lächeln, das sich auf ihr Gesicht zaubern ließ.

Wie befürchtet, lehnte Dafne ab. Der Schmerz um Milan war nicht mit einer Extraportion Zucker und ein paar Taschentüchern aus der Welt zu schaffen – ihre Liebe zu ihm hatte sie als Versprechen betrachtet, ewig bei ihm zu bleiben. Mit Milan hatte sie geglaubt eine Familie gründen zu können. Jetzt aber war alles vorbei.

Sie erhob sich langsam und sagte mit erstickter Stimme: »Ich werde nach oben gehen und mich hinlegen. Die heiße Schokolade verschieben wir, in Ordnung?«

»So machen wir das«, sagte Clelia. »Soll ich dich später zum Abendessen rufen? Ich koche dir etwas, das du gerne magst.« Als Dafne nickte, fügte sie hinzu: »Bis später, mein Engel.«

Dafne konnte nicht schlafen, saß mit verweinten Augen zusammengekauert im Sessel und starrte das Bett an, unter dessen Laken sie eine glückliche Woche mit Milan verbracht hatte. Eine Woche voller Liebe und Leidenschaft, voller Träume und Hoffnungen, voller Freude auf die Zukunft. Vorbei, alles vorbei.

Mal wieder war ihr Leben ein Scherbenhaufen.

Dann hörte sie ein Klopfen an der Tür und kurz darauf Clelias Stimme: »Bist du wach? Unten wartet jemand auf dich.«

Dafne starrte auf das Licht, das durch das Schlüsselloch fiel. »Wer auch immer es ist – ich kann gerade nicht.«

Clelia hustete nervös. »Sei vernünftig und steh auf. Es bringt nichts, sich hier zu verstecken. So weißt du ja gar nicht, was los ist.«

»Der Punkt ist, dass ich es nicht wissen will. Ich habe nämlich durchaus eine Vermutung, wer da unten steht, und er ist der Letzte, den ich heute sehen will.«

»Dafne, bitte, du bist eine erwachsene Frau und benimmst dich wie ein albernes Schulmädchen. Findest du das nicht unter deiner Würde? Ich schon! Komm verdammt noch mal runter und rede wenigstens kurz mit ihm!«

Seufzend erhob sie sich. Wenn Clelia fluchte, bedeutete das eine Menge Ärger, wenn Dafne sich ihr widersetzte. »Ich komme«, rief sie durch die geschlossene Tür.

»Ich habe mit Mario gesprochen«, kam Milan umstandslos zur Sache. »Ich kann wieder bei ihm wohnen, egal …« Er hielt inne. »Ich weiß, dass du wütend auf mich bist. Vermutlich hast du Camille gesehen, hast das Ganze allerdings völlig falsch interpretiert. Sie ist …«

»Sei still, das will ich nicht wissen.« Sie wich vor ihm zurück.

»Dafne, bitte, sei nicht so.«

Dieser Satz brachte sie endgültig zur Weißglut. »Was meinst du mit *so*? Was sollte ich denn deiner Meinung nach tun? Mit dir darüber plaudern, wie gut es dir gelungen ist, mich hinters Licht zu führen? Muss ich mich dafür bedanken, dass du mich benutzt hast und mich jetzt abservierst? Nein, Milan, das habe ich hinter mir. Ich weiß, wie solche Dinge laufen.«

»Ich bin nicht Ettore.«

»Nein? Du hast mir ebenfalls etwas vorgemacht, genau wie er. Du hast mich belogen und betrogen.«

Als er näher kommen wollte, hob sie abwehrend die Hände.

»Ich habe dich nicht belogen«, verteidigte er sich.

»Ach, wirklich?« Ihre Lippen waren zu dünnen Strichen zusammengepresst. »Wie nennt man das denn bitte sonst, wenn man eine Frau und ein Kind verschweigt?«

»Dafne, ich …«

»Bist du sicher, dass wir über all das reden wollen?«, schrie sie ihn an. »Dabei stehst du allerdings nicht gut da.«

»Camille ist nicht die Frau, die ich liebe. Wenn du aber unbedingt über Rom sprechen willst, dann lass uns reden! Okay, ich hätte dir von Camille und dem Kind erzählen sollen, aber solange wir zusammen waren, habe ich es nicht für nötig gehalten. Ich wollte es dir irgendwann in aller Ruhe erklären. Und im Übrigen: Habe ich mich darüber beschwert, dass du immer noch mit Ettore in Kontakt stehst? Auch du hast eine Vergangenheit, die du mit dir herumschleppst!«

Dafne schwieg. An dem, was er gesagt hatte, war etwas dran. Dennoch wehrte sie sich. »Du hast kein Recht, das gegeneinander aufzurechnen.«

»Ach nein? Wir sind beide nicht von allein mit der Wahrheit herausgerückt. Ich habe von Ettore nur deshalb erfahren, weil er auf diesem Wohltätigkeitsball war. Schon vergessen?«

Sie schlang sich die Arme um den Oberkörper. Die Richtung, in die diese Diskussion ging, gefiel ihr überhaupt nicht.

»Willst du wirklich die Wahrheit wissen?«

»Sind wir deshalb nicht hier?«

»Gut, ich habe nicht über Ettore mit dir gesprochen, weil ich mich damals selbst nicht gemocht habe. Es war keine ehrliche Beziehung, und ich war einfach enttäuscht, als ich gemerkt habe, dass er mich nie wirklich geliebt hat. Ich war sein Spielzeug, sonst nichts. Und diese oberflächliche Frau wollte ich dir eben vorenthalten. Denn in dem Moment, als du in mein Leben getreten bist, habe ich eine andere Dafne entdeckt. Eine starke Frau, die weiß, was sie kann – deshalb hat mich auch Maria Elena so fasziniert. Ich habe meine Wurzeln entdeckt und erkannt, wer ich bin. Von allen Frauen meiner Familie trage ich etwas in mir. Ich bin Maria Elena, Selvaggia, Clelia und Adele. Wäre ich länger bei Ettore geblieben, hätte ich diese Erfahrung nie gemacht.«

Draußen wirbelte der Wind den Schnee auf und trieb ihn ans Fenster. »So, jetzt kennst du die Wahrheit. Und welche Entschuldigung hast du? Weißt du, bei mir war die Geschichte mit Ettore vorbei, bei dir sieht das meiner Meinung nach anders aus.«

»Dafne, du musst mir zuhören und nicht immer vorschnell ein Urteil fällen. Camille ist Vergangenheit. Alles, was du heute gesehen hast, ist nicht so, wie du denkst.

Ich habe sie mal geliebt, das stimmt, allerdings vor langer Zeit.«

»Es ist also gar nichts passiert zwischen euch?«

»Absolut nichts.«

Dafne senkte den Blick, dachte an den Kuss, den sie gesehen hatte. Sie fuhr sich mit der Zunge über die Lippen.

»Ich möchte, dass jemand mich liebt, Milan – jemand, der auch im Herzen dafür frei ist. Und ich fürchte, das bist du nicht, denn du hast nicht einmal den Mut, zuzugeben, was zwischen dir und Camille tatsächlich vorgefallen ist. Du bist nicht frei, du trägst sie immer noch im Herzen.«

Mit diesen Worten verließ sie das Zimmer und schloss die Tür hinter sich, sie war erschöpft und todmüde. Clelia folgte ihr in den Flur, breitete die Arme aus, und Dafne ließ sich hineinsinken.

»Mein Schatz …«

»Es ist vorbei«, sagte Dafne, während draußen die ersten Feuerwerkskörper den Himmel mit neuer Hoffnung erfüllten.

Das alte Jahr würde einem neuen Platz machen.

31

Den Januar hatte Dafne sonst immer gemocht. Es war der Monat des Neuanfangs, der guten Vorsätze. Doch als sie vor Veras Hochzeitstableau saß, hatte sie eher den Eindruck, sie würde ersticken.

Die Ereignisse an Silvester hatten sie in eine ihr unbekannte Apathie gestürzt, die dazu führte, dass sie kaum aufstehen konnte und ihre Tage auf dem Sofa vor dem Fernseher verbrachte – und jetzt, da sie sich gezwungen hatte, in die Werkstatt zurückzukehren, musste sie dafür büßen.

Zwar wusste sie von Mario, dass Milan weiter an den Rosen arbeitete, allerdings nicht bei ihr in der Werkstatt. Obwohl sie sich ständig einzureden versuchte, wie schäbig er sich ihr gegenüber verhalten hatte, vermisste sie ihn schrecklich.

Camille und Marie-Hélène waren in Torralta geblieben. Zuerst war Dafne entsetzt gewesen, aber dann war sie irgendwie froh gewesen, dass Marie-Hélène in ihrer Nähe blieb. Binnen kürzester Zeit waren die beiden Freundinnen geworden und verbrachten viel Zeit miteinander.

Die beiden verstanden sich ohne Worte, und in dem

Kind erkannte Dafne sich selbst, denn wie sie war Marie-Hélène fasziniert von Geschichten aller Art, liebte es, in sie einzutauchen und sie weiterzuspinnen. Da Camille, die für das Französische Kulturinstitut in Italien arbeitete, viel unterwegs war, kam Marie-Hélène oft gleich nach der Schule zu ihr in die Werkstatt und beschäftigte sich dort stundenlang. Dafne dachte sich zusammen mit dem Mädchen Geschichten über ferne Länder oder Piraten aus – Stunden, in denen sie selbst wieder zum Kind wurde. Eines Nachmittags entdeckte sie, wie Marie-Hélène auf Adelinas Eiswagen saß und die abgeblätterte Aufschrift betrachtete.

»Gefällt dir der Wagen?«, fragte Dafne, musste allerdings lange warten, bis sie eine Antwort erhielt.

»Ich finde, dass Adelina und Mario zusammen sein sollten. Und Rodolfo würde das ebenfalls wollen«, erklärte sie schließlich.

»Rodolfo?«, wiederholte Dafne verwundert. »Wer ist …«

Sie hielt inne und starrte erst das Mädchen und dann Clelia an, die gerade auf ein Schwätzchen vorbeigekommen war. Woher um alles in der Welt kannte Marie-Hélène den Namen?

»Hast du Adelina getroffen? Hat sie dir etwas über ihren Mann erzählt?«

Das Mädchen schüttelte den Kopf. »Als ich vor ein paar Tagen in der Kirche war, hat Don Gino zu einer Frau gesagt, dass sie schon so lange Witwe ist und es besser wäre, wenn sie Mario heiratet. Und da dachte ich mir, dass Rodolfo sich bestimmt freut, wenn sie wieder glücklich ist«, erklärte sie und schaute auf ihre Schuhe. »Meinst du, wir sollten Adelina das sagen?«

»Nein«, erwiderte Dafne und strich der Kleinen über den Kopf. »Das muss unser Geheimnis bleiben, ja? Wir können es Adelina nicht sagen, verstehst du? Es geht uns ja nichts an.« Sie kniete sich neben das Kind, das jetzt nickte und Augustus' Uhr aus der Tasche zog. »Das ist auch ein Geheimnis.«

Dafne erblasste. »Wo hast du die her?«

»Aus Papas Schreibtischschublade. Wir waren gestern kurz bei ihm, in seiner Wohnung bei Mario unterm Dach, und als sie zu streiten anfingen, bin ich ins Nebenzimmer und hab das hier gefunden. Und mitgenommen.«

»Ohne ihn zu fragen? Das hättest du nicht tun dürfen. Diese Uhr ist sehr wichtig für deinen Vater.«

»Das wusste ich nicht. Meinst du, dass Papa sehr böse sein wird? Und mich schlägt?«, fragte sie voller Angst und war kurz davor, in Tränen auszubrechen.

Dafne nahm sie in die Arme. »Er wird nicht böse sein, mach dir keine Sorgen«, beruhigte sie die Kleine und küsste sie auf die Stirn.

Marie-Hélène drückte sich fest an sie. »Und wenn er trotzdem böse wird und Maman sagt, dass sie mich wegschicken soll? Ich will nicht von hier weg.«

Dafne erschrak bei diesen Worten, ließ es sich aber nicht anmerken. Lächelnd kniff sie dem Kind in die Wange. »Was denkst du denn von ihm? Das macht er ganz sicher nicht.«

»Und wenn doch? Ich will nicht weg, ich will nicht, dass Maman mich wegschickt«, rief sie.

Wieso um alles in der Welt hatte Marie-Hélène, die für ihr Alter sehr vernünftig war, solche Angst, ihr Vater könnte sie schlagen und ihre Mutter sie wegschicken? Irgendetwas stimmte da nicht. Keiner von beiden schien besonders liebevoll mit dem Mädchen umzugehen. Camille, wenn sie sie mal zufällig traf, wirkte immer ernst und streng, und auch Milan ging, soweit sie das beurteilen konnte, eher distanziert mit seiner Tochter um. Obwohl sie sich eigentlich aus der Sache raushalten wollte, fühlte Dafne, dass sie etwas tun musste.

»Warum sollte deine Mama dich denn wegschicken wollen? Ohne dich wäre sie bestimmt sehr traurig.«

»Nein, sie hat gesagt, dass sie zu beschäftigt ist, um sich um mich zu kümmern, dass ich krank bin und deshalb zu den Schwestern muss. Aber ich will nicht weg, ich will bei dir bleiben. Sag ihr das bitte, Mama, ja?«

Dafne war verwirrt von Marie-Hélènes Ausbruch. Kein Kind aus einer intakten Familie redete eine Fremde mit Mama an.

»Warum sagt deine Mama, dass du krank bist?«, hakte sie vorsichtig nach.

Marie-Hélène tippte sich an die Stirn: »Maman sagt, ich bin krank im Kopf, das hat der Arzt ihr gesagt. Weil ich Sachen sehe, die es nicht gibt.«

»Du hast nichts falsch gemacht, gar nichts«, tröstete Dafne sie und umarmte das Mädchen.

Als sie ein Ticken hörte, fiel ihr Blick auf die Uhr, die

seit Jahrzehnten stillstand. Woher kam das Ticken? Sie hatte das Gefühl, verrückt zu werden.

Sie hatte auf einmal das Gefühl, dass es ihre Zeit war, die ablief. Dafne fühlte, wie ihr ein eisiger Schauer den Rücken hinunterlief.

32

»Ich weiß, dass es dir schlecht geht.«

Marie-Hélènes Worte gingen Dafne nicht aus dem Kopf und ebenso wenig ihr angsterfüllter Blick, als sie sich an diesem Abend verabschiedet hatte. Sie hatten sich wie immer umarmt, bevor sie zu Camille zurückging, aber dieser Satz blieb haften. Das Mädchen hatte ihn so ganz nebenbei gesagt, als sie zwischen den Kisten mit Rosen herumgewühlt hatte, die Milan jede Woche für Veras Hochzeit schickte.

Doch dann war Clelia spätabends ohnmächtig zusammengesunken, und sie hatte andere Sorgen. Ein leichter Infarkt, lautete die Diagnose der Ärzte nach etlichen Stunden, die sie in einem anonymen, weiß gekachelten Krankenhausflur verbracht hatte. Dort roch es nach Krankheit und Tod, es war schrecklich gewesen. Die Zeit war ihr endlos vorgekommen, und sie konnte an nichts anderes denken als an Clelias Zustand und an Marie-Hélènes Worte.

Am nächsten Morgen wartete sie angespannt auf die Diagnose der Ärzte.

»Wir halten es für besser, wenn Ihre Großmutter noch ein paar Tage hierbleibt, damit sie unter Beobachtung steht. Außerdem müssen wir ein paar Tests machen«, erklärte ihr der Kardiologe.

Sie bedankte sich und ging zu Clelia ins Zimmer, der die Erschütterung trotz allem vorgetäuschten Optimismus deutlich anzumerken war.

»Das wird schon wieder«, versuchte Dafne sie aufzurichten. »Denk an die starken Frauen in unserer Familie.«

Für sie selbst allerdings brachen harte Tage an, denn jetzt musste sie ihre Zeit zwischen Werkstatt und Krankenhaus aufteilen – bei der vielen Arbeit eine logistische Herausforderung. Der Stress setzte ihr zu, sie sah blass und erschöpft aus.

Eine Onkologin, die sie von einem Beratungsgespräch vor ein paar Jahren flüchtig kannte und der sie zufällig auf dem Flur begegnete, sprach sie darauf an. Ob sie auch schön regelmäßig in Rom zur Kontrolle gehe und was die behandelnden Ärzte dort über den Stand der Dinge sagten?

Dafne druckste herum und gab zu, dass sie sich zwar Blut hatte abnehmen lassen, aber nicht mehr in Rom zur Nachsorge gegangen war. Die Ärztin hatte ihr daraufhin dringend geraten, sich einmal zu einem gründlichen Check mit MRT, CT und Ultraschall hier in der Klinik anzumelden. Dafne hatte genickt, obwohl ihr schon bei dem Gedanken an eine Untersuchung schlecht wurde. In Wahrheit war sie schon viel zu lange nicht mehr bei einer Kontrolluntersuchung gewesen. Weder hier noch in Rom oder sonst wo.

Sie hatte es vorgezogen, ihre Krankheit zu verdrängen.

Zurück in ihrer Werkstatt, arbeitete sie bis zum frühen Nachmittag an dem Tableau, fuhr dann zu Clelia, schaute mit ihr fern und blieb, bis es im Krankenhaus Schlafenszeit war, kehrte in die Werkstatt zurück, aß etwas und schlief dort. Am nächsten Morgen begann dann alles von vorn. Zum Glück kümmerte sich Margherita in der Zwischenzeit um das Haus und die Tiere.

In diesen hektischen Tagen sah sie Marie-Hélène so gut wie nie. Sie wusste ohnehin nicht, wo ihr der Kopf stand. Was allerdings nichts daran änderte, dass sie das kleine Mädchen, das ihr wie kaum jemand ans Herz gewachsen war, vermisste. Sie merkte vor allem, wie sehr sie sich mittlerweile ein eigenes Kind wünschte. Doch ohne einen zuverlässigen Mann an ihrer Seite, der sie liebte, war das nicht möglich.

Umgeben von diesen trüben Gedanken, wurde Dafne zunehmend melancholisch. Sie war blass, nahm immer mehr ab, und selbst Clelia begann sich Sorgen zu machen.

»Du bist so abgemagert und siehst wirklich elend aus«, hatte sie bereits festgestellt und gleich nach einer möglichen Erklärung gesucht. »Bist du vielleicht schwanger?«

Um ein Haar wäre Dafne bei dieser Frage vom Stuhl gekippt, die Frage der Großmutter traf sie wie ein Blitz. Und während sie noch nachrechnete, ob die Möglichkeit bestand, setzte Clelia noch eins obendrauf und erklärte: »Das wäre wenigstens mal eine gute Nachricht, oder?«

Das hingegen sah Dafne völlig anders. Erst später, als sie zurück in der Werkstatt war, grübelte sie über die Konsequenzen einer möglichen Schwangerschaft nach. Was, wenn sie wirklich ein Kind erwartete? Dann müsste sie das Kind allein großziehen, ohne die Familie, die sie sich insgeheim immer erträumt hatte. Dafne hatte als Maßstab stets ihre privilegierte Kindheit vor Augen gehabt. Doch als sie begann, darüber nachzudenken, was sie tun würde, wenn sie schwanger wäre, bremste sie sich sofort wieder.

»Verschwendete Zeit«, sagte sie laut zu sich selbst, denn sie spürte einfach, dass sie nicht schwanger sein konnte.

33

Der Regen malte eisige Tränen auf die Windschutzscheibe.

Sie saß im warmen Auto, im Radio lief *Fields of Gold*, ein Lied, das sie mochte, sie drehte die Lautstärke hoch. Die Worte schienen direkt in ihr vereinsamtes Herz zu fließen.

Auf dem Beifahrersitz lagen diverse Unterlagen. Untersuchungsberichte, Laborwerte. Es ließ sich nicht mehr verdrängen: Sowohl die Tumormarker im Blut als auch die Computertomografie zeigten eindeutig, dass der Krebs zurück war. Jetzt in Form von Metastasen in der Lunge, aber auch im Gehirn.

»Leider hat sich der Krebs schon ausgebreitet«, hatte die Ärztin ihr nach einem Blick auf die Bilder erklärt und zwei Kreise auf ein Blatt Papier gemalt. »Das mit der Behandlung wird nicht ganz einfach.«

Wie erstarrt hatte Dafne vor der Ärztin im Behandlungszimmer gesessen und diese unheilvolle Diagnose über sich ergehen lassen. Das Urteil war gesprochen, jetzt musste sie sich den Folgen stellen. Neue Operationen und neue Narben, Chemotherapie und all die damit in Verbindung stehenden Nebenwirkungen würden folgen.

Sie hatte – vielleicht gegen alle Vernunft und sicherlich gegen alle Prognosen – so sehr gehofft, den Krebs für alle Zeiten losgeworden zu sein. Nun musste sie den Kampf erneut aufnehmen.

Im Zimmer der Ärztin war ihr Blick auf eine Grünpflanze gefallen, der es an Licht fehlte, die nicht gerade gesund aussah und dennoch lebte. Dafne betrachtete sie als Hoffnungsschimmer. Genauso wie diese Pflanze würde sie trotz aller Widrigkeiten überleben. Ihr war ebenfalls das Licht genommen worden – trotzdem war es nicht zwangsläufig ihr Todesurteil, das wusste sie. Man konnte es schaffen, wenn man zäh genug war und sich nie aufgab, machte sie sich Mut.

»Wie äußern sich diese Metastasen?«, wollte sie wissen. »Ich frage deshalb, weil ich bislang keine alarmierenden Symptome habe, vielleicht häufiger Kopfschmerzen und manchmal Übelkeit, aber ich dachte, das käme vom Stress.«

»Stehen Sie unter Druck?«

»Ja, im Augenblick sehr.«

»Das sollten Sie ändern, damit Sie körperlich nicht weiter abbauen – je stabiler ihr Allgemeinzustand, desto besser ist das für die Therapie.«

»Das würde ich gern machen, doch es ist derzeit praktisch unmöglich. Eine Freundin von mir heiratet in wenigen Wochen, und ich bin zu einem großen Teil für die Organisation verantwortlich. Das hinzuschmeißen, wäre unprofessionell.«

»Sollte eine Freundin für so etwas nicht Verständnis

haben? Immerhin geht es, um es mal ganz brutal zu sagen, um Ihr Leben.«

»Ich glaube, da sind wir unterschiedlicher Meinung. Für mich wäre es schrecklich, wenn ich meine Aufgaben einfach aufgeben müsste – und das wiederum wäre schlecht für meinen Allgemeinzustand. Das Einzige, was mich interessiert, ist Folgendes: Wie wird sich meine körperliche Verfassung denn in den nächsten, sagen wir fünf, sechs Wochen verändern? Nach dieser Hochzeit lege ich mich sofort unters Messer.«

»Dafne, seien Sie vernünftig!«

»Antworten Sie mir bitte.«

»Das hängt von vielen Faktoren ab, es gibt keine allgemeingültige Antwort, denn nicht alle Patienten haben die gleichen Symptome. Verbreitet sind Kopfschmerzen, Husten, Gleichgewichtsstörungen, Sehstörungen, Atemnot.«

»Und was kann man dagegen tun?«

»Um das beurteilen zu können, muss ich die Einschätzung eines Neurochirurgen einholen, erst dann kann ich zuverlässigere Aussagen machen. Auf jeden Fall würde ich Ihnen dazu raten, schon mal mit einer Chemotherapie zu beginnen, die wir ja sowieso einer Operation voranstellen müssen. Das würde wahrscheinlich das Risiko etwas verringern, dass sich Ihr Zustand plötzlich dramatisch verschlechtert.«

Das Szenario, das die Ärztin angesprochen hatte, erinnerte Dafne an Marie-Hélènes prophetische Worte. Dafne spürte, wie sich Angst in ihr breitmachte.

Trotz der erschütternden Diagnose versuchte Dafne, tapfer zu bleiben und sich nichts anmerken zu lassen. Immerhin ging es Clelia deutlich besser. Sie kam nach Hause – natürlich mit der Ermahnung, sich weiterhin zu schonen. Zum Glück gab es Margherita und neuerdings zudem Adelina, die sich beide rührend um die alte Dame und auch um Dafne kümmerten und für sie echte Stützen geworden waren.

Aber vor allem war es Clelia, die wie eine Löwin um ihre Enkelin kämpfte. »Du hast ihn schon einmal besiegt«, hatte sie nach der Diagnose gesagt, »und das wirst du dieses Mal genauso schaffen, das weiß ich hundertprozentig. Du wirst schon sehen.«

Natürlich war Dafnes Diagnose auch ein harter Schlag für Clelia, dachte Dafne, während sie nach wie vor hinter dem Lenkrad ihres Wagens auf dem Klinikparkplatz saß. Schließlich war sie alles, was Clelia noch von ihrer Familie geblieben war. Seufzend startete sie den Motor und legte den Gang ein.

»Du bist schon einmal stärker gewesen als der Krebs, und du wirst es dieses Mal wieder sein«, sagte sie laut und trat wie zur Bestätigung forsch aufs Gaspedal. Sie hoffte nur, dass sie sich mit dieser Aussage nicht selbst betrog.

34

Die Tablettendose rutschte ihr aus der Hand; blaue Pillen regneten ins Waschbecken und verschwanden mit einem Gurgeln im Abfluss. Dafnes Hände zitterten, sie schwitzte, der Schlafanzug klebte auf ihrer Haut, das Bad kam ihr vor wie eine Sauna, und zugleich wurde ihr Körper immer wieder von einem Zittern geschüttelt.

Als sie in den Spiegel schaute, blickte ihr ein Gesicht mit dunkel umrandeten Augen entgegen, die tief in den Höhlen lagen. Ihre Lippen waren aufgesprungen, trocken und rissig. Den Rücken an die Wand gelehnt, ließ sie sich zu Boden sinken.

Du hast aufs falsche Pferd gesetzt, Großmutter, dachte sie bitter und betrachtete ihre dünne, fast durchscheinende Haut.

Vier Wochen Chemo hatte sie bereits hinter sich, aber die Therapie war letztlich gescheitert, eine neue sollte erst nach der Operation erfolgen. Der Neurochirurg und ihre Onkologin setzten ihre ganze Hoffnung darauf. Ihre einzige Chance bestand jetzt darin, ihr Leben durch das operative Entfernen der Metastasen zu retten und zu hoffen, dass der Krebs nicht gleich wieder nachwucherte.

Manchmal fragte sie sich, für wen und wofür sie das eigentlich alles auf sich nahm. Wofür sie weiterleben sollte. Aber Clelia zuliebe musste Dafne stark bleiben.

Draußen ging gerade die Sonne auf, rosafarbene Wolken zogen am langsam heller werdenden Himmel entlang. Ein wunderbares Schauspiel, jedes Mal aufs Neue. Unwillkürlich fragte Dafne sich, wie viele Sonnenaufgänge über Torralta sie noch erleben würde.

Trotz ihres Zustands hielt sie weiter an ihrer Routine fest und ging ihrer Arbeit nach. Es war nicht allein eine Kampfansage an den Krebs, sondern auch eine an sich selbst. Denn nur so ging es. Sie wusste, sobald sie der Krankheit nachgab, hatte sie verloren.

Nachdem sie rasch ein Bad genommen und sich angezogen hatte, fuhr sie in die Werkstatt, wo sie sich gegen ihre Übelkeit erst mal eine Kanne Tee aufbrühte. Dann brachte sie das Chaos vom Vortag in Ordnung, sah die Post durch, die auf der Schwelle gelegen hatte, und hörte den Anrufbeantworter ab. Als sie gerade ein Päckchen Kekse öffnete, standen Adelina und Mario vor der Tür.

»Dürfen wir reinkommen?«, fragte Mario.

Sie schätzte Marios galante und altmodische Art, mit seinen Mitmenschen umzugehen, und nickte lächelnd.

»Was gibt's?«, erkundigte Dafne sich, als sie das Päckchen unter Marios Arm sah. »Was hast du da?«

Während er bloß geheimnisvoll lächelte, ergriff Adelina das Wort. »Meinst du, ich könnte mal einen Blick auf den Eiswagen werfen?«

»Sicher, seit gestern Abend ist er fertig und wartet auf dich«, antwortete sie und erhob sich.

Sie hatte in den letzten Wochen stark abgenommen, was sie zu kaschieren versuchte, indem sie weite Klamotten trug.

»Ich bin so gespannt«, erklärte Adelina aufgeregt, als Dafne das Leinentuch vom Eiswagen zog. »Mein Gott, wie schön!«, rief sie dann, presste sich die Hände auf den Mund und versank sichtlich in ihren Gedanken an die Vergangenheit mit Rodolfo.

Während Adelina den hergerichteten Eiswagen bestaunte, ließ sie es sich wie selbstverständlich gefallen, dass Mario hinter sie trat und ihre Taille umfasste, und sie lehnte sogar zum Zeichen ihrer Verbundenheit den Kopf an seine Schulter und legte ihre Hände über seine.

Dafne beobachtete sie von ihrem Arbeitstisch aus und lächelte. Mario lüftete nun auch das Geheimnis des Päckchens. Es enthielt eine signierte Edith-Piaf-Platte – ihr *La vie en rose* war Adelinas Lieblingslied, das sie auf dem schönen alten Grammofon künftig nach Herzenslust abspielen konnte. Zusammen mit Mario. *La vie en rose*, das war die Antwort, dachte Dafne und legte die Platte auf.

Das Mondlicht warf silberne Streifen durchs Fenster, die Werkstatt lag im Dämmerlicht. Von irgendwoher war leise Jazzmusik zu hören. Vor dem Haus malten die orangefarbenen Scheinwerfer der Müllautos Kreise an die Fassaden der Häuser. Es war Abendessenszeit, ein Potpourri der Düfte drang durch die Türen und Fenster herein, während Dafne mit der Gestaltung der Karten für Veras Tableau de Mariage beschäftigt war. Und das, obwohl ihr Kopf pochte und ihr Magen rebellierte.

Schließlich beschloss sie, für heute Schluss zu machen, und fuhr den Computer herunter. Eine Weile blieb sie noch sitzen, um abzuschalten. Das Klingeln des Handys erinnerte sie daran, dass es Zeit für die Medikamente war. Fünfzehn verschiedene Tabletten musste sie über den Tag verteilt schlucken. Zwar hatten sie gewisse Nebenwirkungen wie Übelkeit und Müdigkeit, garantierten ihr jedoch für einige Stunden Befreiung von ihren Schmerzen – ein akzeptabler Kompromiss.

Als es an der Tür klopfte, zuckte sie zusammen. Wer mochte das um diese Zeit sein? Einen Moment lang überlegte sie, gar nicht aufzumachen, aber ihre Neugier überwog.

Draußen stand Milan. Auf eine Begegnung mit ihm war Dafne nicht vorbereitet.

»Gut siehst du aus, ein bisschen erschöpft vielleicht«, sagte er und zog die Handschuhe aus.

Dafne räusperte sich und schaltete die Deckenbeleuchtung an.

»Warum bist du hier?«, fragte sie, sein Blick ging ihr durch und durch.

»Dafne, ich …«

»Wenn du gekommen bist, um den Stand der Arbeiten für Veras Hochzeit zu sehen, kein Problem. Das meiste ist bis auf Kleinigkeiten fertig«, erklärte sie mit leicht zittriger Stimme.

»Deshalb bin ich nicht hier.«

Sie nickte und spielte nervös mit ihrem Zopf, zumal sie bemerkte, wie sehr er mit sich rang. Was würde er ihr heute sagen, was zu seiner Entschuldigung vorbringen? Er streckte die Hand nach ihr aus. Vergeblich, denn demonstrativ schlang sie die Arme um ihren Oberkörper.

»Müssen wir so miteinander umgehen? Als wären wir zwei Fremde?«

»Hast du eine andere Idee?«, antwortete sie mit einem müden Lächeln, alle Energie war aus ihr gewichen. »Schließlich sieht es ganz so aus, als wärst du auf dem Sprung zurück zu Camille und deiner Tochter. Lass mich doch einfach in Ruhe.«

»Nein, das tue ich nicht – und außerdem siehst du das mit Camille und mir nach wie vor völlig falsch.«

»Milan, hör auf damit. So hilfst du niemandem. Und ich will mich nicht wieder in eine Familie drängen. Damit bin ich durch. Und du solltest für deine Familie dankbar sein – vor allem für deine Tochter, sie ist bezaubernd.«

»Familien können zerbrechen, selbst wenn sie nicht von außen zerstört werden – und genau das ist bei uns passiert. Er schob seine Hände in die Hosentaschen und sah sie flehentlich an. »Und jetzt will ich einzig und allein dich.«

Dafne schnappte nach Luft, diese Worte hatte sie immer hören wollen, doch jetzt war es zu spät.

Hustend richtete sie sich auf. »Es ist zu spät, Milan. Du liebst Camille noch immer, sonst hättest du sie wohl kaum geküsst.«

»Um Gottes willen, wie oft muss ich es wiederholen? Ich will das nicht, ich will nicht zu Camille zurück, und ich will auch nicht, dass Marie-Hélène Teil meines Lebens ist!«, schrie er und schlug mit der Faust gegen die Wand. »Camille hatte mich schon lange verlassen, alle Brücken abgebrochen. Zu einer Zeit, als ich sie am nötigsten gebraucht hätte, als ich verzweifelt war. Und nun, wo ich mein Leben wieder auf die Reihe bekommen habe, hat sie kein Recht mehr auf mich.«

»Wie kannst du so über deine Tochter sprechen«, sagte Dafne empört. »Das ist herzlos. Tief in dir drin bist du tot, Milan, und weißt es nicht mal.« Sie musste erneut an Marie-Hélènes Tränen denken, an ihre Angst, weggeschickt zu werden. »Hier«, sie deutete auf seine Brust, »ist nichts, was noch schlägt, nichts mehr. Du weißt gar nicht, was Liebe ist, so sieht es aus. Deiner Tochter zuliebe solltest du dir wenigstens Mühe geben.«

»So einfach ist das nicht, Dafne.«

»Ach! Und stattdessen wollt ihr sie lieber abschieben, so wie Camille es offensichtlich vorhat. Das wäre am bequemsten für euch beide, oder? Weißt du was? Du hattest recht, und ich habe mich geirrt. Du liebst Camille nicht, das kannst du gar nicht. Du kannst niemanden lieben.«

»Du, die vor allem davonläuft, willst mir einen Vortrag halten?«

Dafne stieß ein bitteres Lachen aus. »Glaubst du wirklich, dass ich vor dir weglaufe?«

»Was tust du denn sonst?«

Sie senkte den Blick, bevor sie wieder in die Augen des Mannes sah, den sie noch immer liebte. »Nein, Milan, ich fliehe nicht vor dir. Ich bin jemand, der bleibt, der bis zum Schluss kämpft. Aber bei einem Mann, der nicht einmal für seine Tochter einen Platz in seinem Herzen findet, will ich nicht bleiben. Und das Kind kann einem bloß leidtun. Mit Eltern, die es beide nicht wollen, und einer Mutter, die ihm einredet, dass sie krank sei.«

»Wer soll krank sein? Marie-Hélène?«

»Ja, stell dir vor: Sie behauptet, Marie-Hélène sei nicht ganz richtig im Kopf, und will sie deshalb weggeben.« Als Milan sie irritiert ansah, fügte sie hinzu: »Ich dachte, du wüsstest davon. Ihr seid immerhin eine Familie.«

»Nein, sind wir nicht.«

»Egal, jedenfalls solltest du dringend mit ihr reden – Marie-Hélène hat nämlich panische Angst, dass sie weggeschickt wird. Dieses Kind braucht Liebe, Milan. Sei ein Vater, wenn du schon kein Partner sein kannst, lass sie nicht allein.«

Einen Moment lang sagte keiner von beiden etwas. Dann hob Milan den Kopf und sah Dafne an.

»Camille war wie eine Krankheit«, begann Milan zögernd. »Wir haben uns kennengelernt, als ich in der Werkstatt ihres Vaters gearbeitet habe, und als sie als Lehrerin nach Rom ging, hab ich alles aufgegeben und sie begleitet. Doch wir haben uns auseinandergelebt und uns wieder getrennt. Erst zwei Jahre später bei der Beerdigung ihres Vaters habe ich sie wiedergesehen, und es war wie am ersten Tag, wenn man davon absieht, dass sie inzwischen mit einem brutalen Kerl verheiratet war. Sie hat versucht zu vertuschen, dass er sie schlägt, aber eines Tages hat sie mich aus dem Krankenhaus angerufen. Sie hatte drei gebrochene Rippen und einen Lungenriss.« Er strich sich über den Bart. »Daraufhin bin ich zu ihrem Mann gegangen, und es passierte, was passieren musste. Als sie aus dem Krankenhaus kam, saß ich bereits im Gefängnis. Aber es war ihr egal, was mit mir passiert war. Sie hat mich einfach sitzen lassen. Während des Prozesses hat sie lediglich eine Erklärung verlesen lassen. Ich habe sie geliebt, und sie hat mich behandelt, als ob es mich nie gegeben hätte. Ich wurde verurteilt, von der Geburt meiner Tochter hab ich im Gefängnis erfahren – ich hatte nicht einmal von Camilles Schwangerschaft gewusst. Nach fünf Jahren kam ich im Rahmen eines Wiederaufnahmeverfahrens frei. Das Urteil wurde aus Mangel an Beweisen aufgehoben. Anschließend hab ich beschlossen, mir für mich allein ein Leben aufzubauen. Ich habe Frankreich verlassen, und dann, dann hab ich dich getroffen.«

Dafne hob die Hand und sah ihn erschrocken an. »Warte, willst du damit sagen, dass du da gerade aus dem Gefängnis kamst? Und was meinst du mit: *Es passierte, was passieren musste*? Hast du Camilles Mann getötet?«

Die Worte brachen aus ihr heraus, plötzlich bekam alles einen Sinn. Sein Auftauchen in der Werkstatt während des Unwetters, seine Schweigsamkeit, seine Gewaltausbrüche. Doch welche Rolle spielte sie in dieser Geschichte?

Milan hob den Kopf, sein Blick war leer. Nichts verriet seine Gedanken. »Und wenn, was würde das ändern? Ich bin froh, dass er tot ist, denn ein solcher Mensch hat kein Recht, auf der Erde zu sein. Weißt du, wie oft er sie geschlagen und dann gezwungen hat, die Anzeigen wieder zurückzuziehen, obwohl alle Bescheid wussten? Immer versprach er hoch und heilig, sich zu ändern. Am Ende hat er sie fast umgebracht. Wer ist da der Schuldige? Er oder ich? Wer hat zuerst die Hand gehoben, den Abzug gedrückt, das Messer gezogen?«, fragte er erregt.

Dafne spürte, dass diese Geschichte noch nicht zu Ende war, seine Muskeln waren angespannt, seine Augen voller Wut, es schien, als hätte er seine Verurteilung nie wirklich akzeptiert. Umso schlimmer musste es für ihn gewesen sein, fünf Jahre im Gefängnis zu verbringen.

»Du hast recht, das kann ich nicht beurteilen. Ich kann dich sogar verstehen, selbst wenn ich nicht verstehen kann, was du getan hast.«

Der Satz ging ihm unter die Haut – mit Vergebung hatte er nicht gerechnet.

»Dafne, hör mir bitte zu. Vielleicht bin ich nicht der perfekte Mann und werde es vielleicht auch nie sein. Ich bin launisch, nervös, reizbar, und es kann passieren, dass ich zwischendurch einfach verschwinde. Trotzdem weiß ich sicher, dass mein Platz an deiner Seite ist.« Er streckte die Hand nach ihr aus. »Vielleicht ist es schon zu spät, und ich hab alles kaputt gemacht. Wie auch immer: Ich musste es dir sagen, musste es zumindest versuchen.«

Mit geschlossenen Augen nickte sie. Sie konnte nichts sagen, ein Kloß im Hals hinderte sie daran. Was sollte sie ihm auch sagen? Die Wahrheit über ihren Zustand? Nein, dazu ließen die Worte der Ärztin nicht genug Hoffnung auf ein gutes Ende.

»Für uns ist es zu spät, aber nicht für Marie-Hélène. Sei für sie da. Du wirst sehen, es ist so einfach, sie zu lieben.« Sie seufzte, war nicht sicher, ob Milan den tieferen Sinn ihrer Worte verstanden hatte, denn er wandte sich ab und verschwand aus der Werkstatt.

35

Die Zeit bis zu Veras Hochzeit verging wie im Flug. Die Diagnose war mittlerweile sechs Wochen her. Noch zwei Tage, dann wäre Veras Hochzeit vorbei, und sie würde sich ins Krankenhaus begeben.

Dafne spürte selbst, dass es Zeit wurde, etwas zu unternehmen, denn seither hatten ihre Kräfte dramatisch nachgelassen. Sie kam kaum noch die Treppe hoch, schon das Anziehen erschöpfte sie, und das Atmen war mittlerweile zur Qual geworden. Dazu kam, dass ihr fast ununterbrochen schlecht war und sie unerträgliche Kopfschmerzen hatte, die sie oft stundenlang ans Bett fesselten. Hinter zugezogenen Vorhängen wartete sie dann darauf, dass die Welt wieder etwas erträglicher wurde.

Nicht einmal die verschiedenen Schmerztabletten halfen ihr mehr.

Am Vorabend hatte sie das Kopfteil bei Vera abgeliefert, begleitet und chauffiert von Mario, ohne den sie es nicht einmal bis zum Auto geschafft hätte. Bei Vera angekommen, war ihr so schwindlig gewesen, dass sie sich eine Stunde aufs Sofa legen musste. Die Freundin hatte sich mit Ausreden beschwichtigen lassen, Mario hingegen konnte sie schon längst nichts mehr vormachen – er wusste Bescheid.

Clelia hatte sie abends in Empfang genommen und gleich ins Bett gepackt, nicht ohne sie jedoch erneut wegen ihres Leichtsinns zu tadeln. »Du hast nicht auf deinen Körper geachtet, die Onkologin hat dich gewarnt, aber du willst ja nicht hören, du Dickkopf!«

»Bitte, Großmutter, keine Vorwürfe«, hatte sie gemurmelt. »Mir geht's auch so schon schlecht genug. Und sag jetzt bitte nicht, dass es mir bald besser gehen wird – wir wissen beide, wie das enden wird.«

Statt sie allein zu lassen, hatte Clelia plötzlich von Milan angefangen. »Du weißt noch gar nicht, dass Milan heute hier war. Er wollte sich nach meinem Befinden erkundigen und hat mir meine Lieblingsblumen mitgebracht. Rosen und Kamelien. Hast du den Strauß in der Küche gesehen?« Sie wartete, und als Dafne den Kopf schüttelte, redete sie weiter. »Egal, ich glaube sowieso, er ist deinetwegen gekommen. Er hat wahrscheinlich gehofft, dich hier anzutreffen, und ich hatte das Gefühl, er wollte gar nicht mehr gehen. Dafne, es ist nicht richtig, dass er nicht weiß, wie es um dich steht. Du solltest es ihm sagen.«

Erneut schüttelte die Enkelin den Kopf.

»Mein Schatz, ich verstehe nicht, warum du so starrköpfig bist. Er liebt dich, das erkennt sogar ein Blinder … Bitte, denk noch einmal darüber nach.«

Dafne seufzte schwer und drehte den Kopf in den Kissen ein kleines Stück. »Die Dinge sind nicht immer nur schwarz oder weiß, Großmutter, eine Entschuldigungskarte reicht nicht, um eine Situation wieder in Ordnung zu bringen.«

»Kannst du dich vielleicht ein bisschen weniger kryptisch ausdrücken?«, rügte Clelia sie.

»Ich habe ihn und Camille an Silvester in einer recht intimen Situation in der Werkstatt überrascht. Es schien so, als hätten sie sich versöhnt. So, jetzt bist du dran.«

»Übertreibst du nicht ein bisschen? Was genau hast du denn gesehen? Einen Kuss, eine Umarmung? Mädchen, das bedeutet heutzutage nichts mehr. Das weiß selbst ich alte Frau.«

»Ach, Großmutter, warum entschuldigst du ihn ständig?«

»Weil ich weiß, dass er dich liebt. Und weil ich weiß, dass du ihn auch liebst.«

»Du verstehst nicht, wie schlimm das für mich war, wie demütigend«, murmelte sie. »Es hat mich so an Ettore erinnert ...«

»Hör endlich auf, Ettore und Milan miteinander zu vergleichen! Die beiden könnten nicht unterschiedlicher sein! Es wird dir erst besser gehen, wenn du das akzeptiert hast. Besser, hörst du, ich benutze das Wort ganz bewusst. Und ich sage dir noch etwas, Dafne: Wir alle haben schon mal einen Fehler gemacht. Vielleicht solltest du darüber einmal nachdenken, statt Milan die Schuld an allem zu geben. Dein Großvater hat dir beigebracht, dass jede Minute kostbar ist. Zeit ist ein rares Gut, deshalb nutze die Zeit und gib ihm eine Chance, ich bitte dich! Du brauchst ihn, um deine Operation zu überstehen. Erlaub dir, glücklich zu sein.

Denk mal darüber nach, Dafne! Und dann versuch zu schlafen, du hast es nötig …«

36

Am Tag darauf war Dafne gerade dabei, die Werkstatt zu verlassen, um nach Hause zu gehen, als Marie-Hélène zu ungewohnt später Stunde bei ihr auftauchte.

»Hallo«, sagte das Mädchen leise und blieb an der Tür stehen.

Dafne sah sie an und wusste sofort, dass etwas nicht stimmte. »Was ist denn mit dir los?«, erkundigte sie sich, und statt einer Antwort folgte ein Schluchzen, das sofort in einen Tränenstrom überging.

»Na, na«, beschwichtigte Dafne sie und hauchte ihr einen Kuss auf die Stirn. »Magst du mir nicht sagen, was dich so traurig macht?«

Marie-Hélène blickte sie mit ihren tiefblauen Augen an, in denen sie jedes Mal hätte versinken können. »Gestern haben Maman und Papa gestritten. Papa hat zu Maman gesagt, dass er sie nicht mehr sehen will und dass ich bei ihm bleiben soll. Er hat gesagt, dass sie ihn erpresst hat, aber das hab ich nicht richtig verstanden.«

Dafne atmete tief durch, nahm Marie-Hélène bei der Hand und rief in der Bar an, um heiße Schokolade mit Sahne und Sachertorte zu bestellen.

»Du wirst sehen, danach geht es dir gleich besser, niemand ist nach einer Tasse heißer Schokolade noch traurig«, sagte sie mit einem Augenzwinkern.

Ginevra brachte die Bestellung persönlich vorbei, doch seit der Sache mit Milan sprachen sie kaum mehr miteinander.

Sie wandte sich wieder an das Mädchen, nachdem Ginevra mit einem knappen »Ciao« verschwunden war: »Komm, jetzt trinkst du die Schokolade und isst den Kuchen, und dabei erzählst du mir noch einmal ganz genau, warum sich deine Eltern gestritten haben.

»Maman mag mich nicht mehr bei sich haben«, antwortete Marie-Hélène und nestelte am Gummibund ihres Rocks herum. »Sie hat gesagt, sie will nach Frankreich zurück, und da hat Papa sie angeschrien: dass sie böse ist, dass ich jetzt mit ihm bei Mario bleiben soll und dass er für uns eine eigene Wohnung suchen will. Maman hat geantwortet, dass sie dann für immer weggeht, und ihre Koffer gepackt. Heute Morgen ist sie wirklich mit all ihren Sachen weg.« Sie seufzte und rührte in ihrer Schokolade.

Dafne legte ihre Hand auf die des Mädchens. »Sie wird zurückkommen, du wirst schon sehen, deine Mama hat dich nicht im Stich gelassen«, versicherte sie, doch sie wusste, dass das eine Lüge war.

Dafne hielt es für sehr gut möglich, dass Camille ihre Tochter bei Milan zurückgelassen und sich dann aus dem Staub gemacht hatte.

Während sie Marie-Hélène dabei beobachtete, wie sie in kleinen Schlucken ihre Schokolade trank, dachte sie daran, wie wenig Milan über seine Tochter und ihre Träume wusste. Was war ihr Lieblingskuscheltier? Welche Geschichte hörte sie am liebsten beim Einschlafen? Er hatte keine Ahnung. Wie sollte er diese Aufgabe stemmen?

»Und solange deine Mama nicht zurück ist, kannst du immer zu mir kommen, das weißt du ja.« Sobald sie diesen Satz ausgesprochen hatte, wurde ihr klar, dass sie womöglich ein uneinlösbares Versprechen gegeben hatte. Denn morgen oder übermorgen musste sie für eine ganze Weile ins Krankenhaus, und was danach sein würde, stand in den Sternen.

Unendliche Traurigkeit und Angst überfielen sie.

Im selben Augenblick hob Marie-Hélène den Kopf und sah sie an. Dafne kam es vor, als sähe sie das Mädchen aus ihrem Traum vor sich, das mit der roten Baskenmütze – jenes Mädchen, das ihr bis in die Seele schauen konnte. Ihr Blick war so sanft und liebevoll, dass es ihr beinahe das Herz brach.

»Weißt du, dass Papa gesagt hat, dass er mich lieb hat? Gestern beim Zähneputzen«, sagte sie glücklich. »Aber er hat gesagt, dass er mich gar nicht richtig kennt.«

Dafne streckte die Arme nach dem Mädchen aus und drückte sie an sich. »Du musst keine Angst mehr haben, nie wieder. Du bist jetzt zu Hause.«

Nachdem sie Marie-Hélène bei Mario abgeliefert hatte, nahm sich Dafne noch einmal das Tableau vor, trat einen Schritt zurück, um das Ganze zu betrachten und zu prüfen, ob alles perfekt war. Sie hatte die Tür von Veras Großmutter im Shabby-Chic-Stil gestaltet und dabei die Altersspuren nicht beseitigt, sondern sie noch mehr hervorgehoben. Selbst der verrostete Riegel war so geblieben, wie er war, was dem Ganzen einen romantischen Touch verlieh.

Sie nickte zufrieden. Das war ihr Leben: die Gegenwart mit der Vergangenheit zu verbinden, Erinnerungen zu entstauben und denjenigen eine Stimme zu geben, die nicht mehr da waren.

Vorsichtig hob sie das Tableau an und stellte es gegen die Wand, streichelte sanft über jede Maserung. Die Tür hatte lange all jene Menschen beschützt, die in diesem Haus gelebt hatten, und Dafne spürte, dass das Holz noch lebendig war und jedes Astloch, jede Faser zu ihr von Veras Großmutter sprach. Sie war eine starke Frau gewesen. Genau wie Clelia und die anderen Großmütter, die ihre Enkel von der Schule abholten und mit ihnen lange Nachmittage im Park verbrachten. Diese Frauen waren unverzichtbar für ihre Familien, Dafne spürte es jedes Mal, wenn sie an der Tür vorbeiging oder mit dem Pinsel über die Oberfläche strich.

Zufrieden mit ihrer Arbeit, beschloss sie, einen Spaziergang zu machen. Endlich hatten die Schneefälle aufgehört. Langsam ging sie durch die Gassen, die vom milden Schein der alten Straßenlaternen erhellt wurden. Torralta lag da, als wäre es ein Märchenort fernab der Realität.

Es war ungewohnt, sich einfach so treiben zu lassen,

doch sie genoss es, obwohl ihr das Gehen schwerfiel und sie zwischendurch immer wieder verschnaufen musste. Sie wusste, dass sie noch einmal zum Friedhof gehen musste. Sie brauchte den Kontakt mit der Vergangenheit, mit den Frauen, die vor ihr gegangen waren und dennoch ihr Leben begleiteten, allen voran Maria Elena.

Manchmal hatte Dafne sogar das verrückte Gefühl, sie sei in Gestalt von Marie-Hélène zurückgekehrt. Als sie die Familiengrabstätte erreichte, fiel ihr Blick auf eine frische weiße Rose in jeder Vase. Sie mussten von Milan sein, denn es war die gleiche Sorte Rosen, die er Clelia zusammen mit den Kamelien gebracht hatte. Außerdem lag eine kleine schmiedeeiserne Rose auf Maria Elenas Grab.

»Wenn du doch nur Augustus hättest heiraten können«, sagte sie zum Foto ihrer Urgroßmutter auf dem Grabstein, zog das Buch mit den Gedichten, das sie immer bei sich trug, aus ihrer Tasche, schlug eine Seite auf und zitierte leise ein paar Zeilen.

Vielleicht, dass es ein schrecklicher Fehler war, ihre Liebe nicht zu leben, weil sie einfach nicht verzeihen konnte? Vielleicht sollte sie an die glücklichen Tage denken, als sie in seinen Armen eingeschlafen war? Leider war ihre gemeinsame Zeit vorbei gewesen, bevor sie richtig begonnen hatte. Ihre Zeit war nicht unendlich gewesen.

Unendlich war allein die Ewigkeit.

»Ist es schon zu spät?«, fragte sie Maria Elena.

Eine Windböe blies über den Friedhof und strich ihr durchs Haar. Dafne schloss die Augen und lauschte ihrem Herzschlag. Sie fühlte, dass jemand hinter ihr stand, war es etwa Maria Elena? Und plötzlich schien es ihr, als hätte sie ihr die Hand auf die Schulter gelegt, aber es war nicht ihre Urgroßmutter. Hinter ihr stand Marie-Hélène, Milans Tochter, und sie war es, deren Hand sie spürte, bloß war das Mädchen genauso körperlos wie Maria Elena.

Der Gedichtband glitt zu Boden.

Dafne rannte los, so schnell sie konnte, die feuchte Nachtluft kroch ihr unter den Mantel. Sie war verwirrt, diese Art Vision hatte ihr Angst gemacht. Warum war ihr Maria Elena gemeinsam mit Marie-Hélène erschienen?

Erschöpft kehrte sie noch einmal in die Werkstatt zurück, weil sie dort ihre überlebensnotwendigen Medikamente vergessen hatte, warf Mantel und Tasche auf den Tisch, goss sich ein Glas Wasser ein und schluckte mit zittrigen Händen die Tabletten, die ihr hoffentlich ein wenig Ruhe schenken würden. Als sie den Mantel von der Tasche nahm, fiel ihr etwas Weiches entgegen. Eine rote Baskenmütze, die Mütze des Kindes aus ihren Träumen.

Marie-Hélène hatte sie an diesem Tag ganz bestimmt nicht getragen. Wie aber war sie dann in die Werkstatt gekommen?

Plötzlich verschwamm alles vor ihren Augen, sie schloss die Augen, sah wieder ihre Urgroßmutter vor sich. Sie trug die Hälfte der Mütze, die andere Hälfte saß auf Marie-Hélènes Kopf.

Was zum Teufel bedeutete das?

Hatte Maria Elena ebenfalls eine solche Mütze besessen? War die Mütze womöglich neben den Uhren ein Wegweiser zur Geschichte ihrer Urgroßmutter?

Als sie die weiche Wolle gegen ihre Wange presste, stand ihr sofort wieder das Bild ihrer Urgroßmutter vor Augen. Sie sah sie als junges Mädchen mit dieser Mütze auf einer Bank sitzen, den Kopf voller Zukunftspläne und zugleich voller Angst, Augustus nie wiederzusehen.

»Wusstest du schon, dass du ein Kind erwartet hast?«, flüsterte sie, doch natürlich erhielt sie keine Antwort.

Was hatte ihre Urgroßmutter mit Marie-Hélène zu tun? War sie etwa die Verbindung zwischen gestern und heute? Oder hatte Maria Elena ihr dieses Mädchen geschickt, damit sie es wie ein eigenes Kind liebte? Dafne war verwirrt. Sie wusste nicht, was die Vision bedeuten sollte.

Draußen hörte sie Schritte, vertraute Schritte.

Milan, dachte sie und umklammerte die rote Mütze. Fast meinte sie seine Faust zu sehen, die an der Tür vor dem Klopfen innehielt, während sie bereits die Hand nach ihm ausstreckte. Es war zum Verzweifeln. Sie suchten einander trotz aller Rückschläge, konnten nicht voneinander lassen und fanden dennoch nicht zueinander. Auch jetzt nicht.

Ein unerträglicher Schmerz traf sie, und sie sackte zusammen, war unfähig, sich zu bewegen oder zu rufen.

Die Schritte entfernten sich, ohne dass sie ihn zurückhalten konnte.

Sie musste Milan gehen lassen. Vor ihr lag eine unendlich dunkle Nacht.

37

Der Tag von Veras Hochzeit war da und zugleich der letzte Tag, bevor sie sich ins Krankenhaus begeben musste. Im Osten ging langsam die Sonne auf und begann die Landschaft um Torralta mit einem goldenen Schein zu überziehen.

Dafne lag in ihrem zerwühlten Bett und starrte an die Decke, ihre Gedanken rasten. Sie hatte wenig geschlafen, allein der Gedanke daran, sich ins Bad zu schleppen und sich anzuziehen, überforderte sie.

Sie griff nach den Tabletten, die auf dem Bücherstapel neben dem Bett lagen. Nur noch achtundvierzig Stunden, dann stand die Operation an.

Levantes alter Wecker schrillte, die kleinen Hämmer schlugen gegen das Metall. Dafne schaltete ihn aus und atmete tief durch. »Gut, los geht's.«

Als Erstes musste sie ein letztes Mal in die Werkstatt, um Veras Rosen und anderes Deko-Material zu verpacken und alles zum Weingut zu transportieren, wo die Hochzeit stattfand. Der Transporter stand bereits vor der Tür, und Mario hob Kiste um Kiste auf die Ladefläche.

»Nach meinen Berechnungen fehlen fünf Rosen«, sagte sie, nachdem sie alles einmal kontrolliert hatte.

»Sie sind gestern fertig geworden, du kannst ganz beruhigt sein, Milan wird sie bestimmt rechtzeitig bringen«, sagte Mario augenzwinkernd und grüßte Don Gino, der pfeifend mit der Zeitung unter dem Arm auf dem Weg zum Pfarrhaus war.

Dafne grüßte ebenfalls, setzte sich auf die Ladefläche und ließ die Beine baumeln, die Haare fielen ihr über die inzwischen schmalen Schultern. »Das hoffe ich«, erwiderte sie und drehte eine ihrer Locken um den Finger, die ihr bei der ergebnislosen Kurzchemo erhalten geblieben waren. So viel Glück würde sie bei der nächsten Runde nach der Operation kaum haben. Bei den meisten dieser Therapien fielen nun mal die Haare aus.

Sie seufzte. Mario in seiner blauen Arbeitsschürze und seiner blauen Strickjacke stand vor ihr. »Kopf hoch, das wird schon«, sagte er, versuchte ihr Mut zu machen und tätschelte ihr liebevoll die Schulter.

»Danke«, erwiderte sie leise.

»Möchte jemand heißen Kaffee?« Milan tauchte mit einem Tablett auf, auf dem drei Tassen standen, die mit Alufolie abgedeckt waren und von denen ein wunderbarer, leicht karamellartiger Duft aufstieg.

»Wir werden uns revanchieren«, sagte Mario und reichte Dafne eine Tasse hinüber.

»Sind alle Rosen fertig? Dafne fehlen fünf«, wandte Mario sich an Milan. »Du wolltest die Rosen doch gestern noch fertig schmieden, oder?«

»Genau.« Erneut suchten seine Augen ihren Blick. »Ich habe sie auf der Werkbank neben dem Ofen liegen lassen, ich dachte, du hättest sie gefunden«, sagte er, während Dafne nervös mit ihrem Kugelschreiber spielte.

»Ehrlich gesagt habe ich gar nicht darauf geachtet, ich wusste nicht, dass du in der Werkstatt warst.«

»Ich bin erst spät fertig geworden, und da ich keine Ahnung hatte, wann du mit dem Einladen anfangen würdest, habe ich sie vorbeigebracht.«

Dafne nickte: »Danke, nett von dir.« Sie war am Ende, ihre Beine zitterten, alles verschwamm vor ihren Augen. Sie hoffte, dass die Tabletten bald wirkten, die sie kurz zuvor eingenommen hatte.

Sobald alles verladen war, verabschiedete sie sich von Mario, kletterte schwerfällig auf den Beifahrersitz und umklammerte den Haltegriff.

»Du willst bestimmt nicht fahren?«, fragte Milan.

Sie schüttelte den Kopf. »Wir müssen uns beeilen, wir haben nur den Vormittag.«

Bis dahin mussten sie alles bis ins kleinste Detail herrichten und dekorieren. Der Manager des Weinguts hatte ihnen zwar ein paar Helfer an die Seite gestellt, aber Dafne schickte sie wieder weg.

»Das machen wir besser allein«, sagte sie zu Milan und steckte sich zwei Seitenschneider in die Tasche. »Ich habe keine Lust, dass im letzten Moment etwas zu Bruch geht, wir haben so hart dafür gearbeitet.«

Sie griff nach der Drahtspule, um die Blechdosen in Laternen zu verwandeln, während Milan die Volieren dekorierte und sie in die Gesamtdekoration einbaute, die aus mit Blumen geschmückten Weinkisten, alten Koffern und Bilderrahmen bestand, die Dafne mit weißem Stuck und bronzefarbenem Lack in wahre Kunstwerke verwandelt hatte.

Anschließend gönnte sie sich einen Moment Pause, setzte sich hin und trank ein Glas Wasser, denn der Schwindel wollte einfach nicht aufhören. Sie kniff die Augen zusammen, um einigermaßen scharf sehen zu können, doch irgendwann glitt ihr der Stift aus der Hand, mit dem sie gerade die Menüfolge auf eine Glasscheibe schrieb. Vor Wut, dass ihr Körper sie im Stich ließ, traten ihr Tränen in die Augen. Am liebsten hätte sie losgeschrien, irgendwas von sich geschleudert – aber sie blieb einfach sitzen, die Lippen fest zusammengepresst, atmete tief durch und versuchte die Attacke niederzukämpfen. Sie ertrug diesen Schmerz nicht mehr.

»Dafne?« Milans warme Hand legte sich ganz zart auf ihre Schulter. »Was ist los?«, fragte er besorgt.

Sie antwortete nicht, ihre Gedanken waren abgedriftet, zurück zu den Momenten voller Glück, zu ihrem allerschönsten, weil gemeinsamen Weihnachtsfest – kostbare Momente, die verloren waren.

»Wunderschön, Milan, das ist echt sensationell geworden«, lenkte sie ab und deutete auf die von ihm gestaltete Dekoration.

»Sag mir lieber, wie es dir geht. Wenn's nach mir ginge, würde ich dich lieber auf der Stelle nach Hause bringen.«

Er wirkte ernstlich besorgt. Ahnte er vielleicht etwas? Oder hatte Mario es ihm verraten?

»Ach, Milan, das geht nicht – ich bleibe hier«, lehnte sie matt ab.

Er stemmte die Hände in die Hüften. »Jetzt sei nicht so stur, du bist krank, das ist kaum zu übersehen. Den Rest schaffe ich allein.«

Das war ein Satz, der bei ihr sämtliche Alarmglocken schrillen ließ. »Nein«, protestierte sie so energisch, wie sie konnte. »Wir haben diesen Auftrag gemeinsam angenommen und führen ihn auch gemeinsam zu Ende. Anschließend kann ich mich immer noch ausruhen.«

»Dir ist schon klar, wie absurd das klingt, was du da sagst?«

Dafne schüttelte den Kopf. »Ende der Diskussion.«

»Das ist wirklich dein Ernst, oder?« Er sah sie ernst an und zuckte dann die Schultern.

»Wenn du meinst, ich hätte Zeit für Scherze, dann hast du dich geirrt«, gab sie pampig zurück.

Sie waren gerade fertig, als der Brautvater im festlichen Anzug auftauchte und verkündete, dass die Kirche zu Ende sei und die ersten Gäste bald erscheinen würden. Zufrieden begutachtete Dafne ihr Werk. Das Tableau stand an der richtigen Stelle und war mit Stoff umhüllt und mit Blumen geschmückt, das Dessertbuffet war eine Komposition aus Satin, Tortenplatten und Etageren in unterschiedlichen Größen, in der Mitte thronte ein alter

Krug, in dem malven- und rosafarbene Pfingstrosen arrangiert waren.

Die von Milan geschmiedeten Rosen waren kleine Kunstwerke, die bemalt leicht als echt durchgegangen wären.

Dafne nahm eine in die Hand. »Sie sind wunderschön, Milan«, sagte sie und strich über die kunstvoll gearbeiteten, zerbrechlich wirkenden Blütenblätter, die fast durchsichtig aussahen. »Kaum zu glauben, dass man so viel Kraft braucht, um etwas derart Feines zu schaffen«, meinte sie.

Gleich darauf verlor sie sich wieder in Gedanken. Würden sie und Milan noch einmal gemeinsam ein so großartiges Projekt in Angriff nehmen können – würde die Krankheit ihr das erlauben? Ihr eine Galgenfrist geben, wenn sie schon nicht mehr völlig gesund würde? Ihr Herz war schwer. Besonders die Vorstellung, dass jemand anderem seine Liebe gehören würde, konnte sie kaum ertragen.

»Signorina Merisi?«

»Bitte?« Vor ihr stand die Hochzeitsplanerin.

»Das Brautpaar wird in etwa einer Stunde hier sein. Können wir mit dem Eindecken beginnen?«

Dafne nickte und winkte Milan heran, der noch eine Vase mit Hortensien fürs Buffet brachte.

»Was gibt's?«

»Wir müssen uns umziehen, das Paar kommt in etwa einer Stunde, und *so* können wir uns nicht präsentieren.« Sie schaute an sich herunter und deutete auf die

Fensterscheibe, in der sich ihre Silhouetten spiegelten. »Schau mal, wie wir aussehen, völlig verdreckt und verschwitzt.«

Er bedachte sie mit einem warmen Lächeln. Ja, sie sah schrecklich aus, mitgenommen, dünn, elend und krank. Irgendetwas stimmte nicht mit ihr. Er liebte sie selbst in diesem Zustand, aber seine Beklemmung wuchs.

»Lass uns gehen, sonst schaffen wir es nicht mehr«, sagte sie und warf ihm die Autoschlüssel zu.

Eigentlich hatte er sich vorgenommen, Dafne behutsam auf ihren Gesundheitszustand anzusprechen, aber ein Anruf von Mario verhinderte das.

Marie-Hélène weigere sich zu essen und Mario bat ihn, vorbeizukommen. Milan setzte Dafne zu Hause ab und machte sich sofort auf den Weg.

Erst jetzt, nachdem die Anspannung nachgelassen hatte, merkte Dafne, wie schlecht sie sich fühlte. Sie schaffte es gerade so von der Dusche ins Bett. Das Schwindelgefühl ließ einfach nicht nach. Ihre Großmutter, die sichtlich bestürzt war, schickte sie aus dem Zimmer, sie wollte nicht, dass Clelia das Ausmaß ihres Zusammenbruchs erkannte. Es war ihr nicht einmal möglich, die Tabletten aus ihrer Tasche zu holen, ihre Arme und Hände gehorchten ihr einfach nicht mehr. Ja, sie schaffte es nicht einmal, sich ein wenig aufzurichten, und so blieb sie wie gelähmt in den Kissen liegen und kämpfte mit einer aufsteigenden Panik. Ihr Leben schien ihr aus den Fingern zu gleiten. Doch nachdem sie etwas geschlafen hatte, ging es ihr tatsächlich besser. Der Schwindel hatte sich gelegt, und als Milan sie abholte, war ihr kaum mehr etwas anzumerken.

»Du siehst atemberaubend aus«, sagte er gleichermaßen beeindruckt wie verwundert.

Sie trug ein puderfarbenes Satinkleid mit tiefem Rückenausschnitt und einem weich fallenden Rock. Make-up kaschierte die tiefen Augenringe und eingefallenen Wangen, sodass sie beinahe gesund aussah.

»Was macht Marie-Hélène?«, erkundigte sie sich.

Milan seufzte. »Sie sagt, es gehe ihr nicht gut, ihr sei schlecht und sie sei sehr traurig.«

Dafne war irritiert. War dieses Unwohlsein Zufall? Oder hatte das Kind ihre Symptome übernommen, weil zwischen ihnen irgendeine geheimnisvolle Verbindung bestand?

»Willst du lieber bei ihr bleiben? Deine Tochter ist wichtiger als Veras Hochzeitsfeier.«

»Nein.« Milans Antwort erfolgte klar und deutlich und schloss jeden Widerspruch aus. Genau wie ihre Entscheidung vor wenigen Stunden, sich nicht nach Hause bringen zu lassen. »Mario wird das schon hinkriegen«, fügte er hinzu. »Und wenn nicht, kann er mich immer noch anrufen.« Dann legte er ihr die Hände in einer beruhigenden Geste ans Gesicht. »Alles wird gut, du wirst sehen.«

Er wusste Bescheid.

Dafne unterdrückte ihren Schock, griff nach seiner Krawatte, die er noch nicht gebunden hatte.

»Fertig, jetzt kannst du dich sehen lassen«, sagte sie,

musterte ihn zufrieden und reichte ihm einen Umschlag. »Für dich.«

»Was ist das?«

»Dein Anteil an dem, was wir mit Veras Auftrag verdient haben.«

»Ich will kein Geld. Außerdem hast du das ganze Material bezahlt.«

»Das habe ich abgezogen, keine Sorge, und die Hälfte von dem, was übrig ist, gehört dir.«

»Gut, dann sage ich es mal so. Ich will kein Geld von dir.«

»Warum nicht? Du hast gearbeitet, und dafür wirst du bezahlt.«

Milan drehte sich um, legte die Hand auf das vereiste Fenster. »Für mich klingt das nach einem Abschiedsgeschenk. Ist es so? Willst du, dass wir nicht mehr zusammenarbeiten? War's das mit uns?«

»Ich weiß nicht, was du meinst, Milan«, antwortete sie fröstelnd, aber es war nicht allein wegen der Kälte. »Was sollte es sonst noch geben nach allem, was passiert ist?«

»Diese Sache lässt dich einfach nicht los, oder?«

»Nein«, flüsterte sie, »ich schaffe es nicht, daran zu glauben, dass Camille endgültig Vergangenheit ist. Was, wenn ihr plötzlich in den Sinn kommt, heile Familie zu spielen?«

Milan schüttelte ärgerlich den Kopf. »Du willst es einfach nicht verstehen.«

»Du kannst nicht von mir verlangen, dass ich alles,

was passiert ist, einfach so vergesse.« Dafne vergrub ihr Gesicht in den Händen, um sich zu beruhigen und ihre Gedanken zu sortieren, die wild in ihrem Kopf herumschwirrten. »Was willst du eigentlich genau von mir, Milan? Nicht einmal das weiß ich«, stieß sie verzweifelt hervor.

Milan ließ resigniert den Kopf sinken. Er wusste, dass dieses Desaster maßgeblich seine Schuld war. »Lass gut sein«, erwiderte er traurig. Aber Dafne konnte die Angst in seinen Augen sehen.

Seit er durch Clelia von Dafnes Diagnose erfahren hatte, hatte er nächtelang bei Mario vor dem Computer gesessen, hatte sich über die Schweregrade verschiedener Tumore und die damit verbundenen Überlebenschancen informiert, hatte Statistiken und Erfahrungsberichte gewälzt – es schien hoffnungslos. Noch schlimmer jedoch war die Tatsache, dass er die Missverständnisse zwischen ihnen nicht aus dem Weg räumen konnte.

Schweigend nahm er die Autoschlüssel. »Wollen wir gehen?«

Sie nickte, folgte ihm nach draußen, setzte sich wieder auf den Beifahrersitz und kuschelte sich in die Stola ihrer Großmutter. Er schaltete die Heizung ein und stellte das Radio an, bevor sie losfuhren.

Dafnes Hand tastete nach Maria Elenas Uhr in ihrer Tasche. Sie war für sie inzwischen eine Art Talisman geworden. Und eine Verbindung zur Vergangenheit.

Verstohlen blickte Milan zu ihr hinüber. Seit er erfahren hatte, wie es um sie stand, fürchtete er sich davor, dass mitten in der Nacht das Telefon klingelte und ihm jemand sagte, Dafne sei tot war. Er wusste einfach nicht, wie er mit der ganzen Situation umgehen sollte. Er war verzweifelt, und es brachte ihn beinahe um den Verstand, ihrem körperlichen Verfall tatenlos zusehen zu müssen. Vor ein paar Tagen, als er wegen Veras Rosen kurz bei ihr vorbeischauen wollte, war sie nicht an ihrem Platz gewesen, sondern hatte wimmernd und zusammengekrümmt in der Toilette am Boden gehockt. Er wusste, dass sie nicht wollte, dass er sie so sah, deswegen war er unbemerkt wieder gegangen. Doch es hatte ihm fast das Herz zerrissen.

War das noch ein Leben? fragte er sich.

Clelia hingegen ging ganz anders damit um. Obwohl sie selbst noch von ihrer Herzattacke geschwächt war, glaubte sie fest daran, dass Dafne es schaffen würde. Die geringe Überlebenschance, die die Ärzte prognostizierten, konnte sie nicht davon abbringen.

»Das sind bloß Zahlen«, pflegte sie zu sagen.

Dafne döste jetzt neben ihm ein wenig, ihr Kopf war nach hinten gesackt. Offenbar verschafften die Schmerzmittel ihr gerade eine Atempause. Wie viel sie heute bereits geschluckt hatte, wagte er gar nicht zu fragen. Zärtlich blickte er sie von der Seite an. Nein, ihre Liebe würde nicht mit dieser Diagnose enden. Und er wollte es in Zukunft so halten wie Clelia und fest daran glauben, dass sie aller pessimistischen Prognosen zum Trotz überleben und weiterleben würde. Mit ihm.

38

Das Bankett wurde ein Riesenerfolg. Alles lief perfekt, die Gäste waren von der Dekoration hellauf begeistert und ließen sich von der Romantik verzaubern. Obwohl es im Grunde eine eher mondäne Hochzeit war, war die Atmosphäre heiter und unverkrampft. Die Kinder spielten zwischen den Tischen, Familienangehörige standen in kleinen Gruppen beisammen, und der ein oder andere beschwipste Onkel gab Schwänke zum Besten.

Nach dem Dessert hielten die Trauzeugen und der Brautvater berührende Reden, auf die der Brautwalzer folgte und ein stolzer Ehemann seine strahlende Braut in einer hinreißenden Kreation aus Seide und Spitze auf die große Tanzfläche führte, neben der auf einem Podium die Musiker saßen.

Als Dafne ihrer Freundin zusah, wie sie in den Armen ihres Mannes über das Parkett schwebte, traten ihr die Tränen in die Augen – vor Rührung, in die sich jedoch auch Wehmut und ein bisschen Neid mischten. Sie zweifelte, ob sie das jemals würde erleben dürfen. Zehn Prozent waren einfach zu wenig. Dabei hatte sie sich seit ihrer Kindheit genau das vorgestellt, was für Vera Wirklichkeit geworden war: ihren Traumprinzen zu finden und zu heiraten. Sie prostete ihrer glücklichen Freundin vom Rand der Tanzfläche aus zu.

Sie bereute es sehr, nicht offen mit Milan gesprochen zu haben, um ihre Schwierigkeiten auszuräumen. Sie hatte ihn mit Vorwürfen überhäuft und ihm keine Chance gegeben, ihr seine Sicht der Dinge darzulegen. Aber sie schaffte es einfach nicht, ihn darauf anzusprechen. Sie tröstete sich mit dem Gedanken, dass sie es nach der Operation versuchen würde.

Eher melancholisch als niedergeschlagen schaute sie den festlich gekleideten Gästen beim Tanzen zu, die inmitten von roséfarbenen Rosen und weißen Lichtern ihre Kreise auf der Tanzfläche im Wintergarten drehten. Obwohl sie nicht mitten unter ihnen war, genoss sie die Atmosphäre, zumal sie spürte, dass sich in den Mauern dieses alten Gutes jede Menge Geschichten verbargen. Womöglich sogar von früheren Tanzfesten … Dafne schloss die Augen und meinte für einen Moment ausgelassene junge Leute zu sehen, die im typisch frivolen Stil der Zwanzigerjahre Tango, Quickstepp und Charleston tanzten.

Die Musiker spielten jetzt einen Blues, Dafne schloss die Augen, der Geschmack des Proseccos erinnerte sie an die Gischt des Meeres – sie sah eine Villa über dem Strand vor sich, eine Laterne tauchte ein Liebespaar auf der Terrasse in ein sanftes Licht, es roch nach Zitronen, und am Himmel stand ein riesiger, hell leuchtender Mond. Ein leiser Wind wehte, ein verzaubertes Liebeslied erfüllte die Luft.

»Möchtest du tanzen?«, hörte sie eine Stimme hinter sich, und als sie sich umdrehte, schaute sie Milan direkt in die Augen.

Ihr Streit schien vergessen – es war, als würde die Musik alle Distanzen überwinden. Er lächelte zärtlich und zog sie, ohne ihre Antwort abzuwarten, auf die Tanzfläche und in seine Arme, hielt sie ganz fest.

Wie oft hatte sie sich in ihren einsamen Nächten danach gesehnt.

Auf den Blues folgte ein langsamer Walzer. Während sie eng aneinandergeschmiegt tanzten, spürte Dafne Milans Herzschlag und stellte sich vor, dass sein Herz allein für sie schlug.

Entspannt legte sie ihren Kopf an seine Schulter, sog den Duft nach Maiglöckchen und Pinien ein, der von seiner Haut ausging. Die Zeit schien stillzustehen.

»Bleib bei mir, bitte«, flüsterte Milan ihr schließlich zu und küsste sie sanft auf die Haare. »Du musst, Dafne. Du darfst mich nicht verlassen. Bitte.«

Die Worte trafen sie unvermittelt, sie presste die Lippen fest aufeinander, drückte das Gesicht an seine Jacke, als die Welle in ihr aufstieg, die gleichermaßen Schmerz und Liebe mit sich brachte.

»Milan«, stammelte sie leise, »ich weiß nicht, warum du mir das ausgerechnet jetzt sagst …«

»Bleib, damit du sehen kannst, was du mir, was du Marie-Hélène gegeben hast«, unterbrach er sie mit zitternder Stimme, legte ihr erst den Finger auf die Lippen und umfasste dann ihr Gesicht. »Bleib, damit ich von dir lerne, dass Zerrissenheit auch Chancen bietet, wenn man die Risse wie bei japanischen Vasen vergoldet. Du sollst mir zeigen, wie sich das auf ein zerrissenes Leben, einen zerrissenen Menschen anwenden lässt. Und du musst bleiben, damit ich dir beweisen kann, dass ich mit dir ein besserer Mensch werde. Schmerz ist nicht nur ein Hindernis, sondern eröffnet auch Möglichkeiten. Lass sie uns nutzen, bitte.«

Dafne hörte ihm schweigend zu, hielt den Atem an, unter ihrer Hand spürte sie sein Herz schlagen, und sie fühlte sich an seine kräftigen Hammerschläge beim Schmieden der Rosen erinnert. Auf diese Worte, die ihr das Ausmaß seiner Liebe zu Bewusstsein brachten, hatte sie gewartet – aber dann glitt sie erneut in diesen merkwürdigen Dämmerzustand ab, der immer häufiger ihr Bewusstsein vernebelte, ihren Blick trübte und ihr die Herrschaft über ihren Körper raubte. Schon gaben ihre Beine nach, und wenn Milan sie nicht festgehalten hätte, wäre sie auf die Tanzfläche gestürzt. Panische Angst überkam sie.

»Milan«, murmelte sie und klammerte sich an ihn. Mehr brachte sie nicht heraus, denn sie fand die Worte nicht mehr.

»Gib mir Zeit, bitte, gib uns Zeit.« Milan, der merkte, was gerade mit ihr passierte, ließ sie nicht los, versuchte, sie mit seinen Beschwörungen in die Wirklichkeit zurückzuholen. »Was auch immer passiert, bleib hier. Jetzt und für immer«, flehte er schluchzend, hob ihr Kinn und küsste sie.

Er hatte es kaum für möglich gehalten: Mit einem

Mal wirkte Dafne weniger abwesend, weniger kraftlos, es schien, als wären seine Worte zu ihr durchgedrungen.

»Milan«, flüsterte sie und begann wieder klarer zu denken. Ja, sie wollte bei ihm bleiben, ganz nah, nichts sollte sie voneinander trennen – sie wollte seine Lippen spüren wie an Weihnachten, als er ihre Narben geküsst hatte. In dieser Nacht hatte sie sich so lebendig gefühlt, hatte das erste Mal wirklich das Gefühl gehabt, dass sie zu ihm gehörte und er zu ihr. Vorausgesetzt … versuchte eine innere Stimme ihre Zuversicht zu bremsen, doch sie ließ den Gedanken nicht zu. Kein Wenn und Aber mehr. Sie wollte leben, und sie würde leben. Für ihn und mit ihm.

»Es könnte schwierig werden, aber unmöglich ist es nicht«, sagte sie stockend. Inzwischen waren sie als Einzige im Saal zurückgeblieben, alle anderen verfolgten draußen das Feuerwerk.

Milan holte zwei Teller mit Hochzeitstorte. »Meinst du, wir können nach der Operation noch einmal darüber sprechen?«, fragte er.

Dafne lächelte. »Worüber? Über die Hochzeitstorte?«, versuchte sie zu scherzen.

»Ich hatte eigentlich einen anderen Anlass im Sinn«, erwiderte er und zog ein ihr wohlbekanntes Samtsäckchen aus seiner Jacketttasche.

»Milan, was …?«

Er hielt ihr Augustus' Uhr hin. »Ich habe sie reparieren lassen und möchte sie dir geben, damit du über meine Zeit wachst.«

»Oh Gott, Milan«, stieß Dafne hervor und starrte auf die sich bewegenden Uhrzeiger, die ein neues Kapitel in der alten Geschichte anschlugen.

»Das ist unsere Zeit, Dafne, sie gehört nur dir und mir. Und ich hoffe, dass sie uns niemand nimmt.«

Gerührt schlossen sich ihre Hände um das unerwartete Geschenk. Noch nie hatte ihr jemand etwas so Wertvolles gegeben: Zeit.

Zeit, mehr wollte sie nicht. Zeit, um zu verstehen. Zeit, um Zukunftspläne zu schmieden. Zeit für Milan, um mit ihm Träume wahr werden zu lassen. Zeit für Marie-Hélène, um die Wurzel ihrer Verbindung zu finden.

Und Zeit, um stellvertretend eine verlorene Liebe zu leben für ein Paar, dessen Liebe der Krieg vereitelt hatte.

»Danke«, murmelte sie und griff nach seiner Hand. »Danke«, wiederholte sie, während eine Träne ihre Wange hinabrollte.

Draußen steuerte das Feuerwerk auf seinen Höhepunkt zu, malte eine Abfolge atemberaubender Bilder an den nächtlichen Himmel, die in einem riesigen Herzen mit den Initialen des Hochzeitspaars gipfelten.

Doch Dafne bekam nichts davon mit. Im leeren Saal sank ihr erschöpfter Körper ohnmächtig zu Boden.

39

Ein Rettungswagen brachte Dafne direkt in die Notaufnahme. Eine Krankenschwester eilte auf der einen Seite neben der Rollbahre her, auf der sie lag und unverständliche Worte vor sich hin murmelte, Milan auf der anderen.

»Wo …?«, stammelte sie.

Vereinzelte Bilder der Hochzeitsfeier schossen ihr durch den Kopf, aber sie schaffte es nicht, eine Verbindung zwischen ihnen herzustellen. Weil sie schwer nach Luft zu schnappen begann, drückte man ihr eine Beatmungsmaske aufs Gesicht. Aus dem Augenwinkel sah sie Monitore, mit deren Hilfe ihre Körperfunktionen überwacht werden konnten, und sie sah Milan, der mit einem Arzt sprach. Zufällig fiel ihr Blick zudem auf eine junge Frau in einem Rollstuhl, die einen schwarz-weißen Turban auf dem Kopf trug und neben sich einen Infusionsständer stehen hatte. Bald würde sie ein ähnliches Bild abgeben. Ihre Finger krallten sich in das Laken, das sie bedeckte.

»Milan.« Er war da, ganz sicher, bloß sah sie ihn nicht mehr und bekam Angst. »Milan.« Jemand versuchte sie zu beruhigen, aber sie wollte sich nicht beruhigen, nicht bevor sie wieder seinen Blick spürte, seine Wärme. Er hatte ihr seine Zeit geschenkt, er hatte es versprochen. Vergeblich versuchte sie ihren Kopf zu heben, er war einfach zu schwer. Die Erinnerungen begannen schon wieder zu verschwimmen, als der feste Druck seiner Hand sie vor einem neuerlichen Abgleiten ins Nichts bewahrte.

»Ich bin hier, ganz ruhig, ich bin hier«, wiederholte er in dem besänftigenden Tonfall.

Sie umklammerte das Laken und presste die Augen zusammen. Als sie sie wieder öffnete, sah sie einen roten Punkt vor sich, Marie-Hélène mit ihrer Baskenmütze. Plötzlich wusste sie nicht mehr, wo sie war.

Das Mädchen hatte ihr gezeigt, dass Gefühle sich ändern konnten, dass die Zeit keine Rolle spielte. Jetzt reichte sie ihr mit demselben strahlenden Lächeln die Hand wie bei ihrer ersten Begegnung.

»Du bist es«, flüsterte sie der Kleinen zu und streichelte ihr Gesicht, bevor sie losließ.

40

»Die Krankheit ist leider schon weit fortgeschritten.«

Diesen Satz hatte Milan inzwischen mindestens drei Mal gehört, ihn jedoch erst jetzt richtig verstanden. Er trug immer noch seinen Anzug, Dafnes Windsor-Knoten saß immer noch perfekt, aber die Erklärungen der Onkologin hatten alle scheinbaren Gewissheiten und außerdem alle Hoffnungen zerstört.

Die ganze Nacht hatte er auf einem blauen Plastikstuhl verbracht, hatte den Schichtwechsel der Krankenschwestern beobachtet und die Wagen mit den Medikamenten, die über den Flur gerollt wurden. Dafnes Befinden war unverändert – er hatte also viel Zeit gehabt, um über das nachzudenken, was er ihr nicht gesagt hatte. Er grübelte über seine Fehler nach und überlegte, was er hätte besser machen können.

Er beschloss schließlich, seine Tochter anzurufen. Die Vaterrolle war noch neu für ihn, aber er wollte diesmal alles richtig machen. Er rief Marie-Hélène an, die vorübergehend bei Clelia untergebracht war. Er versuchte ihr Dafnes Zustand schonend beizubringen. Aber schon kurz nach ihrem Telefonat tauchten die beiden im Krankenhaus auf.

»Nach deinem Anruf war sie nicht mehr zu halten«, erklärte Clelia. So warteten sie gemeinsam und hofften, dass sich Dafnes kritischer Zustand verbessern würde.

Am Abend bot Clelia ihm an, sich mit ihm abzuwechseln, damit er nach Hause gehen und sich etwas ausruhen konnte, aber davon wollte er nichts wissen. Allein die Idee, er könnte die Möglichkeit verpassen, sie zu sehen und mit der Ärztin über ihren Zustand zu sprechen, erschien ihm unerträglich.

»Geht nur, ich bleibe«, sagte er, als er sich von den beiden verabschiedete.

»Milan, vielleicht solltest du einfach mitkommen – es gibt nichts, was wir hier tun können. Sie rufen an, wenn sich etwas verändert«, drängte Clelia.

»Ich weiß, trotzdem bleibe ich lieber hier. Sieh du lieber zu, dass du dich nicht übernimmst, wo du dich jetzt auch noch um Marie-Hélène kümmerst.«

»Soll ich vielleicht bei dir bleiben, Papa?«, meldete sich das übermüdete Kind zu Wort und rieb sich mit dem mitgebrachten weißen Plüschkaninchen die Augen.

Milan beugte sich zu ihr hinunter und strich ihr übers Haar. »Du kannst nicht hierbleiben.« Und als sie protestierte, fügte er hinzu: »Und weißt du auch, warum? Weil ich deine Hilfe brauche.«

»Wobei denn?«

»Du kümmerst dich um Großmutter, sie ist nach wie vor nicht ganz fit und braucht jemanden, der auf sie aufpasst. Tust du mir den Gefallen?«

Marie-Hélène dachte nach und drückte ihm das Kaninchen in die Hand. »Gut. Und du passt auf ihn auf, bis ich zurück bin. Poirot ist ganz brav, du wirst sehen.«

Milan nickte und musterte das Kaninchen. Es hatte zwei Knöpfe als Augen und einen rosa Punkt auf dem Bauch und erinnerte ihn an die Stofftiere, die es früher gab und die man heute gelegentlich bei Trödlern fand. Das erinnerte ihn wieder an Dafne. Er wollte noch so vieles mit ihr erleben, mit ihr in alten Sachen wühlen und mit ihr bei einem Bier in der Werkstatt endlos über alte Geschichten sprechen. Er hatte gar nicht gewusst, wie sehr ihm das gefehlt hatte.

Als er nach einem Taschentuch suchte, fand er in seinem Sakko den Ring, den er passend zu der Spange für den Wohltätigkeitsball entworfen hatte. Er war aus geschmiedetem Kupfer mit einem eingearbeiteten Diamanten. Drei Tage hatte er daran gearbeitet. Er wollte ihn ihr nach der Hochzeitsfeier schenken, aber dann war alles ganz anders gekommen.

Er drehte den Ring zwischen seinen Fingern. Hinter den Türen war es still, die Besucher waren bis auf wenige Ausnahmen nach Hause gegangen. Nachtruhe. Hinter der großen Tür zur Intensivstation, wo auch Dafne lag, herrschte hingegen ein geschäftiges Treiben, die umherhuschenden Schatten konnte man durch die Milchglasscheiben erkennen.

Wenig später tauchte Clelia wieder mit Marie-Hélène auf. »Ich halte es zu Hause nicht aus. Und die Kleine wollte nicht, dass ich sie zu Mario bringe.« Bedrückt sah sie ihn an. »Hast du schon mit jemandem gesprochen?«

»Leider nein«, sagte er und sprang wie elektrisiert auf, als sich in genau diesem Moment die Tür zur Intensivstation öffnete und eine Frau in weißem Kittel und mit Klemmbrett in der Hand auftauchte. Dafnes Onkologin.

Die Ärztin rückte die Brille zurecht und setzte sich zu ihnen. Dann begann sie, sie in aller Ausführlichkeit über den Verlauf von Dafnes Zustand zu informieren.

Clelia griff nach ihren Händen. »Worauf müssen wir uns gefasst machen?«, fragte sie. »Wie sind ihre Überlebenschancen?«

»Dafnes Zustand ist kritisch, und die Ergebnisse der jüngsten Untersuchungen sind nicht gut«, begann sie. Sie blätterte in ihren Papieren und fand eines, auf dem viele Werte rot unterstrichen waren. »Sie ist sehr schwach, und die Metastasen haben sich ausgebreitet. Ich habe mich mit meinen Kollegen beraten, und wir sind uns alle einig, dass wir alles auf eine Karte setzen müssen.«

Clelia schwieg betreten – sie hatte verstanden, was die Ärztin damit zum Ausdruck bringen wollte.

Milan hingegen musterte die Onkologin kritisch.

»Was meinen Sie damit?«, fragte er.

»Nun, nach wie vor halten wir eine Operation für das Mittel unserer Wahl, genau genommen gibt es keine echte Alternative. Allerdings stehen wir durch den Zusammenbruch der Patientin vor einem Problem: Einerseits sollten wir sehr schnell operieren, um die Metastasen zu entfernen und einer dauerhaften Schädigung des Gehirns vorzubeugen, andererseits können wir eine so schwere

Operation bei ihrem derzeitigen Allgemeinzustand nicht wagen. So oder so ist das Risiko hoch.«

»Was denken Sie, wann eine Operation möglich sein wird?«, fragte Milan.

»Schwer zu sagen, morgen, übermorgen ... Wir hoffen, dass sich ihr Zustand schnell stabilisiert. Auf jeden Fall werden wir uns noch mit unserem Chefarzt, einer Koryphäe auf dem Gebiet der Neurochirurgie, besprechen, der gerade auf dem Rückflug von einer Konferenz in den USA ist. Die Unterlagen haben wir ihm bereits zugemailt.«

Clelia und Milan sahen sich an.

»Wie viel Zeit bleibt ihr noch?«, wollte Milan wissen. »Im günstigsten und im ungünstigsten Fall.«

Die Ärztin wich seinem Blick aus. »Für solche Prognosen ist es zu früh.«

»Wie, zu früh? Sollen wir uns erst morgen Gedanken darüber machen?«

»Milan!«, versuchte Clelia ihn zum Schweigen zu bringen.

»Wie viel Zeit bleibt ihr? Wie groß sind die Chancen, dass die Operation ihr Leben rettet?«

Die Onkologin atmete tief durch und warf einen Blick auf ihr Klemmbrett. »Da Dafne auf die bisherige Therapie nicht wie erhofft reagiert hat, ist die Operation unsere beste Chance. Später wird sie zudem mit Chemotherapien behandelt, aber erst mal müssen die Metastasen weg, die bereits das Sprach- und Bewegungszentrum angegriffen haben. Die Lage ist sehr ernst.«

Milan sprang auf und trat gegen den Stuhl. »Glauben Sie, das wüsste ich nicht?«, schrie er aufgebracht. »Glauben Sie, wir wüssten nicht, dass sie sterben kann?«

»Hör auf!«

Clelia hielt Marie-Hélène die Ohren zu und beschwor ihn, sich zu beruhigen, während die Ärztin, die an derartige Ausbrüche gewöhnt zu sein schien, sich erhob und sich mit einem kurzen Gruß von Clelia verabschiedete, bevor sie sich an Milan wandte.

»Beruhigen Sie sich bitte, sonst muss ich den Sicherheitsdienst rufen«, ermahnte sie ihn. »Hinter dieser Tür liegen schwer kranke Menschen, eine von ihnen ist Ihre Freundin, und sie alle brauchen Ruhe. Auch wenn ich Ihr Verhalten durchaus verstehen kann, kann ich es nicht dulden. Und der Kleinen da tut es auch nicht gut.« Sie nickte zu Marie-Hélène hinüber und verschwand hinter der Milchglastür.

»Wenn sie stirbt, weiß ich nicht, was ich machen soll«, begann Clelia nach einer Weile und wirkte zum ersten Mal völlig hilflos. »Sie ist alles für mich, meine ganze Familie, mein Engel«, schluchzte sie.

Milan schwieg und nahm Clelia in den Arm, um ihr ein wenig Trost zu spenden.

In diesem Moment öffnete sich erneut die Tür, und eine Ärztin, die sie noch nicht kannten, kam heraus und winkte Clelia zu sich heran. Auch Milan erhob sich, um zu erfahren, was los war.

»Sie darf jetzt besucht werden«, erklärte Clelia. »Allerdings von nicht mehr als einer Person.«

»Von einem Familienmitglied«, präzisierte die Ärztin, und damit war Milan außen vor.

Als Clelia nach etwa einer halben Stunde wiederkam, war sie grau im Gesicht und vermochte die Tränen kaum zurückzuhalten. »Ich habe Angst, Milan, solche Angst«, murmelte sie leise.

41

Milan schreckte aus dem Schlaf hoch. Er war nach einer unruhigen Nacht kurz nach Hause gefahren und hatte geduscht, war aber sofort wieder ins Krankenhaus zurückgekehrt, um vor der verschlossenen Tür der Intensivstation zu warten.

Irgendwann hatte ihn der Schlaf dann übermannt.

Er fuhr sich mit der Hand über das Gesicht und spürte, wie etwas Weiches zu Boden fiel. Poirot, Marie-Hélènes Kaninchen.

Er hob es auf. Marie-Hélène hatte es ihm wieder dagelassen, als sie gestern mit Clelia spätabends heimgefahren war. »Meine Tochter«, sagte er leise und sah nach draußen, wo es langsam hell wurde. Diesen Sonnenaufgang hatte er mehr gefürchtet als alles andere, weil dieser Tag die Entscheidung bringen konnte.

Auf der Treppe waren Schritte zu hören. Ein Mann mit einem Trolley hastete, ohne nach rechts und links zu schauen, über den Flur zur Intensivstation und wartete, dass ihm geöffnet wurde.

»Willkommen, Herr Professor. Hatten Sie eine gute Reise?«, hörte Milan eine Schwester sagen. Dann schloss sich die Tür hinter ihm.

Er vergrub die Hände in den Taschen und starrte auf die Tür mit der Aufschrift *Kein Zutritt.* Der Chirurg hatte einen ausgesprochen professionellen und dazu einen sehr sympathischen Eindruck gemacht – ein Arzt, dem man sich gern anvertraute, dachte er. Einer, der seinen Job perfekt erledigte.

Unwillkürlich musste er lächeln. Perfektion. Dafne mit ihrer Vorliebe für ausrangierte Sachen war nicht gerade ein Mensch, der das Perfekte liebte. »Aber diesmal musst du es akzeptieren, denn von der Perfektion des Chirurgen hängt dein Leben ab. Die OP muss perfekt verlaufen«, murmelte er und rührte den Kaffee um, den er sich am Kaffeeautomaten geholt hatte.

In diesem Moment trat eine Krankenschwester auf ihn zu, die er schon öfter hatte vorbeieilen sehen. »Herr Kerla?«

Er schluckte. »Ja?«

»Die Patientin ist wach und hat nach Ihnen gefragt.«

»Dafne?«, fragte er aufgeregt. Er hatte sich so sehr gewünscht, sie zu sehen, und jetzt hatte er Angst vor dem Moment.

»Wer sonst?«, gab die Schwester lächelnd zurück. »Ist sie Ihre Freundin?«, erkundigte sie sich, als sie ihn auf die Intensivstation führte und ihm erst mal sterile Schutzkleidung aushändigte: Kittel, Einweghaube und Einwegschuhüberzieher. Das war offenbar Pflicht in diesem Bereich, wo frisch Operierte oder Schwerstkranke lagen.

Auf Zehenspitzen näherte er sich ihrem Bett. Sie hing

an Infusionsschläuchen, eine Klammer an ihrem Zeigefinger kontrollierte ihren Puls, die Werte waren auf den Monitoren ebenso abzulesen wie die für Blutdruck und Herzfrequenz. Eine Sauerstoffmaske lag griffbereit. Die Haare standen wirr von ihrem Kopf ab, ihre Haut wirkte fast durchsichtig, und ihre Lippen waren aufgesprungen, aber als er sich hinunterbeugte und sie sanft küsste, fühlten sie sich ganz warm an.

»Milan«, flüsterte sie, öffnete die Augen und rang sich ein kleines Lächeln ab.

»Willkommen zurück«, sagte er und legte seine Hand auf ihre. Vorsichtig tastete sie nach ihm, wollte ihn berühren, während er ganz ruhig auf sie einredete und ihr Mut machte und sie mit seinen Blicken anflehte, bei ihm zu bleiben, all ihre Energie auf ihr Überleben zu richten.

»Du hast mir so gefehlt«, hauchte sie mit schwacher Stimme, das Sprechen fiel ihr sichtlich schwer.

Es tat ihm weh, sie so zu sehen: so elend, so kraftlos, so abgemagert. Wenigstens schien man ihr die Schmerzen genommen zu haben. Wie gerne hätte er sie gehalten, ihr versprochen, dass sie das Leben noch vor sich hatten, dass sie zusammenbleiben würden, bis sie alt und gebrechlich waren. Er wollte ihr so gern versprechen, dass sie sich dann gemeinsam daran erinnern würden, wie alles begonnen hatte: ihre erste Begegnung in der Werkstatt, Guache, die sie zu ihm geführt hatte, die Zwillingsuhren, die unerfüllte Liebe von Maria Elena und Augustus und, ja, auch die vielen Umwege, die sie hatten gehen müssen, um endlich zueinanderzufinden.

Milan betete, dass das Schicksal gnädig war und ihnen die Chance gab, das alles zu erleben. Der Krebs durfte einfach nicht siegen. Er wollte diese Frau, brauchte diese Frau.

Der Ring in seiner Tasche fiel ihm ein. Sein Herz klopfte zum Zerspringen, immerhin war es ein großer Schritt, doch es war der richtige, das spürte er – und es war der einzige, der für ihn Sinn ergab. Er nahm ihre Hand, drehte sie und legte den Ring hinein. Der strahlende Diamant zwischen den Kupferfäden sollte für sich sprechen, und tatsächlich verzog sich ihr Gesicht vor Freude, Farbe stieg in die blassen Wangen, und die matten Augen bekamen etwas von ihrem alten Glanz zurück.

»Milan«, wisperte sie überwältigt.

Er legte ihr den Zeigefinger auf die Lippen. Ihm reichte es zu sehen, dass seine Geste sie glücklich machte, wenngleich sie nicht wusste, ob sich sein Wunsch erfüllen würde. Milan hoffte allerdings inständig, dass sie dadurch Energie zurückgewann, um ihre Krankheit zu besiegen.

Mühsam hob sie die Hände und suchte damit nach seinen. Er wusste, dass sie nicht nur daran dachte, ob, sondern auch, wie sie die Operation überleben würde. Was dann, wenn sie nie wieder die aktive und dynamische Frau sein konnte, die sie gewesen war, wenn sie zum Pflegefall wurde?

Das war nicht das Leben, das sie sich mit Milan erträumt hatte. Wenn sie jetzt diesen Ring annahm, dann gab es kein Zurück mehr.

»Das kann ich dir nicht antun«, sagte sie schließlich mit gepresster Stimme und unglücklichem Gesicht.

»Du hast recht«, erwiderte er, nahm ihr Kinn in seine Hände und zwang sie, ihm in die Augen zu sehen. »Aber weißt du, warum du es trotzdem tun musst? Ich meine, warum du diesen Ring annehmen und mich heiraten solltest?«

Sie versuchte seinem Blick auszuweichen. »Milan, nein …«

»Weil dein Nein alles, was wir gemeinsam durchgemacht haben, alles, wofür wir gekämpft haben, sinnlos machen würde. Und das kann keiner von uns beiden wollen, oder?«

Tränen standen ihr in den Augen, und sie machte erneut Anstalten zu protestieren.

»Nein!« Er gab nicht auf und griff erneut nach ihren Händen – nichts und niemand auf der Welt durfte ihn je wieder von ihr trennen.

Er räusperte sich: »Vor einigen Tagen hast du mir vorgeworfen, ich wisse nicht, was Liebe ist. Du hast dich geirrt, denn ich …«

»Ich liebe dich auch«, kam sie ihm zuvor.

Dafne wandte ihr Gesicht der Sonne zu, die durch das Zimmerfenster schien. Erneut betrachtete sie den Ring.

»Ich glaube, ich habe dich bereits geliebt, bevor wir uns das erste Mal gesehen haben, und ich glaube, dass die Uhren von Augustus und Maria Elena mir zeigen sollten, dass man für eine einzige Person bestimmt ist – man kann sich nicht dagegen wehren. Die Liebe trifft dich, wenn du es am wenigsten erwartest, und es kann wehtun, doch wenn man es erst begriffen hat, dann weiß man, wie dumm es ist, gegen das Glück anzukämpfen. Man erkennt, dass man die Zeit nicht anhalten kann, sondern sie nutzen muss. Deshalb liebe ich dich, Milan Kerla. Und wenn du verrückt genug bist, mich wirklich zu wollen, dann werde ich dich heiraten.«

Erschöpft schwieg sie, das viele Reden strengte sie an. Viel zu oft hatte sie es schon versäumt, ihm das zu sagen. Jetzt sollte er es endlich wissen – noch vor der Operation, falls sie es nicht schaffte.

Die Tür öffnete sich, eine Krankenschwester kam, um ihr eine Beruhigungsspritze zu geben. Der Chirurg steckte den Kopf herein, um Milan ins Arztzimmer zu bitten.

Schnell begann das Sedativum zu wirken, die Konturen verschwammen, alles war wie in Watte gehüllt. Neben ihrem Bett tauchte undeutlich ein Mädchengesicht unter einer roten Baskenmütze auf, das Dafne zunächst fälschlich für eine Einbildung hielt: Es war Marie-Hélène, die offenbar das Hin und Her vor ihrem Zimmer genutzt hatte, um sich unbemerkt auf die Intensivstation zu schleichen. Neben ihr allerdings sah sie zu ihrer Verwunderung Maria Elena und Augustus. Was die hier im Krankenhaus taten – darüber nachzugrübeln, war in diesem Moment einfach zu viel für sie.

»Bist du es wirklich?«, vergewisserte sie sich mit schwerer Zunge bei dem Kind. Das Mädchen legte ihr ihre kleine warme Hand auf den Arm. Sie war es wirklich.

Eine Krankenschwester trat ein, scheuchte als Erstes Marie-Hélène empört aus dem Zimmer, befreite danach Dafne von den Kabeln und Schläuchen und schob sie mit ihrem Bett aus der Intensivstation. Die Operationssäle lagen in einem anderen Stockwerk.

Als sie die große Tür passierten, verschlug es der Schwester allerdings die Sprache.

Auf dem langen Flur standen Leute mit Geschenktüten und Päckchen und warteten. Dafne öffnete ihre Augen einen Spalt und erkannte verschwommen Adelina und Mario, dazu ihre Großmutter, die sie vor ihrem schweren Weg ganz fest in die Arme schloss und sie gar nicht mehr loslassen wollte. »Du schaffst das, mein Engel.«

»Was … für … eine Über…ra… schung«, lallte sie.

Adelina und Mario hatten das Grammofon auf dem Eiswagen mitgebracht, und Edith Piaf sang ganz allein für Dafne *La vie en rose.*

»Ich … liebe … dich«, flüsterte sie Milan zu, der in letzter Minute aus dem Arztzimmer getreten war und sie noch einmal küsste. »Und … dich auch, mein … aus der Zeit … gefallener Schatz«, sagte sie zu Marie-Hélène.

Trotz ihrer Benommenheit wurde ihr bewusst, was für ein kostbares Geschenk es war, so liebevolle Menschen um sich zu haben.

Als der Chirurg nach vielen Stunden aus dem Operationssaal kam, nach wie vor in Haube und Kittel, sprangen Milan und Clelia auf, hielten sich an den Händen, um sich Halt und Kraft zu geben. Die müden Augen des Arztes machten ihnen Angst.

»Und?«, fragte Milan mit leiser Stimme.

»Bitte, Doktor …«, flehte Clelia.

»Die Operation ist gut verlaufen, jedenfalls was den chirurgischen Teil angeht. Bleibende Schäden sind nicht zu erwarten. Jetzt muss Dafne kämpfen.«

»Und wie stehen die Chancen? Mehr oder weniger als fünfzig Prozent?«, wollte Clelia wissen, das Gesicht voller Hoffnung, aber der Arzt verzog keine Miene.

»Ich kann Ihnen nichts garantieren, und zu diesem Zeitpunkt bereits Zahlen zu nennen, wäre völlig unsinnig und unverantwortlich. Ich kann Ihnen nur Folgendes sagen: Medizinisch gesehen halte ich es nicht für unmöglich, dass die Patientin den Tumor besiegt. Allerdings braucht sie dazu sehr viel Kraft, Ihre Unterstützung und viel Glück. …»

»Sie wird es schaffen«, unterbrach ihn Milan und schluckte die ganze Angst hinunter, vergaß die Müdigkeit, die langen Stunden auf diesem Stuhl und klammerte sich an diesen Gedanken. Er war sich sicher, dass die Frau, mit der er sein Leben teilen wollte, es schaffen würde, den Tumor zu besiegen. Und er würde alles tun, was nötig war, um ihr dabei zu helfen.

Dafne würde es schaffen. Sie und er würden ihre Zeit bekommen.

42

Ein Jahr später

Dafne löste den Gürtel ihres weißen Morgenmantels und nahm das Kleid vom Bügel, das an ihrem Schrank hing. Es war aus reiner Seide und mit Einsätzen aus alter Spitze, die früher einmal ein Kleid von Maria Elena geschmückt hatten: Es war ihr Hochzeitskleid.

Nachdem sie die Operation und die Chemotherapie überstanden hatte, hatte sie nicht länger warten wollen.

Sie wollte mit Milan endlich ihre gemeinsame Zukunft beginnen. Ihre Haare waren wieder nachgewachsen, und ihre dichten Locken umspielten ihr Gesicht, wenn sie auch noch nicht so lang waren wie vor der Operation.

Sie legte das Kleid aufs Bett und nahm die Kette aus der Schublade, die Clelia ihr geliehen hatte, dazu das blaue Band von Marie-Hélène, das sie in ihre Haare flechten wollte. In einer Vase standen rote Rosen, die ihr Milan am Abend zuvor geschenkt hatte.

Glücklich schloss sie die Augen, und ihre Gedanken wanderten zu ihrer Urgroßmutter, mit der sie untrennbar verbunden war. »Bist du bei mir?«, fragte sie, und sofort strömte etwas wie ein leichter Windhauch durch die Spitzeneinsätze. In diesem Kleid atmete Maria Elena, Dafne spürte die Urgroßmutter unter ihren Fingerspitzen und damit eine Liebe, die nicht einmal der Tod hatte besiegen können.

Plötzlich hatte sie das Gefühl, als ob ihr jemand durchs Haar strich, während einige rote Rosenblätter auf ihr Kleid geweht wurden – die Umarmung ihrer Urgroßmutter?

»Mama?«

Marie-Hélène trug ein violettes Tüllkleid und einen kleinen Blumenkranz auf dem Kopf. Dafne ließ ihre Urgroßmutter ziehen und wandte sich der Tochter zu, die Milan ihr geschenkt hatte und die Teil ihrer Familie sein würde.

»Bist du fertig? Papa steht unten und ist sehr aufgeregt, du weißt doch, er wartet nicht gern.«

Dafne nickte. Marie-Hélène war ihr Frühling, ihre Zeit, ihr Versprechen, dass sich das Leben zu leben lohnte. Sie wusste, dass ihre Liebe zu Milan und Marie-Hélène unsterblich war. Glücklich lächelte Dafne Marie-Hélène an und deutete auf das Kleid auf dem Bett.

»Hilfst du mir mit dem Hochzeitskleid?«

Wenn ein nie gelesener Brief ein ganzes Leben verändert …

Während andere den Freitag herbeisehnen, freut sich Matilda auf Montag, denn nichts liebt sie mehr als ihren Job im Amt für nicht zustellbare Post, wo sie für die Buchstaben K bis M zuständig ist. Doch dann kommt der Tag, an dem Matilda ein nie überbrachter Liebesbrief so sehr berührt, dass sie beschließt, ihre gewohnten Pfade zu verlassen und den Empfänger ausfindig zu machen – ganz gleich, wie schwierig es wird. Sie stößt auf eine schmerzliche Liebesgeschichte, die bereits viele Jahrzehnte zurückliegt. Doch für ein Happy End ist es schließlich nie zu spät, oder?

Willkommen in Wynbridge – einem Städtchen zum Verlieben

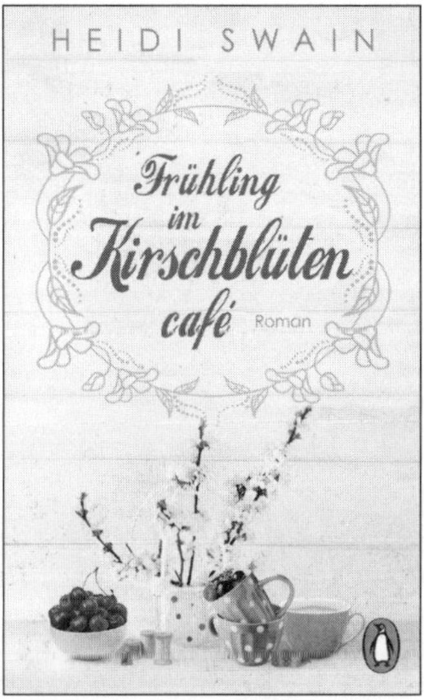

Lizzie Dixon steht vor einem Scherbenhaufen, als sie von ihrem Freund anstelle des langersehnten Heiratsantrags den Laufpass bekommt. In ihrer Heimatstadt schlüpft sie bei ihrer besten Freundin Jemma unter, die gerade das alte Café am Marktplatz gekauft hat. Die Renovierung des kleinen Ladens weckt wunderbare Erinnerungen an ihre Jugend, und so erfüllen die beiden Freundinnen sich einen lang gehegten Traum: Lizzie wird Teilhaberin und bietet im Café Nähkurse an – doch kann sie ihr altes Leben wirklich hinter sich lassen? Und dann ist da noch Ben, der sie zu Schulzeiten nie eines Blickes gewürdigt hat. Als sie gezwungenermaßen zu Mitbewohnern werden, kribbelt es erneut in Lizzies Bauch …